COLLECTION
FOLIO CLASSIQUE

Villiers de l'Isle-Adam

Contes cruels

*Édition présentée et annotée
par Pierre Reboul*

Gallimard

PRÉFACE

Prière : « *Mon Dieu, faites que je sois dupe de nobles et belles choses toute ma vie.* »

VILLIERS
DE L'ISLE-ADAM
Reliques

Drougard, Daireaux, Bollery, Castex, Raitt, entre beaucoup d'autres : Jean Marie Mathias Philippe Auguste de Villiers de l'Isle-Adam a obtenu la dévotion et les savants services d'un bon nombre de fidèles. Les Contes cruels, *en particulier, ont bénéficié de plusieurs éditions excellentes, parmi lesquelles on ne peut pas ne pas citer celles de Pierre-Georges Castex (chez Corti, puis chez Garnier). Les* Œuvres complètes *(enfin complètes...) sont prévues, suprême consécration, dans la* Bibliothèque de la Pléiade *(édition procurée par Castex, Raitt et Bellefroid).*

Les rayons de sa gloire n'en touchent pas moins qu'un cercle réduit. Si l'on mentionne son nom devant des étudiants, l'ignorance provoque, parfois, une sorte de répugnance. Malgré tant d'éminents travaux, on a communément oublié (peu s'en faut) le rôle qu'il joua dans l'histoire des lettres et l'exemplaire amitié que lui voua Stéphane Mallarmé. Une lettre de celui-ci, en date du 20 mars [1883], exprime, à la fois, une émotion perspicace à la lecture des Contes cruels *et une intime et tendre sympathie pour l'homme :*

« Noir et cher scélérat,

A toute heure, je lis les Contes, *depuis bien des jours ; j'ai bu le philtre goutte à goutte. Je ne peux pas ne pas céder à la joie de t'envoyer, où que tu sois, un serrement de mains — du fond des années, — qui t'arrivera peut-être. Ce livre, si poignant parce qu'on songe qu'il représente le sacrifice d'une vie à toutes les Noblesses, vaut bien, va (et ce n'est pas une évaluation médiocre) tant de tristesses, la solitude, les déboires, et les maux pour toi inventés. Tu as mis en cette œuvre une somme de Beauté, extraordinaire. La langue vraiment d'un dieu partout ! Plusieurs des nouvelles sont d'une poésie inouïe et que personne n'atteindra : toutes, étonnantes. Et cet* Annonciateur *qui me fait tant rêver pour savoir si ce n'est pas le plus beau morceau littéraire dont je garde la mémoire... On ne peut rien te dire, tu ris.*

Ah ! mon vieux Villiers, je t'admire ! Monsieur Stéphane Mallarmé *te remercie spécialement.*

Au revoir
S. M. »

Au-delà d'une sorte de charitable pitié pour les misérables déboires de l'héritier d'un haut lignage, on perçoit là, je le crois, une admiration sincèrement vécue, soigneusement équitable, hors de toute courtoisie banale, pour cette réunion de contes dont la beauté éclate en mille surprises — beauté non conforme, merveilleusement inventée, éclatant partout, qui fait de ce recueil, dans la nuit, un feu d'artifice où il n'y aurait, tout au long de sa durée, qu'un bouquet infiniment divers.

Mallarmé ne s'est pas contenté d'éloges, de bonnes paroles. Son rapport à Villiers illustre une fêlure de l'histoire : le petit professeur d'anglais devient le soutien, le protecteur du noble comte. Il a aidé Villiers comme il a pu. Six ans après la publication des Contes cruels, *il l'a, avec Méry Laurent, aidé à attendre une mort qui se hâta. Je ne connais guère d'exemples, dans la vie littéraire, d'une amitié aussi simple, aussi chaude, aussi haute.*

La tendresse de Mallarmé réfléchit sur Villiers les feux de sa propre gloire. D'autres aussi eurent la chance d'éprouver, de proclamer la qualité de son œuvre et l'importance de son action. Remy de Gourmont, peut-être, à mes yeux, le plus heureux critique français, désigna, dans Le Livre des masques, *la double fonction de Villiers, de son vivant et juste après sa mort :* « Il fut l'exorciste du réel et le portier de l'idéal. » *Le même Gourmont, dans sa réponse à l'enquête de Jules Huret, en 1891, insistait plus longuement sur le rôle qu'avait joué Villiers dans les luttes menées contre le naturalisme et dans les enfances du symbolisme :* « Les jeunes gens savaient qui suivre. Leur maître (je parle spécialement des plus idéalistes d'entre nous) était Villiers de l'Isle-Adam, cet évangéliste du rêve et de l'ironie et, mort, il est toujours celui que l'on invoque, que l'on relit familièrement, celui dont les moindres bouts de papier posthumes ont la valeur de reliques vénérées sans équivoque. Son influence, sur la jeunesse intelligente, est immense : il est notre Flaubert, pour nous ce que fut Flaubert pour la génération naturaliste, qui l'a d'ailleurs mal compris. »*

Dès le 26 février 1883 (les Contes cruels *avaient paru le 9), Jules Laforgue écrivait à son ami Charles Henry :* « Mon ami le pianiste (Théo Ysaye) et moi sommes fous des Contes de Villiers de l'Isle-Adam et des quelques vers sous le titre Conte d'amour. »

Comme Henry tardait à lire, quelques semaines après, il

insistait : « *Lisez, c'est insensé.* » Insensé, *suprême éloge : ça n'a pas le sens commun, le sens vulgaire... Dans* Nos maîtres, *Téodor de Wyzéwa motive son admiration :* « *Cette musique des phrases, dans les œuvres de M. de Villiers, est, par un inconscient privilège, si profondément appropriée aux convenances du sujet que l'on pourrait établir le vocabulaire précis de ses sonorités, en regard des émotions particulières qu'elles traduisent.* »

Je ne suis pas sûr qu'il soit aussi aisé ni, d'ailleurs, que cette éventuelle correspondance des sonorités et des émotions présente un grand intérêt. Mais Maeterlinck, comme fait ici Wyzéwa, a vu, dans Villiers, un merveilleux musicien de l'écriture.

*Maeterlinck, Wyzéwa, Laforgue, Gourmont, Mallarmé : on pourrait, avec le précieux livre d'Alan W. Raitt (*Villiers de l'Isle-Adam et le mouvement symboliste), *grossir démesurément cette énumération. On a voulu, simplement, entourer les* Contes cruels *d'une auréole d'admirations qui transfigure Villiers — qui le transfigure en lui-même.*

*

Jean, Marie, Mathias, Philippe, Auguste : dans cette noble kyrielle de prénoms, la famille avait choisi Mathias. Il était et demeura Mathias dans l'intimité des Villiers, mais choisit d'être Auguste ou Philippe Auguste dans la publication de ses écrits, non sans mentionner souvent son titre de comte. Il y a comme une fission dans cette dualité des prénoms, ainsi que, chez Sand, entre Aurore et George. Par-delà une légitime pudeur, il choisit un prénom de majesté, sémantiquement augmentatif : il inclut la couronne de comte dans la divinité d'un Empire, se promettant d'ajouter encore à la gloire de sa race. Villiers n'a jamais rompu avec les siens, morts (ce qui était facile) ou vivants (ce qui l'était moins) : le bref et vain

*service dans les troupes parisiennes ne fut que l'éclat vacillant
d'un patriotisme altéré de noblesse, d'une fidélité aux armes et,
surtout, à la grandeur du nom.*

*Dans la misère qui fut, de plus en plus, son lot, son nom, le
nom des pères, devient comme un pseudonyme vrai. Ses amis de
plume, de cabaret et de café n'en reviennent pas de contempler,
en ce don César de Bazan impérial et miteux, le noble héritier de
gloires qu'il se plaît d'ailleurs, gentiment, à exalter, à
multiplier, à intensifier en des discours où le vrai nourrit le
faux, sans pâtir jamais de cette mésalliance, puisque le noble
gueux, le noble comte demeure intimement* sincère en tout ce
qu'il énonce.

Dans un roman à clefs publié en 1882, Dinah Samuel
*(dont la vérité de référence demeure, dans le détail, douteuse,
dont, cependant, le témoignage peut être reçu et critiqué), le
jeune Félicien Champsaur met en scène l'étonnant* Rapérès
(lisez Cabaner, « chevalier de la rosette » *selon un rapport de
police, ami, entre autres, de Verlaine) : « Le musicien
impressionniste causait au fond de la taverne avec le comte
Richard de Boishève* [lisez : Villiers], *un écrivain qui serait
magistral si à son génie ne se mêlait un peu de folie. Très
étonnant aussi, le comte de Boishève, noble authentique, dont les
ancêtres furent redoutés des ducs de Bretagne et des rois de
France. Blond et nerveux, élégant sous une défroque usée, il est
pauvre comme un gueux, n'ayant à lui que le vaste ciel, mais il
offre le bras à la misère, crânement, avec plus de courage, peut-
être, que n'en avaient les vaillants, ses aïeux, à faire tournoyer,
dans les mêlées, leurs sanglantes épées à deux tranchants. [...]
Vers deux heures du matin, en décembre, le paladin se
promenait avec Alex Pargall. Dans une griserie de paroles
éloquentes, il évoquait les uns après les autres, rappelant leurs
exploits, ses aïeux qui tous reposent, chacun sous sa statue de
marbre, dans une cathédrale. Puis les deux noctambules étant*

*sur le point de se séparer, le comte Richard de Boishève
emprunta trois francs au peintre afin de ne pas coucher dehors. »*

Encore une fois, dans ce journalisme fictif, les détails n'ont
pas d'authenticité. Mais l'impression globale demeure juste :
Villiers, dans sa misère, dorlote sa race, non pas, certes, sous la
seule impulsion de quelque vanité, mais parce qu'elle le
constitue, parce qu'elle nourrit son orgueil et son devoir.

Sa race, Villiers l'aima jusqu'à envisager de mourir pour
elle. Quand, en 1875, le théâtre du Châtelet reprit Perrinet
Leclerc, un assez bon mélodrame historique d'Anicet-Bourgeois et Édouard Lockroy — joué pour la première fois quarante
ans auparavant, le pauvre Villiers (bien à tort, me semble-t-il)
jugea que le rôle attribué au maréchal Jean de Villiers de l'Isle-
Adam déformait et déshonorait le personnage de son ancêtre. Il
attaqua dans la presse et devant la justice les responsables de la
représentation. Il atteignit ainsi un but que je veux croire qu'il
n'avait pas visé : on parla de lui dans les journaux ; on en parla
de nouveau, en 1877, quand, malgré ses considérables travaux
de recherche historique (on en trouve trace dans les Contes
cruels sous le titre : La Reine Ysabeau), il perdit son
procès. On en parla tant qu'un autre Villiers, fils d'un Villiers
des Champs autorisé, en 1815, à porter le nom de Villiers de
l'Isle-Adam, écrivit aux journaux pour s'étonner qu'un inconnu
s'arrogeât le droit de porter ce nom. Un duel fut sur le point de
s'ensuivre. Notre Villiers envoya ses dernières volontés à son
ami Paul Bodin : « Mon cher ami, Il m'arrive une chose
inattendue. Je me bats à l'instant même, dans dix minutes qui
me sont comptées [...] Par cette épée que je vais tenir tout à
l'heure au nom du vieux Jehan, je t'embrasse ferme et (ne ris
pas, vieil ami, j'ai le cœur d'un roi) je te fais chevalier, moi ! —
Scelle cette lettre de mon vieil écusson qui a tant relui ! Le
dernier des l'Isle-Adam peut bien, même pauvre, t'envoyer cette
bénédiction. » Bizarre enthousiasme, où la grandeur se guinde

en grandiloquence, en ces minutes éventuellement ultimes où « seul le silence est grand »... Les deux Villiers s'arrangèrent sur le pré, comme il convenait. L'amusant, c'est que l'adversaire de l'auteur des Contes cruels *donnait, lui aussi, dans la littérature. J'ajoute que l'actuel Gérard de Villiers descend de lui...*

Il nous importe peu qu'Auguste de Villiers de l'Isle-Adam soit ou non issu du maréchal Jean. Les généalogistes ont suivi sa trace et n'ont pu remonter qu'au XVIIᵉ siècle. Nul ne peut nier ni confirmer cette prestigieuse origine. Comme l'a bien dit Pierre-Georges Castex, l'idée qu'il se faisait lui-même de sa race compte seule. Or, pour Villiers, cette filiation ne fait aucun doute. De là, selon l'expression de Mallarmé, cette vie dévouée « à toutes les Noblesses » ; de là, en son œuvre, ces personnages nobles qui donnent à leur conduite une sorte de native grandeur ; à leur âme, à leur pensée, une merveilleuse supériorité intime, laissant aux bourgeois *la mesquinerie des calculs et l'étroitesse des erreurs positivistes.*

Une noblesse financièrement déchue. Le grand-père, surnommé Lily, *orphelin de père, se battit en duel à l'âge de quinze ans, servit dans la marine durant trois années en Orient, émigra, se battit parmi les insurgés vendéens, épousa la fille d'une femme qui l'avait abrité, trompa sa femme et la battit, fut, sur plainte de sa femme, assigné à résidence chez sa mère. De nombreuses plaintes et accusations emplissent son dossier, aux Archives Nationales (F⁷ 6871, nᵒ 8352). On le condamna (à tort, selon Joseph Bollery), en octobre 1818, à trois ans de prison pour avoir adressé à Decazes une lettre anonyme de menace. Mais on le gracia en décembre... Il ne mourut qu'en 1846, personnage insaisissable, digne de figurer dans une œuvre de Barbey d'Aurevilly.*

Né en 1802, son fils, qui donna naissance à notre Villiers, n'avait pas hérité de la violence paternelle. Ancien séminariste, *c'est un songe-creux, qui poursuit la fortune en d'inénarrables recherches de trésors. Il fonde même, à cette fin, une « Agence Villiers de l'Isle-Adam ». Il poussa plus loin ses ambitions (galions de Vigo, mines du Pérou), abîmant dans ces rêves ce qu'il possédait d'argent et contractant des dettes. Sa femme demanda en 1843 et obtint en 1846 la séparation de biens (non de corps). Il se consacra également à des recherches de généalogie. Ses lettres conservées, des premières aux dernières, manifestent la même foi dans l'imaginaire, la même absence d'esprit critique, la même élégance dans l'absurde. Partie d'une modestie décente, la famille, à travers les décennies, en arriva à une sorte de misère (le marquis fut même emprisonné pour dettes), surtout après la mort de Mlle de Kérinou. Celle-ci, qui avait élevé la femme du marquis, continuait à vivre avec le ménage, à le faire vivre, à l'aider dans ses déboires et à s'intéresser à Mathias. Très tôt, elle fit une entière confiance à son génie. Elle subvint à ses besoins dans ses débuts, qui durèrent... longtemps, jusqu'à lui donner l'illusion d'une sorte d'aisance. Mais elle rendit son âme à Dieu le 13 août 1871, sans laisser nulle fortune aux siens, puisqu'elle avait vendu la plupart de ses biens en viager. Sans doute avait-elle ainsi procédé pour assurer des ressources aux Villiers, au nôtre en particulier — confiante que ce viatique lui permettrait de suivre sa route, jusqu'à ce moment où la gloire et le mariage l'enrichiraient.*

Le jeune Mathias a poursuivi des études perpétuellement erratiques, de séminaire en école, avec, dans les intervalles, l'aide probable de professeurs particuliers. On signale, ici et là, un accessit de grec ou de latin. Le miracle est ailleurs : la famille s'est, très tôt, persuadée de son génie ; on s'est décidé à en favoriser l'éclosion et, si j'osais dire, la promotion. Villiers n'eut jamais à lutter contre les siens pour devenir écrivain : on lui a fait confiance ; on a cru, sans doute, que ce génie rapporterait du revenu *et, sans prendre garde aux déceptions successives, on a tout fait pour en favoriser l'épanouissement.*

*

Provoqués par les entreprises du père, plusieurs séjours parisiens mirent Villiers au contact du monde littéraire. Il y fit, par sa jeunesse, sa beauté, son discours et son nom une forte impression. Deux essais de poésie *parurent, à ses frais, en juillet 1858. Pour 3 000 francs, dit-il, il fit imprimer à Lyon, presque luxueusement, ses* Premières poésies *(1859) qui, malgré la promesse qu'elles constituaient, n'attirèrent pas l'attention. Poète lyonnais, Soulary pronostiqua, dans une lettre, que le* bon poète âgé de dix-neuf ans deviendrait, à vingt-cinq, un grand poète. *J'admire la confiance de tante Kérinou : 3 000 francs, c'est une somme, en ces temps où le salaire annuel d'un ouvrier peut descendre à quelques centaines de francs. Villiers connut Baudelaire, Catulle Mendès, Léon Cladel, d'autres. Son cousin Hyacinthe du Pontavice de Heussey, qui tenait salon, noble breton libéral, voire socialiste, antichrétien, l'initia peut-être à la lecture de Hegel. Dans des conditions qu'on connaît mal, Villiers, quand il se trouve à Paris, mène une vie de labeur, de bavardages et, sans doute, à la mesure de ses moyens financiers, un peu de débauche. Qu'il soit en Bretagne ou à Paris, il se souvient qu'il est, qu'il doit être un écrivain — de génie. L'esprit encombré de projets, il rédige le premier volume d'une œuvre qui aurait dû en compter cinq ou six :* Isis, *un roman historique et philosophique où se manifeste, avec des relents de christianisme et l'influence d'Éliphas Lévi, l'approche de la pensée hégélienne. Cent exemplaires à compte d'auteur : voilà, encore, un livre qui dut coûter cher à Mlle de Kérinou.*

Ces années de jeunesse, aisées, en somme, relativement à la suite, grâce à une dépendance financière acceptée sans problème et confortée par quelques familiales duperies, ces années-là furent années de déchirement — entre la foi qu'il n'a pas tout à fait perdue et une philosophie (celle de Hegel en particulier) qui apparaît alors comme antichrétienne ; entre une morale familiale presque exigeante et la grande liberté de mœurs de ses amis parisiens (par exemple : Catulle Mendès). Défaut d'argent et liberté des mœurs, à un certain niveau social, ne font pas bon ménage. Villiers, qui fit profession de mépriser l'argent, éprouva son absence comme une injustice, mais n'envisagea jamais d'autre moyen d'en gagner qu'un grand succès littéraire (dramatique en particulier) ou un riche mariage. En ces années, il ne connaît pas la misère, mais le besoin — un besoin qui résulte de l'inadéquation de ses désirs à ses moyens.

La vie qu'il menait inquiéta sa famille. Déjà, en 1857, son père avait envisagé de l'envoyer à Solesmes, auprès de dom Guéranger. En 1859, notre Villiers fit retraite, aux environs de Rennes, chez un jeune et pieux notaire, Amédée Le Menant des Chesnais. Mais les débordements continuaient. L'exemple le moins mal connu est sa liaison avec Louise Dyonnet. Est-il indulgent de voir en elle une demi-mondaine ? On a conservé d'elle une lettre dans laquelle, avec une certaine justesse de ton, elle paraît inviter Villiers à se satisfaire de son amour, quitte à la laisser trouver ailleurs de quoi vivre décemment. Mais Villiers, qui l'aimait, semble-t-il, profondément, ne pouvait ni accepter le rôle d'amant de cœur, ni faire face aux frais d'une vie commune. Ce qui apparut, à la famille, comme des frasques déplorables et temporaires, fut, pour lui, une épreuve doulou-reuse. L'amour, la gloire, l'honneur, la dignité se mêlaient sans trouver à s'unir, sans arriver à rien, qu'au sentiment intime d'une perdition, d'une fêlure. Il n'est pas facile, quand on ne possède pas de fortune, de sauver une élégante prostituée. Pas facile non plus de vivre, simultanément, dans la foi et hors de la foi. *Probablement sur l'invitation des siens, il se tourna vers dom Guéranger, sur la sévérité duquel il comptait pour retrouver son unité. Ce fut un séjour étrange, troublé de coliques, écourté par une escapade, marqué par des conversations avec le conducteur d'âmes, que remercia Mlle de Kérinou. Mais Louise détenait des armes plus sensibles que le vénérable abbé... Tante Kérinou se fâcha, renvoya Mathias à Solesmes. Ce séjour lui faisait, à l'avance, horreur. Il demanda à son ami Marras de lui envoyer de l'argent pour s'y soustraire. Il y alla cependant, il y resta, rencontra Louis Veuillot (sans parler de Taine et de Littré...). Ce bref séjour exerça sur lui une influence profonde. Sans modifier son comportement de fond en comble, il fixa définitivement son appartenance à l'Église — fut-ce comme pécheur peu pratiquant.*

*

Il reprit donc sa vie parisienne, sa vie d'écrivain. A partir, sans doute, de pages antérieures, il écrivit, en 1864, une pièce intitulée Elën *(ce tréma marque, j'imagine, un* e *non accentué et suppose que l'accent tonique porte sur la première syllabe...).* Elën *manque de qualités dramatiques, mais on y perçoit le souvenir tout proche de sa liaison avec Louise Dyonnet. Il fit imprimer cela à ses frais, hors commerce, en janvier 1865. L'an d'après, une autre édition connut la même absence de diffusion. Espérait-il qu'un directeur ferait jouer cette œuvre, plus intime que théâtrale ? Si, aujourd'hui, on demeure sur la réserve quant à* Elën, *Mallarmé, Lefébure, Emmanuel des Essarts exprimèrent, eux, une admiration sans réserve pour une beauté tragique et philosophique. C'était, à leurs yeux, mieux qu'une promesse : une grandeur actuelle. Le goût pour l'écriture dramatique est rarement tout à fait pur : un succès au théâtre apporte à la fois la gloire et l'argent. Villiers, dans une contradiction qui ne nous surprend pas, désire le succès, mais refuse les moyens qui permettraient de l'obtenir. Il ne tient nul compte des habitudes des habitués, non plus que des us et coutumes des acteurs. Il veut élaborer une œuvre neuve, convertir un public à ses manies, à ses principes, plier acteurs et actrices à ses propres convenances. Morgane suivit, pièce historique située en Italie, sous la Révolution française : ici, drame excellent; là, mélodrame insoutenable. Au génie, présent, sensible et séduisant, manque le talent. La langue, qui nous plaît, n'est guère scénique. Il le savait. Voici comment, dans une lettre au directeur du théâtre de la Porte Saint-Martin, il présente sa pièce : « C'est, en réalité, un mélodrame de 1830, passablement écrit, je crois, et qui m'a coûté d'assez curieuses recherches historiques. Je l'ai conçu d'après un système dramatique peu connu encore : c'est-à-dire que certaines emphases de style y sont voulues, afin d'être exprimées par le comédien avec la plus grande simplicité et le moins de gestes possible. Les phrases du dialogue ne sont pas coupées, généralement, comme dans les drames habituels, — mais sont plus longues; l'action du drame étant, parfois, très-intérieure. — C'est, enfin, une optique théâtrale particulière et en vous lisant, moi-même, une ou deux scènes, je pense que je vous eusse donné l'impression qu'il m'est très difficile de définir. » Une telle lettre dit, ensemble, la grandeur novatrice de Villiers et sa congénitale inaptitude au succès... Morgane ne fut pas représenté. Villiers, bien plus tard, s'associa avec Godefroy d'Herpent pour en tirer* Le Prétendant, *dont Pierre-Georges Castex et Alan W. Raitt ont retrouvé et publié le texte en 1965.*

Entre-temps, après avoir tenté, dans La Tentation, *une utilisation neuve du drame bourgeois, Villiers persista en écrivant* La Révolte, *une très bonne pièce (à mon goût), renouvelant le théâtre (dont les règles traditionnelles sont respectées) par un esprit tout autre. Élisabeth, collaboratrice* attentive de son mari, Félix, un homme d'affaires, l'abandonne, non sans proclamer son mépris pour une vie mesquine, mais revient, consciente qu'il est trop tard. « Petit chef-d'œuvre », écrit Alan W. Raitt, qui montre comment cette pièce, apparemment réaliste, anticipait le théâtre symboliste, comment elle mettait, non pas en cause, mais à la question, *la société française du temps*. J'y éprouve, pour ma part, à travers l'esprit symboliste, celui de 1968, dans ce qu'il pouvait avoir, à l'occasion, de pertinent. Alexandre Dumas fils accorda son soutien au manuscrit, trouvant la pièce « excellente » (juillet 1869). Non sans mal, elle fut jouée le 6 mai 1870. Elle eut cinq représentations et, selon Mendès, rapporta trente francs à l'auteur. Villiers n'en trouva pas moins assez d'argent pour la publier, cette année même. Faut-il chercher, à cet échec, des causes extérieures : Parnasse, wagnérisme, compromettante amitié pour Victor Noir ? Je ne le crois pas. L'esprit et la qualité de La Révolte suffisent à l'expliquer.

Je me suis attardé sur ces essais dramatiques (on verra, plus loin, l'aventure du Nouveau-Monde), non seulement à cause de leurs réelles qualités, non seulement parce qu'Axël est un long dialogue dramatiquement ordonné, mais, surtout, parce que les Contes cruels *récupèrent ces dons de théâtre, ce sens de la parole en situation, le goût, parfois, du mot d'auteur et que de nombreuses pages appellent, dans la lecture, le ton de la scène. Les échecs subis sur le seuil des théâtres et sur les planches trouvent, dans les Contes cruels, un aboutissement merveilleux : tout se passe comme si le théâtre y interposait, entre les réalités imaginaires ou positives et l'écrivain, une lentille heureusement déformante.*

*

Il convient, à présent, de quitter le théâtre et de faire un retour en arrière. L'amitié intermittente de Catulle Mendès, *celle de Mallarmé, de Banville, de Heredia et de bien d'autres avaient assuré la réputation de Villiers comme un génie, dont, il est vrai, l'œuvre majeure s'installait dans l'avenir... Il publia quelques vers dans le premier* Parnasse contemporain. *Malgré l'admiration de Jules Laforgue pour les poésies du* Conte d'amour, *bizarrement insérées dans les* Contes cruels, *Villiers ne devait pas survivre comme poète. Pour une fois favorable, le hasard, vers la fin de 1867, le mit à la tête de la* Revue des Lettres et des Arts. *Théophile Gouzien, frère de l'un de ses amis, fit les frais de l'opération. La collaboration fut de qualité : Leconte de Lisle, Théodore de Banville, José-Maria de Heredia, Léon Dierx, Paul Verlaine, François Coppée, Stéphane Mallarmé, Catulle Mendès, Augusta Holmès, Frédéric Mistral, Alexandre Dumas fils. Ajoutons : Villiers de l'Isle-Adam. Sous le surtitre d'*Histoires moroses, *il publie successivement* Claire Lenoir *(qu'on retrouvera dans* Tribulat Bonhomet*) et* L'Intersigne*, qui figure dans les* Contes cruels. *Il accueillait ainsi les deux premiers contes qu'il ait publiés. Il les accueillait dans une revue qui se flattait de « faire penser ». De fait, il s'agit d'œuvres qui posent au lecteur des questions. Leur récit, apparemment objectif et presque neutre, contredit les évidences du sens commun. Il fait naître des réflexions sans fin, de type chrétien et occultiste. Dans les deux œuvres, sans le moindre sermon, le positivisme et la science se trouvent mis en question. Les explications auxquelles l'honnête homme essaie de songer contredisent les faits ou en déplacent le mystère. Le fantastique naît de cette impuissance de la science établie, de cette contradiction à peine feutrée entre le récit et la science positive. Ce n'est pas le charme enfantin, traditionnel et populaire du merveilleux, mais bien une peur irrésistible devant les vérités banales et indiscutables, qui se délitent. On trouve, en deux répliques du* Nouveau-Monde,

*l'un des fondements de sa pensée et de son art : « La Science
explique tout à sa manière. — Exactement ! C'est-à-dire en
transposant le mystérieux dans l'explication. » C'est aussi la
base ou le principe de son ironie. Sauf dans de grandes œuvres
comme* Axël *(voire là aussi), Villiers se garde, le plus souvent,
de s'exprimer en son nom propre ; il n'a pas, même si c'est
l'auteur qui parle, à énoncer l'absolue et indicible vérité : il
laisse à l'adversaire le soin de se détruire lui-même ou bien le
narrateur, faussement modeste, exprime l'émotion qu'il a
éprouvée devant des faits, à l'issue d'une expérience qui l'a
bouleversé.*

*La Revue des Lettres et des Arts vécut plus longtemps
que d'autres, mais dut disparaître le 29 mars 1868. Villiers
avait prouvé (à qui ?) qu'il pouvait jouer le rôle d'un patron.
Peut-être les temps n'étaient-ils pas favorables à une revue de
grande ambition d'écriture et de pensée, où un levain spiritua-
liste s'exténuait à faire lever une pâte somptueusement parnassienne. Villiers (qui, simultanément, connut la profonde
déception d'un mariage manqué, en raison de l'hostilité de sa
famille, avec Estelle Gautier) continua à vivre dans le Paris
littéraire, à se risquer, parfois, dans le Paris mondain. Hôte
assidu du salon de Nina de Villard, il bénéficia, plus tard, de
ses faveurs et, en tout cas, d'un accueil hospitalier fort précieux,
quand la misère fut venue. Il semble que, dans ces jours anciens,
Mathilde Leroy, une actrice belge, lui donna un fils — qu'elle
garda... En 1957, aurait encore vécu, dans le delta du Congo,
un mulâtre qui serait donc le petit-fils du comte de Villiers de
l'Isle-Adam...*

Le 26 juin 1869, dans La Liberté, *journal que possédait
Émile de Girardin, il publiait, sous le titre* Azraël, *ce conte
qu'aima tant Mallarmé et qui figure dans les* Contes cruels,
sous le titre L'Annonciateur. *Cette œuvre porte la marque des
temps : un clinquant d'érudition, un vocabulaire abscons, des*

*longueurs accablantes, dans une histoire en elle-même simple,
qui vaudrait par sa spiritualité, si tant de bijoux et de verroterie
ne pesaient sur elle. J'imagine que Villiers avait écrit cela pour
la* Revue des Lettres et des Arts *et que Girardin l'accepta
par inadvertance. Mais j'ai tort : à la date, ce conte était une
grande œuvre et pouvait séduire le Mallarmé de 1869, comme
celui de 1883.*

*

Villiers fut l'un des premiers, l'un des plus acharnés
défenseurs de Wagner. Dans la revue qu'il dirigea, il s'employa
à l'apologie et à l'illustration du Maître. Le Secret de
l'ancienne musique, *dans les* Contes cruels, *lui est dédié.*
Villiers était, lui-même, un pianiste, un chanteur et un
compositeur. Une seule de ses partitions a été conservée. Son
admiration, poussée jusqu'à l'idolâtrie, n'est pas l'effet d'une
mode, puisque, après Baudelaire, il contribuait à la créer. En
1869 et en 1870, il accompagna Catulle et Judith Mendès et
fit, sur Wagner et sa musique, des reportages en Allemagne et
à Triebschen. Je voudrais savoir ce qui, dans la musique
wagnérienne, le captivait ; quel rapport unit cette admiration et
son écriture. Deux choses fondamentales : Wagner est l'initiateur d'un art nouveau ; sa musique a un sens. Ce n'est pas
l'exploit d'un virtuose, le chef-d'œuvre d'un artisan docile, la
perfection d'un jeu compliqué et gratuit. C'est l'expression
privilégiée d'une réalité autre que la réalité, la révélation de
l'autre bord : « Avec lui et sa poésie, on touche, comme il dit, à
l'autre bord ! » (juillet 1869). Musique et poésie sont et se
veulent idéalistes. C'est, avec le génie d'un maître, la
suggestion harmonieuse d'un Indicible, un message audible,
certes, mais presque tacite, où se trouvent réunies, non confon-
dues, à des niveaux divers, les aspirations spirituelles de

Villiers, son hégélianisme propre, son ésotérisme insinuant, son christianisme délié, mais tenace. Wagner, quant à lui, n'approuvait en aucune façon les idées de Villiers, cet ensemble flou de références philosophiques, cette transcription hérétique d'un sonore évangile nouveau. Et puis, s'il aimait et admettait toutes les admirations, il était, la guerre aidant, hostile à la France, qui l'avait si mal reçu. La dernière rencontre, à Triebschen, eut lieu alors que les hostilités avaient commencé. Ni Cosima (son journal nous renseigne) ni le Maître n'en furent heureux. Villiers et les Mendès s'en allèrent à Tournon, chez les Mallarmé. Dans des conditions incertaines, Villiers s'engagea dans l'armée. Les choses tournant mal, il rejoignit ses parents à Paris où il parada, semble-t-il, sous divers uniformes, avant de s'attarder brièvement parmi les communards, plutôt, sans doute, par patriotisme que par une profonde conviction politique. L'attribution à Villiers d'articles signés Marius n'a, à mes yeux, rien de certain, ni même de probable. Quand les Versaillais eurent pris Paris, il laissa éclater sa joie (il est vrai qu'il pouvait passer pour compromis...).

Je ne chercherai pas à mettre, dans les convictions spirituelles et politiques de Villiers, une unité objective : sa personne, au travers des situations successives, en constitue la seule unité, une unité vivante et ardente. Il n'y a pas un système, mais un ensemble de besoins peut-être contradictoires et de refus pleins de sens. Il demeure fidèle à d'intimes exigences. Cette fidélité absolue permet, au fil des ans, des amitiés divergentes et des engagements peu stables, qui valent plus par ce qu'ils condamnent que par ce qu'ils visent.

*

Une lettre, qu'il adressa à Mallarmé le 11 septembre 1866, semble faire de Villiers un maître à penser : « Je vous

*indiquerai les " Dogmes et Rituels de Haute Magie "
d'Éliphas Lévy, 2 vol. in-8° (1850, Dentu, Paris) s'ils se
trouvent à la bibliothèque de votre ville. Ils sont l'étonnement
même. Quant à Hegel, je suis vraiment bien heureux que vous
ayez accordé quelque attention à ce miraculeux génie, à ce
procréateur sans pareil, à ce reconstructeur de l'Univers. Ah !
maintenant que je l'ai réétudié plus à fond, pendant de longues
nuits, je suis sûr que nous nous amuserions tous les deux à en
causer, mon cher ami. »*

Malgré son apparente autorité, Villiers manifeste un rapport
singulier aux maîtres qu'il propose : Éliphas Lévy n'est pas,
Dieu merci, la vérité, mais « l'étonnement ». Quant à Hegel,
« nous nous amuserions à en causer ». Je ne suis pas sûr que les
doctes hégéliens s'amusent à méditer sur ses œuvres. Mais que
connaissait Villiers des écrits de Hegel ? On ne peut répondre
avec certitude à cette question. Il n'a pu le connaître qu'à travers
la présentation qu'en fit Véra et, au mieux, à travers la
traduction qu'en donna cet Italien (qui publia aussi en anglais).
L'Introduction à la philosophie de Hegel parut en 1855,
puis, de nouveau, en 1864 (édition complétée et corrigée). Il est
difficile de situer Véra. Né en Ombrie, il avait été reçu, en
France, à l'agrégation de philosophie. Après avoir enseigné à
Lille et soutenu une thèse à Paris, il professa à la Sorbonne.
Après le coup d'État, il trouva un poste d'enseignement à
Londres, avant de devenir professeur à l'université de Naples.
Personnage d'une vigueur et d'une prolificité admirables,
consacrant sa vie à une vérité absolue, il encourait la
condamnation de tous les groupes. Les chrétiens s'étonnaient
d'une assimilation de Hegel au Christ : « Penser l'idée en tant
que système ou, ce qui est le même, le système en tant qu'idée ou
dans son idée, voilà l'œuvre gigantesque de cet homme merveilleux, de ce Christ de la pensée, comme l'ont appelé avec un mot

très exact et très profond Foerster et Marcineke, qui a nom Hegel. »

Dom Guéranger *ne devait pas non plus, s'il la connaissait (directement ou indirectement), approuver cette phrase :* « *On sait que la philosophie hégélienne a la prétention d'être la philosophie absolue ou tout simplement la philosophie, suivant l'expression de* Hegel. » *Mais, de l'autre côté, on ne pouvait accepter que le culte de la vérité condamnât la démocratie :* « *Je suppose que ç'a été une faiblesse ou une illusion de tous les temps, que d'en appeler au nombre, et de faire du nombre la pierre de touche, le juge suprême de la vérité. Ce qu'il y a de certain, c'est que notre époque partage l'argument de cette illusion* [...]. *La vérité n'est pas la vérité parce qu'elle a la sanction de la foule, mais parce qu'elle est la vérité.* »

Dans le même esprit, qui devait flatter notre Villiers *dans* l'intime de l'intime, *ainsi que parle* Bossuet, Véra *énonçait :* « *La science n'est pas seulement le contraire de l'ignorance, mais de ce qu'on appelle le sens commun.* » Sans pouvoir entrer dans le détail ni, non plus, appréhender l'ensemble, il m'apparaît que certains énoncés de Véra atteignaient et chatouillaient Villiers dans ses besoins les plus essentiels qui, ainsi autorisés, devenaient conscients. *La lecture de* Véra *joue le rôle d'une* confirmation : « *L'âme hégélienne est cette âme qui, vivant et se mouvant, comme toute autre âme, au sein du système universel des êtres, sent, dès l'enfance, je ne sais par quel bienfait divin, s'éveiller en elle l'amour de l'idée.* » Cette *vocation, cet appel qui consacre et qui dévoue, non seulement* Villiers *croyait l'avoir éprouvée, mais toute sa famille l'avait en lui discernée et, miraculeusement, reconnue. Malgré tant de belles pages d'*Isis *et d'*Axël, *je ne crois pas que* Villiers *ait possédé son* Hegel. *Mais il a retenu, de l'*Introduction *de* Véra, *maintes allusions et assertions qu' le tentaient, qui le charmaient, qui correspondaient à son besoin (chrétien, d'abord) de spiritualité ;*

qui autorisaient, dans les regards jetés sur ce monde, une intime confusion du spirituel et du matériel ; qui, à ses yeux, établissaient la présence d'un au-delà — d'un « autre bord » — dans les limites d'une expérience vivante, une fois qu'on s'était débarrassé des œillères d'une science délibérément réduite au positif du monde. L'âme du philosophe, selon Véra, aime non seulement l'idée, car « en ce cas, elle ne se distinguerait pas de l'âme platonicienne, mais l'idée concrète, une et systématique ». L'idée concrète : *tout est là.* C'est une effusion de *l'autre monde en celui-ci ; c'est la possibilité des* intersignes ; *c'est, pour qui a des yeux pour voir et des oreilles pour entendre, le Salut* hic et nunc, *fût-ce dans la misère et dans les fautes — parce que c'est la présence* réelle *de l'Esprit dans la matière. Bref, « il n'y a pas deux mondes indépendants et séparés, mais l'idéal et le réel ne sont que deux formes nécessaires de l'existence, deux éléments qui font comme la substance de tous les êtres, et qui sont enchaînés par cette unité profonde à laquelle est, pour ainsi dire, suspendue l'unité même de l'univers ». Véra avait écrit : « La pensée pense toutes choses. Seule entre tous les êtres, elle possède la vertu merveilleuse de revêtir toutes les formes, et de s'approprier toutes choses. » N'est-ce pas, là, le point de départ de ce qu'Alan W. Raitt nomme l'illusionnisme de Villiers, de ce qu'exprime un fragment des* Reliques *publié par Pierre-Georges Castex : « Non seulement j'ignore ce que je ne pense pas, mais je ne puis connaître d'une chose que selon la conception que je puis me créer à son sujet. [...] Il est avéré pour moi, désormais, que je ne puis, en réalité, rien connaître d'extérieur à ma Pensée. Donc l'Univers ne sera pour moi que l'idée que je puis m'en faire. »*

*

La mort de Mlle de Kérinou, le 13 août 1871, ouvrit, pour Villiers et ses parents, des années d'une misère dure, qui alla *croissant. Les rêves matrimoniaux ne cessèrent pas. On s'adressa même à des intermédiaires douteux. On peut éprouver de la peine à concilier l'orgueil nobiliaire avec cette recherche d'une décente prostitution dans les bras d'une jeune fille belle et riche : troquer son nom contre une fortune... Mais tant d'autres donnaient l'exemple au comte Auguste de Villiers de l'Isle-Adam ! Combien de grands noms de France ont survécu, grâce à des fonds américains, anglais ou « juifs » ? Rien de tout cela ne me gêne. Mais si, dans les* Contes cruels, *il y a tant de critiques acerbes du culte de l'argent, peut-être Villiers sait-il, naïvement, de quoi il parle. N'ayant pas de race, ni de nom, je suis, peut-être, sot de m'étonner. L'héritage des gloires et le nom des Villiers sont le bien — le seul bien — de l'écrivain : il a le droit et le devoir d'en user à sa guise, pour le mieux de sa réputation, de sa famille et de son éventuelle descendance. Au demeurant, en ses rêves fous de mariage, Villiers trouvait de quoi accroître encore son mépris de la société présente. Il n'éprouvait aucune honte, nul sentiment de culpabilité : il était moins grave de trafiquer de son nom que de trahir son devoir de poète et de penseur. Le mariage se substituait au patronage royal, à une fortune (médiocre, je crois...) que la Révolution avait anéantie. D'ailleurs, dans ses mirages conjugaux, l'argent n'excluait pas l'amour, la beauté et la dignité. C'est ainsi, entre autres, qu'il crut avoir trouvé le salut en Angleterre (où il se rendit, à la fin de décembre 1873), dans la personne d'Anna Eyre Powell, qu'il aima au premier coup d'œil. Le mariage n'eut pas lieu. C'eût été, financièrement, une déception réciproque. Jusqu'à sa liaison avec Marie Dantine, Villiers s'obstina en de vaines recherches, en des espoirs fous qu'il ne dissimulait pas à Mallarmé. Il était bien le fils de son père — perdu en d'impossibles projets, voyant, souvent, une fortune imminente. Incapable de tenir compte des faits passés pour évaluer l'avenir,*

*il se fait de pénibles illusions sur ce qu'il attend. Mêlant,
bizarrement, la confidence d'une authentique misère, l'orgueil de
la plume et le rêve d'un enrichissement, voici ce qu'il écrit, en
février 1879, à son ami Jean Marras :*

« *Je suis habitué à ces contretemps qui ne m'atteignent plus.
Je plains le sort ; et je ne m'en plains pas.*

*D'ailleurs, c'est de ma faute : on s'attire son Sort. Mais
toute épreuve finit. Tiens, avec un peu de persévérance, je
pourrais emprunter dix mille francs sur le drame ; et très
facilement, en donnant pour garantie une part de droit
d'auteur-inconnu, d'auteur* anonyme. *Tu comprends ?* —
*Eh bien, je tenais à finir mon livre : je n'ai pas fait les
démarches nécessaires. L'art avant tout. Advienne que pourra.
Mes leçons m'ont sauvé ainsi que ma famille. Je gagne
40 francs par semaine en tout ; soit cinq francs par jour. Là-
dessus nous vivons trois ; je ne sors qu'une fois toutes les six
semaines. Une côtelette ou une saucisse de Francfort-sur-la-
main ou un œuf dur, une tasse de café et me voilà roi.*

Je finirai par croire que je suis un poète. »

*Villiers ne logeait guère en un endroit déterminé. Il ne
recevait donc personne. Il déménageait, parfois, à la cloche de
bois. Il contractait des dettes. Certains témoignages évoquent
une vie de quasi-clochard — un clochard qui conservait une sorte
d'élégance personnelle. Contraint, pour vivre, de donner des
leçons de boxe, de jouer les* sparring-partner, *de jouer même,
dit-on, les* fou guéri *chez un aliéniste de l'avenue de l'Opéra
— le mépris qu'il exprime pour la société, pour les « bourgeois » en particulier, s'enracine dans cette hautaine expérience
de la pire pauvreté.*

*Il ne publie pas grand-chose durant les toutes premières
années 70, obstiné à écrire* Axël *et à tenter sa chance au théâtre.
Après l'échec de* La Révolte *et l'avortement de* L'Évasion, *le
théâtre ne lui rapporte rien jusqu'au jour où il prend part au*

concours annoncé en 1875, organisé par l'imprésario américain Michaëlis pour célébrer le centenaire de la proclamation de l'indépendance des États-Unis d'Amérique. Présidé par Victor Hugo, le jury proclama, le 22 janvier 1876, les résultats : nul premier prix, deux seconds prix ex aequo, dont l'un pour Villiers. Compte tenu du programme imposé, sa pièce paraît bonne. Jean-Louis Barrault eut raison de la reprendre lors du deuxième centenaire de l'indépendance des États-Unis d'Amérique. L'auteur s'entêta à la faire jouer et à en publier le texte. Sur le premier point, il échoua à l'Ambigu, puis dans un théâtre de Bordeaux. Il réussit, en 1880, à faire paraître Le Nouveau-Monde *chez un certain Richard. Cette publication, ainsi que le coûteux dévouement de ses amis, en favorisa la représentation au Théâtre des Nations, le 19 février 1883. Ce fut, selon Émile Blémont, non pas « un succès bruyant, mais un succès austère et sérieux ». Une presse favorable, mais des querelles entre acteurs, entre acteurs et auteur : on annonça la fin des représentations le 4 mars... Cet échec n'enrichit personne. Mais la faveur de la presse, l'importance de la mise en scène, la propagande habile de ses amis — tout fit de Villiers, au moment même où paraissaient les* Contes cruels, *un homme dont on parle. Simultanément, il avait essayé, en vain, de faire jouer* Le Prétendant, *un remake de Morgane, que Pierre-Georges Castex et Alan W. Raitt ont fait représenter à la télévision, le 31 décembre 1965. Pour Villiers, c'était... trop tard.*

*

En cette année 1883, celle de la publication des Contes cruels, *Villiers est sorti de la pire misère. Mais il avait le don de vivre dans les marges. Les contes publiés dans des revues lui rapportaient des sommes modiques. Son genre de vie — celui de*

*ses parents — l'empêchait de « se faire une position » (comme
le tout jeune Laforgue, il aurait eu cette expression en horreur).
Le 9 janvier 1881, il s'était présenté à des élections, à Paris,
comme candidat royaliste, sans aucun succès, il va de soi. Marie
Dantine, une pauvre et brave femme illettrée qui lui rendait tous
les services matériels, lui donna, le 10 janvier 1881, un fils
qu'il ne reconnut que huit ans plus tard. Cette liaison avec
Marie Dantine demeure, pour moi, énigmatique : pas d'amour,
mais commodité et fidélité. Villiers, sans adresse fixe ou
connue, continue de mener une vie de noctambule. On le cherche,
on le rencontre dans l'un de ses cafés habituels. Certains témoins
le présentent comme une sorte d'alcoolique. Une lettre de Jules
Feuillade (à coup sûr mal intentionné), adressée au royaliste
Daymonaz en date du 28 janvier 1882, donne, à tout le moins,
une idée de la réputation que pouvait se faire Villiers. Après
avoir mentionné le mauvais état de santé du père, Feuillade
poursuit : « La mère, soixante-douze ans, ne vaut guère mieux.
On va s'occuper de la faire admettre dans une maison de
retraite. Quant au fils, depuis deux mois, il a changé dix fois de
logements. On ignore où il campe actuellement. Âgé de
quarante-quatre ans, certainement depuis dix ans surtout, il
aurait pu avec son nom et sa faconde arriver à percer.
Malheureusement les mauvaises fréquentations l'ont perdu.
Depuis longtemps déjà, il a cessé toutes pratiques religieuses. Se
levant tard, fumant beaucoup, buvant à outrance, ses nuits sont
sans sommeil et ses jours agités. Dieu seul peut le ramener au
bercail. Prions pour lui ! »*

*Passons. Il est vrai que, comme tant d'autres en ces années-
là, Villiers est un homme de café. La littérature est, en assez
grande partie, une littérature de café. En ce temps où était née et
se développait l'écriture mallarméenne, il y a, dans les cafés,
dans les salons aussi, une littérature de la parole.
Merveilleux diseur, acteur manqué, narrateur infatigable,*

*Villiers a parlé la plupart de ses contes. Notre lecture, je le
crois, doit essayer de restituer à ces écrits l'animation, les effets,
les silences, les changements de ton et la gesticulation du
discours. On trouvera les témoignages (qui sont légion) dans les
ouvrages d'Alan W. Raitt. Citons celui d'Éphraïm Mikhaël :
« J'ai assisté hier soir à l'Église des culs de bouteille à un
sermon sur l'idée de Dieu par le Révérend Père Auguste Villiers
de l'Isle-Adam. Il est toujours aussi étonnant. Il est arrivé à
dix heures. Quand je suis parti, à une heure moins le quart, il
parlait encore et personne n'avait prononcé une parole. » Citons
encore le nommé Jeanès : « Nous sommes peut-être encore
quelques-uns pour avoir vu naître, se développer et s'enrichir
telles créations de son esprit. Il aimait dire avant de prendre la
plume. Ses corrections, repentirs et béquets, il les parlait. Il
essayait sur notre auditoire l'effet d'un mot ou d'un épisode. Je
lui ai entendu raconter des inventions dont le titre même n'était
pas écrit. »*

*Cette prodigieuse faculté de parole, ce goût des effets oraux,
cette attention à la réception d'un auditoire expliquent, pour une
part, l'admiration qui entoura Villiers, alors même qu'il avait
peu produit et que l'on ne connaissait pas ce qu'il avait publié.
On est sensible au témoignage de Maeterlinck : « Nous avions
l'impression d'être les officiants de je ne sais quelle cérémonie
pieusement sacrilège, de l'envers d'un ciel, qui nous était tout à
coup révélé. [...] Puis chacun rentrait chez soi : les uns
abasourdis, les autres à leur insu mûris ou régénérés au contact
du génie, comme s'ils avaient vécu avec un géant d'un autre
monde. Chaque nuit [...] nous traversions en silence le Paris
ténébreux, ployés sous le poids royal du spectacle et des pensées
dont l'infatigable musicien nous avait accablés. J'ai connu un
certain nombre d'hommes qui ne vivaient qu'aux cimes de la
pensée, je n'en ai pas rencontré qui m'aient donné aussi
nettement, aussi irrévocablement l'impression du génie. »*

Ces phrases des Bulles bleues, *citées par Alan W. Raitt,
on voudrait les commenter longuement. Elles retiennent d'autant
plus l'attention que l'art de Maeterlinck n'a pas grand rapport,
dans la matérialité des* textes, *avec celui de Villiers. Cette
différence, cette divergence des écritures n'a pas interdit à
l'auteur des* Aveugles *la vue la plus légitime et la plus fine de
ces numéros de Villiers — qui n'étaient pas, seulement, des
exercices de noctambule, d'artisanales prouesses de café, mais
qui étaient, aussi, la communication d'un génie. Cette* oralité,
*je la retrouve dans un grand nombre de contes, qui sont écrits,
certes, mais écrits après avoir été dits, écrits pour être entendus,
dans les deux sens du terme. Cette* oralité *ne contredit en rien
une passion scrupuleuse de l'écriture juste, corrosive ou somp-
tueuse, dont l'auteur cherche la perfection de rédaction en
rédaction, de publication en publication. Cette religieuse
obstination à bien* écrire *fonde le paradoxe d'une appréhension
devant la plume, d'un refus de l'acte d'écrire, d'un renvoi à plus
tard, d'une procrastination indéfinie, comme dans cette lettre à
Dujardin, postérieure, il est vrai, aux* Contes cruels :
« Impossible ! J'ai trop peu de temps ; l'histoire est devenue
presque passable et je ne peux pas la bâcler. Mon cher, ce n'est
pas la bonne volonté qui me manque ; cela m'a rendu malade ! Je
voudrais n'avoir qu'à la raconter de vive voix, écrire c'est si
bête » (25 septembre 1887). Le plaisir, c'est la parole, l'effet,
la convergence des regards admiratifs. La plume, c'est la rame
du bagnard embarqué sur la glorieuse galère du génie, assuré
que l'écrit restera, fondera une réputation durable et transmettra
un message toujours dissimulé, à jamais illimité. De là l'orgueil
de l'écrivain qui, conteur oral, avait mangé son pain blanc le
premier : il écarte les délicieuses babioles de l'instant et s'impose
la tâche accablante d'être et de demeurer digne de lui-même. De
là, aussi, ces accès nerveux de susceptibilité, ces fureurs pour un
texte* trafiqué, *par exemple dans cette lettre adressée à*

Mme *Tresse, le 16 avril 1878, à propos du* Secret de
l'ancienne musique :

« *Je vous dirais que, travaillant depuis vingt-deux ans pour
l'exclusif amour de cette absurdité qu'on appelle l'Art littéraire,
il ne me convient pas, d'abord, qu'on se permette de demander
des conseils à des gens de métier pour contrôler ou modifier ce
que j'écris, — même quand il me plaît d'écrire des babioles ; et
ensuite, que je ne commencerai pas aujourd'hui (ni demain) à
souffrir que l'on imprime sous mon nom des choses dont je ne
puis accepter la responsabilité.* [...]

*Je n'aime pas le succès et je n'en veux sous aucun prétexte, s'il
faut l'acheter à ce prix, d'écrire ou de signer des farces de foire
qui sont ou peuvent être* seulement *bouffonnes.*

Le Secret de l'ancienne musique *ne doit être et n'a
jamais été dans ma pensée une* simple farce ; — *et permettez-
moi de vous dire que vous l'avez acheté sans l'avoir lu tel qu'il
doit être, ni entendu, à ce qu'il paraît ; — la fin n'en étant
nullement* amusante. »

*

C'est que Villiers croit (*c'est une partie de son* credo) *que
les écrits, à travers les fils croisés de la trame et de la chaîne,
expriment, en définitive, une âme, une personne : l'écrivain, le
poète, c'est, d'abord, quelqu'un qui se donne, qui pratique
l'ostension de soi-même, en ce qu'il a de plus intime, de moins
anecdotique, de quasiment sacerdotal. A un poète non identifié,
il écrivait, le 11 mars 1886 :* « *Comment prétendre* [...]
ajouter quoi que ce soit à ce qui est, quand même, *la
traduction d'un être en ce qu'il a de plus intime ?* » *Pierre-Georges
Castex a recueilli, dans ses* Reliques de Villiers de l'Isle-
Adam, *ces phrases riches d'un sens inépuisable :* « *Le poète se
reconnaît à ce signe : il ne rêve pas !... Il est ce qu'il rêve et

n'est que cela [...]. *Pour nous, un grand poète n'est que l'impression qu'il laisse de lui à travers son œuvre. Nous ne le reconnaissons qu'à cela !... Son œuvre, c'est la mèche du flambeau ! C'est de quoi regarder en lui et non en ce dont il parle.* »

L'arrangement soigneux des mots aurait donc cette fin primordiale : *l'intimité d'une âme choisie, la propagation sacrée d'un rêve...* Le lecteur d'aujourd'hui, quand l'entravent des méthodes, des postulats et des scrupules inadéquats, trahirait donc le propos du poète : il ne découvre enfin dans l'œuvre qu'un miroir où inventer sa propre image (conforme à tant d'autres) — à quoi on se permet de préférer le fantôme indécis et « indécidable » de Villiers. L'intimité du poète est le lieu d'une présence réelle, *qui réduit le monde positif à sa valeur vraie ; présence de Dieu sans doute ; celle, en tout cas, d'un indicible absolu.* Pour Villiers, les hommes de génie « *sont l'expression suprême de l'Humanité en sa plus haute acception ; ils tiennent d'un monde supérieur, occulte, dont ils attestent l'existence. Ce sont des missionnaires d'une vie ultérieure : ils avertissent, ils élèvent* » *(*Reliques*).*

Que les Contes cruels *révèlent, presque directement, «* l'autre bord *», comme* Véra *ou* L'Intersigne, *ou qu'ils s'attardent à une présentation corrosive de la réalité, comme les* Deux Augures *ou* Les Demoiselles de Bienfilâtre, *le lecteur entrevoit ou éprouve ce rêve que fut l'âme de Villiers et peut, s'il le veut, se laisser « élever », à travers les brouillards de la lecture, vers un quelconque absolu, dont Villiers ne nous dit rien, sinon qu'il est ou devient un de nos besoins fondamentaux — un besoin sans lequel les réalités positives ne seraient que des sirènes à bas prix, nous attirant loin de nous-mêmes, ou des Circé, qui nous métamorphosent en notre propre négation.*

*

*Dès 1877, Villiers songeait à réunir les contes et articles
parus dans un grand nombre de fragiles et petites revues en un
volume. Il s'adressa à Calmann Lévy, qui refusa par une lettre
en date du 30 octobre :* « *Ainsi que je vous l'avais promis, j'ai
fait lire la partie de manuscrit que vous m'aviez remise. J'ai le
regret de vous dire que, d'après le rapport qui m'a été présenté,
les morceaux composant ce manuscrit sont moins des nouvelles
que des* articles de genre, *ou des essais psychologiques et des
fantaisies littéraires. Or, malgré tout le talent qu'on serait forcé
d'y reconnaître, une publication de cette nature n'aurait peut-être
pas grande chance de succès auprès de notre clientèle.* »

*Pierre-Georges Castex a publié ce qui paraît bien être le
sommaire de ce volume. A deux exceptions près, tous ces récits
figurent dans les* Contes cruels *publiés, six ans plus tard, par
le même Calmann Lévy. Le jugement porté par le lecteur du
libraire (mais y eut-il un lecteur et, si oui, a-t-il lu ?) paraît
presque aberrant. Il implique, au mieux, une lecture hâtive de
quelques passages de ces* morceaux. *En 1880, lors de la
publication du* Nouveau-Monde, *Villiers fit figurer, au
verso du faux-titre et du second plat de la couverture, le
sommaire d'un volume de nouvelles, sous le titre d'*Histoires
philosophiques, *qui correspond, à trois exceptions et un
changement de titre près, au contenu (encore incomplet) des*
Contes cruels. *L'ordre des* morceaux (*comme parlait
Calmann Lévy*) *n'est pas le même que dans l'édition de 1883.
Villiers tenta sa chance auprès de Dentu, auprès de Georges
Charpentier (sous le titre d'*Histoires énigmatiques*), puis,
de nouveau, auprès de Calmann Lévy qui, le 19 août 1882,
répondit d'une façon plus agréable :* « *Je vous serais obligé de
venir me voir au sujet du volume que vous m'avez proposé et dont
j'ai pu prendre connaissance.* » *Dès octobre,* La Vie artisti-

que annonçait, comme à paraître, *les* Contes cruels. *Le
librarie mettait le volume en vente, le 9 février 1883. Si on l'en
croit, Villiers avait cédé son œuvre pour 375 francs : c'est peu,
très peu, même en francs Germinal...*

L'auteur avait longtemps hésité sur le titre. En 1867,
Histoires moroses *servait de surtitre à* Claire Lenoir *et à*
L'Intersigne. *Plus tard, dans un manuscrit, Villiers présentait* Les Demoiselles de Bienfilâtre *(sous le titre :* L'Innocente*) comme le premier d'une série de* Contes au fer rouge,
sous le surtitre de Chronique parisienne. *En 1874,* Les
Demoiselles de Bienfilâtre *et* Le Plus Beau Dîner du
monde *paraissent comme des* Contes cruels. *Mais l'auteur
range* Véra *dans une catégorie d'*Histoires mystérieuses *et*
Antonie *dans une autre, plus vague :* Intermèdes. *On a vu,
plus haut, que Villiers avait annoncé, en 1880, des* Histoires
philosophiques *et que l'on avait proposé à Charpentier des*
Histoires énigmatiques.

*Le titre définitif est, sans doute, le meilleur. (*Histoires
philosophiques *correspond à l'ambition de l'auteur, mais
souffre, entre autres, de l'emploi de l'adjectif par Balzac.)*
Contes ironiques *eût parfaitement convenu, mais Charles
Buet publiait un volume sous ce titre. Il me semble que, souvent,
on fait une sorte de contresens sur «* Contes cruels *» : l'adjectif
ne renvoie pas au jeu plus ou moins sadique de la cruauté dans
les récits. Je songe à des expressions comme* souvenir cruel,
*c'est-à-dire qui fait de la peine à celui qui se souvient. Même
s'il n'y a pas de cruauté, à proprement parler, dans l'histoire
racontée, la nature du récit la rend* cruelle au lecteur. *Je retiens
comme significatif que l'expression apparaisse pour qualifier*
Virginie et Paul, Les Demoiselles de Bienfilâtre *et* Le
Plus Beau Dîner du monde, *qui ne comportent objective-
ment aucune cruauté, mais qui sont* cruels à lire, *parce que
l'objectivité fictive du ton et l'ironie corrosive de la diction*

mettent en cause la société dans laquelle nous vivons, l'humanité à laquelle nous appartenons et, à la limite, notre personne ou, du moins, notre personnage.

Les changements nombreux de titre, les modifications apportées à l'ordre des contes, la diversité des sous-titres (ou des surtitres), tout dit assez qu'il n'y a pas, dans ce recueil, d'unité préalable d'intention ni de structure. L'Épilogue nous renvoie à une sorte de volonté divine, d'absolue nécessité, à un inévitable, qui nous invite, non pas à fermer les yeux, mais à nous soumettre librement à ce qui doit être. Tous les contes, ainsi orientés par l'épilogue (qui avait d'abord figuré en tête du recueil), tous ces contes atterrissent à « l'autre bord », quels que soient leur facture, leur fable et leur ton. L'ironie, systématique, confère aux histoires apparemment réalistes une valeur explosive : les débris du réel fictif s'abîment dans un au-delà. Une apparente inversion des valeurs fait des pires des sortes de saints (ou de saintes) ; du bien, ce que la société condamne comme mal ; du nadir de la bêtise, un bizarre zénith. Ce n'est pas un hasard si Villiers a fait se succéder, en tête du recueil, l'histoire des Demoiselles de Bienfilâtre, ces sages ouvrières « qui vont en journée la nuit » et le récit mystérieux de Véra : il faut que nous sachions que ces contes ne se bornent pas à eux-mêmes ; qu'ils sont les allégories d'une vérité ; qu'ils peuvent devenir le symbole d'une foi. La fin n'en est jamais « amusante », comme il l'écrivait à la veuve Tresse à propos du Secret de l'ancienne musique. Que si nous nous amusons (le texte souvent nous y contraint), cet amusement doit culminer dans une stupeur, qui fait le seuil d'une révélation. Tous les contes (en particulier ceux qui s'en prennent au progrès technique, à la science, à l'organisation de la publicité et des succès — littérature d'anticipations dérisoires) disent le même dégoût et la même espérance, à travers une forêt de jeux de mots et de symboles.

Ce n'est pas que ces contes présentent, tous, la même originalité historique. Villiers, qui se laissait piller volontiers, emprunte à Baudelaire, à Edgar Allan Poe, à Théophile Gautier sans le moindre scrupule. Mais ces emprunts, que signaleront brièvement les notes, ne s'accompagnent jamais d'une hypothèque. Villiers demeure son maître dans son conte. Simplement il a aspiré le souffle créateur de ceux qu'il admire. Il a rivalisé avec ses maîtres. Il a, à l'occasion, monté, de façon nouvelle, une pierre précieuse...

Si peu nombreux qu'aient été les comptes rendus, les Contes cruels *firent connaître Villiers d'un plus grand nombre. Il eut plus de facilité à faire paraître, dans des revues et des journaux, des articles, contes ou nouvelles mieux payés qu'auparavant. Dans* A Rebours, *Huysmans lui rendit hommage, avec une finesse efficace. Des Esseintes admire* Vox populi *et célèbre, dans les contes les plus ironiques, « un bafouage d'un comique lugubre [...] un esprit de goguenardise singulièrement inventif et âcre ». Remy de Gourmont salua dans Villiers « notre Poe ». Maxime Gaucher publia, dans* La Revue politique et littéraire, *dès le 24 février 1883, le compte rendu le plus intéressant — le plus intéressant parce que, a priori, Gaucher, qui éreinta* Les Névroses *et* Les Complaintes, *ne paraît favorable ni à Villiers ni à ses amis. Son article, certes, ne va pas, dans l'éloge, plus loin qu'il ne veut. Il y va, pour ainsi dire, malgré lui. Mais Gaucher a, parfaitement, compris la cruauté des contes et reconnaît la qualité de Villiers et de son volume :*

« Contes cruels, nous dit M. Villiers de l'Isle-Adam. Ah! les contes bien nommés! Oui, bien cruels en effet. Une ironie sanglante, un sophisme amer, un désenchantement glacé, un rire funèbre comme celui du fossoyeur d'Hamlet. Çà et là, quelque gaieté, mais une gaieté nerveuse et spasmodique. Si nous rions, nous aussi, c'est d'un rire douloureux. [...] M. de l'Isle-Adam [...] nous chatouille la plante des pieds pour nous faire

rire devant nos illusions, nos rêves, et nos amours qu'il vient de mettre méchamment à mort. Ah! le bourreau!

Ne soyons pas dupes cependant. Beaucoup de ses victimes ne sont qu'étourdies par un coup de casse-tête et n'en mourront pas. Il chante un De profundis sur des ennemis qui vivront plus longtemps que lui. Le paradoxe à outrance peut faire illusion un instant, mais la vérité reprend bientôt ses droits. Il faut dire cependant que le fantaisiste cruel joue de ces paradoxes avec une remarquable virtuosité. Il y a une grande dépense de talent mal employé dans ces pages implacables. Avec cela, du précieux, de l'alambiqué, de la poudre de riz sur le poison des Borgia. En somme, une œuvre irritante, mais distinguée. Jusqu'ici M. Villiers de l'Isle-Adam était un peu comme les barbiers de village qui raseront demain pour rien : il devait faire demain ses preuves ; ce demain n'est plus demain, c'est aujourd'hui ; »

Malgré des réserves sensibles et une hostilité de paroisse, Maxime Gaucher (qui mentionne aussi Le Nouveau-Monde*) a discerné et reconnu la grandeur de Villiers : les compliments des adversaires sont moins douteux que ceux des amis. Les paradoxes l'agacent, mais la vérité, n'est-ce pas, souvent, un paradoxe ? Il a distingué le fonctionnement de la cruauté de ces contes — une cruauté qui sape les illusions du lecteur. Son opinion ne correspond pas à la nôtre : elle est partielle et partiale. Mais, pour l'essentiel, elle paraît pertinente.*

*

Il y a, sans doute, des grâces pour les familles ruinées, pour ceux qui ont perdu leurs privilèges, leurs biens et leurs fonctions. La misère peut aveugler quand elle est natale. Quand elle est l'aboutissement d'une enfance et d'une adolescence plutôt aisées, favorisées par rapport à tant d'autres, quand elle succède à des gloires familiales (même, peut-être, illusoires), quand une sorte

*de libre choix la confirme et qu'on la vit dans un rêve hautain,
elle constitue un observatoire providentiel, un point de vue
panoramique où la fierté du nom, l'inaltérable flamme d'une
race, d'un esprit et d'un cœur s'unissent, pour le meilleur et pour
le pire, à la bassesse du spectacle. Les contraires sont, ici,
juxtaposés, puis fondus, dans la métallurgie d'une écriture
presque mythologique. Les* Contes cruels *sont l'aboutissement
provisoire de cette métallurgie. De grandes âmes y promènent
leur fantôme, silencieusement. Les « bourgeois » — mais le
concierge des* Demoiselles de Bienfilâtre *est aussi un
« bourgeois » — parlent et pensent à tort et à travers. Nul ne
les reprend — ou si peu. L'ironie de Villiers lui fait feindre de
s'effacer devant ceux qu'il méprise : sans jamais donner dans un
vérisme, son réalisme caustique leur prête leurs attitudes, leurs
mots, les mesquineries et l'étroitesse de leurs pensées. C'est bien
eux. On les reconnaît. Mais la goguenardise décelée par*
Huysmans, *mêlée à beaucoup de significatives invraisemblances, fait que, très vite, le lecteur s'aperçoit que ce réalisme-là est
polémique et que les personnages sont des marionnettes déliées
qui donnent un spectacle triste et fou, à ce point qu'il se nie et
renvoie à « l'autre bord »...*

*Il n'est pas sûr que tous ces contes, aujourd'hui, nous
séduisent également. J'ai dit ma réserve à l'égard de* L'Annonciateur *qui n'en constitue pas moins l'*Épilogue *du recueil,
c'est-à-dire le lieu du sens, de la leçon. Laforgue aimait le*
Conte d'amour, *mais je n'y vois, avec tendresse, que l'élégant*
memento quia pulvis es *d'un poète avorté. Nous aimons,
ici, à la fois, les* histoires mystérieuses, *comme celle de*
Véra *ou de* L'Intersigne, *où le fantastique se joue de notre
raison positive et traverse, comme un éclair noir, la sérénité de
nos convictions... Nous aimons les élégances mondaines, sur
fond de guillotine, comme celles du* Convive des dernières
fêtes, *qui creusent une sape sous nos salons, nos lieux de plaisir*

*et nos équilibres concertés. J'aime, par-dessus tout, l'ironie
féroce et drôle à la fois, dont Villiers avait eu la révélation en
1866 (« j'ai obtenu de tels succès de fous rires chez Leconte de
Lisle (Ménard se cachait sous les sophas à force de rire, et les
autres étaient malades) que j'ai bon espoir. Le fait est que je
ferai du bourgeois, si Dieu me prête vie, ce que Voltaire a fait
des " cléricaux ", Rousseau des gentilshommes et Molière des
médecins », écrivait-il à Mallarmé, le 11 septembre), ironie de
tant de contes où sa noblesse de race et d'âme s'en prend à la
société telle qu'elle vit, telle qu'on la vit. Le ton demeure,
presque toujours, celui d'une fausse objectivité, méticuleusement
calculée, de façon que la leçon ne soit jamais dite, mais naisse
insidieusement au fil de la lecture, à travers notre trouble et nos
indignations — qui se retournent contre nous comme un
boomerang. Villiers compte sur une méditation du lecteur qui
finisse par condamner l'argent, la bourgeoisie, l'opinion commune et les fondements d'une société qui apparaît comme une
société anonyme, sans garantie ni responsabilité ; par condamner
aussi la machinerie de la science positive, les « progrès » et la
publicité, le « matérialisme » enfin d'un temps qui, selon
Villiers, a perdu à la fois son cœur, son esprit et son âme.
Fausse objectivité, disais-je. A la fin de chacun de ces contes,
où passent, frêles figures fantomales, tant de gens de race qui
sont de discrètes allusions à l'auteur tel qu'il se rêvait, à la fin
de chacune de ces histoires où se dépose la bêtise, comme une bave
d'escargot, on se rappelle le mot de Villiers, repris par Pierre-
Georges Castex dans les* Reliques *: « Tout mon crime est
d'avoir nié pendant vingt années que le mot canaille eût un
sens. » Ce crime, si c'en est un, il l'a expié dans les* Contes
cruels.*

*Six ans plus tard, après avoir vécu dans une sorte de facilité
désordonnée, entouré des soins affectueux de Méry Laurent et de
Stéphane Mallarmé, juste avant de mourir pieusement d'un*

cancer, le comte Auguste de Villiers de l'Isle-Adam reconnais-sait le fils que lui avait donné Marie Dantine, puis épousait celle-ci.

Fin curieuse : fin cruelle, comme un conte...

Pierre Reboul

P.S. On doit des remerciements considérables à Pierre-Georges Castex et à Alan W. Raitt, sans les travaux et les découvertes desquels cette édition eût été impossible.

Nous reproduisons le texte des *Contes cruels* paru en 1883, à deux exceptions près (cf. la note 1 de la p. 249 et la note 1 de la p. 350).

Contes cruels

LES DEMOISELLES
DE BIENFILÂTRE

A Monsieur Théodore de Banville.

De la lumière !...
Dernières Paroles de Gœthe.

Pascal nous dit qu'au point de vue des faits, le Bien
et le Mal sont une question de « latitude ». En effet, tel
acte humain s'appelle crime, ici, bonne action, là-bas,
et réciproquement. — Ainsi, en Europe, l'on chérit,
généralement, ses vieux parents ; — en certaines tribus
de l'Amérique, on leur persuade de monter sur un
arbre ; puis on secoue cet arbre. S'ils tombent, le
devoir sacré de tout bon fils est, comme autrefois chez
les Messéniens, de les assommer sur-le-champ à
grands coups de tomahawk, pour leur épargner les
soucis de la décrépitude. S'ils trouvent la force de se
cramponner à quelque branche, c'est qu'alors ils sont
encore bons à la chasse ou à la pêche, et alors on
sursoit à leur immolation. Autre exemple : chez les
peuples du Nord, on aime à boire le vin, flot rayonnant
où dort le cher soleil. Notre religion nationale nous

avertit même que « le bon vin réjouit le cœur ». Chez
le mahométan voisin, au sud, le fait est regardé comme
un grave délit. — A Sparte, le vol était pratiqué et
honoré : c'était une institution hiératique, un complé-
ment indispensable à l'éducation de tout Lacédémo-
nien sérieux. De là, sans doute, les grecs. — En
Laponie, le père de famille tient à honneur que sa fille
soit l'objet de toutes les gracieusetés dont peut disposer
le voyageur admis à son foyer. En Bessarabie aussi. —
Au nord de la Perse, et chez les peuplades du Caboul,
qui vivent dans de très anciens tombeaux, si, ayant
reçu, dans quelque sépulcre confortable, un accueil
hospitalier et cordial, vous n'êtes pas, au bout de
vingt-quatre heures, du dernier mieux avec toute la
progéniture de votre hôte, guèbre, parsi ou wahabite, il
y a lieu d'espérer qu'on vous arrachera tout bonnement la tête, — supplice en vogue dans ces climats.
Les actes sont donc indifférents en tant que physiques : la conscience de chacun les fait, seule, bons ou
mauvais. Le point mystérieux qui gît au fond de cet
immense malentendu est cette nécessité native où se
trouve l'Homme de se créer des distinctions et des
scrupules, de s'interdire telle action plutôt que telle
autre, selon que le vent de son pays lui aura soufflé
celle-ci ou celle-là : l'on dirait, enfin, que l'Humanité
tout entière a oublié et cherche à se rappeler, à tâtons,
on ne sait quelle Loi perdue.

Il y a quelques années, florissait, orgueil de nos
boulevards, certain vaste et lumineux café, situé
presque en face d'un de nos théâtres de genre, dont le
fronton rappelle celui d'un temple païen. Là, se
réunissait quotidiennement l'élite de ces jeunes gens
qui se sont distingués depuis, soit par leur valeur

artistique, soit par leur incapacité, soit par leur
attitude dans les jours troubles que nous avons tra-
versés.

Parmi ces derniers, il en est même qui ont tenu les
rênes du char de l'État. Comme on le voit, ce n'était
pas de la petite bière que l'on trouvait dans ce café des
Mille et une nuits. Le bourgeois de Paris ne parlait de
ce pandémonium qu'en baissant le ton. Souventes fois,
le préfet de la ville y jetait négligemment, en manière
de carte de visite, une touffe choisie, un bouquet
inopiné de sergents de ville ; ceux-ci, de cet air distrait
et souriant qui les distingue, y époussetaient alors, en
se jouant, du bout de leurs sorties-de-bal [1], les têtes
espiègles et mutines. C'était une attention qui, pour
être délicate, n'en était pas moins sensible. Le lendemain, il n'y paraissait plus.

Sur la terrasse, entre la rangée de fiacres et le
vitrage, une pelouse de femmes, une floraison de
chignons échappés du crayon de Guys, attifées de
toilettes invraisemblables, se prélassaient sur les chaises, auprès des guéridons de fer battu peints en vert
espérance. Sur ces guéridons étaient délivrés des
breuvages. Les yeux tenaient de l'émerillon et de la
volaille. Les unes conservaient sur leurs genoux un
gros bouquet, les autres un petit chien, les autres rien.
Vous eussiez dit qu'elles attendaient quelqu'un.

Parmi ces jeunes femmes, deux se faisaient remarquer par leur assiduité ; les habitués de la salle célèbre
les nommaient, tout court, Olympe et Henriette.
Celles-là venaient dès le crépuscule, s'installaient dans
une anfractuosité bien éclairée, réclamaient, plutôt par
contenance que par besoin réel, un petit verre de

vespetro[2] ou un « mazagran », puis surveillaient le passant d'un œil méticuleux.

Et c'étaient les demoiselles de Bienfilâtre !

Leurs parents, gens intègres, élevés à l'école du malheur, n'avaient pas eu le moyen de leur faire goûter les joies d'un apprentissage : le métier de ce couple austère consistant, principalement, à se suspendre, à chaque instant, avec des attitudes désespérées, à cette longue torsade qui correspond à la serrure d'une porte cochère. Dur métier ! et pour recueillir, à peine et clairsemés, quelques deniers à Dieu[3] !!! Jamais un terne n'était sorti pour eux à la loterie ! Aussi Bienfilâ-tre maugréait-il, en se faisant, le matin, son petit caramel[4]. Olympe et Henriette, en pieuses filles, comprirent, de bonne heure, qu'il fallait intervenir. Sœurs de joie depuis leur plus tendre enfance, elles consacrèrent le prix de leurs veilles et de leurs sueurs à entretenir une aisance modeste, il est vrai, mais honorable dans la loge. — « Dieu bénit nos efforts », disaient-elles parfois, car on leur avait inculqué de bons principes et, tôt ou tard, une première éducation, basée sur des principes solides, porte ses fruits. Lors-qu'on s'inquiétait de savoir si leurs labeurs, excessifs quelquefois, n'altéraient pas leur santé, elles répon-daient, évasivement, avec cet air doux et embarrassé de la modestie et en baissant les yeux : « Il y a des grâces d'état... »

Les demoiselles de Bienfilâtre étaient, comme on dit, de ces ouvrières « qui vont en journée la nuit ». Elles accomplissaient, aussi dignement que possible, (vu certains préjugés du monde), une tâche ingrate, sou-vent pénible. Elles n'étaient pas de ces désœuvrées qui proscrivent, comme déshonorant, le saint calus du

travail, et n'en rougissaient point. On citait d'elles
plusieurs beaux traits dont la cendre de Montyon avait
dû tressaillir dans son beau cénotaphe. — Un soir,
entre autres, elles avaient rivalisé d'émulation et
s'étaient surpassées elles-mêmes pour solder la sépul-
ture d'un vieux oncle, lequel ne leur avait cependant
légué que le souvenir de taloches variées dont la
distribution avait eu lieu naguère, aux jours de leur
enfance. Aussi étaient-elles vues d'un bon œil par tous
les habitués de la salle estimable, parmi lesquels se
trouvaient des gens qui ne transigeaient pas. Un signe
amical, un bonsoir de la main répondaient toujours à
leur regard et à leur sourire. Jamais personne ne leur
avait adressé un reproche ni une plainte. Chacun
reconnaissait que leur commerce était doux, affable.
Bref, elles ne devaient rien à personne, faisaient
honneur à tous leurs engagements et pouvaient, par
conséquent, porter haut la tête. Exemplaires, elles
mettaient de côté pour l'imprévu, pour « quand les
temps seraient durs », pour se retirer honorablement
des affaires un jour. — Rangées, elles fermaient le
dimanche. En filles sages, elles ne prêtaient point
l'oreille aux propos des jeunes muguets, qui ne sont
bons qu'à détourner les jeunes filles de la voie rigide du
devoir et du travail. Elles pensaient qu'aujourd'hui la
lune seule est gratuite en amour. Leur devise était :
« Célérité, Sécurité, Discrétion »; et, sur leurs cartes
de visite, elles ajoutaient : « Spécialités. »

Un jour, la plus jeune, Olympe, tourna mal. Jusqu'alors irréprochable, cette malheureuse enfant
écouta les tentations auxquelles l'exposait plus que
d'autres (qui la blâmeront trop vite peut-être) le

milieu où son état la contraignait de vivre. Bref, elle fit une faute : — elle aima.

Ce fut sa première faute ; mais qui donc a sondé l'abîme où peut nous entraîner une première faute ? Un jeune étudiant, candide, beau, doué d'une âme artiste et passionnée, mais pauvre comme Job, un nommé Maxime, dont nous taisons le nom de famille, lui conta des douceurs et la mit à mal.

Il inspira la passion céleste à cette pauvre enfant qui, vu sa position, n'avait pas plus de droits à l'éprouver qu'Ève à manger le fruit divin de l'Arbre de la Vie. De ce jour, tous ses devoirs furent oubliés. Tout alla sans ordre et à la débandade. Lorsqu'une fillette a l'amour en tête, va te faire lanlaire !

Et sa sœur, hélas ! cette noble Henriette, qui maintenant pliait, comme on dit, sous le fardeau ! Parfois, elle se prenait la tête dans les mains, doutant de tout, de la famille, des principes, de la Société même ! — « Ce sont des mots ! » criait-elle. Un jour, elle avait rencontré Olympe vêtue d'une petite robe noire, en cheveux, et une petite jatte de fer-blanc à la main. Henriette, en passant, sans faire semblant de la reconnaître, lui avait dit très bas : « Ma sœur, votre conduite est inqualifiable ! Respectez, au moins, les apparences ! »

Peut-être, par ces paroles, espérait-elle un retour vers le bien.

Tout fut inutile. Henriette sentit qu'Olympe était perdue ; elle rougit et passa.

Le fait est qu'on avait jasé dans la salle honorable. Le soir, lorsque Henriette arrivait seule, ce n'était plus le même accueil. Il y a des solidarités. Elle s'apercevait de certaines nuances, humiliantes. On lui marquait plus de froideur depuis la nouvelle de la malversation d'Olympe. Fière, elle souriait comme le jeune Spartiate dont un renard déchirait la poitrine, mais, en ce cœur sensible et droit, tous ces coups portaient. Pour la vraie délicatesse, un rien fait plus de mal souvent que l'outrage grossier, et, sur ce point, Henriette était d'une sensibilité de sensitive. Comme elle dut souffrir !

Et le soir donc, au souper de la famille ! Le père et la mère, baissant la tête, mangeaient en silence. On ne parlait point de l'absente. Au dessert, au moment de la liqueur, Henriette et sa mère, après s'être jeté un regard, à la dérobée, et avoir essuyé une larme respective, avaient un muet serrement de main sous la table. Et le vieux portier, désaccordé, tirait alors le cordon, sans motif, pour dissimuler quelque pleur. Parfois, brusque et en détournant la tête, il portait la main à sa boutonnière comme pour en arracher de vagues décorations.

Une fois, même, le suisse tenta de recouvrer sa fille. Morne, il prit sur lui de gravir les quelques étages du jeune homme. Là : — « Je désirerais ma pauvre enfant ! sanglota-t-il. — Monsieur, répondit Maxime, je l'aime, et vous prie de m'accorder sa main. — Misérable ! » s'était exclamé Bienfilâtre en s'enfuyant, révolté de ce « cynisme ».

Henriette avait épuisé le calice. Il fallait une dernière tentative ; elle se résigna donc à risquer tout, même le scandale. Un soir, elle apprit que la déplorable Olympe devait venir au café régler une ancienne petite dette : elle prévint sa famille, et l'on se dirigea vers le café lumineux.

Pareille à la Mallonia déshonorée par Tibère et se présentant devant le Sénat romain pour accuser son violateur, avant de se poignarder en son désespoir,

Henriette entra dans la salle des austères. Le père et la mère, par dignité, restèrent à la porte. On prenait le café. A la vue d'Henriette, les physionomies s'aggravèrent d'une certaine sévérité ; mais comme on s'aperçut qu'elle voulait parler, les longues plaquettes des journaux s'abaissèrent sur les tables de marbre et il se fit un religieux silence : il s'agissait de juger.

L'on distinguait dans un coin, honteuse et se faisant presque invisible, Olympe et sa petite robe noire, à une petite table isolée.

Henriette parla. Pendant son discours, on entrevoyait, à travers le vitrage, les Bienfilâtre inquiets, qui regardaient sans entendre. A la fin, le père n'y put tenir ; il entrebâilla la porte, et, penché, l'oreille au guet, la main sur le bouton de la serrure, il écoutait.

Et des lambeaux de phrases lui arrivaient lorsque Henriette élevait un peu la voix : — « L'on se devait à ses semblables !... Une telle conduite... C'était se mettre à dos tous les gens sérieux... Un galopin qui ne lui donne pas un radis !... Un vaurien !... — L'ostracisme qui pesait sur elle... Dégager sa responsabilité... Une fille qui a jeté son bonnet par-dessus les moulins !... qui baye aux grues..., qui, naguère encore... tenait le haut du pavé... Elle espérait que la voix de ces messieurs, plus autorisée que la sienne, que les conseils de leur vieille expérience éclairée... ramèneraient à des idées plus saines et plus pratiques... On n'est pas sur la terre pour s'amuser !... Elle les suppliait de s'entremettre... Elle avait fait appel à des souvenirs d'enfance !... à la voix du sang ! Tout avait été vain... Rien ne vibrait plus en elle. Une fille perdue ! — Et quelle aberration !... Hélas ! »

A ce moment, le père entra, courbé, dans la salle

honorable. A l'aspect du malheur immérité, tout le
monde se leva. Il est de certaines douleurs qu'on ne
cherche pas à consoler. Chacun vint, en silence, serrer
la main du digne vieillard, pour lui témoigner, discrètement, de la part qu'on prenait à son infortune.

Olympe se retira, honteuse et pâle. Elle avait hésité
un instant, se sentant coupable, à se jeter dans les bras
de la famille et de l'amitié, toujours ouverts au
repentir. Mais la passion l'avait emporté. Un premier
amour jette dans le cœur de profondes racines qui
étouffent jusqu'aux germes des sentiments antérieurs.

Toutefois l'esclandre avait eu, dans l'organisme
d'Olympe, un retentissement fatal. Sa conscience,
bourrelée, se révoltait. La fièvre la prit le lendemain.
Elle se mit au lit. Elle *mourait de honte,* littéralement. Le
moral tuait le physique : la lame usait le fourreau.

Couchée dans sa petite chambrette, et sentant les
approches du trépas, elle appela. De bonnes âmes
voisines lui amenèrent un ministre du ciel. L'une
d'entre elles émit cette remarque qu'Olympe était
faible et avait besoin de prendre des *fortifications.* Une
fille à tout faire lui monta donc un potage.

Le prêtre parut.

Le vieil ecclésiastique s'efforça de la calmer par des
paroles de paix, d'oubli et de miséricorde.

— J'ai eu un amant !... murmurait Olympe, s'accu-
sant ainsi de son déshonneur.

Elle omettait toutes les peccadilles, les murmures,
les impatiences de sa vie. Cela, seulement, lui venait à
l'esprit : c'était l'obsession. « Un amant ! Pour le
plaisir ! Sans rien gagner ! » Là était le crime.

Elle ne voulait pas atténuer sa faute en parlant de sa
vie antérieure, jusque-là toujours pure et toute d'abné-

gation. Elle sentait bien que là elle était irréprochable.
Mais cette honte, où elle succombait, d'avoir fidèle-
ment gardé de l'amour à un jeune homme sans
position et qui, suivant l'expression exacte et venge-
resse de sa sœur, ne lui donnait pas un radis !
Henriette, qui n'avait jamais failli, lui apparaissait
comme dans une gloire. Elle se sentait condamnée et
redoutait les foudres du souverain juge, vis-à-vis
duquel elle pouvait se trouver face à face, d'un
moment à l'autre.

L'ecclésiastique, habitué à toutes les misères humaines, attribuait au délire certains points qui lui paraissaient inexplicables, — diffus même —, dans la
confession d'Olympe. Il y eut là, peut-être, un quiproquo, certaines expressions de la pauvre enfant ayant
rendu l'abbé rêveur, deux ou trois fois. Mais le
repentir, le remords, étant le point unique dont il
devait se préoccuper, peu importait le *détail* de la
faute ; la bonne volonté de la pénitente, sa douleur
sincère suffisaient. Au moment donc où il allait élever
la main pour absoudre, la porte s'ouvrit bruyamment :
c'était Maxime, splendide, l'air heureux et rayonnant,
la main pleine de quelques écus et de trois ou quatre
napoléons qu'il faisait danser et sonner triomphale-
ment. Sa famille s'était exécutée à l'occasion de ses
examens : c'était pour ses inscriptions.

Olympe, sans remarquer d'abord cette significative
circonstance atténuante, étendit, avec horreur, ses
bras vers lui.

Maxime s'était arrêté, stupéfait de ce tableau.

— Courage, mon enfant !... murmura le prêtre, qui
crut voir, dans le mouvement d'Olympe, un adieu
définitif à l'objet d'une joie coupable et immodeste.

En réalité, c'était seulement le *crime* de ce jeune homme qu'elle repoussait, — et ce crime était de n'être pas « sérieux ».

Mais au moment où l'auguste pardon descendait sur elle, un sourire céleste illumina ses traits innocents ; le prêtre pensa qu'elle se sentait sauvée et que d'obscures visions séraphiques transparaissaient pour elle sur les mortelles ténèbres de la dernière heure. — Olympe, en effet, venait de voir, vaguement, les pièces du métal sacré reluire entre les doigts transfigurés de Maxime. Ce fut, seulement, *alors,* qu'elle sentit les effets salutaires des miséricordes suprêmes ! Un voile se déchira. C'était le miracle ! Par ce signe évident, elle se voyait pardonnée d'en haut, et rachetée.

Éblouie, la conscience apaisée, elle ferma les paupières comme pour se recueillir avant d'ouvrir ses ailes vers les bleus infinis. Puis ses lèvres s'entr'ouvrirent et son dernier souffle s'exhala, comme le parfum d'un lis, en murmurant ces paroles d'espérance : — « Il a éclairé [5] ! »

VÉRA

A Madame la comtesse d'Osmoy.

> La forme du corps lui est
> plus *essentielle* que sa sub-
> stance.
>
> *La Physiologie moderne.*

L'Amour est plus fort que la Mort, a dit Salomon :
oui, son mystérieux pouvoir est illimité.

C'était à la tombée d'un soir d'automne, en ces
dernières années, à Paris. Vers le sombre faubourg
Saint-Germain, des voitures, allumées déjà, roulaient,
attardées, après l'heure du Bois. L'une d'elles s'arrêta
devant le portail d'un vaste hôtel seigneurial, entouré
de jardins séculaires ; le cintre était surmonté de
l'écusson de pierre, aux armes de l'antique famille des
comtes d'Athol, savoir : *d'azur, à l'étoile abîmée d'argent,*
avec la devise « PALLIDA VICTRIX », sous la couronne retroussée d'hermine au bonnet princier. Les
lourds battants s'écartèrent. Un homme de trente à
trente-cinq ans, en deuil, au visage mortellement pâle,

descendit. Sur le perron, de taciturnes serviteurs
élevaient des flambeaux. Sans les voir, il gravit les
marches et entra. C'était le comte d'Athol.

Chancelant, il monta les blancs escaliers qui condui-
saient à cette chambre où, le matin même, il avait
couché dans un cercueil de velours et enveloppé de
violettes, en des flots de batiste, sa dame de volupté, sa
pâlissante épousée, Véra, son désespoir.

En haut, la douce porte tourna sur le tapis; il
souleva la tenture.

Tous les objets étaient à la place où la comtesse les
avait laissés la veille. La Mort, subite, avait foudroyé.
La nuit dernière, sa bien-aimée s'était évanouie en des
joies si profondes, s'était perdue en de si exquises
étreintes, que son cœur, brisé de délices, avait défailli :
ses lèvres s'étaient brusquement mouillées d'une pourpre mortelle. A peine avait-elle eu le temps de donner à
son époux un baiser d'adieu, en souriant, sans une
parole : puis ses longs cils, comme des voiles de deuil,
s'étaient abaissés sur la belle nuit de ses yeux.

La journée sans nom était passée.

Vers midi, le comte d'Athol, après l'affreuse cérémonie du caveau familial, avait congédié au cimetière la
noire escorte. Puis, se renfermant, seul, avec l'ensevelie, entre les quatre murs de marbre, il avait tiré sur lui
la porte de fer du mausolée. — De l'encens brûlait sur
un trépied, devant le cercueil; — une couronne
lumineuse de lampes, au chevet de la jeune défunte,
l'étoilait.

Lui, debout, songeur, avec l'unique sentiment d'une
tendresse sans espérance, était demeuré là, tout le jour.
Sur les six heures, au crépuscule, il était sorti du lieu
sacré. En refermant le sépulcre, il avait arraché de la

serrure la clef d'argent, et, se haussant sur la dernière
marche du seuil, il l'avait jetée doucement dans
l'intérieur du tombeau. Il l'avait lancée sur les dalles
intérieures par le trèfle qui surmontait le portail. —
Pourquoi ceci?... A coup sûr d'après quelque résolu-
tion mystérieuse de ne plus revenir.

Et maintenant il revoyait la chambre veuve.

La croisée, sous les vastes draperies de cachemire
mauve broché d'or, était ouverte : un dernier rayon du
soir illuminait, dans un cadre de bois ancien, le grand
portrait de la trépassée. Le comte regarda, autour de
lui, la robe jetée, la veille, sur un fauteuil ; sur la
cheminée, les bijoux, le collier de perles, l'éventail à
demi fermé, les lourds flacons de parfums qu'*Elle* ne
respirerait plus. Sur le lit d'ébène aux colonnes
tordues, resté défait [1], auprès de l'oreiller où la place de
la tête adorée et divine était visible encore au milieu
des dentelles, il aperçut le mouchoir rougi de gouttes
de sang où sa jeune âme avait battu de l'aile un
instant ; le piano ouvert, supportant une mélodie
inachevée à jamais ; les fleurs indiennes cueillies par
elle, dans la serre, et qui se mouraient dans de vieux
vases de Saxe ; et, au pied du lit, sur une fourrure
noire, les petites mules de velours oriental, sur lesquelles une devise rieuse de Véra brillait, brodée en perles :
Qui verra Véra l'aimera. Les pieds nus de la bien-aimée y
jouaient hier matin, baisés, à chaque pas, par le duvet
des cygnes ! — Et là, là, dans l'ombre, la pendule, dont
il avait brisé le ressort pour qu'elle ne sonnât plus
d'autres heures.

Ainsi elle était partie !... *Où* donc !... Vivre maintenant ? — Pour quoi faire ?... C'était impossible,
absurde.

Et le comte s'abîmait en des pensées inconnues.
Il songeait à toute l'existence passée. — Six mois
s'étaient écoulés depuis ce mariage. N'était-ce pas à
l'étranger, au bal d'une ambassade qu'il l'avait vue
pour la première fois ?... Oui. Cet instant ressuscitait
devant ses yeux, très distinct. Elle lui apparaissait là,
radieuse. Ce soir-là, leurs regards s'étaient rencontrés.
Ils s'étaient reconnus, intimement, de pareille nature,
et devant s'aimer à jamais.

Les propos décevants, les sourires qui observent, les
insinuations, toutes les difficultés que suscite le monde
pour retarder l'inévitable félicité de ceux qui s'appar-
tiennent, s'étaient évanouis devant la tranquille certitude qu'ils eurent, à l'instant même, l'un de l'autre.

Véra, lassée des fadeurs cérémonieuses de son
entourage, était venue vers lui dès la première circonstance contrariante, simplifiant ainsi, d'auguste façon,
les démarches banales où se perd le temps précieux de
la vie.

Oh ! comme, aux premières paroles, les vaines
appréciations des indifférents à leur égard leur semblè-
rent une volée d'oiseaux de nuit rentrant dans les
ténèbres ! Quel sourire ils échangèrent ! Quel ineffable
embrassement !

Cependant leur nature était des plus étranges, en
vérité ! — C'étaient deux êtres doués de sens merveilleux, mais exclusivement terrestres. Les sensations se
prolongeaient en eux avec une intensité inquiétante.
Ils s'y oubliaient eux-mêmes à force de les éprouver.
Par contre, certaines idées, celles de l'âme, par exemple, de l'Infini, *de Dieu même,* étaient comme voilées à
leur entendement. La foi d'un grand nombre de
vivants aux choses surnaturelles n'était pour eux

qu'un sujet de vagues étonnements : lettre close dont
ils ne se préoccupaient pas, n'ayant pas qualité pour
condamner ou justifier. — Aussi, reconnaissant bien
que le monde leur était étranger, ils s'étaient isolés,
aussitôt leur union, dans ce vieux et sombre hôtel, où
l'épaisseur des jardins amortissait les bruits du dehors.

Là, les deux amants s'ensevelirent dans l'océan de
ces joies languides et perverses où l'esprit se mêle à la
chair mystérieuse ! Ils épuisèrent la violence des désirs,
les frémissements et les tendresses éperdues. Ils devinrent le battement de l'être l'un de l'autre. En eux,
l'esprit pénétrait si bien le corps, que leurs formes leur
semblaient intellectuelles, et que les baisers, mailles
brûlantes, les enchaînaient dans une fusion idéale.
Long éblouissement ! Tout à coup, le charme se
rompait ; l'accident terrible les désunissait ; leurs bras
s'étaient désenlacés. Quelle ombre lui avait pris sa
chère morte ? Morte ! non. Est-ce que l'âme des
violoncelles est emportée dans le cri d'une corde qui se
brise ?

Les heures passèrent.

Il regardait, par la croisée, la nuit qui s'avançait
dans les cieux : et la Nuit lui apparaissait *personnelle ;*
elle lui semblait une reine marchant, avec mélancolie,
— dans l'exil, et l'agrafe de diamant de sa tunique de
deuil, Vénus, seule, brillait, au-dessus des arbres,
perdue au fond de l'azur.

— C'est Véra, pensa-t-il.

A ce nom, prononcé tout bas, il tressaillit en homme
qui s'éveille ; puis, se dressant, regarda autour de lui.

Les objets, dans la chambre, étaient maintenant
éclairés par une lueur jusqu'alors imprécise, celle
d'une veilleuse, bleuissant les ténèbres, et que la nuit,

montée au firmament, faisait apparaître ici comme une autre étoile. C'était la veilleuse, aux senteurs d'encens, d'un iconostase, reliquaire familial de Véra. Le triptyque, d'un vieux bois précieux, était suspendu, par sa sparterie russe, entre la glace et le tableau. Un reflet des ors de l'intérieur tombait, vacillant, sur le collier, parmi les joyaux de la cheminée.

Le plein-nimbe de la Madone en habits de ciel brillait, rosacé de la croix byzantine dont les fins et rouges linéaments, fondus dans le reflet, ombraient d'une teinte de sang l'orient ainsi allumé des perles. Depuis l'enfance, Véra plaignait, de ses grands yeux, le visage maternel et si pur de l'héréditaire madone, et, de sa nature, hélas! ne pouvant lui consacrer qu'un *superstitieux* amour, le lui offrait parfois, naïve, pensivement, lorsqu'elle passait devant la veilleuse.

Le comte, à cette vue, touché de rappels douloureux jusqu'au plus secret de l'âme, se dressa, souffla vite la lueur sainte, et, à tâtons, dans l'ombre, étendant la main vers une torsade, sonna.

Un serviteur parut : c'était un vieillard vêtu de noir ; il tenait une lampe, qu'il posa devant le portrait de la comtesse. Lorsqu'il se retourna, ce fut avec un frisson de superstitieuse terreur qu'il vit son maître debout et souriant comme si rien ne se fût passé.

— Raymond, dit tranquillement le comte, *ce soir, nous sommes accablés de fatigue, la comtesse et moi* ; tu serviras le souper vers dix heures. — A propos, nous avons résolu de nous isoler davantage, ici, dès demain. Aucun de mes serviteurs, hors toi, ne doit passer la nuit dans l'hôtel. Tu leur remettras les gages de trois années, et qu'ils se retirent. — Puis, tu fermeras la barre du portail ; tu allumeras les flambeaux en bas, dans la salle à manger ; tu nous suffiras. — Nous ne recevrons personne à l'avenir.

Le vieillard tremblait et le regardait attentivement.

Le comte alluma un cigare et descendit aux jardins.

Le serviteur pensa d'abord que la douleur trop lourde, trop désespérée, avait égaré l'esprit de son maître. Il le connaissait depuis l'enfance ; il comprit, à l'instant, que le heurt d'un réveil trop soudain pouvait être fatal à ce somnambule. Son devoir, d'abord, était le respect d'un tel secret.

Il baissa la tête. Une complicité dévouée à ce religieux rêve ? Obéir ?... Continuer de *les* servir sans tenir compte de la Mort ? — Quelle étrange idée !... Tiendrait-elle une nuit ?... Demain, demain, hélas !... Ah ! qui savait ?... Peut-être !... — Projet sacré, après tout ! — De quel droit réfléchissait-il ?...

Il sortit de la chambre, exécuta les ordres à la lettre et, le soir même, l'insolite existence commença.

Il s'agissait de créer un mirage terrible.

La gêne des premiers jours s'effaça vite. Raymond, d'abord avec stupeur, puis par une sorte de déférence et de tendresse, s'était ingénié si bien à être naturel, que trois semaines ne s'étaient pas écoulées qu'il se sentit, par moments, presque dupe lui-même de sa bonne volonté. L'arrière-pensée pâlissait ! Parfois, éprouvant une sorte de vertige, il eut besoin de se dire que la comtesse était positivement défunte. Il se prenait à ce jeu funèbre et oubliait à chaque instant la réalité. Bientôt il lui fallut plus d'une réflexion pour se convaincre et se ressaisir. Il vit bien qu'il finirait par s'abandonner tout entier au magnétisme effrayant dont le comte pénétrait peu à peu l'atmosphère autour d'eux. Il avait peur, une peur indécise, douce.

D'Athol, en effet, vivait absolument dans l'inconscience de la mort de sa bien-aimée ! Il ne pouvait que la trouver toujours présente, tant la forme de la jeune femme était mêlée à la sienne. Tantôt, sur un banc du jardin, les jours de soleil, il lisait, à haute voix, les poésies qu'elle aimait ; tantôt, le soir, auprès du feu, les deux tasses de thé sur un guéridon, il causait avec l'*Illusion* souriante, assise, à ses yeux, sur l'autre fauteuil.

Les jours, les nuits, les semaines s'envolèrent. Ni l'un ni l'autre ne savait ce qu'ils accomplissaient. Et des phénomènes singuliers se passaient maintenant, où il devenait difficile de distinguer le point où l'imaginaire et le réel étaient identiques. Une présence flottait dans l'air : une forme s'efforçait de transparaître, de se tramer sur l'espace devenu indéfinissable.

D'Athol vivait double, en illuminé. Un visage doux et pâle, entrevu comme l'éclair, entre deux clins d'yeux ; un faible accord frappé au piano, tout à coup ; un baiser qui lui fermait la bouche au moment où il allait parler, des affinités de pensées *féminines* qui s'éveillaient en lui en réponse à ce qu'il disait, un dédoublement de lui-même tel, qu'il sentait, comme en un brouillard fluide, le parfum vertigineusement doux de sa bien-aimée auprès de lui, et, la nuit, entre la veille et le sommeil, des paroles entendues très bas : tout l'avertissait. C'était une négation de la Mort élevée, enfin, à une puissance inconnue !

Une fois, d'Athol la sentit et la vit si bien auprès de lui, qu'il la prit dans ses bras : mais ce mouvement la dissipa.

— Enfant ! murmura-t-il en souriant.

Et il se rendormit comme un amant boudé par sa maîtresse rieuse et ensommeillée.

Le jour de *sa* fête, il plaça, par plaisanterie, une immortelle dans le bouquet qu'il jeta sur l'oreiller de Véra.

— Puisqu'elle se croit morte, dit-il.

Grâce à la profonde et toute-puissante volonté de M. d'Athol, qui, à force d'amour, forgeait la vie et la présence de sa femme dans l'hôtel solitaire, cette existence avait fini par devenir d'un charme sombre et persuadeur. — Raymond, lui-même, n'éprouvait plus aucune épouvante, s'étant graduellement habitué à ces impressions.

Une robe de velours noir aperçue au détour d'une allée; une voix rieuse qui l'appelait dans le salon; un coup de sonnette le matin, à son réveil, comme autrefois; tout cela lui était devenu familier: on eût dit que la morte jouait à l'invisible, comme une enfant. Elle se sentait aimée tellement! C'était bien *naturel*.

Une année s'était écoulée.

Le soir de l'Anniversaire, le comte, assis auprès du feu, dans la chambre de Véra, venait de *lui* lire un fabliau florentin: *Callimaque*. Il ferma le livre; puis en se servant du thé:

— *Douschka,* dit-il, te souviens-tu de la Vallée-des-Roses, des bords de la Lahn, du château des Quatre-Tours?... Cette histoire te les a rappelés, n'est-ce pas?

Il se leva, et, dans la glace bleuâtre, il se vit plus pâle qu'à l'ordinaire. Il prit un bracelet de perles dans une coupe et regarda les perles attentivement. Véra ne les avait-elle pas ôtées de son bras, tout à l'heure, avant de se dévêtir? Les perles étaient encore tièdes et leur orient plus adouci, comme par la chaleur de sa chair.

Et l'opale de ce collier sibérien, qui aimait aussi le beau sein de Véra jusqu'à pâlir, maladivement, dans son treillis d'or, lorsque la jeune femme l'oubliait pendant quelque temps ! Autrefois, la comtesse aimait pour cela cette pierrerie fidèle !... Ce soir l'opale brillait comme si elle venait d'être quittée et comme si le magnétisme exquis de la belle morte la pénétrait encore. En reposant le collier et la pierre précieuse, le comte toucha par hasard le mouchoir de batiste dont les gouttes de sang étaient humides et rouges comme des œillets sur de la neige !... Là, sur le piano, qui donc avait tourné la page finale de la mélodie d'autrefois ? Quoi ! la veilleuse sacrée s'était rallumée, dans le reliquaire ! Oui, sa flamme dorée éclairait mystiquement le visage, aux yeux fermés, de la Madone ! Et ces fleurs orientales, nouvellement cueillies, qui s'épanouissaient là, dans les vieux vases de Saxe, quelle main venait de les y placer ? La chambre semblait joyeuse et douée de vie, d'une façon plus significative et plus intense que d'habitude. Mais rien ne pouvait surprendre le comte ! Cela lui semblait tellement normal, qu'il ne fit même pas attention que l'heure sonnait à cette pendule arrêtée depuis une année.

Ce soir-là, cependant, on eût dit que, du fond des ténèbres, la comtesse Véra s'efforçait adorablement de revenir dans cette chambre tout embaumée d'elle ! Elle y avait laissé tant de sa personne ! Tout ce qui avait constitué son existence l'y attirait. Son charme y flottait ; les longues violences faites par la volonté passionnée de son époux y devaient avoir desserré les vagues liens de l'Invisible autour d'elle !...

Elle y était *nécessitée*. Tout ce qu'elle aimait, c'était là.

Elle devait avoir envie de venir se sourire encore en cette glace mystérieuse où elle avait tant de fois admiré son lilial visage ! La douce morte, là-bas, avait tressailli, certes, dans ses violettes, sous les lampes éteintes ; la divine morte avait frémi, dans le caveau, toute seule, en regardant la clef d'argent jetée sur les dalles. Elle voulait s'en venir vers lui, aussi ! Et sa volonté se perdait dans l'idée de l'encens et de l'isolement. La Mort n'est une circonstance définitive que pour ceux qui espèrent des cieux ; mais la Mort, et les Cieux, et la Vie, pour elle, n'était-ce pas leur embrassement ? Et le baiser solitaire de son époux attirait ses lèvres, dans l'ombre. Et le son passé des mélodies, les paroles enivrées de jadis, les étoffes qui couvraient son corps et en gardaient le parfum, ces pierreries magiques qui la *voulaient,* dans leur obscure sympathie, — et surtout l'immense et absolue impression de sa présence, opinion partagée à la fin par les choses elles-mêmes, tout l'appelait là, l'attirait là depuis si longtemps, et si insensiblement, que, guérie enfin de la dormante Mort, il ne manquait plus qu'*Elle seule !*

Ah ! les Idées sont des êtres vivants !... Le comte avait creusé dans l'air la forme de son amour, et il fallait bien que ce vide fût comblé par le seul être qui lui était homogène, autrement l'Univers aurait croulé. L'impression passa, en ce moment, définitive, simple, absolue, qu'*Elle devait être là, dans la chambre !* Il en était aussi tranquillement certain que de sa propre existence, et toutes les choses, autour de lui, étaient saturées de cette conviction. On l'y voyait ! Et, *comme il ne manquait plus que Véra elle-même,* tangible, extérieure, *il fallut bien qu'elle s'y trouvât* et que le grand Songe de la Vie et de la Mort entr'ouvrît un moment ses portes

infinies ! Le chemin de résurrection était envoyé par la
foi jusqu'à elle ! Un frais éclat de rire musical éclaira
de sa joie le lit nuptial ; le comte se retourna. Et là,
devant ses yeux, faite de volonté et de souvenir,
accoudée, fluide, sur l'oreiller de dentelles, sa main
soutenant ses lourds cheveux noirs, sa bouche délicieusement entr'ouverte en un sourire tout emparadisé de
voluptés, belle à en mourir, enfin ! la comtesse Véra le
regardait un peu endormie encore.

— Roger !... dit-elle d'une voix lointaine.

Il vint auprès d'elle. Leurs lèvres s'unirent dans une
joie divine, — oublieuse, — immortelle !

Et ils s'aperçurent, *alors*, qu'ils n'étaient, réellement,
qu'*un seul être*.

Les heures effleurèrent d'un vol étranger cette extase
où se mêlaient, pour la première fois, la terre et le ciel.

Tout à coup, le comte d'Athol tressaillit, comme
frappé d'une réminiscence fatale.

— Ah ! maintenant, je me rappelle !... dit-il. Qu'ai-
je donc ? — Mais tu es morte !

A l'instant même, à cette parole, la mystique
veilleuse de l'iconostase s'éteignit. Le pâle petit jour du
matin, — d'un matin banal, grisâtre et pluvieux —,
filtra dans la chambre par les interstices des rideaux.
Les bougies blêmirent et s'éteignirent, laissant fumer
âcrement leurs mèches rouges ; le feu disparut sous une
couche de cendres tièdes ; les fleurs se fanèrent et se
desséchèrent en quelques moments ; le balancier de la
pendule reprit graduellement son immobilité. La *certitude* de tous les objets s'envola subitement. L'opale,
morte, ne brillait plus ; les taches de sang s'étaient
fanées aussi, sur la batiste, auprès d'elle ; et s'effaçant
entre les bras désespérés qui voulaient en vain l'étrein-

dre encore, l'ardente et blanche vision rentra dans l'air et s'y perdit. Un faible soupir d'adieu, distinct, lointain, parvint jusqu'à l'âme de Roger. Le comte se dressa ; il venait de s'apercevoir qu'il était seul. Son rêve venait de se dissoudre d'un seul coup ; il avait brisé le magnétique fil de sa trame radieuse avec une seule parole. L'atmosphère était, maintenant, celle des défunts.

Comme ces larmes de verre, agrégées illogiquement, et cependant si solides qu'un coup de maillet sur leur partie épaisse ne les briserait pas, mais qui tombent en une subite et impalpable poussière si l'on en casse l'extrémité plus fine que la pointe d'une aiguille, tout s'était évanoui.

— Oh ! murmura-t-il, c'est donc fini ! — Perdue !... Toute seule ! — Quelle est la route, maintenant, pour parvenir jusqu'à toi ? Indique-moi le chemin qui peut me conduire vers toi !...

Soudain, comme une réponse, un objet brillant tomba du lit nuptial, sur la noire fourrure, avec un bruit métallique : un rayon de l'affreux jour terrestre l'éclaira !... L'abandonné se baissa, le saisit, et un sourire sublime illumina son visage en reconnaissant cet objet : c'était la clef du tombeau.

VOX POPULI

A Monsieur Leconte de Lisle.

> Le soldat prussien fait son
> café dans une lanterne sourde.
>
> Le sergent HOFF.

Grande revue aux Champs-Élysées, ce jour-là !

Voici douze ans de subis depuis cette vision. — Un soleil d'été brisait ses longues flèches d'or sur les toits et les dômes de la vieille capitale. Des myriades de vitres se renvoyaient des éblouissements : le peuple, baigné d'une poudreuse lumière, encombrait les rues pour voir l'armée.

Assis, devant la grille du parvis Notre-Dame, sur un haut pliant de bois, — et les genoux croisés en de noirs haillons —, le centenaire Mendiant, doyen de la Misère de Paris, — face de deuil au teint de cendre, peau sillonnée de rides couleur de terre —, mains jointes sous l'écriteau qui consacrait légalement sa cécité, offrait son aspect d'ombre au *Te Deum* de la fête environnante.

Tout ce monde, n'était-ce pas son prochain ? Les passants en joie, n'étaient-ce pas ses frères ? A coup sûr, Espèce humaine ! D'ailleurs, cet hôte du souverain portail n'était pas dénué de tout bien : l'État lui avait reconnu le droit d'être aveugle.

Propriétaire de ce titre et de la respectabilité inhérente à ce lieu des aumônes sûres qu'officiellement il occupait, possédant enfin qualité d'électeur, c'était notre égal, — à la Lumière près.

Et cet homme, sorte d'attardé chez les vivants, articulait, de temps à autre, une plainte monotone, — syllabisation évidente du profond soupir de toute sa vie :

— « Prenez pitié d'un pauvre aveugle, s'il vous plaît ! »

Autour de lui, sous les puissantes vibrations tombées du beffroi, — *dehors*, là-bas, au-delà du mur de ses yeux —, des piétinements de cavalerie, et, par éclats, des sonneries aux champs, des acclamations mêlées aux salves des Invalides, aux cris fiers des commandements, des bruissements d'acier, des tonnerres de tambours scandant des défilés interminables d'infanterie, toute une rumeur de gloire lui arrivait ! Son ouïe suraiguë percevait jusqu'à des flottements d'étendards aux lourdes franges frôlant des cuirasses. Dans l'entendement du vieux captif de l'obscurité, mille éclairs de sensations, pressenties et indistinctes, s'évoquaient ! Une divination l'avertissait de ce qui enfiévrait les cœurs et les pensées dans la Ville.

Et le peuple, fasciné, comme toujours, par le prestige qui sort, pour lui, des coups d'audace et de fortune, proférait, en clameur, ce vœu du moment :

— « Vive l'Empereur ! »

Mais, entre les accalmies de toute cette triomphale
tempête, une voix perdue s'élevait du côté de la grille
mystique. Le vieux homme, la nuque renversée contre
le pilori de ses barreaux, roulant ses prunelles mortes
vers le ciel, oublié de ce peuple dont il semblait, seul,
exprimer le vœu véritable, le vœu caché sous les
hurrahs, le vœu secret et personnel, psalmodiait,
augural intercesseur, sa phrase maintenant mystérieuse :

— « Prenez pitié d'un pauvre aveugle, s'il vous
plaît ! »

Grande revue aux Champs-Élysées, ce jour-là !

Voici *dix* ans d'envolés depuis le soleil de cette fête !
Mêmes bruits, mêmes voix, même fumée ! Une sourdine, toutefois, tempérait alors le tumulte de l'allégresse publique. Une ombre aggravait les regards. Les
salves convenues de la plate-forme du Prytanée se
compliquaient, cette fois, du grondement éloigné des
batteries de nos forts. Et, tendant l'oreille, le peuple
cherchait à discerner déjà, dans l'écho, la réponse des
pièces ennemies qui s'approchaient.

Le gouverneur passait, adressant à tous maints
sourires et guidé par l'amble-trotteur de son fin cheval.
Le peuple, rassuré par cette confiance que lui inspire
toujours une tenue irréprochable, alternait de chants
patriotiques les applaudissements tout militaires dont
il honorait la présence de ce soldat.

Mais les syllabes de l'ancien vivat furieux s'étaient
modifiées : le peuple, éperdu, proférait ce vœu du
moment :

— « Vive la République ! »

Et, là-bas, du côté du seuil sublime, on distinguait

toujours la voix solitaire de Lazare. Le Diseur de
l'arrière-pensée populaire ne modifiait pas, lui, la
rigidité de sa fixe plainte.

Ame sincère de la fête, levant au ciel ses yeux
éteints, il s'écriait, entre des silences, et avec l'accent
d'une constatation :

— « Prenez pitié d'un pauvre aveugle, s'il vous
plaît ! »

Grande revue aux Champs-Élysées, ce jour-là !
Voici *neuf* ans de supportés depuis ce soleil trouble !
Oh ! mêmes rumeurs ! mêmes fracas d'armes !
mêmes hennissements ! Plus assourdis encore, toutefois, que l'année précédente ; criards, pourtant.

— « Vive la Commune ! » clamait le peuple au vent
qui passe.

Et la voix du séculaire Élu de l'Infortune redisait,
toujours, là-bas, au seuil sacré, son refrain rectificateur
de l'unique pensée de ce peuple. Hochant la tête vers le
ciel, il gémissait dans l'ombre :

— « Prenez pitié d'un pauvre aveugle, s'il vous
plaît ! »

Et, deux lunes plus tard, alors qu'aux dernières
vibrations du tocsin, le Généralissime des forces régu-
lières de l'État passait en revue ses deux cent mille
fusils, hélas ! encore fumants de la triste guerre civile,
le peuple, terrifié, criait, en regardant brûler, au loin,
les édifices :

— « Vive le Maréchal ! »

Là-bas, du côté de la salubre enceinte, l'immuable
Voix, la voix du vétéran de l'humaine Misère, répétait
sa machinalement douloureuse et impitoyable obsé-
cration :

— « Prenez pitié d'un pauvre aveugle, s'il vous plaît ! »

Et, depuis, d'année en année, de revues en revues, de vociférations en vociférations, quel que fût le nom jeté aux hasards de l'espace par le peuple en ses *vivats,* ceux qui écoutent, attentivement, les bruits de la terre, ont toujours distingué, au plus fort des révolutionnaires clameurs et des fêtes belliqueuses qui s'ensuivent, la Voix lointaine, la Voix *vraie,* l'intime Voix du symbolique Mendiant terrible ! — du Veilleur de nuit criant l'heure exacte du Peuple, — de l'incorruptible factionnaire de la conscience des citoyens, de celui qui restitue intégralement la prière occulte de la Foule et en résume le soupir.

Pontife inflexible de la Fraternité, ce Titulaire autorisé de la cécité physique n'a jamais cessé d'implorer, en médiateur inconscient, la charité divine, pour ses frères de l'intelligence.

Et, lorsque enivré de fanfares, de cloches et d'artillerie, le Peuple, troublé par ces vacarmes flatteurs, essaye en vain de se masquer à lui-même son vœu véritable, sous n'importe quelles syllabes mensongèrement enthousiastes, le Mendiant, lui, la face au Ciel, les bras levés, à tâtons, dans ses grandes ténèbres, se dresse au seuil éternel de l'Église, — et, d'une voix de plus en plus lamentable, mais qui semble porter au-delà des étoiles, continue de crier sa rectification de prophète :

— « Prenez pitié d'un pauvre aveugle, s'il vous plaît ! »

DEUX AUGURES

Surtout, pas de génie !
Devise moderne.

Jeunes gens de France, âmes de penseurs et d'écrivains, maîtres d'un Art futur, jeunes créateurs qui venez, l'éclair au front, confiants en votre foi nouvelle, déterminés à prendre, s'il le faut, cette devise, par exemple, que je vous offre : « ENDURER, POUR DURER ! » vous qui, perdus encore, sous votre lampe d'étude, en quelque froide chambre de la capitale, vous êtes dit, tout bas : « Ô presse puissante, à moi tes milliers de feuilles, où j'écrirai des pensées d'une beauté nouvelle ! » vous avez le légitime espoir qu'il vous sera permis d'y parler selon ce que vous avez mission de dire, et non d'y ressasser ce que la cohue en démence veut qu'on lui dise, — vous pensez, humbles et pauvres, que vos pages de lumière, jetées à l'Humanité, payeront, au moins, le prix de votre pain quotidien et l'huile de vos veilles ?

Eh bien, écoutez le colloque bizarre et d'apparence

paradoxale, — (quoique du plus incontestable des réalismes), — qui s'est établi, récemment, entre un directeur certain de l'une de ces gazettes et l'un de nos amis, lequel s'était déguisé un jour, par curiosité, en aspirant journaliste.

, Cette scène ayant l'air, en mon esprit, *de se passer toujours,* — et toutes autres, de ce genre, ne devant être, au fond, — tacites ou parlées, — que la monnaie de celle-là (l'éternelle !) — je me vois contraint, ô vous qui êtes prédestinés à la rénover vous-mêmes, de la placer au présent de l'indicatif.

Pénétrons en ce cabinet, presque toujours d'un si beau vert, où le directeur, — un de ces hommes qui traitent les honnêtes bourgeois de « matière abonnable », — est assis devant la table, un coude appuyé sur le bras de son fauteuil, le menton dans la main, paraissant méditer et jouant négligemment de l'autre main avec le traditionnel couteau d'ivoire.

Apparaît un garçon de salle : il remet une carte à ce penseur.

Celui-ci la prend, y jette un coup d'œil distrait, puis hausse d'inquiets sourcils et, après un tressaillement léger, se remettant :

— Un « *Inconnu* » ? murmure-t-il ; — peuh ! quelque Gascon, se vantant pour arriver jusqu'à moi. Tout le monde est connu, aujourd'hui, percé à jour. — Et quelle mine a ce monsieur ?

— C'est un jeune homme, monsieur.

— Diable ! Faites entrer.

L'instant d'après apparaît notre jeune ami.

Le directeur se lève et de sa voix la plus engageante :

— C'est bien à un inconnu que j'ai l'honneur de parler ? murmure-t-il.

— Jamais je n'eusse osé me présenter sans ce titre, répond le soi-disant plumitif.

— Veuillez bien prendre la peine de vous asseoir.

— Je viens vous offrir une petite chronique d'actualité, — un peu leste, naturellement...

— Cela va sans dire. Venons au fait. Votre prix serait de combien la ligne ?

— Mais, de trois francs à trois francs cinquante ? N'est-ce pas ? répond, gravement, le néophyte.

(Soubresaut du directeur.)

— Permettez : le « Montépin », le « Hugo » même, le « du Terrail » enfin, ne se payent pas ce taux-là ! réplique-t-il.

Le jeune homme se lève et, d'un ton froid :

— Je vois que monsieur le directeur oublie que je suis *to-ta-le-ment* inconnu ! dit-il.

Un silence.

— Rasseyez-vous, je vous prie. Les affaires ne se traitent pas comme cela. Je ne disconviens pas que, par le temps qui court, un inconnu ne soit, en effet, un oiseau rare ; toutefois...

— J'ajouterai, monsieur, — interrompt, d'un ton dégagé, l'aspirant écrivain —, que je suis, oh ! mais sans l'ombre de talent, d'une absence de talent... magistrale ! Ce qu'on appelle un « crétin » dans le langage du monde. Mon seul talent, c'est d'être rompu aux arcanes des boxes anglaise et irlandaise, un peu serrées. — Quant à la Littérature, je vous le déclare, c'est pour moi lettre close et scellée de sept cachets.

— Hein ? s'écrie le directeur tremblant de joie, — vous vous prétendez sans talent littéraire, jeune présomptueux !

— Je suis en mesure de prouver, séance tenante, mon impéritie en la matière.

— Impossible, hélas! — Vous vous vantez!... balbutie le directeur, évidemment remué au plus secret de ses plus vieux espoirs.

— Je suis, continue l'étranger avec un doux sourire, ce qui s'appelle un terne et suffisant grimaud, doué d'une niaiserie d'idées et d'une trivialité de style de premier ordre, une plume banale par excellence.

— Vous? Allons donc! — Ah! si c'était vrai!

— Monsieur, je vous jure...

— A d'autres! reprend le directeur, les yeux humectés et avec un mélancolique sourire.

Puis, regardant le jeune homme avec attendrissement :

— Oui, voilà bien la Jeunesse, qui ne doute de rien! le feu sacré! les illusions! Du premier coup, l'on se croit arrivé!... — Aucun talent, dites-vous? Mais, savez-vous bien, monsieur, qu'il faut, de nos jours, être un homme des plus remarquables pour n'avoir aucun talent? un homme considérable?... que, souvent, ce n'est qu'au prix d'une cinquantaine d'années de luttes, de travaux, d'humiliations et de misère que l'on y arrive et que l'on n'est, alors, qu'un parvenu? Ô jeunesse! printemps de la vie! *Primavera della vita!* Mais moi, monsieur, — moi, qui vous parle —, voici vingt ans que je cherche un homme QUI N'AIT PAS DE TALENT!... Entendez-vous?... Jamais je n'ai pu en trouver un. J'ai dépensé plus d'un demi-million à cette chasse au merle blanc : je me suis « emballé » dans cette folle entreprise! Que voulez-vous! J'étais jeune, candide, je me suis ruiné. — Tout le monde a du talent, aujourd'hui, mon cher monsieur; vous tout

comme les autres. Ne nous surfaisons pas. Croyez-moi,
c'est inutile. C'est vieux jeu, c'est *ficelle,* cela ne prend
plus. Soyons sérieux.

— Monsieur, de tels soupçons... Si j'avais du talent,
je ne serais pas ici !

— Et où seriez-vous donc ?

— A me soigner, je vous prie de le croire.

— Le fait est, gazouille, alors, le directeur en se
radoucissant et toujours avec son fin sourire, le fait est
que mon garçon de salle, — tenez, le gracieux qui m'a
remis votre carte (un licencié ès lettres, s'il vous plaît,
et palmé comme tel — hein ! comme c'est beau la
Science ! De nos jours cela mène à tout !) — n'est rien
moins que l'auteur de trois ou quatre magnifiques
ouvrages dramatiques et, passez-moi le mot, « littéraires », couronnés, enfin, dans maints concours de
l'Institut de France sur des centaines d'autres, repré-
sentés de préférence, naturellement, aux siens. Eh
bien, le malheureux n'a voulu suivre aucun traitement ! Aussi, de l'aveu de ses meilleurs amis, n'est-ce,
en réalité, qu'un fol qui ne saurait arriver à rien. Ils le
déclarent, avec des larmes dans la voix, un ivrogne, un
bohème, un proxénète, un filou et un *raté,* en ajoutant,
les yeux au ciel : « Quel dommage ! » — Mon Dieu, je
sais bien qu'à Paris, — où il est convenu que tout le
monde est déshonoré le matin et réhabilité le soir, —
cela ne tire pas à conséquence ; — au fond, c'est même
une réclame ; — mais sa maladroite insouciance n'en
sachant pas extraire une fortune, avouez qu'il est
légitime qu'on lui en veuille. C'est donc par pure
humanité que je daigne le soustraire, momentané-
ment, à l'hospice. Revenons à vous. — *Inconnu et sans
l'ombre de talent,* disons-nous ? — Non, je ne puis y

croire. Votre fortune serait faite et la mienne aussi.
C'est six francs la ligne que je vous offrirais ! —
Voyons, entre nous, qui me garantit la nullité de cet
article ?

— Lisez, monsieur ! articule, avec fierté, le jeune
tentateur.

— On voit que vous échappez de l'Adolescence
d'hier à peine, monsieur ! — répond, en riant, le
directeur : nous ne lisons que ce que nous sommes
décidés à ne jamais publier. On n'imprime que la
copie dûment illisible. Et, tenez, la vôtre semble, à vue
de pince-nez, entachée d'une certaine calligraphie, —
ce qui est déjà d'assez mauvais augure. Cela pourrait
vous faire soupçonner de soigner ce que vous faites.
Or, tout journaliste vraiment digne de ce grand titre
doit n'écrire qu'au trait de la plume, n'importe ce qui
lui passe par la tête, — et, surtout, sans se relire ! Va
comme je te pousse ! Et avec des convictions dues
seulement à l'humeur du moment et à la couleur du
journal. Et marche !... Il est évident qu'un bon journal
quotidien, sans cela, ne paraîtrait jamais ! On n'a pas
le loisir, cher monsieur, de perdre du temps à réfléchir
à ce que l'on dit, lorsque le train de la province attend
nos ballots de papier ; enfin, c'est évident cela ! Il faut
bien que l'abonné se figure qu'il lit quelque chose,
vous comprenez. Et si vous saviez comme le reste, au
fond, lui est égal !

— Rassurez-vous, monsieur : c'est le copiste...

— Vous faites copier ! — Malheureux ! Plaisantez-
vous ?

— Ma copie était non seulement illisible, mais
surchargée de telles fautes d'orthographe et de fran-

çais... que, ma foi... pour le premier article... j'ai
pensé...

— Raisons de plus, au contraire, pour me l'apporter telle quelle ! — Le diamant ne saura donc jamais sa
valeur ? — Les fautes d'orthographe, de français !...
Ignorez-vous que l'on ne peut obtenir des protes qu'ils
ne les corrigent pas, — ce qui enlève, souvent, tout le
sel d'un article ? Mais c'est précisément là ce naturel,
ce montant, ce primesautier que prisent si fort les vrais
connaisseurs ! Le citadin aime les coquilles, monsieur !
Cela le flatte de les apercevoir. Surtout en province.
Vous avez eu le plus grand tort. Enfin ! — Et... l'avez-
vous soumise à quelque expert, cette chronique ?

— Vous l'avouerai-je, monsieur le directeur ? Doutant de moi-même, car je n'ai pas de génie, Dieu
merci...

— Peste ! je l'espère bien ! interrompt le directeur
après un coup d'œil furtif sur un revolver placé à côté
de lui.

— Après avoir cherché le type devant représenter la
bonne moyenne des intelligences publiques pour cette
grande épreuve, mon choix s'est arrêté sur mon —
(tant pis, je dis le mot !) — sur mon « pipelet », —
lequel est un vieux commissionnaire auvergnat, blanchi le long des rampes, surmené par les sursauts
nocturnes et qu'une trop exclusive lecture d'envelop-
pes de lettres a rendu, littéralement, hagard.

— Hé ! hé ! grommelle, alors, le directeur, devenu
très attentif, — le choix était, en effet, aussi subtil que
pratique et judicieux. Car le public raffole, remarquez
ceci, de l'Extraordinaire ! Mais, comme il ne sait pas
très bien *en quoi* consiste, en littérature (passez-moi
toujours le mot), ce même Extraordinaire dont il

raffole, il s'ensuit, à mes yeux, que l'appréciation d'un portier doit sembler préférable, en bon journalisme, à celle du Dante. — Et... quel verdict a rendu l'homme du cordon, s'il vous plaît?

— Transporté! Ravi! Aux anges! Au point de m'arracher ma copie des mains pour la relire lui-même, craignant d'avoir été dupe de mon débit. C'est lui qui m'a fourni le mot de la fin.

— L'écervelé! Au lieu de me l'adresser directement! Voyez-vous, un penseur l'a dit, — ou aurait dû le dire —, l'idéal du journaliste, c'est, d'abord, le *Reporter,* ensuite le Fruit sec, à sourcils froncés (j'entends froncés naturellement, comme on frise), qui insulte d'une façon grossière et au hasard, — et qui se bat de même, avec les naïfs qui n'en lèvent pas les épaules —, pour faire consacrer, par la lâcheté publique, sa rageuse médiocrité. Ce duo du chanteur et du danseur est la vie de tout journal qui se respecte un peu. En dehors des « articles » de ces deux Colonnes, tous autres ne devraient se composer que de « mots de la fin » enfilés, comme des perles, au hasard du petit bonheur. Le public ne lit pas un journal pour penser ou réfléchir, que diable! — On lit comme on mange. — Allons, je me décide à parcourir votre affaire : — oui, voyons, si la valeur n'attend point chez vous (comme l'a si bien dit je ne sais plus quel auteur latin) le nombre des années...

— Voici le manuscrit! dit l'écrivain rayonnant et en tendant son œuvre avec un air de fatuité juvénile.

Au bout de trois minutes, le directeur tressaille, puis rejette, avec dédain, les feuilles volantes sur la table.

— Là! gémit-il avec un profond soupir; j'en étais sûr! Encore une déception : mais je ne les compte plus.

— Hein? murmure, comme effrayé, le jeune héros.

— Hélas! mon noble ami, mais c'est plein de talent,
ça! Je suis fâché de vous le dire! Ça vaut trois sous la
ligne, — et encore parce que vous êtes inconnu. Dans
huit jours, si je l'insère, ce sera gratis, et, dans quinze,
ce sera vous qui me payerez, — à moins que vous ne
preniez un pseudonyme. Mais oui, mais oui; soyons
sérieux, à la fin! Vous n'êtes pas sérieux, et, je le vois,
vous ne pourrez que bien difficilement le devenir,
ayant, par malheur, cette qualité de talent qui fait que
vous êtes (pardon de l'expression) un écrivain... et non
pas un impudent malvat sans conscience ni pensée,
ainsi que vous vous vantiez tout à l'heure de l'être,
pour surprendre ma religion, ma bienveillance, ma
caisse et mon estime.

— Non!... balbutie, d'un visage atterré, le prétendu
aspirant de la plume quotidienne, — vous devez
commettre une erreur... Il y a malentendu. Vous
n'avez pas lu... avec attention...

— Mais cela empeste la Littérature à faire baisser le
tirage de cinq mille en vingt-quatre heures! s'écrie le
directeur. La *qualité* seule du style, vous dis-je, constitue le talent! Un million de plumitifs peuvent, *dans un
journal,* tracer l'exposé d'une soi-disant idée... Ah! *black
upon white!* Un seul écrivain s'avise-t-il de l'énoncer, à
son tour et à sa manière, cette idée, dans un *livre?* tout
le reste est oublié. Plus personne! L'on dirait un coup
de vent sur du sable. — Certes, c'est fort énigmatique;
mais, qu'y faire? c'est ainsi. — Donc, si vous êtes un
écrivain, vous êtes l'ennemi-né de tout journal.

« Si encore vous n'aviez que de l'esprit : ça se vend
toujours un peu, ça. Mais le pire, c'est que vous laissez
pressentir dans l'*on ne sait quoi* de votre phrase que vous

cherchez à dissimuler votre intelligence pour ne pas
effaroucher le lecteur ! Que diable, les gens n'aiment
pas qu'on les humilie ! La puissance impressionnante
de votre style naturel transparaît, encore un coup, sous
cet effort même, attendu qu'il n'y a pas d'orthopédie
capable de guérir d'un vice aussi essentiel, aussi
rédhibitoire ! — Vous imprimer ? Mais j'aimerais
mieux copier le Bottin ! Ce serait plus pratique. En un
mot, vous avez l'air, là-dedans, d'un monsieur qui,
sachant que telle femme, dont il convoite la dot, a le
goût des bancroches, affecte une claudication mensongère pour se bien faire venir de la dame, — ou d'un
étrange collégien qui, pour s'attirer l'estime et le
respect de ses professeurs, de ses camarades, se ferait
teindre les cheveux en blanc. — Monsieur, les quelques pages que je viens de parcourir me suffisent pour
savoir *très bien* à qui j'ai affaire. — Personne n'est dupe
aujourd'hui ! Le public a son instinct, son flair, aussi
sûr que celui d'un animal. Il connaît les siens et ne se
trompe jamais. Il vous devine. Il pressent que, sachant
au mieux la valeur, la signification réelle et sombre de
vos écrits, vous regardez son appréciation, éloge ou
blâme, comme la poudre de vos bottines ; qu'enfin ses
vagues et insoucieux propos à votre égard sont, pour
vous, comme le gloussement d'un dindon ou le bruit
du vent dans une serrure. Le visible effort que, —
poussé par quelque détresse financière, sans doute —,
vous avez commis ici pour vous niveler à ses « idées »
l'insulte horriblement. La gaucherie de votre humilité
de commande a des hésitations meurtrières pour les
bouffissures de son apathique suffisance. Votre épouvantable coup de chapeau lui écrase le nez en paraissant lui demander l'aumône : cela ne se pardonne pas,

cela, de lecteur à auteur. Les hommes de génie peuvent seuls se permettre, dans leurs *livres,* de ces familiarités alors tolérables, car s'ils prennent quelquefois leur lecteur aux cheveux et lui secouent la boîte osseuse d'un poing calme et souverain, ce n'est que pour le contraindre à relever la tête ! — Mais, dans un *journal,* monsieur, ces façons-là sont, au moins, déplacées : elles compromettent l'avenir de la feuille aux yeux du Conseil d'administration. En effet, voici l'inconvénient de pareils articles.

« Le bourgeois, en les parcourant d'un cerveau brouillé par les affaires, écarquille les yeux, vous traite, tout bas, de « poète », sourit *in petto* et se désabonne, — en déclarant, tout haut, que vous avez BEAUCOUP de talent ! — Il montre ainsi, d'une part, que vos écrits *ne l'ont pas atteint;* de l'autre, il vous assassine aux yeux de ses confrères qui le devinent, prennent ce diapason, vous embaument dans les louanges et, de confiance ou d'instinct, *ne vous lisent jamais,* car ils ont flairé, en vous, une âme, c'est-à-dire la chose qu'ils haïssent le plus au monde. — Et c'est moi qui paye !

(Ici le directeur se croise les bras en regardant son interlocuteur avec des yeux ternes :)

— Ah çà ! est-ce que vous prenez le public pour un imbécile, par hasard ? Vous êtes étonnant, ma parole d'honneur ! Il est doué d'un autre genre... d'intelligence que vous, voilà tout.

— Cependant, répond, en souriant, le littérateur démasqué, il semblerait, en vous écoutant, que, de nous deux, celui qui outrage le plus sincèrement le public... ce n'est pas moi ?

— Sans aucun doute, mon jeune ami ! Seulement, je

le bafoue, moi, d'une manière pratique et qui me
rapporte. En effet, le bourgeois (qui est l'ennemi de
tout et de lui-même) me rétribuera toujours, indivi-
duellement, pour flatter sa vilenie, mais à une condition ! c'est que je lui laisse croire que c'est à son voisin
que je parle. Qu'importe le style en cette affaire ? La
seule devise qu'un homme de lettres sérieux doive
adopter de nos jours est celle-ci : Sois médiocre !
C'est celle que j'ai choisie. De là, ma notoriété. — Ah !
c'est qu'en fait de bourgeoisie française, nous ne
sommes plus au temps d'Eustache de Saint-Pierre,
voyez-vous ! — Nous avons progressé. L'Esprit
humain marche ! Aujourd'hui le tiers état, tout entier,
ne désire plus, et avec raison, qu'expulser en paix et à
son gré ses flatuosités, acarus et borborygmes. Et
comme il a, par l'or et par le nombre, la force des
taureaux révoltés contre le berger, le mieux est de se
naturaliser en lui. — Or vous arrivez, vous, prétendant
lui faire ingurgiter des bonbonnes d'aloès liquide dans
des coquemards d'or ciselé. Naturellement il regimbe-
ra, non sans une grimace, ne tenant pas à ce qu'on
lui purge, de force, l'intellect ! Et il me reviendra, tout
de suite, à moi, préférant, après tout, reboire mon gros
vin frelaté dans mon vieux gobelet sale, vu l'habitude,
cette seconde nature. Non, poète ! aujourd'hui la mode
n'est pas au génie ! — Les rois, tout ennuyeux qu'ils
soient, approuvent et honorent Shakespeare, Molière,
Wagner, Hugo, etc. ; les républiques bannissent
Eschyle, proscrivent le Dante, décapitent André Ché-
nier. En république, voyez-vous, on a bien autre chose
à faire que d'avoir du génie ! On a tant d'affaires sur
les bras, vous comprenez. Mais cela n'empêche pas les
sentiments. Concluons. Mon jeune ami, c'est triste à

dire, mais vous êtes atteint de beaucoup, d'énormé-
ment de talent. Pardonnez-moi ma rude franchise.
Mon intention n'est pas de vous blesser. Certaines
vérités sont dures à entendre, à votre âge, je le sais,
mais... du courage ! Je comprends, j'approuve même
l'effort inouï que vous avez, dis-je, commis dans la
répréhensible action de cet article ; mais, que voulez-
vous ! cet effort est stérile : il est impossible de *devenir*
une canaille sincère ; il faut le don ! il faut... l'onction !
c'est de naissance. Il ne faut pas qu'un article infâme
sente le haut-le-cœur, mais la sincérité, et, surtout,
l'inconscience ; — sinon vous serez antipathique : on
vous devinera. Le mieux est de vous résigner. Toutefois, — si vous n'êtes pas un génie (comme je l'espère
sans en être sûr), — votre cas n'est pas désespéré. En
ne travaillant pas, vous arriverez peut-être. Par exemple, si vous vouliez vous constituer, sciemment, pla-
giaire, cela ferait polémique, on vendrait, et vous
pourriez alors revenir me voir : sans cela, rien à faire
ensemble. — Tenez, moi, moi qui vous parle, je vous le
dis tout bas : j'ai du talent tout comme vous : aussi, je
n'écris jamais dans mon journal ; je serais réduit, en
trois jours, à la mendicité. D'ailleurs, j'ai mes raisons
pour ne pas écrire le moindre livre, pour ne pas
imprimer la moindre ligne qui pourrait faire peser sur
mon avenir le soupçon d'une capacité quelconque !...
Je ne veux, derrière moi, que le néant.

— Quoi ! pas même dix lignes ?... interrompt le
littérateur, d'un air étonné.

— Non. Rien. — Je tiens à devenir ministre !
répond, d'un ton péremptoire, le directeur.

— Ah ! c'est différent.

— Et je laisse crier au paradoxe ! Et ce que je vous

dis est tellement absolu, au point de vue pratique,
voyez-vous... que si le portefeuille des Beaux-Arts, par
exemple, dépendait, en France, du suffrage universel,
vous seriez le premier, tout en haussant les épaules, à
voter pour moi. Mais oui, mais oui ! Soyons sérieux,
que diable ! Je ne plaisante jamais. Allons, laissez-moi
votre manuscrit tout de même.

Un silence.

— Permettez, monsieur, répond alors l'*Inconnu,* en
ressaisissant son travail sur la table, vous faites erreur,
ici. En politique, mes idées sont autres qu'en journalisme, et je ne comprendrais, au portefeuille en question, qu'un homme d'une droiture, d'une capacité,
d'un savoir et d'une dignité d'esprit des plus rares. Or,
en dehors de la feuille que vous dirigez, il y a en France
des journalistes dont la probité défie l'entraînement
vénal de l'époque, dont le style sonne pur, dont le
verbe *flambe clair* et dont l'utile critique rectifie sans
cesse les jugements inconsidérés de la foule. Je vous
atteste que, dans l'hypothèse dont vous parlez, je
donnerais ma voix, de préférence, à l'un d'entre eux.

— Je crois que vous vous emballez, mon jeune ami :
la probité n'a pas d'époque !

— La sottise non plus, répond le littérateur avec un
léger sourire.

— Peuh ! Quand vous aurez mon âge, vous rougirez
de ces phrases-là !

— Merci de me rappeler votre âge ; en vous écoutant, je vous aurais cru... plus jeune.

— Hein ?... mais, — il me semble que vous cherchez
la petite bête en ce que je dis, monsieur ?

(Ici, l'inconnu se lève.)

— M. le directeur m'a prouvé qu'en cherchant la

petite on trouve parfois la grande, — répond-il distraitement.

— Dites donc ?... Votre impertinence m'amuse, mais d'où vient cette subite aigreur ?

(Ici, le jeune passant regarde son vis-à-vis d'un coup d'œil de boxeur, si froid qu'un léger frisson passe dans les veines de l'homme au fauteuil.)

— Soit, je serai franc, répond-il. — Quoi ! je viens vous offrir une ineptie cent fois inférieure à toutes celles que vous publiez chaque jour, une filandreuse chronique suintant la suffisance repue, le cynisme quiet, la nullité sentencieuse, — l'idéal du genre ! une perle, enfin ! Et voici qu'au lieu de me répondre oui ou non, vous m'accablez d'injures ! Vous m'affublez des épithètes les plus ridiculisantes ! Vous me traitez, à brûle-pourpoint, de littérateur, d'écrivain, de penseur, que sais-je ? J'ai vu le moment où... sans aucune provocation de ma part... (Ici, notre ami baisse la voix en regardant autour de lui comme craignant les écoutes)... où vous alliez me traiter d' « homme de génie » ! Ne niez pas : je vous voyais venir. — Monsieur, on ne traite pas, comme cela, d'hommes de génie des gens qui ne vous ont rien fait. Chez vous, ce ne fut pas étourderie, mais calcul méchant. Vous savez fort bien qu'un tel propos peut avoir pour fatales conséquences de priver un innocent de tout gagne-pain, de le rendre l'exploitation et la risée de tous. Vous pouviez refuser mon article, mais non le déprécier en le déclarant entaché de génie. Où voulez-vous que je le porte, maintenant ? Oui, j'ai sur le cœur ce procédé de mauvaise guerre, je l'avoue ! Et je vous avertis que si vous ébruitiez sur mon compte d'aussi venimeuses calomnies, — comme je ne tiens pas à mourir de faim,

de misère et de honte sous les demi-sourires approba-
teurs et les clins d'yeux encourageants du bal de
domestiques où je me trouve dans la vie, — je saurais
vous amener sur le terrain, n'en doutez pas, ou à des
excuses dictées. — Brisons là. Ces quelques paroles ne
me paraissant présenter qu'imparfaitement, entre
nous, les prodromes d'une amitié naissante, souffrez
que je prenne congé à l'anglaise, en vous prévenant (à
titre gracieux et pour votre gouverne) qu'à l'escrime
j'ai longuement étudié l'art de ne jamais donner ni
recevoir de *coups de manchette* et qu'un brevet de courage convenu peut coûter plus cher avec moi. —
Serviteur.

Et, remettant son chapeau, puis allumant une
cigarette, le littérateur se retire, lentement.

Une fois seul :

— Me fâcherai-je ? se demande, à voix basse, le
directeur : bah ! soyons philosophe. Socrate, ayant
remporté le prix de courage à la bataille de Potidée, le
fit décerner, par dédain, au jeune Alcibiade : imitons
ce sage de la Grèce. D'ailleurs, ce jeune homme est
amusant, et sa petite pique ne me déplaît pas.
JADIS, J'AI EU ÇA MOI-MÊME.

(Ici, notre homme tire sa montre.)

— Cinq heures !... Voyons, soyons sérieux. Que
mangerai-je bien ce soir, à mon dîner ?... Un turbo-
tin ?... oui ! — un peu truité ?... Non ! — saumoneux ?...
Oui, plutôt. — Et... comme entremets ?...

Là-dessus, ressaisissant son couteau d'ivoire, le
directeur de la feuille politique, littéraire, commerciale, électorale, industrielle, financière et théâtrale se
replonge dans ses opimes et absconses méditations. Et

il serait impossible d'en pénétrer l'important objet, car, ainsi que le fait remarquer, fort judicieusement, un vieux proverbe mozarabe : « Le flambeau n'éclaire pas sa base. »

L'AFFICHAGE CÉLESTE

A Monsieur Henry Ghys.

Eritis sicut dii.

Ancien Testament.

Chose étrange et capable d'éveiller le sourire chez un financier : il s'agit du Ciel ! Mais entendons-nous : du ciel considéré au point de vue industriel et sérieux.

Certains événements historiques, aujourd'hui scientifiquement avérés et expliqués (ou tout comme), par exemple le *Labarum*[1] de Constantin, les croix répercutées sur les nuages par des plaines de neige, les phénomènes de réfraction du mont Brocken et certains effets de mirage dans les contrées boréales, ayant singulièrement intrigué et, pour ainsi dire, piqué au jeu un savant ingénieur méridional, M. Grave, celui-ci conçut, il y a quelques années, le projet lumineux d'utiliser les vastes étendues de la nuit, et d'élever, en un mot, le ciel à la hauteur de l'époque.

A quoi bon, en effet, ces voûtes azurées qui ne servent à rien, qu'à défrayer les imaginations maladi-

ves des derniers songe-creux ? Ne serait-ce pas acquérir de légitimes droits à la reconnaissance publique, et,
disons-le (pourquoi pas ?), à l'admiration de la Postérité, que de convertir ces espaces stériles en spectacles
réellement et fructueusement instructifs, que de faire
valoir ces landes immenses et de rendre, finalement,
d'un bon rapport, ces Solognes indéfinies et transparentes ?

Il ne s'agit pas ici de faire du sentiment. Les affaires
sont les affaires[2]. Il est à propos d'appeler le concours,
et, au besoin, l'énergie des gens sérieux sur la valeur et
les résultats *pécuniaires* de la découverte inespérée dont
nous parlons.

De prime abord, le fond même de la chose paraît
confiner à l'Impossible et presque à l'Insanité. Défri-
cher l'azur, coter l'astre, exploiter les deux crépuscules, organiser le soir, mettre à profit le firmament
jusqu'à ce jour improductif, quel rêve ! quelle application épineuse, hérissée de difficultés ! Mais, fort de
l'esprit de progrès, de quels problèmes l'Homme ne
parviendrait-il pas à trouver la solution ?

Plein de cette idée et convaincu que si Franklin,
Benjamin Franklin, l'imprimeur, avait arraché la
foudre au ciel, il devait être possible, *a fortiori*, d'employer ce dernier à des usages humanitaires, M. Grave
étudia, voyagea, compara, dépensa, forgea, et, à la
longue, ayant perfectionné les lentilles énormes et les
gigantesques réflecteurs des ingénieurs américains,
notamment des appareils de Philadelphie et de Qué-
bec (tombés, faute d'un génie tenace, dans le domaine
du *Cant* et du *Puff*), M. Grave, disons-nous, se propose
(nanti de brevets préalables) d'offrir, incessamment, à

nos grandes industries manufacturières et même aux petits négociants, le secours d'une Publicité absolue.

Toute concurrence serait impossible devant le système du grand vulgarisateur. Qu'on se figure, en effet, quelques-uns de nos grands centres de commerce, aux populations houleuses, Lyon, Bordeaux, etc., à l'heure où tombe le soir. On voit d'ici ce mouvement, cette vie, cette animation extraordinaire que les intérêts financiers sont seuls capables de donner, aujourd'hui, à des villes sérieuses. Tout à coup, de puissants jets de magnésium ou de lumière électrique, grossis cent mille fois, partent du sommet de quelque colline fleurie, enchantement des jeunes ménages, — d'une colline analogue, par exemple, à notre cher Montmartre ; — ces jets lumineux, maintenus par d'immenses réflecteurs versicolores, envoient, brusquement, au fond du ciel, entre Sirius et Aldébaran, l'Œil du taureau, sinon même au milieu des Eyades, l'image gracieuse de ce jeune adolescent qui tient une écharpe sur laquelle nous lisons tous les jours, avec un nouveau plaisir, ces belles paroles : *On restitue l'or de toute emplette qui a cessé de ravir !* Peut-on bien s'imaginer les expressions différentes que prennent, alors, toutes ces têtes de la foule, ces illuminations, ces bravos, cette allégresse ? — Après le premier mouvement de surprise, bien pardonnable, les anciens ennemis s'embrassent, les ressentiments domestiques les plus amers sont oubliés : l'on s'assoit sous la treille pour mieux goûter ce spectacle à la fois magnifique et instructif, — et le nom de M. Grave, emporté sur l'aile des vents, s'envole vers l'Immortalité.

Il suffit de réfléchir, un tant soit peu, pour concevoir les résultats de cette ingénieuse invention. — Ne

serait-ce pas de quoi étonner la Grande-Ourse elle-
même, si, soudainement, surgissait, entre ses pattes
sublimes, cette annonce inquiétante : *Faut-il des corsets,
oui, ou non ?* Ou mieux encore : ne serait-ce pas un
spectacle capable d'alarmer les esprits faibles et
d'éveiller l'attention du clergé que de voir apparaître,
sur le disque même de notre satellite, sur la face
épanouie de la Lune, cette merveilleuse pointe-sèche
que nous avons tous admirée sur les boulevards et qui
a pour exergue : *A l'Hirsute ?* Quel coup de génie si,
dans l'un des segments tirés entre le ν de l'Atelier du
Sculpteur, on lisait enfin : *Vénus, réduction Kaulla !* —
Quel émoi si, à propos de ces liqueurs de dessert dont
on recommande l'usage à plus d'un titre, on apercevait, dans le sud de Régulus, ce chef-lieu du Lion, sur
la pointe même de l'Épi de la Vierge, un Ange tenant
un flacon à la main, tandis que sortirait de sa bouche
un petit papier sur lequel on lirait ces mots : *Dieu, que
c'est bon !*...

Bref, on conçoit qu'il s'agit, ici, d'une entreprise
d'affichage sans précédents, à responsabilité illimitée,
au matériel infini : le Gouvernement pourrait même la
garantir, pour la première fois de sa vie.

Il serait oiseux de s'appesantir sur les services,
vraiment éminents, qu'une telle découverte est appelée à rendre à la Société et au Progrès. Se figure-t-on,
par exemple, la photographie sur verre et le procédé
du Lampascope [3] appliqués de cette façon, — c'est-à-
dire cent mille fois grandis, — soit pour la capture des
banquiers en fuite, soit pour celle des malfaiteurs
célèbres ? — Le coupable, désormais facile à suivre,
comme dit la chanson, ne pourrait mettre le nez à la

fenêtre de son wagon sans apercevoir dans les nues sa figure dénonciatrice.

Et en politique ! en matière d'élections, par exemple ! Quelle prépondérance ! Quelle suprématie ! Quelle simplification incroyable dans les moyens de propagande, toujours si onéreux ! — Plus de ces petits papiers bleus, jaunes, tricolores, qui abîment les murs et nous redisent sans cesse le même nom, avec l'obsession d'un tintouin ! Plus de ces photographies si dispendieuses (le plus souvent imparfaites) et qui manquent leur but, c'est-à-dire qui n'excitent point la sympathie des électeurs, soit par l'agrément des traits du visage des candidats, soit par l'air de majesté de l'ensemble ! Car, enfin, la valeur d'un homme est dangereuse, nuisible et plus que secondaire, en politique ; l'essentiel est qu'il ait l'air « digne » aux yeux de ses mandants.

Supposons qu'aux dernières élections, par exemple, les médaillons de MM. B... et A...[a] fussent apparus tous les soirs, en grandeur naturelle, juste sous l'étoile β de la Lyre ? — C'était là leur place, on en conviendra ! puisque ces hommes d'État enfourchèrent jadis Pégase, si l'on doit en croire la Renommée. Tous les deux eussent été exposés là, pendant la soirée qui eût précédé le scrutin ; tous deux légèrement souriants, le front voilé d'une convenable inquiétude, et, néanmoins, la mine assurée. Le procédé du Lampascope pouvait même, à l'aide d'une petite roue, modifier à tout instant l'expression des deux physionomies. On

---

a. N. B. Les messieurs dont l'auteur semble parler sont morts pendant que nous mettions sa nouvelle sous presse. (Note de l'éditeur.)

eût pu les faire sourire à l'Avenir, répandre des larmes
sur nos mécomptes, ouvrir la bouche, plisser le front,
gonfler les narines dans la colère, prendre l'air digne,
enfin tout ce qui concerne la tribune et donne tant de
valeur à la pensée chez un véritable orateur. Chaque
électeur eût fait son choix, eût pu, enfin, se rendre
compte à l'avance, se fût fait une idée de son député et
n'eût pas, comme on dit, acheté chat en poche. On
peut même ajouter que, sans la découverte de
M. Grave, le Suffrage universel est une espèce de
dérision.

Attendons-nous, en conséquence, à ce que l'une de
ces aubes, ou mieux, l'un de ces soirs, M. Grave,
appuyé par le concours d'un gouvernement éclairé,
commence ses importantes expériences. Les incrédules
auront beau jeu d'ici là! Comme du temps où M. de
Lesseps[4] parlait de réunir des Océans (ce qu'il a fait,
malgré les incrédules). La Science aura donc, ici
encore, le dernier mot et M. Excessivement-Grave
laissera rire. Grâce à lui, le Ciel finira par être bon à
quelque chose et par acquérir, enfin, une valeur
intrinsèque.

ANTONIE

Nous allions souvent chez la
Duthé : nous y faisions de la
morale et quelquefois pis.

LE PRINCE DE LIGNE.

Antonie se versa de l'eau glacée et mit son bouquet
de violettes de Parme dans son verre :

— Adieu les flacons de vins d'Espagne ! dit-elle.

Et, se penchant vers un candélabre, elle alluma,
souriante, un *papelito* roulé sur une pincée de phëresli ;
ce mouvement fit étinceler ses cheveux, noirs comme
du charbon de terre.

Nous avions bu du Jerez toute la nuit. Par la croisée,
ouverte sur les jardins de la villa, nous entendions le
bruissement des feuillages.

Nos moustaches étaient parfumées de santal — et,
aussi, de ce qu'Antonie nous laissait cueillir les roses
rouges de ses lèvres avec un charme tour à tour si
sincère, qu'il ne suscitait aucune jalousie. Rieuse, elle
se regardait ensuite dans les miroirs de la salle ;

lorsqu'elle se tournait vers nous, avec des airs de Cléopâtre, c'était pour *se* voir encore dans nos yeux.

Sur son jeune sein sonnait un médaillon d'or mat, aux initiales de pierreries (les siennes), attaché par un velours noir.

— Un signe de deuil ? — Tu ne l'aimes plus.

Et, comme on l'enlaçait :

— Voyez !... dit-elle.

Elle sépara, de son ongle fin, les fermoirs du mystérieux bijou : le médaillon s'ouvrit. Une sombre fleur d'amour, une pensée, y dormait, artistement tressée en cheveux noirs.

— Antonie !... d'après ceci, votre amant doit être quelque enfant sauvage enchaîné par vos malices ?

— Un drille ne vous baillerait point, aussi naïvement, pareils gages de tendresse !

— C'est mal de les montrer dans le plaisir !

Antonie partit d'un éclat de rire si perlé, si joyeux, qu'elle fut obligée de boire, précipitamment, parmi ses violettes, pour ne point se faire mal.

— Ne faut-il pas des cheveux dans un médaillon ? en témoignage ?... dit-elle.

— Sans doute, sans doute !

— Hélas ! mes chers amants, après avoir consulté mes souvenirs, c'est l'une de mes boucles que j'ai choisie — et je la porte... *par esprit de fidélité.*

LA MACHINE À GLOIRE

S.G.D.G.

A Monsieur Stéphane Mallarmé.

Sic itur ad astra !...

Quels chuchotements de toutes parts !... Quelle animation, mêlée d'une sorte de contrainte, sur les visages ! — De quoi s'agit-il ?

— Il s'agit... ah ! d'une nouvelle sans pareille dans les annales récentes de l'Humanité.

Il s'agit de la prodigieuse invention du baron Bottom [1], de l'ingénieur Bathybius [2] Bottom !

La Postérité se signera devant ce nom (déjà illustre de l'autre côté des mers), comme au nom du docteur Grave et de quelques autres inventeurs, véritables apôtres de l'Utile. Qu'on juge si nous exagérons le tribut d'admiration, de stupeur et de gratitude qui lui est dû ! Le rendement de sa machine, c'est la GLOIRE ! Elle produit de la gloire comme un rosier des roses ! L'appareil de l'éminent physicien fabrique la Gloire.

Elle en fournit. Elle en fait naître, d'une façon

organique et inévitable. Elle vous en couvre ! n'en voulût-on pas avoir : l'on veut s'enfuir, et cela vous poursuit.

Bref, la Machine Bottom est, spécialement, destinée à satisfaire ces personnes de l'un ou l'autre sexe, dites Auteurs dramatiques, qui, privées à leur naissance (par une fatalité inconcevable !) de cette faculté, désormais insignifiante, que les derniers littérateurs s'obstinent encore à flétrir du nom de *Génie,* sont néanmoins jalouses de s'offrir, contre espèces, les myrtes d'un Shakespeare, les acanthes d'un Scribe, les palmes d'un Gœthe et les lauriers d'un Molière. Quel homme, ce Bottom ! Jugeons-en par l'analyse, par la froide analyse de son procédé, — au double point de vue abstrait et concret.

Trois questions se dressent *a priori :*

1° Qu'est-ce que la Gloire ?

2° Entre une machine (moyen physique) et la Gloire (but intellectuel), peut-il être déterminé un point commun formant leur unité ?

3° Quel est ce moyen terme ?

Ces questions résolues, nous passerons à la description du Mécanisme sublime qui les enveloppe d'une solution définitive.

Commençons.

1° Qu'est-ce que la Gloire ?

Si vous adressez pareille question à l'un de ces plaisantins faisant la parade sur quelque tréteau de journal et versé dans l'art de tourner en dérision les traditions les plus sacrées, sans doute il vous répondra quelque chose comme ceci :

— Une *Machine à Gloire,* dites-vous ?... Au fait, il y a bien une machine à vapeur ? — et la gloire, elle-même,

est-elle autre chose qu'une vapeur légère ? — qu'une...
sorte de fumée ?... qu'une... »

Naturellement, vous tournerez le dos à ce misérable
jeannin, dont les paroles ne sont qu'un bruit de la
langue contre la voûte palatale.

Adressez-vous à un poète, voici, à peu près, l'allocu-
tion qui s'échappera de son noble gosier :

— « La Gloire est le resplendissement d'un nom
dans la mémoire des hommes. Pour se rendre compte
de la nature de la gloire littéraire, il faut prendre un
exemple.

« Ainsi, nous supposerons que deux cents auditeurs
sont assemblés dans une salle. Si vous prononcez, par
hasard, devant eux le nom de : « Scribe » (prenons
celui-là), l'impression électrisante que leur causera ce
nom peut, d'avance, être traduite par la série d'excla-
mations suivante (car tout le monde actuel connaît son
Scribe) :

— Cerveau compliqué ! Génie séduisant ! —
Fécond dramaturge — Ah ! oui, l'auteur de *L'Honneur
et l'Argent ?*... Il a fait sourire nos pères !

— « Scribe ? — Uïtt !... Peste !!! Oh ! oh !

— « Mais !... Sachant tourner le couplet ! Profond,
sous un aspect riant !... En voilà un qui laissait dire !
Une plume autorisée, celle-là ! — Grand homme, il a
gagné son pesant d'or[a] !

« — Et rompu aux ficelles du Théâtre ! etc. — »

---

a. Scribe pesait environ cent vingt-sept livres, si nous devons en
croire un vieil habitué de la foire de Neuilly, solennité pendant
laquelle le poète daigna se peser aux Champs-Élysées et sans
mirliton. Son œuvre étrange ayant rapporté environ seize millions,
l'on voit qu'il y a une plus-value énorme, surtout en défalquant le
poids des vêtements et de la canne.

« Bien.

« Si vous prononcez, ensuite, le nom de l'un de ses confrères, de... MILTON, par exemple, il y a lieu d'espérer que : 1°, sur les deux cents personnes, cent quatre-vingt-dix-huit n'auront, certes, jamais parcouru ni même feuilleté cet écrivain, et, 2°, que le Grand-Architecte de l'Univers peut, seul, savoir de quelle façon les deux autres s'imagineront l'avoir lu, puisque, selon nous, il n'y a pas, sur le globe terraqué, plus d'un cent d'individus par siècle (et encore !) capables de lire quoi que ce soit, voire des étiquettes de pots à moutarde.

« Cependant, au nom de MILTON, il s'éveillera, dans l'entendement des auditeurs, à la minute même, l'inévitable arrière-pensée d'une œuvre beaucoup MOINS intéressante, au point de vue *positif,* que celle de SCRIBE. — Mais cette réserve obscure sera néanmoins telle, que, tout en accordant plus d'estime *pratique* à SCRIBE, l'idée de tout parallèle entre MILTON et ce dernier semblera (d'instinct et malgré tout) comme l'idée d'un parallèle entre un sceptre et une paire de pantoufles, quelque pauvre qu'ait été MILTON, quelque argent qu'ait gagné SCRIBE, quelque inconnu que soit longtemps demeuré MILTON, quelque universellement notoire que soit, déjà, SCRIBE. En un mot, l'*impression* que laissent les vers, même inconnus, de MILTON, étant passée dans le nom même de leur auteur, ce sera, ici, pour les auditeurs, *comme s'ils avaient lu* MILTON ! En effet, la Littérature proprement dite n'existant pas plus que l'Espace pur, ce que l'on se rappelle d'un grand poète, c'est l'*Impression* dite de sublimité qu'il nous a laissée, par et à travers son œuvre, plutôt que l'œuvre elle-même, et cette impression, sous le voile des langages humains, pénètre les traductions les plus vulgaires. Lorsque ce phénomène est formellement constaté à propos d'une œuvre, le résultat de la constatation s'appelle LA GLOIRE ! »

Voilà ce qu'en résumé répondra notre poète ; nous pouvons l'affirmer d'avance, même au tiers état, — ayant interrogé des gens qui se sont mis dans la Poésie.

Eh bien ! nous n'hésiterons pas à répondre, nous, et pour conclure, que cette phraséologie, où perce une vanité monstrueuse, est aussi vide que le genre de gloire qu'elle préconise ! — L'impression ? — Qu'est-ce que c'est que ça ? — Sommes-nous des dupes ?... Il s'agit d'examiner, avec une simplicité sincère et par nous-mêmes, ce qu'est la Gloire ! — Nous voulons faire l'essai loyal de la Gloire. Celle dont on vient de nous parler, personne, parmi les gens honorables et vraiment sérieux, ne se soucierait de l'acquérir, ni même de la supporter ! lui offrît-on d'être rétribué pour cela ! — Nous l'espérons, du moins, pour la société moderne.

Nous vivons dans un siècle de progrès où, — pour employer, précisément, l'expression d'un poète (le grand Boileau), — un *chat* est un CHAT.

En conséquence, et forts de l'expérience universelle du Théâtre moderne, nous prétendons, nous, que la Gloire se traduit par des signes et des manifestations sensibles pour tout le monde ! Et non par des discours creux, plus ou moins solennellement prononcés. Nous sommes de ceux qui n'oublient jamais que tonneau vide résonne toujours mieux que tonneau plein.

Bref, nous constatons et affirmons, nous, que plus une œuvre dramatique secoue la torpeur publique, provoque d'enthousiasmes, enlève d'applaudissements et fait de bruit autour d'elle, plus les lauriers et les myrtes l'environnent, plus elle fait répandre de larmes et pousser d'éclats de rire, plus elle exerce, — pour ainsi dire, de force, — une action sur la foule, plus elle s'*impose,* enfin, — plus elle réunit, par cela même, les symptômes ordinaires du chef-d'œuvre et plus elle mérite, par conséquent, la GLOIRE. Nier cela serait nier l'évidence. Il ne s'agit pas ici d'ergoter, mais de se baser sur des faits et des choses stables ; nous en appelons à la conscience du Public, lequel, Dieu merci ! ne se paye plus de mots ni de phrases. Et nous sommes sûrs qu'il est, ici, de notre avis.

Cela posé, y a-t-il un accord possible entre les deux termes (en apparence incompatibles) de ce problème (de prime abord insoluble) : *Une pure machine proposée comme moyen d'atteindre, infailliblement, un but purement intellectuel ?*

Oui !...

L'Humanité (il faut l'avouer), antérieurement à l'absolue découverte du baron, avait, même, déjà trouvé quelque chose d'approchant ; mais c'était un moyen terme à l'état rudimentaire et dérisoire : c'était l'enfance de l'art ! le balbutiement ! — Ce moyen terme était ce qu'on appelle encore de nos jours, en termes de théâtre, la « Claque ».

En effet, la Claque est une machine faite avec de l'humanité, et, par conséquent, perfectible. Toute gloire a sa claque, c'est-à-dire son *ombre,* son côté de supercherie, de mécanisme et de néant (car le Néant est l'origine de toutes choses), que l'on pourrait nommer, en général, l'*entregent,* l'intrigue, le savoir-faire, la Réclame.

La Claque théâtrale n'en est qu'une subdivision. Et

lorsque l'illustre chef de service du théâtre de la Porte-Saint-Martin, le jour d'une première représentation, a dit à son directeur inquiet : « Tant qu'il restera dans la salle un de ces *gredins de payants,* je ne réponds de rien ! » il a prouvé qu'il comprenait la confection de la Gloire ! — Il a prononcé des paroles véritablement immortelles ! Et sa phrase frappe comme un trait de lumière.

Ô miracle !... C'est sur la *Claque,* — c'est sur elle, disons-nous, et pas sur autre chose —, que Bottom a puissamment abaissé son coup d'œil d'aigle ! Car le véritable grand homme n'exclut rien : il se sert de tout en dépassant le reste.

Oui ! le baron l'a régénérée, sinon innovée, et il la fera, enfin, sanctionner, pour nous couvrir de l'expression même des journaux.

Qui donc, surtout parmi le gros du public, a pénétré les mystères, les ressources infinies, les abîmes d'ingéniosité de ce Protée, de cette hydre, de ce Briarée qu'on appelle la CLAQUE ?

Il est des personnes qui, avec le sourire de la suffisance, pourront trouver à propos de nous objecter que : 1º la Claque dégoûte les auteurs ; 2º qu'elle ennuie le Public ; 3º qu'elle tombe en désuétude. — Nous allons, simplement, leur prouver, à l'instant même, que, si elles nous disent des choses pareilles, elles auront perdu une occasion de se taire qu'elles ne retrouveront peut-être jamais.

1º Un auteur dégoûté de la Claque ?... D'abord, où est-il cet homme-là ? Comme si chaque auteur, le jour d'une *première,* ne renforçait pas encore la Claque avec ses amis, autant qu'il le peut, en leur recommandant de « soigner le succès ». Ce à quoi les amis, tout fiers

de cette complicité (mon Dieu! bien innocente),
répondent, invariablement, en clignant de l'œil et en
montrant leurs bonnes grosses mains franches :
« Comptez sur nos battoirs. »

2° Le Public ennuyé de la Claque?... — Oui ; et de
bien d'autres choses qu'il supporte, cependant! N'est-
il pas destiné au perpétuel ennui de tout et de lui-
même? La preuve en est sa présence même au
Théâtre. Il n'est là que pour tâcher de se distraire, le
malheureux! Et pour essayer de se fuir lui-même! De
sorte que dire cela, c'est, au fond, ne rien dire. Qu'est-
ce que cela fait à la Claque que le Public en soit
ennuyé? Il la supporte, la stipendie et se persuade
qu'elle est nécessaire, « au moins pour les comé-
diens ». Passons.

3° La Claque est tombée en désuétude? — Simple
question : Quand donc fut-elle jamais plus florissante?
— Faut-il forcer le rire? Aux passages qui veulent être
spirituels et qui vont faire long feu, on entend, tout à
coup, dans la salle, le petit susurrement d'un rire
étouffé et contenu, comme celui qui contracte un
diaphragme surchargé par l'ivresse d'une impression
comique irrésistible. Ce petit bruit suffit, parfois, pour
faire partir toute une salle. C'est la goutte d'eau qui
fait déborder le vase. Et comme on ne veut pas avoir ri
pour rien ni s'être laissé « entraîner » par personne, on
avoue que la pièce est drôle et qu'on s'y est *amusé :* ce
qui est tout. Le monsieur qui a fait ce bruit coûte à
peine un napoléon. — (La Claque.)

S'agit-il de pousser jusqu'à l'ovation quelque murmure approbatif échappé, par malheur, au public?
Rome est toujours là. Il y a le « *Oua-Ouaou* ».

Le *Oua-Ouaou,* c'est le bravo poussé au paroxysme ;

c'est un abréviatif arraché par l'enthousiasme, alors que, transporté, ravi, le larynx oppressé, on ne peut plus prononcer du mot italien « bravo » que le cri guttural *Oua-Ouaou*. Cela commence, tout doucement, par le mot *bravo* lui-même, articulé, vaguement, par deux ou trois voix : puis cela s'enfle, devient *brao,* puis grossit de tout le public trépignant et enlevé jusqu'au cri définitif de « *Brâ-oua-ouaou* »; ce qui est presque l'aboiement. C'est là l'ovation. Coût : trois pièces d'or de la valeur de vingt francs chacune... — (Encore la Claque !)

S'agit-il, dans une partie désespérée, de détourner le taureau et de distraire sa colère ? Le *Monsieur au bouquet* se présente. Voici ce que c'est. Au milieu d'une tirade fastidieuse que récite la jeune première, épouvantée du silence de mort qui règne dans la salle, un monsieur, parfaitement bien mis, le carreau de vitre à l'œil, se penche en avant d'une loge, jette un bouquet sur la scène, puis, les deux mains étendues et longues, applaudit avec bruit et lenteur, sans se préoccuper du silence général ni de la tirade qu'il interrompt. Cette manœuvre a pour but de compromettre l'*honneur* de la comédienne, de faire sourire le Public toujours avide de l'*Égrillard !*... Le Public, en effet, cligne de l'œil. On indique la chose à son voisin en se prétendant « au courant »; on regarde, alternativement, le monsieur et l'actrice : on jouit de l'embarras de la jeune femme. Ensuite la foule se retire, un peu consolée, par l'incident, de la stupidité de la pièce. Et l'on accourt, derechef, au théâtre, dans l'espoir d'une confirmation de l'événement. — Somme toute : demi-succès pour l'auteur. — Coût : quelque trente francs, non compris les fleurs. — (Toujours la Claque.)

En finirions-nous jamais si nous voulions examiner toutes les ressources d'une Claque bien organisée ? — Mentionnons, toutefois, pour les pièces dites « corsées » et les drames à émotions, les Cris de femmes effrayées, les Sanglots étouffés, les Vraies Larmes communicatives, les Petits Rires brusques, et aussitôt contenus, du spectateur qui comprend après les autres (un écu de six livres) — les Grincements de tabatières aux généreuses profondeurs desquelles l'homme ému a recours, les Hurlements, Suffocations, Bis, Rappels, Larmes silencieuses, Menaces, Rappels avec Hurlements en sus, Marques d'approbation, Opinions émises, Couronnes, Principes, Convictions, Tendances morales, Attaques d'épilepsie, Accouchements, Soufflets, Suicides, Bruits de discussions (l'Art pour l'Art, la Forme et l'Idée), etc., etc. Arrêtons-nous. Le spectateur finirait par s'imaginer qu'il fait, lui-même, partie de la Claque, à son insu (ce qui est, d'ailleurs, l'absolue et incontestable vérité) ; mais il est bon de laisser un doute en son esprit à cet égard.

Le dernier mot de l'Art est proféré lorsque la Claque en personne crie : « A bas la Claque !... » puis finit par avoir l'air d'être entraînée elle-même et applaudit à la fin de la pièce, comme si elle était le Public réel et comme si les rôles étaient intervertis ; c'est elle, alors, qui tempère les exaltations trop fougueuses et fait des restrictions.

Statue vivante, assise, en pleine lumière, au milieu du public, la Claque est la constatation officielle, le symbole avoué de l'incapacité où se trouve la foule de discerner, par elle-même, la valeur de ce qu'elle entend. Bref, la Claque est à la Gloire dramatique ce que les Pleureuses étaient à la Douleur.

Maintenant, c'est le cas de s'écrier, avec le magicien des *Mille et une nuits :* « Qui veut changer les vieilles lampes pour des neuves ? » Il s'agissait de trouver une machine qui fût à la Claque ce que le chemin de fer est au coche et préservât la Gloire dramatique de ces conditions de versatilités et d'aléas dont elle relève quelquefois. Il s'agissait, — d'abord, de remplacer les côtés imparfaits, éventuels, hasardeux, de la Claque simplement humaine et de les perfectionner par l'absolue certitude du pur Mécanisme ; — ensuite, *et c'était, ici, la grosse difficulté !* de découvrir (en l'y réveillant à coup sûr) dans l'ᴀᴍᴇ publique le *sentiment* grâce auquel les manifestations de gloire brute de la Machine se trouveraient épousées, sanctionnées et ratifiées comme *moralement* valables par l'Esprit même de la Majorité. Là, seulement, était le moyen terme.

Encore un coup, cela semblait impossible. Le baron Bottom n'a point reculé devant ce mot (qui devrait être, une bonne fois, rayé du dictionnaire), et désormais, avec sa Machine, l'acteur n'eût-il pas plus de mémoire qu'un linot, l'auteur fût-il l'Hébétude en personne et le spectateur fût-il sourd comme un pot, ce sera un véritable triomphe !

A proprement parler, la Machine, c'est la salle elle-même. Elle y est adaptée. Elle en fait partie constitutive. Elle y est répandue, de telle sorte que toute œuvre, dramatique ou non, devient, en y entrant, un chef-d'œuvre. L'économie d'une salle telle qu'on la conçoit, d'après celle des théâtres actuels, est sensiblement modifiée. Le grand ingénieur traite à forfait, se charge de toutes les avances de transformation et défalque, sur les droits des auteurs, à 10 % de rabais sur la Claque ordinaire. (Il y a brevets pris et sociétés en commandite établies à New York, à Barcelone et à Vienne.)

Le coût de la Machine, pour son adaptation à une salle moyenne, n'est pas très dispendieux ; il n'y a que les premiers frais d'assez importants, l'entretien d'un appareil bien conditionné n'étant pas onéreux. Les détails mécaniques, les moyens employés sont simples comme tout ce qui est vraiment beau. C'est la naïveté du génie. On croit rêver. On n'ose pas comprendre ! On en mord le bout de son index en baissant les yeux avec coquetterie. — Ainsi, les petits amours dorés et roses des balcons, les cariatides des avant-scènes, etc., sont multipliés et sculptés presque partout. C'est à leurs bouches, précisément, orifices de phonographes, que sont placés les petits trous à soufflets qui, mus par l'électricité, profèrent soit les *Oua-ouaou,* soit les Cris, les « A la porte, la cabale ! », les Rires, les Sanglots, les Bis, les Discussions, Principes, Bruits de tabatières, etc., et tous les Bruits publics PERFECTIONNÉS. Les Principes, surtout, dit Bottom, sont garantis.

Ici, la Machine se complique insensiblement, et la conception devient de plus en plus profonde ; les tuyaux de gaz à lumière sont alternés d'autres tuyaux, ceux des gaz hilarants et dacryphores. Les balcons sont machinés, à l'intérieur : ils renferment d'invisibles poings en métal — destinés à réveiller, au besoin, le Public — et nantis de bouquets et de couronnes. Brusquement, ils jonchent la scène de myrtes et de lauriers, avec le nom de l'Auteur écrit en lettres d'or. Sous chacun des sièges, fauteuils d'orchestre et de balcon, désormais adhérents aux parquets, est repliée (pour ainsi dire postérieurement) une paire de mains très belles, en bois de chêne, construites d'après les planches de Desbarolles, sculptées à l'emporte-pièce et recouvertes de gants en double cuir de veau-paille pour compléter l'illusion. Il serait superflu d'en indiquer la fonction, ici. Ces mains sont scrupuleusement modelées sur le fac-similé des patrons les plus célèbres, afin que la *qualité* des applaudissements en soit meilleure. Ainsi, les mains de Napoléon, de Marie-Louise, de madame de Sévigné, de Shakespeare, de du Terrail, de Gœthe, de Chapelain et du Dante, décalquées sur les dessins des premiers ouvrages de chiromancie, ont été choisies, de préférence, comme étalons et types généraux à confier au tourneur.

Des bouts de cannes (nerfs de bœuf et bois de fer), des talons en caoutchouc bouilli, ferrés de forts clous, sont dissimulés dans les pieds mêmes de chaque siège ; mus par des ressorts à boudin, ils sont destinés à frapper, alternativement et rapidement, le plancher dans les ovations, rappels et trépignements. A la moindre interruption du courant électro-aimant, la secousse mettra tout en branle avec un ensemble tel — que jamais, de mémoire de Claque, on n'aura rien entendu de pareil ; cela croulera d'applaudissements ! Et la Machine est si puissante qu'au besoin elle pourrait faire crouler, *littéralement,* la salle elle-même. L'auteur serait enseveli dans son triomphe, pareil au jeune captal de Buch [3] après l'assaut de Ravenne et que pleurèrent toutes les femmes. C'est un tonnerre, une salve, une apothéose d'acclamations, de cris, de *bravi,* d'opinions, de *Oua-ouaou,* de bruits de tout genre, même inquiétants, de spasmes, de convictions, de trépidations, d'idées et de gloire, éclatant de tous les côtés à la fois, aux passages les plus fastidieux ou les plus beaux de la pièce, sans distinction. Il n'y a plus d'aléas possibles.

Et il se passe alors, ici, le phénomène magnétique indéniable qui sanctionne ce tapage et lui donne la valeur absolue ; ce phénomène est la justification de la *Machine-à-Gloire,* qui, sans lui, serait presque une mystification. — Le voici : c'est là le grand point, le trait hors ligne, l'éclair éblouissant et génial de l'invention de Bottom.

Remémorons-nous, avant tout, pour bien saisir l'idée de ce génie, que les particuliers n'aiment pas à fronder l'Opinion publique. Le propre de chacune de leurs âmes est d'être convaincue, *quand même,* de cet axiome, dès le berceau : « Cet homme RÉUSSIT : donc, en dépit des sots et des envieux, c'est un esprit glorieux et capable. Imitons-le si nous le pouvons, et soyons de son côté, à tout hasard, ne fût-ce que pour n'avoir pas l'air d'un imbécile. »

Voilà le raisonnement caché, n'est-il pas vrai, dans l'atmosphère même de la salle.

Maintenant, si la Claque enfantine dont nous jouissons suffit, aujourd'hui, pour amener les résultats d'entraînements que nous avons signalés, que sera-ce avec la Machine, étant donné ce sentiment général ? — Le Public les subissant déjà, tout en se sachant fort bien la dupe de cette machine humaine, la Claque les éprouvera, ici, d'autant mieux qu'ils lui seront inspirés, cette fois, par une VRAIE machine : — l'Esprit du siècle, ne l'oublions pas, est aux machines.

Le spectateur, donc, si froid qu'il puisse être, en entendant ce qui se passe autour de lui, se laisse bien facilement enlever par l'enthousiasme général. C'est la force des choses. Bientôt le voici qui applaudit à tout rompre et de confiance. Il se sent, comme toujours, de l'avis de la Majorité. Et il ferait, alors, plus de bruit que la Machine elle-même, s'il le pouvait, de crainte *de se faire remarquer.*

De sorte — et voilà la solution du problème : un moyen physique réalisant un but intellectuel — que le succès devient une *réalité !...* que la GLOIRE passe *véritablement* dans la salle ! Et que le côté illusoire de l'Appareil-Bottom disparaît, en se fusionnant, positivement, dans le resplendissement du Vrai !

Si la pièce était d'un simple agota, ou de quelque cuistre tellement baveux que l'audition, même d'une seule scène, en fût impossible, — pour parer à tout aléa les applaudissements ne cèsseraient pas du lever à la chute du rideau.

Pas de résistance possible ! Au besoin, des fauteuils seraient ménagés pour les poètes avérés et convaincus de génie, pour les récalcitrants, en un mot, et la Cabale : la pile, en envoyant son étincelle dans les bras des fauteuils suspects, ferait applaudir *de force* leurs habitants. L'on dirait : « Il paraît que c'est bien beau puisque *Eux-mêmes* sont OBLIGÉS d'applaudir ! »

Inutile d'ajouter que si ceux-là faisaient jamais (grâce à l'intempestive intervention — il faut tout prévoir — de quelques chefs d'État malavisés) représenter aussi leurs « ouvrages » sans coupures, collaborateurs éclairés ni immixtions directoriales, — la Machine, par une rétroversion due à l'inépuisable et vraiment providentielle invention de Bottom, saurait venger les honnêtes gens. C'est-à-dire qu'au lieu de couvrir de gloire, cette fois, elle huerait, brairait, sifflerait, ruerait, coasserait, glapirait et conspuerait tellement la « pièce », qu'il serait impossible d'en distinguer un traître mot ! — Jamais, depuis la fameuse soirée du *Tannhauser* à l'Opéra de Paris, on n'aurait entendu chose pareille. De cette façon, la bonne foi des personnes *bien* et surtout de la Bourgeoisie ne serait pas surprise, comme il arrive, hélas ! trop souvent. L'éveil serait donné, tout de suite, — comme, jadis, au Capitole, lors de l'attaque des Gaulois. — Vingt Andréides[a] sortis des ateliers d'Edison, à figures dignes, à sourire discret et entendu, la brochette choisie à la boutonnière, sont d'attache à la Machine : en cas d'absence ou d'indisposition de leurs *modèles,* on les distribuerait dans les loges, avec des attitudes de mépris profond qui donneraient le ton aux spectateurs. Si, par extraordinaire, ces derniers essayaient de se rebeller et de vouloir entendre, les automates crieraient : « Au feu ! », ce qui enlèverait la situation dans un meurtrier tohu-bohu d'étouffement et de clameurs *réelles.* La « pièce » ne s'en relèverait pas.

Quant à la Critique, il n'y a pas à s'en préoccuper. Lorsque l'œuvre dramatique serait écrite par des gens recommandables, par des personnes sérieuses et influentes, par des notabilités conséquentes et de poids, la Critique, — à part quelques *purs* insociables et dont les voix, perdues dans le tumulte, ne feraient qu'en renforcer le vacarme, — se trouverait toute conquise : elle rivaliserait d'énergie avec l'Appareil-Bottom.

---

a. Automates électro-humains, donnant, grâce à l'ensemble des découvertes de la science moderne, l'illusion complète de l'Humanité.

D'ailleurs, les Articles critiques, confectionnés à l'avance, sont aussi une dépendance de la Machine : la rédaction en est simplifiée par un triage de tous les vieux clichés, rhabillés et revernis à neuf, qui sont lancés par des employés-Bottom à l'instar du Moulin-à-prières des Chinois, nos précurseurs en toutes choses du Progrès[a].

L'Appareil-Bottom réduit, à peu près de la même manière, la besogne de la Critique : il épargne ainsi bien des sueurs, bien des fautes de grammaire élémentaire, bien des coq-à-l'âne et bien des phrases vides qu'emporte le vent ! — Les feuilletonnistes, amateurs du doux farniente, pourront traiter avec le Baron à son arrivée. Le secret le plus inviolable est assuré, en cas d'un puéril amour-propre. Il y a prix fixe, marqué en chiffres connus, en tête des articles ; c'est tant par mot de plus de trois caractères. Quand l'article est glorieux pour le signataire, la gloire se paye à part.

Comme régularité de lignes, comme œil, comme logique stricte et comme mécanique filiation d'idées, ces articles ont, sur les articles faits à la main, la même et incontestable supériorité que, par exemple, les ouvrages d'une machine à coudre ont sur ceux de l'ancienne aiguille.

Il n'y a pas de comparaison ! Que sont les forces d'un homme, aujourd'hui, devant celles d'une machine ?

---

a. Ce moulin se compose d'une petite roue que le dévot fait tourner et d'où s'échappent mille petits papiers imprimés contenant de longues prières. De sorte qu'un seul homme en dit plus, en une minute, que tout un couvent dans une année, l'intention étant tout.

C'est surtout après la chute du drame d'un grand poète que les bienfaisants effets de ces Articles-Bottom seraient appréciables !

Là serait, comme on dit, le coup de grâce !... Comme choix et lessivage des plus décrépites, tortueuses, nauséabondes, calomnieuses et baveuses platitudes, gloussées au sortir de l'égout natal, ces Articles ne laisseraient vraiment plus rien à désirer au Public. Ils sont tout prêts ! Ils donnent l'illusion complète.

On croirait, d'une part, lire des articles *humains* sur les grands hommes *vivants,* — et, d'autre part, quel fini dans le venimeux ! quelle quintessence d'abjection !

Leur apparition sera, certainement, l'un des grands succès de ce siècle. Le Baron en a soumis quelques spécimens à plusieurs de nos plus spirituels critiques : ils en soupiraient et en laissaient tomber la plume d'admiration ! Cela exsude, à chaque virgule, cette impression de quiétude qui émane, par exemple, de ce mot délicieux, que, — tout en s'éventant négligemment de son mouchoir de dentelles, — le marquis de D***, directeur de la *Gazette du Roi,* disait à Louis XIV : « Sire, si l'on envoyait un bouillon au grand Corneille qui se meurt ?... »

La chambre générale du Grand-Clavier de la Machine est installée sous l'excavation appelée, au théâtre, le *Trou du souffleur.* Là se tient le Préposé ; lequel doit être un homme sûr, d'une honorabilité éprouvée et ayant l'extérieur digne d'un gardien de passage, par exemple. Il a sous la main les interrupteurs et les commutateurs électriques, les régulateurs, les éprouvettes, les clefs des tuyaux des gaz proto et bioxyde d'azote, effluves ammoniacaux et autres, les boutons de ressort des leviers, des bielles et des moufles. Le manomètre marque tant de pression, tant de kilogrammètres d'immortalité. Le compteur additionne et l'Auteur-dramatique paye sa facture, que lui présente quelque jeune beauté, en grand costume de Renommée et entourée d'une gloire de trompettes. Celle-ci remet alors à l'Auteur, en souriant, au nom de la Postérité, et aux lueurs d'un feu de Bengale olive, couleur de l'Espérance, lui remet, disons-nous, à titre d'offrande, un buste ressemblant, garanti, nimbé et lauré, le tout en béton aggloméré (Système Coignet). Tout cela peut se faire à l'avance ! Avant la représentation ! ! !

Si l'auteur tenait même à ce que sa gloire fût non seulement présente et future, mais fût même *passée*, le Baron a tout prévu : la Machine peut obtenir des résultats rétroactifs. En effet, des conduits de gaz hilarants, habilement distribués dans les cimetières de premier ordre, doivent, chaque soir, faire sourire, de force, les aïeux dans leurs tombeaux.

Pour ce qui est du côté pratique et immédiat de l'invention, les devis ont été scrupuleusement dressés. Le prix de transformation du Grand-Théâtre, à New York, en salle sérieuse, n'excède pas quinze mille dollars ; celui de La Haye, le Baron en répondrait moyennant seize mille krounes ; Moscou et Saint-Pétersbourg seraient aptes moyennant quarante mille roubles, environ. Les prix, pour les théâtres de Paris, ne sont pas encore fixés, Bottom voulant être sur les lieux pour bien s'en rendre compte.

En somme, on peut affirmer désormais que l'énigme

de la Gloire dramatique moderne, — telle que la conçoivent les gens de simple bon sens, — vient d'être résolue. Elle est, maintenant, A LEUR PORTÉE. Ce Shinx a trouvé son Œdipe[a].

---

a. On a parlé, récemment, d'une adaptation de cette curieuse Machine à la Chambre des députés et au Sénat, mais ce n'est, encore, qu'un on-dit. Sous toutes réserves. Les Oua-ouaou seraient remplacés par des « Très bien ! », des « Oui ! oui ! », des « Aux voix ! », des « Vous en avez menti !... », des « Non, non ! », des « Je demande la parole... », des « Continuez ! », etc. — Enfin, le nécessaire.

DUKE OF PORTLAND

A Monsieur Henry La Luberne.

> Gentlemen, you are welcome to Elsinore.
>
> SHAKESPEARE.
> *Hamlet.*

> Attends-moi là : je ne manquerai pas,
> certes, de te rejoindre DANS CE CREUX
> VALLON.
>
> L'ÉVÊQUE HALL.

Sur la fin de ces dernières années, à son retour du Levant, Richard, duc de Portland, le jeune lord jadis célèbre dans toute l'Angleterre pour ses fêtes de nuit, ses victorieux pur-sang, sa science de boxeur, ses chasses au renard, ses châteaux, sa fabuleuse fortune, ses aventureux voyages et ses amours, — avait disparu brusquement.

Une seule fois, un soir, on avait vu son séculaire carrosse doré traverser, stores baissés, au triple galop et entouré de cavaliers portant des flambeaux, Hyde-Park.

Puis, — réclusion aussi soudaine qu'étrange, — le duc s'était retiré dans son familial manoir ; il s'était fait l'habitant solitaire de ce massif manoir à créneaux, construit en de vieux âges, au milieu de sombres jardins et de pelouses boisées, sur le cap de Portland.

Là, pour tout voisinage, un feu rouge, qui éclaire à toute heure, à travers la brume, les lourds steamers tanguant au large et entrecroisant leurs lignes de fumée sur l'horizon.

Une sorte de sentier, en pente vers la mer, une sinueuse allée, creusée entre des étendues de roches et bordée, tout au long, de pins sauvages, ouvre, en bas, ses lourdes grilles dorées sur le sable même de la plage, immergé aux heures du reflux.

Sous le règne de Henri VI, des légendes se dégagèrent de ce château-fort, dont l'intérieur, au jour des vitraux, resplendit de richesses féodales.

Sur la plate-forme qui en relie les sept tours veillent encore, entre chaque embrasure, ici, un groupe d'archers, là, quelque chevalier de pierre, sculptés, au temps des croisades, dans des attitudes de combat[a].

La nuit, ces statues, — dont les figures, maintenant effacées par les lourdes pluies d'orage et les frimas de plusieurs centaines d'hivers, sont d'expressions maintes fois changées par les retouches de la foudre, — offrent un aspect vague qui se prête aux plus superstitieuses visions. Et, lorsque, soulevés en masses multi-

---

a. Le château de Northumberland répond beaucoup mieux à cette description que celui de Portland. — Est-il nécessaire d'ajouter que, si le fond et la plupart des détails de cette histoire sont authentiques, l'auteur a dû modifier un peu le *personnage* même du duc de Portland — puisqu'il écrit cette histoire *telle qu'elle aurait dû se passer ?*

formes par une tempête, les flots se ruent, dans l'obscurité, contre le promontoire de Portland, l'imagination du passant perdu qui se hâte sur les grèves, — aidée, surtout, des flammes versées par la lune à ces ombres granitiques, — peut songer, en face de ce castel, à quelque éternel assaut soutenu par une héroïque garnison d'hommes d'armes fantômes contre une légion de mauvais esprits.

Que signifiait cet isolement de l'insoucieux seigneur anglais ? Subissait-il quelque attaque de spleen ? — Lui, ce cœur si natalement joyeux ! Impossible !... — Quelque mystique influence apportée de son voyage, en Orient ? — Peut-être. — L'on s'était inquiété, à la cour, de cette disparition. Un message de Westminster avait été adressé, par la Reine, au lord invisible.

Accoudée auprès d'un candélabre, la reine Victoria s'était attardée, ce soir-là, en audience extraordinaire. A côté d'elle, sur un tabouret d'ivoire, était assise une jeune liseuse, miss Héléna H***.

Une réponse, scellée de noir, arriva de la part de lord Portland.

L'enfant, ayant ouvert le pli ducal, parcourut de ses yeux bleus, souriantes lueurs du ciel, le peu de lignes qu'il contenait. Tout à coup, sans une parole, elle le présenta, paupières fermées, à Sa Majesté.

La reine lut donc, elle-même, en silence.

Aux premiers mots, son visage, d'habitude impassible, parut s'empreindre d'un grand étonnement triste. Elle tressaillit même ; puis, muette, approcha le papier des bougies allumées. — Laissant tomber ensuite, sur les dalles, la lettre qui se consumait :

— Mylords, dit-elle à ceux des pairs qui se trou-

vaient présents à quelques pas, vous ne reverrez plus
notre cher duc de Portland. Il ne doit plus siéger au
Parlement. Nous l'en dispensons, par un privilège
nécessaire. Que son secret soit gardé ! Ne vous inquié-
tez plus de sa personne et que nul de ses hôtes ne
cherche jamais à lui adresser la parole.

Puis congédiant, d'un geste, le vieux courrier du
château :

— Vous direz au duc de Portland ce que vous venez
de voir et d'entendre, ajouta-t-elle après un coup d'œil
sur les cendres noires de la lettre.

Sur ces paroles mystérieuses, Sa Majesté s'était
levée pour se retirer en ses appartements. Toutefois, à
la vue de sa liseuse demeurée immobile et comme
endormie, la joue appuyée sur son jeune bras blanc
posé sur les moires pourpres de la table, la reine,
surprise encore, murmura doucement :

— On me suit, Héléna ?

La jeune fille persistant dans son attitude, on
s'empressa auprès d'elle.

Sans qu'aucune pâleur eût décelé son émotion, —
un lys, comment pâlir ? — elle s'était évanouie.

Une année après les paroles prononcées par Sa
Majesté, — pendant une orageuse nuit d'automne, les
navires de passage à quelques lieues du cap de
Portland virent le manoir illuminé.

Oh ! ce n'était pas la première des fêtes nocturnes
offertes, à chaque saison, par le lord *absent !*

Et l'on en parlait, car leur sombre excentricité
touchait au fantastique, le duc n'y assistant pas.

Ce n'était pas dans les appartements du château que
ces fêtes étaient données. Personne n'y entrait plus ;

lord Richard, qui habitait, solitairement, le donjon même, paraissait les avoir oubliés.

Dès son retour, il avait fait recouvrir, par d'immenses glaces de Venise, les murailles et les voûtes des vastes souterrains de cette demeure. Le sol en était maintenant dallé de marbres et d'éclatantes mosaïques. — Des tentures de haute lice, *entr'ouvertes* sur des torsades, séparaient, seules, une enfilade de salles merveilleuses où, sous d'étincelants balustres d'or tout en lumières, apparaissait une installation de meubles orientaux, brodés d'arabesques précieuses, au milieu de floraisons tropicales, de jets d'eau de senteur en des vasques de porphyre et de belles statues.

Là, sur une amicale invitation du châtelain de Portland, « au regret d'être *absent,* toujours », se rassemblait une foule brillante, toute l'élite de la jeune aristocratie de l'Angleterre, des plus séduisantes artistes ou des plus belles insoucieuses de la *gentry.*

Lord Richard était représenté par l'un de ses amis d'*autrefois.* Et il se commençait alors une nuit princièrement libre.

Seul, à la place d'honneur du festin, le fauteuil du jeune lord restait vide et l'écusson ducal qui en surmontait le dossier demeurait toujours voilé d'un long crêpe de deuil.

Les regards, bientôt enjoués par l'ivresse ou le plaisir, s'en détournaient volontiers vers des présences plus charmantes.

Ainsi, à minuit, s'étouffaient, sous terre, à Portland, dans les voluptueuses salles, au milieu des capiteux arômes des exotiques fleurs, les éclats de rire, les baisers, le bruit des coupes, des chants enivrés et des musiques !

Mais, si l'un des convives, à cette heure-là, se fût levé de table et, pour respirer l'air de la mer, se fût aventuré au dehors, dans l'obscurité, sur les grèves, à travers les rafales des désolés vents du large, il eût aperçu, peut-être, un spectacle capable de troubler sa bonne humeur, au moins pour le reste de la nuit.

Souvent, en effet, vers cette heure-là même, dans les détours de l'allée qui descendait vers l'Océan, un gentleman, enveloppé d'un manteau, le visage recouvert d'un masque d'étoffe noire auquel était adaptée une capuce circulaire qui cachait toute la tête, s'acheminait, la lueur d'un cigare à la main longuement gantée, vers la plage. Comme par une fantasmagorie d'un goût suranné, deux serviteurs aux cheveux blancs le précédaient; deux autres le suivaient, à quelques pas, élevant de fumeuses torches rouges.

Au-devant d'eux marchait un enfant, aussi en livrée de deuil, et ce page agitait, une fois par minute, le court battement d'une cloche pour avertir au loin que l'on s'écartât sur le passage du promeneur. Et l'aspect de cette petite troupe laissait une impression aussi glaçante que le cortège d'un condamné.

Devant cet homme s'ouvrait la grille du rivage; l'escorte le laissait seul et il s'avançait alors au bord des flots. Là, comme perdu en un pensif désespoir et s'enivrant de la désolation de l'espace, il demeurait taciturne, pareil aux spectres de pierre de la plateforme, sous le vent, la pluie et les éclairs, devant le mugissement de l'Océan. Après une heure de cette songerie, le morne personnage, toujours accompagné des lumières et précédé du glas de la cloche, reprenait, vers le donjon, le sentier d'où il était descendu. Et

souvent, chancelant en chemin, il s'accrochait aux
aspérités des roches.

Le matin qui avait précédé cette fête d'automne, la
jeune lectrice de la reine, toujours en grand deuil
depuis le premier message, était en prières dans
l'oratoire de Sa Majesté, lorsqu'un billet, écrit par l'un
des secrétaires du duc, lui fut remis.

Il ne contenait que ces deux mots, qu'elle lut avec
un frémissement : « Ce soir. »

C'est pourquoi, vers minuit, l'une des embarcations
royales avait touché à Portland. Une juvénile forme
féminine, en mante sombre, en était descendue, seule.
La vision, après s'être orientée sur la plage crépusculaire, s'était hâtée, en courant vers les torches, du côté
du tintement apporté par le vent.

Sur le sable, accoudé à une pierre et, de temps à
autre, agité d'un tressaut mortel, l'homme au masque
mystérieux était étendu dans son manteau.

— Ô malheureux ! s'écria dans un sanglot et en se
cachant la face la jeune apparition lorsqu'elle arriva,
tête nue, à côté de lui.

— Adieu ! adieu ! répondit-il.

On entendait, au loin, des chants et des rires, venus
des souterrains de la féodale demeure dont l'illumina-
tion ondulait, reflétée, sur les flots.

— Tu es libre !... ajouta-t-il, en laissant retomber sa
tête sur la pierre.

— Tu es délivré ! répondit la blanche advenue en
élevant une petite croix d'or vers les cieux remplis
d'étoiles, devant le regard de celui qui ne parlait plus.

Après un grand silence et comme elle demeurait

ainsi devant lui, les yeux fermés et immobiles, en cette attitude :

— Au *revoir*, Héléna ! murmura celui-ci dans un profond soupir.

Lorsque après une heure d'attente les serviteurs se rapprochèrent, ils aperçurent la jeune fille à genoux sur le sable et priant auprès de leur maître.

— Le duc de Portland est mort, dit-elle.

Et, s'appuyant à l'épaule de l'un de ces vieillards, elle regarda l'embarcation qui l'avait amenée.

Trois jours après, on pouvait lire cette nouvelle dans le *Journal de la Cour* :

« — Miss Héléna H***, la fiancée du duc de Portland, convertie à la religion orthodoxe, a pris hier le voile aux carmélites de L***. »

Quel était donc le secret dont le puissant lord venait de mourir ?

Un jour, dans ses lointains voyages en Orient, s'étant éloigné de sa caravane aux environs d'Antioche, le jeune duc, en causant avec les guides du pays, entendit parler d'un mendiant dont on s'écartait avec horreur et qui vivait, seul, au milieu des ruines.

L'idée le prit de visiter cet homme, car nul n'échappe à son destin.

Or, ce Lazare funèbre était ici-bas le dernier dépositaire de la grande lèpre antique, de la Lèpre-sèche et sans remède, du mal inexorable dont un Dieu seul pouvait ressusciter, jadis, les Jobs de la légende.

Seul, donc, Portland, malgré les prières de ses guides éperdus, osa braver la contagion dans l'espèce de caverne où râlait ce paria de l'Humanité.

Là, même, par une forfanterie de grand gentil-
homme, intrépide jusqu'à la folie, en donnant une
poignée de pièces d'or à cet agonisant misérable, le
pâle seigneur avait tenu *à lui serrer la main.*

A l'instant même un nuage était passé sur ses yeux.
Le soir, se sentant perdu, il avait quitté la ville et
l'intérieur des terres et, dès les premières atteintes,
avait regagné la mer pour venir tenter une guérison
dans son manoir, ou y mourir.

Mais, devant les ravages ardents qui se déclarèrent
durant la traversée, le duc vit bien qu'il ne pouvait
conserver d'autre espoir qu'en une prompte mort.

C'en était fait ! Adieu, jeunesse, éclat du vieux nom,
fiancée aimante, postérité de la race ! — Adieu, forces,
joies, fortune incalculable, beauté, avenir ! Toute espérance s'était engouffrée dans le creux de la poignée de
main terrible. Le lord avait hérité du mendiant. Une
seconde de bravade — un mouvement *trop* noble,
plutôt ! — avait emporté cette existence lumineuse
dans le secret d'une mort désespérée...

Ainsi périt le duc Richard de Portland, le dernier
lépreux du monde.

VIRGINIE ET PAUL

A Mademoiselle Augusta Holmès.

Per amica silentia lunæ.

VIRGILE.

C'est la grille des vieux jardins du pensionnat. Dix
heures sonnent dans le lointain. Il fait une nuit d'avril,
claire, bleue et profonde. Les étoiles semblent d'argent. Les vagues du vent, faibles, ont passé sur les
jeunes roses ; les feuillages bruissent, le jet d'eau
retombe neigeux, au bout de cette grande allée d'aca-
cias. Au milieu du grand silence, un rossignol, âme de
la nuit, fait scintiller une pluie de notes magiques.

Alors que les seize ans vous enveloppaient de leur
ciel d'illusions, avez-vous aimé une toute jeune fille ?
Vous souvenez-vous de ce gant oublié sur une chaise,
dans la tonnelle ? Avez-vous éprouvé le trouble d'une
présence inespérée, subite ? Avez-vous senti vos joues
brûler, lorsque, pendant les vacances, les parents
souriaient de votre timidité l'un près de l'autre ? Avez-
vous connu le doux infini de deux yeux purs qui vous

regardaient avec une tendresse pensive ? Avez-vous
touché, de vos lèvres, les lèvres d'une enfant tremblante et brusquement pâlie, dont le sein battait contre
votre cœur oppressé de joie ? Les avez-vous gardées, au
fond du reliquaire, les fleurs bleues cueillies le soir,
près de la rivière, en revenant ensemble ?

Caché, depuis les années séparatrices, au plus
profond de votre cœur, un tel souvenir est comme une
goutte d'essence de l'Orient enfermée en un flacon
précieux. Cette goutte de baume est si fine et si
puissante que, si l'on jette le flacon dans votre
tombeau, son parfum, vaguement immortel, durera
plus que votre poussière.

Oh ! s'il est une chose douce, par un soir de solitude,
c'est de respirer, encore une fois, l'adieu de ce souvenir
enchanté !

Voici l'heure de l'isolement : les bruits du travail se
sont tus dans le faubourg ; mes pas m'ont conduit
jusqu'ici, au hasard. Cette bâtisse fut, autrefois, une
vieille abbaye. Un rayon de lune fait voir l'escalier de
pierre, derrière la grille, et illumine à demi les vieux
saints sculptés qui ont fait des miracles et qui, sans
doute, ont frappé contre ces dalles leurs humbles fronts
éclairés par la prière. Ici les pas des chevaliers de
Bretagne ont résonné autrefois, alors que l'Anglais
tenait encore nos cités angevines. — A présent, des
jalousies vertes et gaies rajeunissent les sombres pierres des croisées et des murs. L'abbaye est devenue une
pension de jeunes filles. Le jour, elles doivent y
gazouiller comme des oiseaux dans les ruines. Parmi
celles qui sont endormies, il est plus d'une enfant qui,
aux premières vacances de Pâques, éveillera dans le
cœur d'un jeune adolescent la grande impression sacrée

et peut-être que déjà... — Chut ! on a parlé ! Une voix
très douce vient d'appeler (tout bas) : « Paul !...
Paul ! » Une robe de mousseline blanche, une ceinture
bleue ont flotté, un instant, près de ce pilier. Une jeune
fille semble parfois une apparition. Celle-ci est descendue maintenant. C'est l'une d'entre elles ; je vois la
pèlerine du pensionnat et la croix d'argent du cou. Je
vois son visage. La nuit se fond avec ses traits baignés
de poésie ! Ô cheveux si blonds d'une jeunesse mêlée
d'enfance encore ! Ô bleu regard dont l'azur est si pâle
qu'il semble encore tenir de l'éther primitif !

Mais quel est ce tout jeune homme qui se glisse
entre les arbres ? Il se hâte ; il touche le pilier de la
grille.

— Virginie ! Virginie ! c'est moi.

— Oh ! plus bas ! me voici, Paul !

Ils ont quinze ans tous les deux !

C'est un premier rendez-vous ! C'est une page de
l'idylle éternelle ! Comme ils doivent trembler de joie
l'un et l'autre ! Salut, innocence divine ! souvenir !
fleurs ravivées !

— Paul, mon cher cousin !

— Donnez-moi votre main à travers la grille, Virginie. Oh ! mais est-elle jolie, au moins ! Tenez, c'est un
bouquet que j'ai cueilli dans le jardin de papa. Il ne
coûte pas d'argent, mais c'est de cœur.

— Merci, Paul. — Mais comme il est essoufflé !
Comme il a couru !

— Ah ! c'est que papa a fait une affaire, aujour-
d'hui, une affaire très belle ! Il a acheté un petit bois à
moitié prix. Des gens étaient obligés de vendre vite ;
une bonne occasion. Alors, comme il était content de la
journée, je suis resté avec lui pour qu'il me donnât un

peu d'argent ; et puis je me suis pressé pour arriver à l'heure.

— Nous serons mariés dans trois ans, si vous passez bien vos examens, Paul !

— Oui, je serai un avocat. Quand on est un avocat, on attend quelques mois pour être connu. Et puis, on gagne, aussi, un peu d'argent.

— Souvent beaucoup d'argent !

— Oui. Est-ce que vous êtes heureuse au pensionnat, ma cousine ?

— Oh ! oui, Paul. Surtout depuis que madame Pannier a pris de l'extension. D'abord, on n'était pas si bien ; mais, maintenant, il y a ici des jeunes filles des châteaux. Je suis l'amie de toutes ces demoiselles. Oh ! elles ont de bien jolies choses. Et alors, depuis leur arrivée, nous sommes bien mieux, bien mieux, parce que madame Pannier peut dépenser un peu plus d'argent.

— C'est égal, ces vieux murs... Ce n'est pas très gai d'être ici.

— Si ! on s'habitue à ne pas les regarder. Mais, voyons, Paul, avez-vous été voir notre bonne tante ? Ce sera sa fête dans six jours ; il faudra lui écrire un *compliment*. Elle est si bonne !

— Je ne l'aime pas beaucoup, moi, ma tante ! Elle m'a donné, l'autre fois, de vieux bonbons du dessert, au lieu, enfin, d'un vrai cadeau : soit une jolie bourse, soit des petites pièces pour mettre dans ma tirelire.

— Paul, Paul, ce n'est pas bien. Il faut être toujours bien aimant avec elle et la ménager. Elle est vieille et elle nous làissera, aussi, un peu d'argent...

— C'est vrai. Oh ! Virginie, entends-tu ce rossignol ?

— Paul, prenez bien garde de me tutoyer quand
nous ne serons pas seuls.

— Ma cousine, puisque nous devons nous marier!
D'ailleurs, je ferai attention. Mais comme c'est joli, le
rossignol! Quelle voix pure et argentine!

— Oui, c'est joli, mais ça empêche de dormir. Il fait
très doux, ce soir : la lune est argentée, c'est beau.

— Je savais bien que vous aimiez la poésie, ma
cousine.

— Oh! oui! la Poésie!... j'étudie le piano.

— Au collège, j'ai appris toutes sortes de beaux vers
pour vous les dire, ma cousine : je sais presque tout
Boileau par cœur. Si vous voulez, nous irons souvent à
la campagne quand nous serons mariés, dites?

— Certainement, Paul! D'ailleurs, maman me donnera, en dot, sa petite maison de campagne où il y a
une ferme : nous irons là, souvent, passer l'été. Et nous
agrandirons cela un peu, si c'est possible. La ferme
rapporte aussi un peu d'argent.

— Ah! tant mieux. Et puis l'on peut vivre à la
campagne pour beaucoup moins d'argent qu'à la ville.
C'est mes parents qui m'ont dit cela. J'aime la chasse
et je tuerai, aussi, beaucoup de gibier. Avec la chasse,
on économise, aussi, un peu d'argent!

— Puis, — c'est la campagne, mon Paul! Et j'aime
tant tout ce qui est poétique!

— J'entends du bruit là-haut, hein?

— Chut! il faut que je remonte : madame Pannier
pourrait s'éveiller. Au revoir, Paul.

— Virginie, vous serez chez ma tante dans six
jours?... au dîner?... J'ai peur, aussi, que papa ne
s'aperçoive que je me suis échappé, il ne me donnerait
plus d'argent.

— Votre main, vite.

Pendant que j'écoutais, ravi, le bruit céleste d'un baiser, les deux anges se sont enfuis ; l'écho attardé des ruines vaguement répétait : « ... De l'argent ! Un peu d'argent ! »

Ô jeunesse, printemps de la vie ! Soyez bénis enfants, dans votre extase ! vous dont l'âme est simple comme la fleur, vous dont les paroles, évoquant d'autres souvenirs *à peu près* pareils à ce premier rendez-vous, font verser de douces larmes à un passant !

LE CONVIVE
DES DERNIÈRES FÊTES

A Madame Nina de Villard.

> L'Inconnu, c'est la part du lion[1].
> FRANÇOIS ARAGO.

Le Commandeur de pierre peut venir souper avec nous ; il peut nous tendre la main ! Nous la prendrons encore. Peut-être sera-ce lui qui aura froid.

Un soir de carnaval de l'année 186..., C***, l'un de mes amis, et moi, par une circonstance absolument due aux hasards de l'ennui « ardent et vague », nous étions seuls, dans une avant-scène, au bal de l'Opéra.

Depuis quelques instants nous admirions, à travers la poussière, la mosaïque tumultueuse des masques hurlant sous les lustres et s'agitant sous l'archet sabbatique de Strauss.

Tout à coup la porte de la loge s'ouvrit : trois dames, avec un froufrou de soie, s'approchèrent entre les chaises lourdes et, après avoir ôté leurs masques, nous dirent :

— Bonsoir !

C'étaient trois jeunes femmes d'un esprit et d'une beauté exceptionnels. Nous les avions parfois rencontrées dans le monde artistique de Paris. Elles s'appelaient : Clio la Cendrée, Antonie Chantilly et Annah Jackson.

— Et vous venez faire ici l'école buissonnière, mesdames ? demanda C*** en les priant de s'asseoir.

— Oh ! nous allions souper seules, parce que les gens de cette soirée, aussi horribles qu'ennuyeux, ont attristé notre imagination, dit Clio la Cendrée.

— Oui, nous allions nous en aller quand nous vous avons aperçus ! dit Antonie Chantilly.

— Ainsi donc, venez avec nous, si vous n'avez rien de mieux à faire, conclut Annah Jackson.

— Joie et lumière ! vivat ! répondit tranquillement C***. — Élevez-vous une objection grave contre la Maison dorée ?

— Bien loin cette pensée ! dit l'éblouissante Annah Jackson en dépliant son éventail.

— Alors, mon cher, continua C*** en se tournant vers moi, prends ton carnet, retiens le salon rouge et envoie porter le billet par le chasseur de miss Jackson : — C'est, je crois, la marche à suivre, à moins d'un parti pris chez toi ?

— Monsieur, me dit miss Jackson, si vous vous sacrifiez jusqu'à bouger pour nous, vous trouverez ce personnage vêtu en oiseau phénix — ou mouche — et se prélassant au foyer. Il répond au pseudonyme transparent de Baptiste ou de Lapierre. — Ayez cette complaisance ? — et revenez bien vite nous aimer sans cesse.

Depuis un moment je n'écoutais personne. Je regardais un étranger placé dans une loge en face de nous :

un homme de trente-cinq ou trente-six ans, d'une pâleur orientale ; il tenait une lorgnette et m'adressait un salut.

— Eh ! c'est mon inconnu de Wiesbaden ! me dis-je tout bas, après quelque recherche.

Comme ce monsieur m'avait rendu, en Allemagne, un de ces services légers que l'usage permet d'échanger entre voyageurs (oh ! tout bonnement à propos de cigares, je crois, dont il m'avait indiqué le mérite au salon de conversation), je lui rendis le salut.

L'instant d'après, au foyer, comme je cherchais du regard le phénix en question, je vis venir l'étranger au-devant de moi. Son abord ayant été des plus aimables, il me parut de bonne courtoisie de lui proposer notre assistance s'il se trouvait trop seul en ce tumulte.

— Et qui dois-je avoir l'honneur de présenter à notre gracieuse compagnie ? lui demandai-je, souriant, lorsqu'il eut accepté.

— Le baron Von H***, me dit-il. Toutefois, vu les allures insoucieuses de ces dames, les difficultés de prononciation et ce beau soir de carnaval, laissez-moi prendre, pour une heure, un autre nom, — le premier venu, ajouta-t-il : tenez... (il se mit à rire) : le baron *Saturne*[2], si vous voulez.

Cette bizarrerie me surprit un peu, mais comme il s'agissait d'une folie générale, je l'annonçai, froidement, à nos élégantes, selon la donnée mythologique à laquelle il acceptait de se réduire.

Sa fantaisie prévint en sa faveur : on voulut bien croire à quelque roi des *Mille et une Nuits* voyageant incognito. Clio la Cendrée, joignant les mains, alla jusqu'à murmurer le nom d'un nommé Jud, alors célèbre, sorte de criminel encore introuvé et que différents meurtres avaient, paraît-il, illustré et enrichi exceptionnellement.

Les compliments une fois échangés :

— Si le baron nous faisait la faveur de souper avec nous, pour la symétrie désirable ? demanda la toujours prévenante Annah Jackson, entre deux bâillements irrésistibles.

Il voulut se défendre.

— Susannah nous a dit cela comme don Juan à la statue du Commandeur, répliquai-je en plaisantant : ces Écossaises sont d'une solennité !

— Il fallait proposer à M. Saturne de venir tuer le Temps avec nous ! dit C***, qui, froid, voulait inviter « d'une façon régulière ».

— Je regrette beaucoup de refuser ! répondit l'interlocuteur. Plaignez-moi de ce qu'une circonstance d'un intérêt vraiment *capital* m'appelle, ce matin, d'assez bonne heure.

— Un duel pour rire ? une variété de vermouth ? demanda Clio la Cendrée en faisant la moue.

— Non, madame, une... *rencontre,* puisque vous daignez me consulter à cet égard, dit le baron.

— Bon ! quelque mot de corridors d'Opéra, je parie ! s'écria la belle Annah Jackson. Votre tailleur, infatué d'un costume de chevau-léger, vous aura traité d'artiste ou de démagogue. Cher monsieur, ces remarques ne pèsent pas le moindre fleuret : vous êtes étranger, cela se voit.

— Je le suis même un peu partout, madame, répondit en s'inclinant le baron Saturne.

— Allons ! vous vous faites désirer ?

— *Rarement, je vous assure !...* murmura, de son air à

la fois le plus galant et le plus équivoque, le singulier personnage.

Nous échangeâmes un regard, C*** et moi ; nous n'y étions plus : que voulait dire ce monsieur ? La distraction, toutefois, nous paraissait assez amusante.

Mais, comme les enfants qui s'engouent de ce qu'on leur refuse :

— Vous nous appartenez jusqu'à l'aurore, et je prends votre bras ! s'écria Antonie.

Il se rendit ; nous quittâmes la salle.

Il avait donc fallu cette fusée d'inconséquences pour entraîner ce bouquet final ; nous allions nous trouver dans une intimité assez relative avec un homme dont nous ne savions rien, sinon qu'il avait joué au casino de Wiesbaden et qu'il avait étudié les goûts divers des cigares de la Havane.

Ah ! qu'importait ! le plus court, aujourd'hui, n'est-ce pas de *serrer la main de tout le monde ?*

Sur le boulevard, Clio la Cendrée se renversa, rieuse, au fond de la calèche, et, comme son tigre métis attendait en esclave :

— A la Maison dorée ! dit-elle.

Puis, se penchant vers moi :

— Je ne connais pas votre ami : quel homme est-ce ? Il m'intrigue infiniment. Il a un *drôle* de regard !

— Notre *ami ?* — répondis-je : à peine l'ai-je vu deux fois, la saison dernière, en Allemagne.

Elle me considéra d'un air étonné :

— Quoi donc ! repris-je, il vient nous saluer dans notre loge et vous l'invitez à souper sur la foi d'une présentation de bal masqué ! En admettant que vous ayez commis une imprudence digne de mille morts, il est un peu tard pour vous alarmer touchant notre convive. Si les invités sont peu disposés demain à continuer connaissance, ils se salueront comme la veille : voilà tout. Un souper ne signifie rien.

Rien n'est amusant comme de sembler comprendre certaines susceptibilités artificielles.

— Comment, vous ne savez pas mieux quels sont les gens ? — Et si c'était un...

— Ne vous ai-je pas décliné son nom ? le baron *Saturne*. — Est-ce que vous craignez de le compromettre, mademoiselle ? ajoutai-je, d'un ton sévère.

— Vous êtes un monsieur intolérable, vous savez !

— Il n'a pas l'air d'un grec : donc notre aventure est toute simple. — Un millionnaire amusant ! N'est-ce pas l'idéal ?

— Il me paraît assez bien, ce M. Saturne, dit C***.

— Et, au moins en temps de carnaval, un homme très riche a toujours droit à l'estime, conclut, d'une voix calme, la belle Susannah.

Les chevaux partirent : le lourd carrosse de l'étranger nous suivit. Antonie Chantilly (plus connue sous le nom de guerre, un peu mièvre, d'Yseult) y avait accepté sa mystérieuse compagnie.

Une fois installés dans le salon rouge, nous enjoignîmes à Joseph de ne laisser pénétrer jusqu'à nous aucun être vivant, à l'exception des ostende, de lui, Joseph, — et de notre illustre ami le fantastique petit docteur Florian Les Églisottes, si, d'aventure, il venait sucer sa proverbiale écrevisse.

Une bûche ardente s'écrasait dans la cheminée. Autour de nous s'épandaient de fades senteurs d'étoffes, de fourrures quittées, de fleurs d'hiver. Les lueurs des candélabres étreignaient, sur une console, les seaux argentés où se gelait le triste vin d'Aï. Les camélias, dont les touffes se gonflaient au bout de leurs tiges d'archal, débordaient les cristaux sur la table.

Au dehors, il faisait une pluie terne et fine, semée de neige ; une nuit glaciale ; — des bruits de voitures, des cris de masques, la sortie de l'Opéra. C'étaient les hallucinations de Gavarni, de Devéria, de Gustave Doré.

Pour étouffer ces rumeurs, les rideaux étaient soigneusement drapés devant les fenêtres closes.

Les convives étaient donc le baron saxon Von H***, le flave et smynthien[3] C*** et moi ; puis Annah Jackson, la Cendrée et Antonie.

Pendant le souper, qui fut rehaussé de folies étincelantes, je me laissai, tout doucement, aller à mon innocente manie d'observation — et, je dois le dire, je ne fus pas sans m'apercevoir bientôt que mon vis-à-vis méritait, en effet, quelque attention.

Non, ce n'était pas un homme folâtre, ce convive de passage !... Ses traits et son maintien ne manquaient point, sans doute, de cette distinction convenue qui fait tolérer les personnes : son accent n'était point fastidieux comme celui de quelques étrangers ; — seulement, en vérité, sa pâleur prenait, par intervalles, des tons singulièrement blêmes — et même blafards ; ses lèvres étaient plus étroites qu'un trait de pinceau ; les sourcils demeuraient toujours un peu froncés, même dans le sourire.

Ayant remarqué ces points et quelques autres, avec cette inconsciente attention dont quelques écrivains sont bien obligés d'être doués, je regrettai de l'avoir introduit, tout à fait à la légère, en notre compagnie, — et je me promis de l'effacer, à l'aurore, de notre liste d'habitués. — Je parle ici de C*** et de moi, bien entendu ; car le bon hasard qui nous avait octroyé, ce soir-là, nos hôtes féminins, devait les remporter, comme des visions, à la fin de la nuit.

Et puis l'étranger ne tarda pas à captiver notre attention par une bizarrerie spéciale. Sa causerie, sans être hors ligne par la valeur intrinsèque des idées, tenait en éveil par le sous-entendu très vague que le son de sa voix semblait y glisser intentionnellement.

Ce détail nous surprenait d'autant plus qu'il nous était impossible, en examinant ce qu'il disait, d'y découvrir un sens autre que celui d'une phrase mondaine. Et, deux ou trois fois, il nous fit tressaillir, C*** et moi, par la façon dont il soulignait ses paroles et par l'impression d'arrière-pensées, tout à fait imprécises, qu'elles nous laissaient.

Tout à coup, au beau milieu d'un accès de rire, dû à certaine facétie de Clio la Cendrée, — et qui était, vraiment, des plus divertissantes ! — j'eus je ne sais quelle idée obscure d'avoir déjà vu ce gentilhomme dans une *toute autre circonstance* que celle de Wiesbaden.

En effet, ce visage était d'une accentuation de traits inoubliable et la lueur des yeux, au moment du clin des paupières, jetait sur ce teint comme l'idée d'une torche intérieure.

Quelle était cette circonstance ? Je m'efforçais en vain de la nettifier en mon esprit. Céderai-je même à la tentation d'énoncer les confuses notions qu'elle éveillait en moi ?

C'étaient celles d'un événement pareil à ceux que l'on voit dans les songes.

Où *cela pouvait-il bien* s'être passé ? Comment accorder mes souvenirs habituels avec ces intenses idées lointaines de meurtre, de silence profond, de brume, de

faces effarées, de flambeaux et de sang, qui surgis-
saient dans ma conscience, avec une sensation de
positivisme[4] insupportable, à la vue de ce personnage ?

— Ah çà ! balbutiai-je très bas, est-ce que j'ai la
berlue, ce soir ?

Je bus un verre de champagne.

Les ondes sonores du système nerveux ont de ces
vibrations mystérieuses. Elles assourdissent, pour ainsi
dire, par la diversité de leurs échos, l'analyse du coup
initial qui les a produites. La mémoire distingue le
milieu ambiant de la chose, et la *chose* elle-même se
noie dans cette sensation générale, jusqu'à demeurer
opiniâtrement indiscernable.

Il en est de cela comme de ces figures autrefois
familières qui, revues à l'improviste, troublent, avec
une évocation tumultueuse d'impressions encore
ensommeillées, et qu'*alors* il est impossible de nommer.

Mais les hautes manières, la réserve enjouée, la
dignité bizarre de l'inconnu, — sortes de voiles tendus
sur la réalité à coup sûr très sombre de sa nature, —
m'induisirent à traiter (pour l'instant, du moins) ce
rapprochement comme un fait imaginaire, comme une
sorte de perversion visuelle née de la fièvre et de la
nuit.

Je résolus donc de faire bon visage au festin, selon
mon devoir et mon plaisir.

On se levait de table par jeunesse, — et les fusées
des éclats de rire vinrent se mêler aux boutades
harmonieuses frappées, au hasard, sur le piano, par
des doigts légers.

J'oubliai donc toute préoccupation. Ce furent, bientôt, des scintillements de concetti, des aveux légers, de
ces baisers vagues (pareils au bruit de ces feuilles de

fleurs que les belles distraites font claquer sur le dessus
de leurs mains), — ce furent des feux de sourires et de
diamants : la magie des profonds miroirs réfléchissait,
silencieusement, à l'infini, en longues files bleuâtres,
les lumières, les gestes.

C*** et moi, nous nous abandonnâmes au rêve à
travers la conversation.

Les objets se transfigurent selon le magnétisme des
personnes qui les approchent, toutes choses n'ayant
d'autre signification, pour chacun, que celle que
chacun *peut* leur prêter.

Ainsi, le moderne de ces dorures violentes, de ces
meubles lourds et de ces cristaux unis était racheté par
les regards de mon camarade lyrique C*** et par les
miens.

Pour nous, ces candélabres *étaient,* nécessairement,
d'un or vierge, et les ciselures en étaient, certes !
signées par un Quinze-Vingt authentique, orfèvre de
naissance. Positivement, ces meubles ne pouvaient
émaner que d'un tapissier luthérien devenu fou, sous
Louis XIII, par terreurs religieuses. De qui ces
cristaux devaient-ils provenir, sinon d'un verrier de
Prague, dépravé par quelque amour penthésiléen ? —
Ces draperies de Damas n'étaient autres, à coup sûr,
que ces pourpres anciennes, enfin retrouvées à Hercu-
lanum, dans le coffre aux *velaria* sacrés des temples
d'Asclépios ou de Pallas. La crudité, vraiment singulière, du tissu s'expliquait, à la rigueur, par l'action
corrosive de la terre et de la lave, et, — imperfection
précieuse ! — le rendait unique dans l'univers.

Quant au linge, notre âme conservait un doute sur
son origine. Il y avait lieu d'y saluer des échantillons
de bures lacustres. Tout au moins ne désespérions-

nous pas de retrouver, dans les signes brodés sur la
trame, les indices d'une provenance accade ou troglo-
dyte. Peut-être étions-nous en présence des innombrables lés du suaire de Xisouthros [5] blanchis et débités,
au détail, comme toiles de table. — Nous dûmes,
toutefois, après examen, nous contenter d'y soupçonner les inscriptions cunéiformes d'un menu rédigé
simplement sous Nemrod ; nous jouissions déjà de la
surprise et de la joie de M. Oppert [6], lorsqu'il apprendrait cette découverte enfin récente.

Puis la Nuit jetait ses ombres, ses effets étranges et
ses demi-teintes sur les objets, renforçant la bonne
volonté de nos convictions et de nos rêves.

Le café fumait dans les tasses transparentes : C***
consumait doucereusement un havane et s'enveloppait
de flocons de fumée blanche, comme un demi-dieu
dans un nuage.

Le baron de H***, les yeux demi-fermés, étendu sur
un sofa, l'air un peu banal, un verre de champagne
dans sa main pâle qui pendait sur le tapis, paraissait
écouter, avec attention, les prestigieuses mesures du
duo nocturne (dans le *Tristan et Yseult* de Wagner), que
jouait Susannah en détaillant les modulations inces-
tueuses avec beaucoup de sentiment. Antonie et Clio
la Cendrée, enlacées et radieuses, se taisaient, pendant
les accords lentement résolus par cette bonne musicienne.

Moi, charmé jusqu'à l'insomnie, je l'écoutais aussi,
auprès du piano.

Chacune de nos blanches inconstantes avait choisi le
velours, ce soir-là.

La touchante Antonie, aux yeux de violettes, était en
noir, sans une dentelle. Mais la ligne de velours de sa

robe n'étant pas ourlée, ses épaules et son col, en
véritable carrare, tranchaient durement sur l'étoffe.

Elle portait un mince anneau d'or à son petit doigt
et trois bluets de saphirs resplendissaient dans ses
cheveux châtains, lesquels tombaient, fort au-dessous
de sa taille, en deux nattes calamistrées.

Au moral, un personnage auguste lui ayant
demandé, un soir, si elle était « honnête » :

« Oui, Monseigneur, avait répondu Antonie, honnête, en France, n'étant plus que le synonyme de
poli. »

Clio la Cendrée, une exquise blonde aux yeux noirs,
— la déesse de l'Impertinence ! — (une jeune désen-
chantée que le prince Solt... avait baptisée, à la russe,
en lui versant de la mousse de Rœderer sur les
cheveux), — était en robe de velours vert, bien moulée,
et une rivière de rubis lui couvrait la poitrine.

On citait cette jeune créole de vingt ans comme le
modèle de toutes les vertus répréhensibles. Elle eût
enivré les plus austères philosophes de la Grèce et les
plus profonds métaphysiciens de l'Allemagne. Des
dandies sans nombre s'en étaient épris jusqu'au coup
d'épée, jusqu'à la lettre de change, jusqu'au bouquet
de violettes.

Elle revenait de Bade, ayant laissé quatre ou cinq
mille louis sur le tapis, en riant comme une enfant.

Au moral, une vieille dame germaine et d'ailleurs
squalide, pénétrée de ce spectacle, lui avait dit, au
Casino :

— Mademoiselle, prenez garde : il faut manger un
peu de pain quelquefois et vous semblez l'oublier.

— Madame, avait répondu en rougissant la belle
Clio, merci du conseil. En retour, apprenez de moi

que, pour d'aucunes, le pain ne fut jamais qu'un préjugé.

Annah, ou plutôt Susannah Jackson, la Circé écossaise, aux cheveux plus noirs que la nuit, aux regards de sarisses, aux petites phrases acidulées, étincelait, indolemment, dans le velours rouge.

Celle-là, ne la rencontrez pas, jeune étranger! L'on vous assure qu'elle est pareille aux sables mouvants : elle enlise le système nerveux. Elle distille le désir. Une longue crise maladive, énervante et folle, serait votre partage. Elle compte des deuils divers dans ses souvenirs. Son genre de beauté, dont elle est sûre, enfièvre les simples mortels jusqu'à la frénésie.

Son corps est comme un sombre lis, quand même virginal ! — Il justifie son nom qui, en vieil hébreu, signifie, je crois, cette fleur.

Quelque raffiné que vous vous supposiez être (dans un âge peut-être encore tendre, jeune étranger!), si votre mauvaise étoile permet que vous vous trouviez sur le chemin de Susannah Jackson, nous n'aurons qu'à nous figurer un tout jeune homme s'étant exclusivement susténté d'œufs et de lait pendant vingt ans consécutifs et soumis, tout à coup, sans vains préambules, à un régime exaspérant — (continuel !) — d'épices extramordantes et de condiments dont la saveur ardente et fine lui convulse le goût, le brise et l'affole, pour avoir votre fidèle portrait la quinzaine suivante.

La savante charmeuse s'est amusée, parfois, à tirer des larmes de désespoir à de vieux lords blasés, car on ne la séduit que par le plaisir. Son projet, d'après quelques phrases, est d'aller s'ensevelir dans un cottage d'un million sur les bords de la Clyde, avec un bel enfant qu'elle s'y distraira, languissamment, à tuer à son aise.

Au moral, le sculpteur C.-B*** la raillait, un jour, sur le terrible petit signe noir qu'elle possède près de l'un des yeux.

— L'Artiste inconnu qui a taillé votre marbre, lui disait-il, a négligé cette petite pierre.

— Ne dites pas de mal de la petite pierre, répondit Susannah : c'est celle qui fait tomber.

C'était la correspondance d'une panthère.

Chacune de ces femmes nocturnes avait à la ceinture un loup de velours, vert, rouge ou noir, aux doubles faveurs d'acier.

Quant à moi (s'il est bien nécessaire de parler de ce convive), je portais aussi un masque ; moins apparent, voilà tout.

Comme au spectacle, en une stalle centrale, on assiste, pour ne pas déranger ses voisins, — par courtoisie, en un mot — à quelque drame écrit dans un style fatigant et dont le sujet vous déplaît, ainsi je vivais par politesse.

Ce qui ne m'empêchait point d'arborer joyeusement une fleur à ma boutonnière, en vrai chevalier de l'ordre du Printemps.

Sur ces entrefaites, Susannah quitta le piano. Je cueillis un bouquet sur la table et vins le lui offrir avec des yeux railleurs.

— Vous êtes, dis-je, une *diva !* — Portez l'une de ces fleurs pour l'amour des amants inconnus.

Elle choisit un brin d'hortensia qu'elle plaça, non sans amabilité, à son corsage.

— Je ne lis pas les lettres anonymes ! répondit-elle en posant le reste de mon « sélam »[7] sur le piano.

La profane et brillante créature joignit ses mains sur l'épaule de l'un d'entre nous — pour retourner à sa place sans doute.

— Ah ! froide Susannah, lui dit C*** en riant, vous êtes venue, ce semble, au monde à la seule fin d'y rappeler que la neige brûle.

C'était là, je pense, un de ces compliments alambiqués, tels que les déclins de soupers en inspirent et qui, s'ils ont un sens bien réel, ont ce sens fin *comme un cheveu !* Rien n'est plus près d'une bêtise et, parfois, la différence en est absolument insensible. A ce propos élégiaque, je compris que la mèche des cerveaux menaçait de devenir charbonneuse et qu'il fallait réagir.

Comme une étincelle suffit, parfois, pour en raviver la lumière, je résolus de la faire jaillir, à tout prix, de notre convive taciturne.

En ce moment, Joseph entra, nous apportant (bizarrerie !) du punch glacé, car nous avions résolu de nous griser comme des pairs.

Depuis une minute, je regardais le baron Saturne. Il paraissait impatient, inquiet. Je le vis tirer sa montre, donner un brillant à Antonie et se lever.

— Par exemple, seigneur des lointaines régions, m'écriai-je, à cheval sur une chaise et entre deux flocons de cigare, — vous ne songez pas à nous quitter avant une heure ? Vous passeriez pour mystérieux, et c'est de mauvais goût, vous le savez !

— Mille regrets, me répondit-il, mais il s'agit d'un devoir qui ne peut se remettre et qui, désormais, ne souffre plus aucun retard. Veuillez bien recevoir mes actions de grâces pour les instants si agréables que je viens de passer.

— C'est donc, vraiment, un duel ? demanda, comme inquiète, Antonie.

— Bah ! m'écriai-je, croyant, effectivement, à quelque vague querelle de masques, — vous vous exagérez, j'en suis sûr, l'importance de cette affaire. Votre homme est sous quelque table. Avant de réaliser le pendant du tableau de Gérôme où vous auriez le rôle du vainqueur, celui d'Arlequin [8], envoyez le chasseur à votre place, au rendez-vous, savoir si l'on vous attend : en ce cas, vos chevaux sauront bien regagner le temps perdu !

— Certes ! appuya C*** tranquillement. Courtisez plutôt la belle Susannah qui se meurt à votre sujet ; vous économiserez un rhume, — et vous vous en consolerez en gaspillant un ou deux millions. Contemplez, écoutez et décidez.

— Messieurs, je vous avouerai *que je suis aveugle et sourd le plus souvent que Dieu me le permet !* dit le baron Saturne.

Et il accentua cette énormité inintelligible de manière à nous plonger dans les conjectures les plus absurdes. Ce fut au point que j'en oubliai l'étincelle en question ! Nous en étions à nous regarder, avec un sourire gêné, les uns les autres, ne sachant que penser de cette « plaisanterie », lorsque, soudain, je ne pus me défendre de jeter une exclamation : je venais de me rappeler *où* j'avais vu cet homme pour la première fois !

Et il me sembla, brusquement, que les cristaux, les figures, les draperies, que le festin de la nuit s'éclairaient d'une mauvaise lueur, d'une rouge lueur sortie de notre convive, pareille à certains effets de théâtre.

— Monsieur, chuchotai-je à son oreille, pardonnez si je fais erreur... mais — il me semble avoir eu le *plaisir* de vous rencontrer, il y a cinq ou six ans, dans une grande ville du Midi, — à Lyon, je suppose ? — vers quatre heures du matin, sur une place publique.

Saturne leva lentement la tête et, me considérant avec attention :

— Ah ! dit-il, c'est possible.

— Oui ! continuai-je en le regardant fixement aussi. — Attendez donc ! il y avait même, sur cette place, un objet des plus mélancoliques, au spectacle duquel je m'étais laissé entraîner par deux étudiants de mes amis — et que je me promis bien de ne jamais revoir.

— Vraiment ! dit M. Saturne. Et quel était cet objet, s'il n'y a pas indiscrétion ?

— Ma foi, quelque chose comme l'échafaud, une guillotine, monsieur ! si j'ai bonne mémoire. — Oui, c'était la guillotine. — Maintenant, j'en suis sûr !

Ces quelques paroles s'étaient échangées très bas, oh ! tout à fait bas, entre ce monsieur et moi. — C*** et les dames causaient dans l'ombre, à quelques pas de nous, près du piano.

— C'est cela ! je me souviens, ajoutai-je en élevant la voix. Hein ? qu'en pensez-vous, monsieur ?... Voilà, voilà, je l'espère, de la mémoire ? — Quoique vous ayez passé très vite devant moi, votre voiture, un instant retardée par la mienne, m'a laissé vous entrevoir aux lueurs des torches. La circonstance incrusta *votre* visage dans mon esprit. Il avait, alors, justement l'expression que je remarque sur vos traits à présent.

— Ah ! ah ! — répondit M. Saturne, c'est vrai ! Ce doit être, ma foi, de la plus surprenante exactitude, je l'avoue !

Le rire strident de ce monsieur me donna l'idée d'une paire de ciseaux miraudant [9] les cheveux.

— Un détail, entre autres, continuai-je, me frappa.
Je vous vis, de loin, descendre vers l'endroit où était
dressée la machine... et, — à moins que je ne sois
trompé par une ressemblance...

— Vous ne vous êtes pas trompé, *cher* monsieur,
c'était bien moi, répondit-il.

A cette parole, je sentis que la conversation était
devenue glaciale et que, par conséquent, je manquais,
peut-être, de la stricte politesse qu'un bourreau de si
étrange acabit était en droit d'exiger de nous. Je
cherchais donc une banalité pour changer le cours des
pensées qui nous enveloppaient tous les deux, lorsque
la belle Antonie se détourna du piano, en disant avec
un air de nonchalance :

— A propos, mesdames et messieurs, vous savez
qu'il y a, ce matin, une exécution ?

— Ah !... m'écriai-je, remué d'une manière insolite
par ces quelques mots.

— C'est ce pauvre docteur de la P*** [10], continua
tristement Antonie ; il m'avait soignée autrefois. Pour
ma part, je ne le blâme que de s'être défendu devant
les juges ; je lui croyais plus d'estomac. Lorsque le sort
est fixé d'avance, on doit rire, tout au plus, il me
semble, au nez de ces robins. M. de la P*** s'est
oublié.

— Quoi ! c'est aujourd'hui ? définitivement ?
demandai-je en m'efforçant de prendre une voix
indifférente.

— A six heures, l'heure fatale, messieurs et mesdames !... répondit Antonie. — Ossian, le bel avocat, la
coqueluche du faubourg Saint-Germain, est venu me
l'annoncer, pour me faire sa cour à sa manière, hier au
soir. Je l'avais oublié. Il paraît même *qu'on a fait venir un*

étranger (!) pour aider M. de Paris, vu la solennité du procès et la distinction du coupable.

Sans remarquer l'absurdité de ces derniers mots, je me tournai vers M. Saturne. Il se tenait debout devant la porte, enveloppé d'un grand manteau noir, le chapeau à la main, l'air officiel.

Le punch me troublait un peu la cervelle ! Pour tout dire, j'avais des idées belliqueuses. Craignant d'avoir commis en l'invitant ce qui s'appelle, je crois, une « gaffe » en style de Paris, la figure de cet intrus (quel qu'il fût) me devenait insupportable et je contenais, à grand'peine, mon désir de le lui faire savoir.

— Monsieur le baron, lui dis-je en souriant, d'après vos sous-entendus singuliers, nous serions presque en droit de vous demander si ce n'est pas un peu comme la Loi « que vous êtes sourd et aveugle aussi souvent que Dieu vous le permet » ?

Il s'approcha de moi, se pencha d'un air plaisant et me répondit à voix basse : « Mais taisez-vous donc, il y a des dames ! »

Il salua circulairement et sortit, me laissant muet, un peu frémissant et ne pouvant en croire mes oreilles.

Lecteur, un mot ici. — Lorsque Stendhal voulait écrire une histoire d'amour un peu sentimentale, il avait coutume, on le sait, de relire, d'abord, une demi-douzaine de pages du Code pénal [11], pour, — disait-il, — se donner le ton. Pour moi, m'étant mis en tête d'écrire certaines histoires, j'avais trouvé plus pratique, après mûre réflexion, de fréquenter tout bonnement, le soir, l'un des cafés du passage de Choiseul où feu M. X***, l'ancien exécuteur des hautes œuvres de Paris, venait, *presque* quotidiennement, faire sa petite partie d'impériale, incognito. C'était, me semblait-il,

un homme aussi bien élevé que tel autre ; il parlait
d'une voix fort basse, mais très distincte, avec un bénin
sourire. Je m'asseyais à une table voisine et il me
divertissait quelque peu lorsque emporté par le démon
du jeu, il s'écriait brusquement : « — Je coupe ! » sans
y entendre malice. Ce fut là, je m'en souviens, que
j'écrivis mes plus *poétiques* inspirations, pour me servir
d'une expression bourgeoise. — J'étais donc à
l'épreuve de cette grosse sensation d'horreur convenue
que causent aux passants ces messieurs de la robe
courte.

Il était donc étrange que je me sentisse, en ce
moment, sous l'impression d'un saisissement aussi
intense, parce que notre convive de hasard venait de se
déclarer l'un d'entre eux.

C***, qui, pendant les derniers mots, nous avait
rejoints, me frappa légèrement sur l'épaule.

— Perds-tu la tête ? me demanda-t-il.

— Il aura fait quelque gros héritage et n'exerce plus
qu'en attendant un successeur !... murmurai-je, très
énervé par les fumées du punch.

— Bon ! dit C***, ne vas-tu pas supposer qu'il est,
réellement, attaché à la cérémonie en question ?

— Tu as donc saisi le sens de notre petite causerie,
mon cher ? lui dis-je tout bas : courte, mais instruc-
tive ! Ce monsieur est un simple exécuteur ! — Belge,
probablement. — C'est l'exotique dont parlait Antonie
tout à l'heure. Sans sa présence d'esprit, j'eusse essuyé
une déconvenue en ce qu'il eût effrayé ces jeunes
personnes.

— Allons donc ! s'écria C*** : un exécuteur en
équipage de trente mille francs ? qui donne des diamants à sa voisine ? qui soupe à la Maison dorée la

veille de prodiguer ses soins à un client? Depuis ton café de Choiseul, tu vois des bourreaux partout. Bois un verre de punch! Ton M. Saturne est un assez mauvais plaisant, tu sais?

A ces mots, il me sembla que la logique, oui, que la froide raison était du côté de ce cher poète. — Fort contrarié, je pris à la hâte mes gants et mon chapeau et me dirigeai très vite sur le seuil, en murmurant :

— Bien.

— Tu as raison, dit C***.

— Ce lourd sarcasme a duré très longtemps, ajoutai-je en ouvrant la porte du salon. Si j'atteins ce mystificateur funèbre, je jure que...

— Un instant : jouons à qui *passera le premier,* dit C***.

J'allais répondre le nécessaire et disparaître lorsque, derrière mon épaule, une voix allègre et bien connue s'écria sous la tenture soulevée :

— Inutile! Restez, mon cher ami.

En effet, notre illustre ami, le petit docteur Florian Les Églisottes, était entré pendant nos dernières paroles : il était devant moi, tout sautillant, dans son witchoûra couvert de neige.

— Mon cher docteur, lui dis-je, dans l'instant je suis à vous, mais...

Il me retint :

— Lorsque je vous aurai conté l'histoire de l'homme qui sortait de ce salon quand je suis arrivé, continua-t-il, je parie que vous ne vous soucierez plus de lui demander compte de ses saillies — D'ailleurs, il est trop tard : sa voiture l'a emporté loin d'ici déjà.

Il prononça ces mots sur un ton si étrange qu'il m'arrêta définitivement.

— Voyons l'histoire, docteur, dis-je en me ras-
seyant, après un moment. — Mais, songez-y, Les
Églisottes : vous répondez de mon inaction et la prenez
sous votre bonnet.

Le prince de la Science posa dans un coin sa canne à
pomme d'or, effleura galamment, du bout des lèvres,
les doigts de nos trois belles interdites, se versa un peu
de madère et, au milieu du silence fantastique dû à
l'incident — et à son entrée personnelle, — commença
en ces termes.

— Je comprends toute l'aventure de ce soir. Je me
sens au fait de tout ce qui vient de se passer comme si
j'avais été des vôtres !... Ce qui vous est arrivé, sans
être précisément alarmant, est, néanmoins, une chose
qui aurait pu le devenir.

— Hein ? dit C***.

— Ce monsieur est bien, en effet, le baron de H*** ;
il est d'une haute famille d'Allemagne ; il est riche à
millions ; mais...

Le docteur nous regarda :

— Mais le prodigieux cas d'aliénation mentale dont
il est frappé, ayant été constaté par les Facultés
médicales de Munich et de Berlin, présente la plus
extraordinaire et la plus incurable de toutes les
monomanies enregistrées jusqu'à ce jour ! acheva le
docteur du même ton que s'il se fût trouvé à son cours
de physiologie comparée.

— Un fou ! — Qu'est-ce à dire, Florian, que signifie
cela ? — murmura C*** en allant pousser le verrou
léger de la serrure.

Ces dames, elles-mêmes, avaient changé de sourire à
cette révélation.

Quant à moi, je croyais, positivement, rêver depuis quelques minutes.

— Un fou !... s'écria Antonie ; mais on renferme ces personnes, il me semble ?

— Je croyais avoir fait observer que notre gentil-homme était plusieurs fois millionnaire, répliqua fort gravement Les Églisottes. C'est donc lui qui fait enfermer les autres, ne vous en déplaise.

— Et quel est son genre de manie ? demanda Susannah. Je le trouve très gentil, moi, ce monsieur, je vous en préviens !

— Vous ne serez peut-être pas de cet avis tout à l'heure, madame ! continua le docteur en allumant une cigarette.

Le petit jour livide teintait les vitres, les bougies jaunissaient, le feu s'éteignait ; ce que nous entendions nous donnait la sensation d'un cauchemar. Le docteur n'était pas de ceux auxquels la mystification est familière : ce qu'il disait devait être aussi froidement réel que la machine dressée là-bas sur la place.

— Il paraîtrait, continua-t-il entre deux gorgées de madère, qu'aussitôt sa majorité, ce jeune homme taciturne s'embarqua pour les Indes orientales ; il voyagea beaucoup dans les contrées de l'Asie. Là commence le mystère épais qui cache l'origine de son accident. Il assista, pendant certaines révoltes, dans l'Extrême Orient, à ces supplices rigoureux que les lois en vigueur dans ces parages infligent aux rebelles et aux coupables. Il y assista, d'abord, sans doute, par une simple curiosité de voyageur. Mais, à la vue de ces supplices, il paraîtrait que les instincts d'une cruauté qui dépasse les capacités de conception connues s'émurent en lui, troublèrent son cerveau, empoison-

nèrent son sang et finalement le rendirent l'être
singulier qu'il est devenu. Figurez-vous qu'à force
d'or, le baron de H*** pénétra dans les vieilles prisons
des villes principales de la Perse, de l'Indo-Chine et du
Thibet et qu'il obtint, plusieurs fois, des gouverneurs,
d'exercer les horribles fonctions de justicier, aux lieu et
place des exécuteurs orientaux. — Vous connaissez
l'épisode des quarante livres pesant d'yeux crevés qui
furent apportés, sur deux plats d'or, au shah Nasser-
Eddin, le jour où il fit son entrée solennelle dans une
ville révoltée ? Le baron, vêtu en homme du pays, fut
l'un des plus ardents zélateurs de toute cette atrocité.
L'exécution des deux chefs de la sédition fut d'une plus
stricte horreur. Ils furent condamnés d'abord — à se
voir arracher toutes les dents par des tenailles, puis à
l'enfoncement de ces mêmes dents en leurs crânes,
rasés à cet effet, — et ceci de manière à y former les
initiales persanes du nom glorieux du successeur de
Feth-Ali-shah. — Ce fut encore notre amateur qui,
moyennant un sac de roupies, obtint de les exécuter
lui-même et avec la gaucherie compassée qui le
distingue. — (Simple question : quel est le plus insensé
de celui qui ordonne de tels supplices ou de celui qui
les exécute ? — Vous êtes révoltés ? Bah ! Si le premier
de ces deux hommes daignait venir à Paris, nous
serions trop honorés de lui tirer des feux d'artifice et
d'ordonner aux drapeaux de nos armées de s'incliner
sur son passage, — le tout, fût-ce au nom des
« immortels principes de 89 ». Donc, passons.) — S'il
faut en croire les rapports des capitaines Hobbs et
Egginson, les raffinements que sa monomanie croissante lui suggéra, dans ces occasions, ont surpassé, de
toute la hauteur de l'Absurde, celles des Tibère et des

Héliogabale, — et toutes celles qui sont mentionnées dans les fastes humains. Car, ajouta le docteur, un fou ne saurait être égalé en *perfection* sur le point où il déraisonne.

Le docteur Les Églisottes s'arrêta et nous regarda, tour à tour, d'un air goguenard.

A force d'attention, nous avions laissé nos cigares s'éteindre pendant ce discours.

— Une fois de retour en Europe, continua le docteur, le baron de H***, *blasé jusqu'à faire espérer sa guérison,* fut bientôt ressaisi par sa fièvre chaude. Il n'avait qu'un rêve, un seul, — plus morbide, plus glacé que toutes les abjectes imaginations du marquis de Sade : — c'était, tout bonnement, de se faire délivrer le brevet d'Exécuteur des hautes-œuvres GÉNÉRAL de toutes les capitales de l'Europe. Il prétendait que les bonnes traditions et l'habileté périclitaient dans cette branche artistique de la civilisation ; qu'il y avait, comme on dit, péril en la demeure, et, fort des services qu'il avait rendus en Orient (écrivait-il dans les placets qu'il a souvent envoyés), il espérait (si les souverains daignaient l'honorer de leur confiance) arracher aux prévaricateurs les hurlements les plus modulés que jamais oreilles de magistrat aient entendus sous la voûte d'un cachot. — (Tenez ! quand on parle de Louis XVI devant lui, son œil s'allume et reflète une haine d'outre-tombe extraordinaire : Louis XVI est, en effet, le souverain qui a cru devoir abolir la question préalable, et ce monarque est le seul homme que M. de H*** ait probablement jamais haï.)

« Il échoua toujours, dans ces placets, comme bien vous le pensez, et c'est grâce aux démarches de ses héritiers qu'on ne l'a pas enfermé selon ses mérites. En effet, des clauses du testament de son père, feu le baron de H***, forcent la famille à éviter sa mort civile à cause des énormes préjudices d'argent que cette mort entraînerait pour les proches de ce personnage. Il voyage donc, en liberté. Il est au mieux avec tous ces messieurs de la Justice-capitale. Sa première visite est pour eux, dans toutes les villes où il passe. Il leur a souvent offert des sommes très fortes pour le laisser opérer à leur place, — et je crois, entre nous (ajouta le docteur en clignant de l'œil), qu'en Europe, — il en a débauché quelques-uns.

« A part ces équipées, on peut dire que sa folie est inoffensive, puisqu'elle ne s'exerce que sur des personnes désignées par la Loi. — En dehors de son aliénation mentale, le baron de H*** a la renommée d'un homme de mœurs paisibles et, même, engageantes. De temps à autre, sa mansuétude ambiguë donne, peut-être, froid dans le dos, comme on dit, à ceux de ses intimes qui sont au courant de sa terrible turlutaine, mais c'est tout.

« Néanmoins, il parle souvent de l'Orient avec quelque regret et doit incessamment y retourner. La privation du diplôme de Tortionnaire-en-chef du globe l'a plongé dans une mélancolie noire. Figurez-vous les rêveries de Torquemada ou d'Arbuez, des ducs d'Albe ou d'York. Sa monomanie s'empire de jour en jour. Aussi, toutes les fois qu'il se présente une exécution, en est-il averti par des émissaires secrets — avant les gentilshommes de la hache eux-mêmes ! Il court, il vole, il dévore la distance, sa place est réservée au pied de la machine. Il y est, en ce moment où je vous parle :

il ne dormirait pas tranquille s'il n'avait pas obtenu le dernier regard du condamné.

« Voilà, messieurs et mesdames, le gentleman avec lequel vous avez eu l'heur de frayer cette nuit. J'ajouterai que, sorti de sa démence et dans ses rapports avec la société, c'est un homme du monde vraiment irréprochable et le causeur le plus entraînant, le plus enjoué, le plus...

— Assez, docteur ! par grâce ! s'écrièrent Antonie et Clio la Cendrée, que le badinage strident et sardonique de Florian avait impressionnées extraordinairement.

— Mais c'est le sigisbée de la Guillotine ! murmura Susannah : c'est le *dilettante* de la Torture !

— Vraiment, si je ne vous connaissais pas, docteur... balbutia C***.

— Vous ne croiriez pas ? interrompit Les Églisottes. Je ne l'ai pas cru, moi-même, pendant longtemps ; mais, si vous voulez, nous allons aller là-bas. J'ai justement ma carte ; nous pourrons parvenir jusqu'à lui, malgré la haie de cavalerie. Je ne vous demanderai que d'observer son visage, voilà tout, pendant l'accomplissement de la sentence. Après quoi, vous ne douterez plus.

— Grand merci de l'invitation ! s'écria C*** ; je préfère vous croire, malgré l'absurdité vraiment mystérieuse du fait.

— Ah ! c'est un type que votre baron !... continua le docteur en attaquant un buisson d'écrevisses resté vierge miraculeusement.

Puis, nous voyant tous devenus moroses :

— Il ne faut pas vous étonner ni vous affecter outre mesure de mes confidences à ce sujet ! dit-il. Ce qui constitue la hideur de la chose, c'est la *particularité* de la monomanie. Quant au reste, un fol est un fol, rien de plus. Lisez les aliénistes : vous y relèverez des cas d'une étrangeté presque surprenante ; et ceux qui en sont atteints, je vous jure que nous les coudoyons en plein midi, à chaque instant, sans en rien soupçonner.

— Mes chers amis, conclut C*** après un moment de saisissement général, je n'éprouverais pas, je l'avoue, d'éloignement bien précis à choquer mon verre contre celui que me tendrait un bras séculier, comme on disait au temps où les bras des exécuteurs pouvaient être religieux. Je n'en chercherais pas l'occasion, mais si elle s'offrait à moi, je vous dirais, sans trop déclamer (et Les Églisottes, surtout, me comprendra), que l'aspect ou même la compagnie de ceux qui exercent les fonctions capitales ne saurait m'impressionner en aucune façon. Je n'ai jamais très bien compris les *effets* des mélodrames à ce sujet.

« Mais la vue d'un homme tombé en démence, parce qu'il ne peut remplir *légalement* cet office, ah ! ceci, par exemple, me cause quelque impression. Et je n'hésite pas à le déclarer : s'il est, parmi l'Humanité, des âmes échappées d'un Enfer, notre convive de ce soir est une des pires que l'on puisse rencontrer. Vous aurez beau l'appeler fol, cela n'explique pas sa nature originelle. Un bourreau réel me serait indifférent ; notre affreux maniaque me fait frissonner d'un frisson indéfinissable !

Le silence qui accueillit les paroles de C*** fut solennel comme si la Mort eût laissé voir, brusquement, sa tête chauve entre les candélabres.

— Je me sens un peu indisposée, dit Clio la Cendrée d'une voix que la surexcitation nerveuse et le froid de l'aurore intervenue entrecoupaient. Ne me laissez point toute seule. Venez à la villa. Tâchons d'oublier cette aventure, messieurs et amis ; venez : il y a des bains, des chevaux et des chambres pour dormir. (Elle savait à peine ce qu'elle disait.) C'est au milieu du Bois, nous y serons dans vingt minutes. Comprenez-moi, je vous en prie. L'idée de ce monsieur me rend presque malade, et, si j'étais seule, j'aurais quelque inquiétude de le voir entrer tout à coup, une lampe à la main, éclairant son fade sourire qui fait peur.

— Voilà, certes, une nuit énigmatique ! dit Susannah Jackson.

Les Églisottes s'essuyait les lèvres d'un air satisfait, ayant terminé son buisson.

Nous sonnâmes : Joseph parut. Pendant que nous en finissions avec lui, l'Écossaise, en se touchant les joues d'une petite houppe de cygne, murmura, tranquillement, auprès d'Antonie :

— N'as-tu rien à dire à Joseph, petite Yseult ?

— Si fait, répondit la jolie et toute pâle créature, et tu m'as devinée, folle !

Puis, se tournant vers l'intendant :

— Joseph, continua-t-elle, prenez cette bague : le rubis en est un peu foncé pour moi. — N'est-ce pas, Suzanne ? Tous ces brillants ont l'air de pleurer autour de cette goutte de sang. — Vous la ferez vendre aujourd'hui et vous en remettrez le montant aux mendiants qui passent devant la maison.

Joseph prit la bague, s'inclina de ce salut somnambulique dont il eut seul le secret et sortit pour faire avancer les voitures pendant que ces dames achevaient de rajuster leurs toilettes, s'enveloppaient de leurs longs dominos de satin noir et remettaient leurs masques.

Six heures sonnèrent.

— Un instant, dis-je en étendant le doigt vers la pendule : voici une heure qui nous rend tous un peu complices de la folie de cet homme. Donc, ayons plus d'indulgence pour elle. Ne sommes-nous pas, en ce moment même, implicitement, d'une barbarie à peu près aussi morne que la sienne ?

A ces mots, l'on resta debout, en grand silence.

Susannah me regarda sous son masque : j'eus la sensation d'une lueur d'acier. Elle détourna la tête et entr'ouvrit une fenêtre, très vite.

L'heure sonnait, au loin, à tous les clochers de Paris.

Au *sixième* coup, tout le monde tressaillit profondément, — et je regardai, pensif, la tête d'un démon de cuivre, aux traits crispés, qui soutenait, dans une patère, les flots sanglants des rideaux rouges.

A S'Y MÉPRENDRE !

A Monsieur Henri de Bornier.

> Dardant on ne sait où leurs globes ténébreux.
>
> C. BAUDELAIRE.

Par une grise matinée de novembre, je descendais les quais d'un pas hâtif. Une bruine froide mouillait l'atmosphère. Des passants noirs, obombrés[1] de parapluies difformes, s'entrecroisaient.

La Seine jaunie charriait ses bateaux marchands pareils à des hannetons démesurés. Sur les ponts, le vent cinglait brusquement les chapeaux, que leurs possesseurs disputaient à l'espace avec ces attitudes et ces contorsions dont le spectacle est toujours si pénible pour l'artiste.

Mes idées étaient pâles et brumeuses ; la préoccupation d'un rendez-vous d'affaires, accepté depuis la veille, me harcelait l'imagination. L'heure me pressait : je résolus de m'abriter sous l'auvent d'un portail d'où il me serait plus commode de faire signe à quelque fiacre.

A l'instant même, j'aperçus, tout justement à côté de moi, l'entrée d'un bâtiment carré, d'aspect bourgeois.

Il s'était dressé dans la brume comme une apparition de pierre, et, malgré la rigidité de son architecture, malgré la buée morne et fantastique dont il était enveloppé, je lui reconnus, tout de suite, un certain air d'hospitalité cordiale qui me rasséréna l'esprit.

— A coup sûr, me dis-je, les hôtes de cette demeure sont des gens sédentaires ! — Ce seuil invite à s'y arrêter : la porte n'est-elle pas ouverte ?

Donc, le plus poliment du monde, l'air satisfait, le chapeau à la main, — méditant même un madrigal pour la maîtresse de la maison, — j'entrai, souriant, et me trouvai, de plain-pied, devant une espèce de salle à toiture vitrée, d'où le jour tombait, livide.

A des colonnes étaient appendus des vêtements, des cache-nez, des chapeaux.

Des tables de marbre étaient disposées de toutes parts.

Plusieurs individus, les jambes allongées, la tête élevée, les yeux fixes, l'air positif, paraissaient méditer.

Et les regards étaient sans pensée, les visages couleur du temps.

Il y avait des portefeuilles ouverts, des papiers dépliés auprès de chacun d'eux.

Et je reconnus, alors, que la maîtresse du logis, sur l'accueillante courtoisie de laquelle j'avais compté, n'était autre que la Mort.

Je considérai mes hôtes.

Certes, pour échapper aux soucis de l'existence tracassière, la plupart de ceux qui occupaient la salle avaient assassiné leurs corps, espérant, ainsi, un peu plus de bien-être.

Comme j'écoutais le bruit des robinets de cuivre scellés à la muraille et destinés à l'arrosage quotidien de ces restes mortels, j'entendis le roulement d'un fiacre. Il s'arrêtait devant l'établissement. Je fis la réflexion que mes gens d'affaires attendaient. Je me retournai pour profiter de la bonne fortune.

Le fiacre venait, en effet, de dégorger, au seuil de l'édifice, des collégiens en goguette qui avaient besoin de voir la mort pour y croire.

J'avisai la voiture déserte et je dis au cocher :

— Passage de l'Opéra !

Quelque temps après, aux boulevards, le temps me sembla plus couvert, faute d'horizon. Les arbustes, végétations squelettes, avaient l'air, du bout de leurs branches noires, d'indiquer vaguement les piétons aux gens de police ensommeillés encore.

La voiture se hâtait.

Les passants, à travers la vitre, me donnaient l'idée de l'eau qui coule.

Une fois à destination, je sautai sur le trottoir et m'engageai dans le passage encombré de figures soucieuses.

A son extrémité, j'aperçus, tout justement vis-à-vis de moi, l'entrée d'un café, — aujourd'hui consumé dans un incendie célèbre (car la vie est un songe), — et qui était relégué au fond d'une sorte de hangar, sous une voûte carrée, d'aspect morne. Les gouttes de pluie qui tombaient sur le vitrage supérieur obscurcissaient encore la pâle lueur du soleil.

— C'était là que m'attendaient, pensai-je, la coupe en main, l'œil brillant et narguant le Destin, mes hommes d'affaires !

Je tournai donc le bouton de la porte et me trouvai,

de plain-pied, dans une salle où le jour tombait d'en haut, par le vitrage, livide.

A des colonnes étaient appendus des vêtements, des cache-nez, des chapeaux.

Des tables de marbre étaient disposées de toutes parts.

Plusieurs individus, les jambes allongées, la tête levée, les yeux fixes, l'air positif, paraissaient méditer.

Et les visages étaient couleur du temps, les regards sans pensée.

Il y avait des portefeuilles ouverts et des papiers dépliés auprès de chacun d'eux.

Je considérai ces hommes.

Certes, pour échapper aux obsessions de l'insupportable conscience, la plupart de ceux qui occupaient la salle avaient, depuis longtemps, assassiné leurs « âmes », espérant, ainsi, un peu plus de bien-être.

Comme j'écoutais le bruit des robinets de cuivre, scellés à la muraille, et destinés à l'arrosage quotidien de ces restes mortels, le souvenir du roulement de la voiture me revint à l'esprit.

— A coup sûr, me dis-je, il faut que ce cocher ait été frappé, à la longue, d'une sorte d'hébétude, pour m'avoir ramené, après tant de circonvolutions, simplement à notre point de départ ? — Toutefois, je l'avoue (s'il y a méprise), LE SECOND COUP D'ŒIL EST PLUS SINISTRE QUE LE PREMIER !...

Je refermai donc, en silence, la porte vitrée et je revins chez moi, — bien décidé, au mépris de l'exemple, — et quoi qu'il pût m'advenir, — *à ne jamais faire d'affaires.*

IMPATIENCE DE LA FOULE

A Monsieur Victor Hugo.

> Passant, va dire à Lacédé-
> mone que nous sommes ici,
> morts pour obéir à ses saintes
> lois.
>
> SIMONIDES.

La grande porte de Sparte, au battant ramené
contre la muraille comme un bouclier d'airain appuyé
à la poitrine d'un guerrier, s'ouvrait devant le Taygète.
La poudreuse pente du mont rougeoyait des feux froids
d'un couchant aux premiers jours de l'hiver, et l'aride
versant renvoyait aux remparts de la ville d'Héraklès
l'image d'une hécatombe sacrifiée au fond d'un soir
cruel.

Au-dessus du portail civique, le mur se dressait
lourdement. Au sommet terrassé se tenait une multitude toute rouge du soir. Les lueurs de fer des armures,
les peplos, les chars, les pointes des piques étincelaient
du sang de l'astre. Seuls, les yeux de cette foule étaient

sombres : ils envoyaient, fixement, des regards aigus comme des javelots vers la cime du mont, d'où quelque grande nouvelle était attendue.

La surveille, les Trois-Cents étaient partis avec le roi. Couronnés de fleurs, ils s'en étaient allés au festin de la Patrie. Ceux qui devaient souper dans les enfers avaient peigné leurs chevelures pour la dernière fois dans le temple de Lycurgue. Puis, levant leurs boucliers et les frappant de leurs épées, les jeunes hommes, aux applaudissements des femmes, avaient disparu dans l'aurore en chantant des vers de Tyrtée... Maintenant, sans doute, les hautes herbes du Défilé frôlaient leurs jambes nues, comme si la terre qu'ils allaient défendre voulait caresser encore ses enfants avant de les reprendre en son sein vénérable.

Le matin, des chocs d'armes, apportés par le vent, et des vociférations triomphales, avaient confirmé les rapports des bergers éperdus. Les Perses avaient reculé deux fois, dans une immense défaite, laissant les dix mille Immortels sans sépulcre. La Locride avait vu ces victoires ! La Thessalie se soulevait. Thèbes, elle-même, s'était réveillée devant l'exemple. Athènes avait envoyé ses légions [1] et s'armait sous les ordres de Miltiade ; sept mille soldats renforçaient la phalange laconienne.

Mais voici qu'au milieu des chants de gloire et des prières dans le temple de Diane, les cinq Éphores, ayant écouté des messagers survenus, s'étaient entreregardés. Le Sénat avait donné, sur-le-champ, des ordres pour la défense de la Ville. De là ces retranchements creusés en hâte, car Sparte, par orgueil, ne se fortifiait à l'ordinaire que de ses citoyens.

Une ombre avait dissipé toutes les joies. On ne

croyait plus aux discours des pasteurs ; les sublimes
nouvelles furent oubliées, d'un seul coup, comme des
fables ! Les prêtres avaient frissonné gravement. Des
bras d'augures, éclairés par la flamme des trépieds,
s'étaient levés, vouant aux divinités infernales ! Des
paroles brèves avaient été chuchotées, terribles, aussitôt. Et l'on avait fait sortir les vierges, car on allait
prononcer le nom d'un traître. Et leurs longs vêtements avaient passé sur les Ilotes, couchés, ivres de vin
noir, en travers des degrés des portiques, lorsqu'elles
avaient marché sur eux sans les apercevoir.

Alors retentit la nouvelle désespérée.

Un passage désert dans la Phocide avait été découvert aux ennemis. Un pâtre messénien avait vendu la
terre d'Hellas. Éphialtès avait livré à Xerxès la mère
patrie. Et les cavaleries perses, au front desquelles
resplendissaient les armures d'or des satrapes, enva-
hissaient déjà le sol des dieux, foulaient aux pieds la
nourrice des héros ! Adieu, temples, demeures des
aïeux, plaines sacrées ! Ils allaient venir, avec des
chaînes, eux, les efféminés et les pâles, et se choisir des
esclaves parmi tes filles, Lacédémone !

La consternation s'accrut de l'aspect de la montagne, lorsque les citoyens se furent rendus sur la
muraille.

Le vent se plaignait dans les rocheuses ravines, entre
les sapins qui se ployaient et craquaient, confondant
leurs branches nues, pareilles aux cheveux d'une tête
renversée avec horreur. La Gorgone courait dans les
nuées, dont les voiles semblaient mouler sa face. Et la
foule, couleur d'incendie, s'entassait dans les embrasu-
res en admirant l'âpre désolation de la terre sous la
menace du ciel. Cependant, cette multitude aux bou-

ches sévères se condamnait au silence à cause des vierges. Il ne fallait pas agiter leur sein ni troubler leur sang d'impressions accusatrices envers un homme d'Hellas. On songeait aux enfants futurs.

L'impatience, l'attente déçue, l'incertitude du désastre alourdissaient l'angoisse. Chacun cherchait à s'aggraver encore l'avenir, et la proximité de la destruction semblait imminente.

Certes, les premiers fronts d'armées allaient apparaître dans le crépuscule ! Quelques-uns se figuraient voir, dans les cieux et coupant l'horizon, le reflet des cavaleries de Xerxès, son char même. Les prêtres, tendant l'oreille, discernaient des clameurs venues du nord, disaient-ils, — malgré le vent des mers méridionales qui faisait bruire leurs manteaux.

Les balistes roulaient, prenant position ; on bandait ses scorpions et les monceaux de dards tombaient auprès des roues. Les jeunes filles disposaient des brasiers pour faire bouillir la poix ; les vétérans, revêtus de leurs armures, supputaient, les bras croisés, le nombre d'ennemis qu'ils abattraient avant de tomber ; on allait murer les portes, car Sparte ne se rendrait pas, même emportée d'assaut ; on calculait les vivres, on prescrivait aux femmes le suicide, on consultait des entrailles abandonnées qui fumaient çà et là.

Comme on devait passer la nuit sur la muraille en cas de surprise des Perses, le nommé Nogaklès, le cuisinier des gardiens, sorte de magistrat, préparait, sur le rempart même, la nourriture publique. Debout contre une vaste cuve, il agitait son lourd pilon de pierre et, tout en écrasant distraitement le grain dans

le lait salé, il regardait, lui aussi, d'un air soucieux, la
montagne.

On attendait. Déjà d'infâmes suggestions s'élevaient
au sujet des combattants. Le désespoir de la foule est
calomnieux ; et les frères de ceux-là qui devaient
bannir Aristide, Thémistocle et Miltiade, n'enduraient
pas, sans fureur, leur inquiétude. Mais de très vieilles
femmes, alors, secouaient la tête, en tressant leurs
grandes chevelures blanches. Elles étaient sûres de
leurs enfants et gardaient la farouche tranquillité des
louves qui ont sevré.

Une obscurité brusque envahit le ciel ; ce n'étaient
pas les ombres de la nuit. Un vol immense de corbeaux
apparut, surgi des profondeurs du sud ; cela passa sur
Sparte avec des cris de joie terrible ; ils couvraient
l'espace, assombrissant la lumière. Ils allèrent se
percher sur toutes les branches des bois sacrés qui
entouraient le Taygète. Ils demeurèrent là, vigilants,
immobiles, le bec tourné vers le nord et les yeux
allumés.

Une clameur de malédiction s'éleva, tonnante, et les
poursuivit. Les catapultes ronflèrent, envoyant des
volées de cailloux dont les chocs sonnèrent après mille
sifflements et crépitèrent en pénétrant les arbres.

Les poings tendus, les bras levés au ciel, on voulut
les effrayer. Ils demeurèrent impassibles, comme si
une odeur divine de héros étendus les eût fascinés, et
ils ne quittèrent point les branches noires, ployantes
sous leur fardeau.

Les mères frémirent, en silence, devant cette apparition.

Maintenant les vierges s'inquiétaient. On leur avait
distribué les lames saintes, suspendues, depuis des

siècles, dans les temples. — « Pour qui ces épées ? » demandaient-elles. Et leurs regards, doux encore, allaient du miroitement des glaives nus aux yeux plus froids de ceux qui les avaient engendrées. On leur souriait par respect, — on les laissait dans l'incertitude des victimes, on leur apprendrait, au dernier instant, que ces épées étaient pour elles.

Tout à coup, les enfants poussèrent un cri. Leurs yeux avaient distingué quelque chose au loin. Là-bas, à la cime déjà bleuie du mont désert, un homme, emporté par le vent d'une fuite antérieure, descendait vers la Ville.

Tous les regards se fixèrent sur cet homme.

Il venait, tête baissée, le bras étendu sur une sorte de bâton rameux, — coupé au hasard de la détresse, sans doute, — et qui soutenait sa course vers la porte spartiate.

Déjà, comme il touchait à la zone où le soleil jetait ses derniers rayons sur le centre de la montagne, on distinguait son grand manteau enroulé autour de son corps ; l'homme était tombé en route, car son manteau était tout souillé de fange, ainsi que son bâton. Ce ne pouvait être un soldat : il n'avait pas de bouclier.

Un morne silence accueillit cette vision.

De quel lieu d'horreur s'enfuyait-il ainsi ? — Mauvais présage !

— Cette course n'était pas digne d'un homme. Que voulait-il ?

— Un abri ?... On le poursuivait donc ? — L'ennemi, sans doute ? — Déjà ! — déjà !...

Au moment où l'oblique lumière de l'astre mourant l'atteignit des pieds à la tête, on aperçut les cnémides.

Un vent de fureur et de honte bouleversa les

pensées. On oublia la présence des vierges, qui devinrent sinistres et plus blanches que de véritables lis.

Un nom, vomi par l'épouvante et la stupeur générales, retentit. C'était un Spartiate ! un des Trois-Cents !
On le reconnaissait. — Lui ! c'était lui ! Un soldat de la
ville avait jeté son bouclier ! On fuyait ! Et les autres ?
Avaient-ils lâché pied, eux aussi, les intrépides ? — Et
l'anxiété crispait les faces. — La vue de cet homme
équivalait à la vue de la défaite. Ah ! pourquoi se voiler
plus longtemps le vaste malheur ! Ils avaient fui !
Tous !... Ils le suivaient ! Ils allaient apparaître d'un
instant à l'autre !... Poursuivis par les cavaliers perses !
— Et, mettant la main sur ses yeux, le cuisinier s'écria
qu'il les apercevait dans la brume !...

Un cri domina toutes les rumeurs. Il venait d'être
poussé par un vieillard et une grande femme. Tous
deux, cachant leurs visages interdits, avaient prononcé
ces paroles horribles : « Mon fils ! »

Alors, un ouragan de clameurs s'éleva. Les poings se
tendirent vers le fuyard.

— Tu te trompes. Ce n'est pas ici le champ de
bataille.

— Ne cours pas si vite. Ménage-toi.

— Les Perses achètent-ils bien les boucliers et les
épées ?

— Ephialtès est riche.

— Prends garde à ta droite ! Les os de Pélops,
d'Héraklès et de Pollux sont sous tes pieds. —
Imprécations ! Tu vas réveiller les mânes de l'Aïeul, —
mais il sera fier de toi.

— Mercure t'a prêté les ailes de ses talons ! Par le
Styx, tu gagneras le prix, aux Olympiades !

Le soldat semblait ne pas entendre et courait toujours vers la Ville.

Et, comme il ne répondait ni ne s'arrêtait, cela exaspéra. Les injures devinrent effroyables. Les jeunes filles regardaient avec stupeur.

Et les prêtres :

— Lâche ! Tu es souillé de boue ! Tu n'as pas embrassé la terre natale ; tu l'as mordue !

— Il vient vers la porte ! — Ah ! par les dieux infernaux ! — Tu n'entreras pas !

Des milliers de bras s'élevèrent.

— Arrière ! C'est le barathre qui t'attend ! — ou plutôt... — Arrière ! Nous ne voulons pas de ton sang dans nos gouffres !

— Au combat ! Retourne !

— Crains les ombres des héros, autour de toi.

— Les Perses te donneront des couronnes ! Et des lyres ! Va distraire leurs festins, esclave !

A cette parole, on vit les jeunes filles de Lacédémone incliner le front sur leurs poitrines, et, serrant dans leurs bras les épées portées par les rois libres dans les âges reculés, elles versèrent des larmes en silence.

Elles enrichissaient, de ces pleurs héroïques, la rude poignée des glaives. Elles comprenaient et se vouaient à la mort, pour la patrie.

Soudain, l'une d'entre elles s'approcha, svelte et pâle, du rempart : on s'écarta pour lui livrer passage. C'était celle qui devait être un jour l'épouse du fuyard.

— Ne regarde pas, Séméis !... lui crièrent ses compagnes.

Mais elle considéra cet homme et, ramassant une pierre, elle la lança contre lui.

La pierre atteignit le malheureux : il leva les yeux et

s'arrêta. Et alors un frémissement parut l'agiter. Sa tête, un moment relevée, retomba sur sa poitrine.

Il parut songer. A quoi donc ?

Les enfants le contemplaient ; les mères leur parlaient bas, en l'indiquant.

L'énorme et belliqueux cuisinier interrompit son labeur et quitta son pilon. Une sorte de colère sacrée lui fit oublier ses devoirs. Il s'éloigna de la cuve et vint se pencher sur une embrasure de la muraille. Puis, rassemblant toutes ses forces et gonflant ses joues, le vétéran cracha vers le transfuge. Et le vent qui passait emporta, complice de cette sainte indignation, l'infâme écume sur le front du misérable.

Une acclamation retentit, approbatrice de cette énergique marque de courroux.

On était vengé.

Pensif, appuyé sur son bâton, le soldat regardait fixement l'entrée ouverte de la Ville.

Sur le signe d'un chef, la lourde porte roula entre lui et l'intérieur des murailles et vint s'enchâsser entre les deux montants de granit.

Alors, devant cette porte fermée qui le proscrivait pour toujours, le fuyard tomba en arrière, tout droit, étendu sur la montagne.

A l'instant même, avec le crépuscule et le pâlissement du soleil, les corbeaux, eux, se précipitèrent sur cet homme ; ils furent applaudis, cette fois, et leur voile meurtrier le déroba subitement aux outrages de la foule humaine.

Puis vint la rosée du soir qui détrempa la poussière autour de lui.

A l'aube, il ne resta de l'homme que des os dispersés.

Ainsi mourut, l'âme éperdue de cette seule gloire que jalousent les dieux et fermant pieusement les paupières pour que l'aspect de la réalité ne troublât d'aucune vaine tristesse la conception sublime qu'il gardait de la Patrie, ainsi mourut, sans parole, serrant dans sa main la palme funèbre et triomphale et à peine isolé de la boue natale par la pourpre de son sang, l'auguste guerrier élu messager de la Victoire par les Trois-Cents, pour ses mortelles blessures, alors que, jetant aux torrents des Thermopyles son bouclier et son épée, ils le poussèrent vers Sparte, hors du Défilé, le persuadant que ses dernières forces devaient être utilisées en vue du salut de la République ; — ainsi disparut dans la mort, acclamé ou non de ceux pour lesquels il périssait, l'ENVOYÉ DE LÉONIDAS.

LE SECRET
DE L'ANCIENNE MUSIQUE

A Monsieur Richard Wagner.

C'était jour d'audition à l'Académie nationale de Musique.

La mise à l'étude d'un ouvrage dû à certain compositeur allemand (dont le nom, désormais oublié, nous échappe, heureusement !) venait d'être décidée en haut lieu ; — et ce maître étranger, s'il fallait ajouter créance à divers *memoranda* publiés par la *Revue des Deux Mondes,* n'était rien moins que le *fauteur* d'une musique « nouvelle ! ».

Les exécutants de l'Opéra ne se trouvaient donc rassemblés aujourd'hui que dans le but de tirer, comme on dit, la chose au clair, en déchiffrant la partition du présomptueux novateur.

La minute était grave.

Le directeur apparut sur le théâtre et vint remettre au chef d'orchestre la volumineuse partition en litige. Celui-ci l'ouvrit, y jeta les yeux, tressaillit et déclara

que l'ouvrage lui paraissait inexécutable à l'Académie
de Musique de Paris.

— Expliquez-vous, dit le directeur.

— Messieurs, reprit le chef d'orchestre, la France
ne saurait prendre sur elle de tronquer, par une
exécution défectueuse, la pensée d'un compositeur... *à
quelque nation qu'il appartienne.* — Or, dans les parties
d'orchestre spécifiées par l'auteur, figure... un instrument militaire aujourd'hui tombé en désuétude et qui
n'a plus de représentant parmi nous ; cet instrument,
qui fit les délices de nos pères, avait nom jadis : *le
Chapeau-chinois.* Je conclus que la disparition radicale
du Chapeau-chinois en France nous oblige à décliner,
quoique à regret, l'honneur de cette interprétation.

Ce discours avait plongé l'auditoire dans cet état
que les physiologistes appellent l'état *comateux.* — Le
Chapeau-chinois ! — Les plus anciens se souvenaient à
peine de l'avoir entendu dans leur enfance. Mais il leur
eût été difficile, aujourd'hui, de préciser même sa
forme. — Tout à coup, une voix articula ces paroles
inespérées : « Permettez, je crois que j'en connais
un. » Toutes les têtes se retournèrent ; le chef d'orchestre se dressa d'un bond : « Qui a parlé ? » — « Moi,
les cymbales », répondit la voix.

L'instant d'après, les cymbales étaient sur la scène,
entourées, adulées et pressées de vives interrogations.
— Oui, continuaient-elles, je connais un vieux professeur de Chapeau-chinois, passé maître en son art, et je
sais qu'il existe encore !

Ce ne fut qu'un cri. Les cymbales apparurent
comme un sauveur ! Le chef d'orchestre embrassa son
jeune séide (car les cymbales étaient jeunes encore).
Les trombones attendris l'encourageaient de leurs

sourires ; une contrebasse lui détacha un coup d'œil envieux ; la caisse se frottait les mains : — « Il ira loin ! » grommelait-elle. — Bref, en cet instant rapide, les cymbales connurent la gloire.

Séance tenante, une députation, qu'elles précédèrent, sortit de l'Opéra, se dirigeant vers les Batignolles, dans les profondeurs desquelles devait s'être retiré, loin du bruit, l'austère virtuose.

On arriva.

S'enquérir du vieillard, gravir ses neuf étages, se suspendre à la patte pelée de sa sonnette et attendre, en soufflant, sur le palier, fut pour nos ambassadeurs l'affaire d'une seconde.

Soudain, tous se découvrirent : un homme d'aspect vénérable, au visage entouré de cheveux argentés qui tombaient en longues boucles sur ses épaules, une tête à la Béranger, un personnage de romance, se tenait debout sur le seuil et paraissait convier les visiteurs à pénétrer dans son sanctuaire.

— C'était lui ! L'on entra.

La croisée, encadrée de plantes grimpantes, était ouverte sur le ciel, en ce moment empourpré des merveilles du couchant. Les sièges étaient rares : la couchette du professeur remplaça, pour les délégués de l'Opéra, ces ottomanes, ces poufs, qui, chez les musiciens modernes, abondent, hélas ! trop souvent. Dans les angles s'ébauchaient de vieux chapeaux-chinois ; çà et là gisaient plusieurs albums dont les titres commandaient l'attention. — C'était d'abord : *Un premier amour !* mélodie pour chapeau-chinois seul, suivie de *Variations brillantes sur le Choral de Luther,* concerto pour trois chapeaux-chinois. Puis septuor de chapeaux-chinois (grand unisson) intitulé : Le Calme. Puis une œuvre de jeunesse (un peu entachée de romantisme) : *Danse nocturne de jeunes Mauresques dans la campagne de Grenade, au plus fort de l'Inquisition,* grand boléro pour chapeau-chinois ; enfin, l'œuvre capitale du maître : *Le Soir d'un beau jour,* ouverture pour cent cinquante chapeaux-chinois.

Les cymbales, très émues, prirent la parole au nom de l'Académie nationale de Musique. — « Ah ! dit avec amertume le vieux maître, on se souvient de moi maintenant ? Je devrais... Mon pays avant tout. Messieurs, j'irai. » — Le trombone ayant insinué que la partie à jouer paraissait difficile, — « Il n'importe », dit le professeur en les tranquillisant d'un sourire. Et, leur tendant ses mains pâles, rompues aux difficultés d'un instrument ingrat : « — A demain, messieurs, huit heures, à l'Opéra. »

Le lendemain, dans les couloirs, dans les galeries, dans le trou du souffleur inquiet, ce fut un émoi terrible : la nouvelle s'était répandue. Tous les musiciens, assis devant leurs pupitres, attendaient, l'arme au poing. La partition de la Musique-nouvelle n'était plus, maintenant, que d'un intérêt secondaire. Tout à coup, la porte basse donna passage à l'homme d'autrefois : huit heures sonnaient ! A l'aspect de ce représentant de l'ancienne-Musique, tous se levèrent, lui rendant hommage comme une sorte de postérité. Le patriarche portait sous son bras, couché dans un humble fourreau de serge, l'instrument des temps passés, qui prenait, de la sorte, les proportions d'un symbole. Traversant les intervalles des pupitres et trouvant, sans hésiter, son chemin, il alla s'asseoir sur sa chaise de jadis, à la gauche de la caisse. Ayant assuré un bonnet de lustrine noire sur sa tête et un abat-jour vert sur ses yeux, il démaillota le chapeau-chinois, et l'ouverture commença.

Mais, aux premières mesures et dès le premier coup d'œil jeté sur sa partie, la sérénité du vieux virtuose parut s'assombrir; une sueur d'angoisse perla bientôt sur son front. Il se pencha, comme pour mieux lire et, les sourcils contractés, les yeux rivés au manuscrit qu'il feuilleta fiévreusement, à peine respirait-il!...

Ce que lisait le vieillard était donc bien extraordinaire, pour qu'il se troublât de la sorte?...

En effet! — Le maître allemand, par une jalousie tudesque, s'était complu, avec une âpreté germaine, une malignité rancunière, à hérisser la partie du Chapeau-chinois de difficultés presque insurmontables! Elles s'y succédaient, pressées! ingénieuses! soudaines! C'était un défi! — Qu'on juge : cette partie ne se composait, exclusivement, que de *silences*. Or, même pour les personnes qui ne sont pas du métier, qu'y a-t-il de plus difficile à exécuter que le *silence* pour le Chapeau-chinois?... Et c'était un CRESCENDO de silences que devait exécuter le vieil artiste!

Il se roidit à cette vue; un mouvement fiévreux lui échappa!... Mais rien, dans son instrument, ne trahit les sentiments qui l'agitaient. Pas une clochette ne remua. Pas un grelot! Pas un fifrelin ne bougea. On sentait qu'il le possédait à fond. C'était bien un maître, lui aussi!

Il joua. Sans broncher! Avec une maîtrise, une sûreté, un *brio*, qui frappèrent d'admiration tout l'orchestre. Son exécution, toujours sobre, mais pleine de nuances, était d'un style si châtié, d'un rendu si pur, que, chose étrange! il semblait, par moments, *qu'on l'entendait!*

Les bravos allaient éclater de toutes parts quand une fureur inspirée s'alluma dans l'âme classique du vieux virtuose. Les yeux pleins d'éclairs et agitant avec fracas son instrument vengeur qui sembla comme un démon suspendu sur l'orchestre :

— Messieurs, vociféra le digne professeur, j'y renonce ! Je n'y comprends rien. On n'écrit pas une ouverture pour un solo ! Je ne puis pas jouer ! c'est trop difficile. Je proteste ! au nom de M. Clapisson ! Il n'y a pas de mélodie là-dedans. C'est du charivari ! L'Art est perdu ! Nous tombons dans le vide.

Et, foudroyé par son propre transport, il trébucha.

Dans sa chute, il creva la grosse caisse et y disparut comme s'évanouit une vision !

Hélas ! il emportait, en s'engouffrant ainsi dans les flancs profonds du monstre, le secret des charmes de l'ancienne-Musique.

SENTIMENTALISME [1]

A Monsieur Jean Marras.

> Je m'estime peu quand je
> m'examine ; beaucoup, quand
> je me compare.
>
> MONSIEUR-TOUT-LE-MONDE.

Par un soir de printemps, deux jeunes gens bien
élevés, Lucienne Émery et le comte Maximilien de
W***, étaient assis sous les grands arbres d'une
avenue des Champs-Élysées.

Lucienne est cette belle jeune femme à jamais parée
de toilettes noires, dont le visage est d'une pâleur de
marbre et dont l'histoire est inconnue.

Maximilien, dont nous avons appris la fin tragique,
était un poète d'un talent merveilleux. De plus, il était
bien fait, et de manières accomplies. Ses yeux reflé-
taient la lumière intellectuelle, charmants, mais,
comme des pierreries, un peu froids.

Leur intimité datait de six mois à peine.

Ce soir-là, donc, ils regardaient, en silence, les vagues silhouettes des voitures, des ombres, des promeneurs.

Tout à coup, madame Émery prit, doucement, la main de son amant :

— Ne vous semble-t-il pas, mon ami, lui dit-elle, que, sans cesse agités d'impressions artificielles et, pour ainsi dire, abstraites, les grands artistes — comme vous — finissent par émousser en eux la faculté de subir *réellement* les tourments ou les voluptés qui leur sont dévolus par le Sort ! Tout au moins traduisez-vous avec une gêne, — qui vous ferait passer pour insensibles, — les sentiments personnels que la vie vous met en demeure d'éprouver. Il semblerait, alors, à voir la froide mesure de vos mouvements, que vous ne palpitez que par courtoisie. L'Art, sans doute, vous poursuit d'une préoccupation constante jusque dans l'amour et dans la douleur. A force d'analyser les complexités de ces mêmes sentiments, vous craignez trop de ne pas être parfaits dans vos manifestations, n'est-ce pas ?... de manquer d'exactitude dans l'exposé de votre trouble ?... Vous ne sauriez vous défaire de cette arrière-pensée. Elle paralyse chez vous les meilleurs élans et tempère toute expansion naturelle. On dirait que, — princes d'un autre univers, — une foule invisible ne cesse de vous environner, prête à la critique ou à l'ovation.

« Bref, lorsqu'un grand bonheur ou un grand malheur vous arrivent, ce qui s'éveille, en vous, tout d'abord, avant même que votre esprit s'en soit bien rendu compte, c'est l'obscur désir d'aller trouver quelque comédien hors ligne pour lui demander quels sont les gestes convenables *où vous devez vous laisser emporter* par la circonstance. L'Art conduirait-il à l'endurcissement ?... Cela m'inquiète.

— Lucienne, répondit le comte, j'ai connu certain chanteur qui, auprès du lit de mort de sa fiancée et entendant la sœur de celle-ci se répandre en sanglots convulsifs, ne pouvait s'empêcher de remarquer, malgré son affliction, les défauts d'émission vocale qu'il y avait lieu de signaler dans ces sanglots et songeait, vaguement, aux exercices propres à leur donner « plus de corps ». Ceci vous semble mal ?... Cependant, notre chanteur mourut de cette séparation, et la survivante quitta le deuil juste au jour prescrit par l'usage.

Mme Émery regarda Maximilien.

— A vous entendre, dit-elle, il serait difficile de préciser en quoi consiste la sensibilité véritable et à quels signes on peut la reconnaître.

— Je veux bien dissiper vos doutes à ce sujet, répondit en souriant M. de W***. Mais les termes... techniques... sont déplaisants, et je crains...

— Laissez donc ! j'ai mon bouquet de violettes de Parme, vous avez votre cigare ; je vous écoute.

— Eh bien ! soit ; j'obéis, répliqua Maximilien. — Les fibres cérébrales affectées par les sensations de joie ou de peine paraissent, dites-vous, comme détendues chez l'artiste, par ces excès d'émotions intellectuelles que nécessite, chaque jour, le culte de l'Art ? — Moi, je ne les crois que sublimées, au contraire, ces mystérieuses fibres ! — Les autres hommes semblent gratifiés de propriétés de tendresse mieux conditionnées, de passions plus franches, plus *sérieuses,* enfin ?... Je vous affirme, moi, que la tranquillité de leurs organismes, encore un peu obscurcis par l'Instinct, les porte à nous donner, pour de suprêmes expressions de sentiments, de simples débordements d'animalité.

« Je maintiens que leurs cœurs et leurs cerveaux sont desservis par des centres nerveux qui, ensevelis dans une torpeur habituelle, résonnent en vibrations infiniment moins nombreuses et plus sourdes que les nôtres. On dirait qu'ils ne se hâtent d'évaporer en clameurs leurs impressions que pour se donner une illusion d'eux-mêmes ou se justifier, d'avance, de l'inertie où ils sentent bien qu'ils vont rentrer.

« Ces natures sans échos sont ce que le monde appelle des gens « à caractère [2] », — des êtres, des cœurs violents et nuls. Cessons d'être dupes de la matité de leurs cris. Étaler sa faiblesse dans le secret espoir d'en communiquer la contagion, afin de bénéficier, au moins fictivement à ses propres yeux, de l'émotion réelle que l'on parvient, ainsi, à susciter chez quelques autres, — grâce à cette obscure feintise, — cela ne convient qu'aux êtres inachevés.

« Au nom de quels droits réels prétendraient-ils décréter que toutes ces agitations, de plus que douteux aloi, sont de rigueur dans l'expression des souffrances ou des ivresses de la vie et taxer d'insensibilité ceux dont la pudeur s'en abstient ? Le rayon qui frappe un diamant entouré de gangue y est-il mieux reflété qu'en un diamant bien taillé où pénètre l'essence même du feu ? En vérité, ceux-là, celles-là, qui se laissent émouvoir par la crudité des expansions sont de nature à préférer les bruits confus aux profondes mélodies : voilà tout.

— Pardon, Maximilien, interrompit Mme Émery : j'écoute votre analyse un peu subtile avec une admiration sincère... mais seriez-vous assez aimable pour me dire quelle est cette heure qui sonne?

— Dix heures, Lucienne! répondit le jeune homme en regardant sa montre à la lueur de son cigare.

— Ah!... Bien. — Continuez.

— Pourquoi cette inquiétude rare à propos d'une heure qui passe?

— Parce que c'est la dernière de notre amour, mon ami! répondit Lucienne. J'ai accepté de M. de Rostanges un rendez-vous pour onze heures et demie, ce soir; j'ai différé de vous l'apprendre jusqu'au dernier moment. — M'en voulez-vous?... Pardonnez-moi.

Si le comte, à ces paroles, devint un peu plus pâle, l'obscurité protectrice voila cette marque d'émotion; nul frémissement ne décela ce que dut subir son être en cet instant.

— Ah! dit-il d'une voix égale et harmonieuse, un jeune homme des plus accomplis et qui mérite votre attachement. Recevez donc mes adieux, chère Lucienne, ajouta-t-il.

Il prit la main de sa maîtresse et la baisa.

— Qui sait ce que nous réserve l'avenir? lui répondit Lucienne souriante, bien qu'un peu interdite. — Rostanges n'est qu'un caprice irrésistible[3]. — Et maintenant, ajouta-t-elle après un bref silence, continuez, mon ami, je vous prie. Je voudrais apprendre, avant de nous quitter, *ce qui donne le droit aux grands artistes de tant dédaigner les façons des autres hommes.*

Un instant se passa, terrible, muet, entre les deux amants.

— Nous ressentons, en un mot, les sensations ordinaires, reprit Maximilien, avec autant d'intensité que quiconque. Oui, le fait naturel, *instinctif* d'une

sensation, nous l'éprouvons, physiquement, tout
comme les autres ! Mais c'est, seulement, *tout d'abord,*
que nous le ressentons de cette manière humaine !

« C'est la presque impossibilité d'exprimer ses *prolongements* immédiats en nous qui nous fait paraître
comme paralysés, presque toujours, en bien des circonstances. Au moment où les autres hommes sont
déjà parvenus à l'oubli, faute de vitalité suffisante,
elles grandissent en notre être, tenez, comme les
rumeurs de la houle lorsqu'on approche de la mer. Ce
sont les perceptions de ces prolongements occultes, de
ces infinies et merveilleuses vibrations qui, seules,
déterminent la supériorité de notre race. De là ces
discordances apparentes entre les pensées et les attitudes lorsque l'un d'entre nous, par exemple, essaye de
traduire, à la manière de tout le monde, ce qu'il
éprouve. Songez quelle distance nous sépare de ces
âges primitifs du Sentiment, depuis si longtemps perdus
au fond de notre esprit ! L'atonie du son de la voix,
l'anomalie du geste, la recherche de nos paroles, tout
est en contradiction avec les sincérités ayant cours et
avec les banalités de langage, proportionnées à la
manière de ressentir de la majorité. Nous sonnons
faux : on nous trouve de glace. Les femmes, en nous
observant alors, n'en reviennent pas. Elles s'imagi-
naient volontiers que, nous aussi, nous allions nous
démener au moins quelque peu, — partir, enfin, pour
ces mêmes « nuages[4] » où il est entendu que se
réfugient les « poètes », d'après un dicton répandu, à
dessein, par la Bourgeoisie. Quel étonnement en
voyant arriver précisément le contraire ! La mépri-
sante horreur qu'elles éprouvent, à cette découverte,
pour ceux qui les avaient dupées sur notre compte,

passe toutes bornes, — et, si nous tenions à la vengeance, celle-là nous serait amusante.

« Non, Lucienne, il ne nous agrée pas de nous mal traduire en ces manifestations mensongères où les gens se produisent. Nous nous efforcerions en vain de rendosser toute cette défroque humaine, oubliée dans notre antichambre depuis un temps immémorial ! — Nous nous sommes identifiés avec l'essence même de la Joie ! avec l'idée vive de la Douleur ! Que voulez-vous ! C'est ainsi. — Seuls, entre les hommes, nous sommes parvenus à la possession d'une aptitude presque divine : celle de transfigurer, à notre simple contact, les félicités de l'Amour, par exemple, ou ses tortures, sous un caractère immédiat d'éternité. C'est là notre indicible secret ! Instinctivement, nous nous refusons à le laisser transparaître, — pour épargner, autant que possible, à notre prochain la honte de nous trouver incompréhensibles. — Hélas ! nous sommes pareils à ces cristaux puissants où dort, en Orient, le pur esprit des roses mortes et qui sont hermétiquement voilés d'une triple enveloppe de cire, d'or et de parchemin.

« Une seule larme de leur essence, — de cette essence conservée ainsi dans la grande amphore précieuse (fortune de toute une race et que l'on se transmet, par héritage, comme un trésor sacré tout béni par les aïeux), — suffit à pénétrer bien des mesures d'eau claire, je vous assure, Lucienne ! Et celles-ci, à leur tour, suffisent à embaumer bien des demeures, bien des tombeaux, durant de longues années !... Mais nous ne sommes point pareils (et c'est là notre crime) à ces flacons remplis de banals parfums, tristes et stériles fioles qu'on dédaigne le plus

souvent de refermer et dont la vertu s'aigrit ou s'évente
à tous les souffles qui passent. — Ayant conquis une
pureté de sensations inaccessible aux profanes, nous
deviendrions menteurs, à nos propres yeux, si nous
empruntions les pantomimes reçues et les expressions
« consacrées » dont le vulgaire se contente. Nous nous
hâterions, en conscience, de le dissuader, s'il ajoutait
foi, ne fût-ce qu'un instant, au premier cri que, parfois,
nous arrache une incidence heureuse ou fatale. —
C'est à la juste notion de la Sincérité que nous devons
d'être sobres dans les gestes, scrupuleux dans les
paroles, réservés dans les enthousiasmes, contenus
dans les désespoirs.

« C'est donc la *qualité* de nos facultés affectives qui
nous vaut ces inculpations d'endurcissement ?... — En
vérité, chère Lucienne, si nous tenions (ce qu'à Dieu
ne plaise !) à cesser d'être incompris de la plupart des
individus, — à revendiquer de leurs entendements un
autre hommage que l'indifférence, — il serait à désirer,
en effet, comme vous le disiez tout à l'heure, que, dans
les grandes occasions, un bon acteur vînt se placer
derrière nous, passât ses bras sous les nôtres, puis
parlât et gesticulât pour notre compte. — Nous serions
sûrs, alors, de toucher la foule par les seuls côtés qui lui
sont accessibles. »

Mme Émery considérait, très pensive, le comte de
W***.

— Mais, vraiment, mon cher Maximilien, s'écria-
t-elle, vous en viendrez à ne plus oser dire « bonjour »
ou « bonsoir » de peur de paraître... emprunté... au
commun des mortels ! — Vous avez des instants exquis
et inoubliables, je l'avoue, et suis fière de vous les avoir
inspirés... — Parfois, vous m'avez éblouie des profon-

deurs de votre cœur et des douces expansions de votre
tendresse ; oui, jusqu'à je ne sais quels ravissements
dont j'emporte à jamais l'étrange et troublant souvenir !... Mais, que voulez-vous !... vous m'échappez —
d'un regard où je ne puis vous suivre ! — et je ne serai
jamais bien persuadée que vous éprouvez vous-même,
d'une manière autre qu'imaginaire, ce que vous faites
ressentir. — C'est à cause de ceci, Max, que je ne puis
que me séparer de vous.

— Je me résigne donc à ne pas être *ordinaire,* dussé-
je encourir le dédain des braves gens qui (peut-être
avec raison) se jugent mieux organisés que moi,
répondit le comte. — Tout le monde, d'ailleurs, me
paraît, aujourd'hui, plus ou moins revenu d'éprouver
quoi que ce soit. J'espère qu'il y aura bientôt quatre ou
cinq cents théâtres par capitale, où, les événements
usuels de la vie étant joués sensiblement mieux que
dans la réalité, personne ne se donnera plus beaucoup
la peine de vivre soi-même. Lorsqu'on voudra se
passionner ou s'émouvoir, on prendra une stalle, ce
sera plus simple. — Ce biais ne sera-t-il pas mille fois
préférable, au point de vue du bon sens ?... — Pourquoi s'épuiser en passions destinées à l'oubli ?...
Qu'est-ce qui ne s'oublie pas un peu, dans le cours
d'un semestre ? — Ah ! si vous saviez quelle quantité
de silence nous portons en nous !... Mais, pardon,
Lucienne : voici dix heures et demie, et je serais
indiscret de ne point vous le rappeler, après votre
confidence de tout à l'heure, murmura Maximilien en
souriant et en se levant.

— Votre conclusion ?... dit-elle. — J'arriverai à
temps.

— Je conclus, répondit Maximilien, que lorsqu'un

quidam s'écrie, à propos de l'un d'entre nous, en se frappant les parois antérieures de la poitrine comme pour s'étourdir sur le vide qu'il sent en lui-même : « Il a trop d'intelligence pour avoir du cœur ! », il est, d'abord, fort probable que le quidam se fâcherait tout rouge si on lui répondait qu'il a, lui, « trop de cœur pour avoir de l'intelligence ! », ce qui prouve qu'au fond nous n'avons pas choisi la plus mauvaise part, de l'aveu même de celui qui nous le reproche. Ensuite, remarquez-vous ce que devient cette phrase, sous une analyse attentive ? C'est comme si l'on disait : « Cette personne est trop bien élevée pour se donner la peine d'avoir de bonnes manières ! » En quoi consistent les bonnes manières ? C'est ce que le vulgaire, non plus que l'homme vraiment bien élevé, ne sauront jamais, malgré tous les codes de civilité puérile et honnête. De telle sorte que cette phrase n'exprime, naïvement, que la jalousie instinctive et, pour ainsi dire, *mélancolique* de certaines natures en présence de la nôtre. Ce qui nous sépare, en effet, ce n'est pas une différence : c'est un infini.

Lucienne se leva et prit le bras de M. de W***.

— Je remporte de notre entretien cet axiome, dit-elle, que, si contradictoires que semblent vos paroles ou vos manières d'être, quelquefois, dans les circonstances terribles ou joyeuses de votre existence, elles ne prouvent en rien que vous soyez...

— De bois !... acheva le comte avec un sourire.

Ils regardaient passer les voitures lumineuses. Maximilien fit signe à l'une d'elles, qui s'approcha. Lorsque Lucienne s'y fut assise, le jeune homme s'inclina, silencieusement.

— Au revoir ! cria Lucienne, en lui envoyant un baiser.

La voiture s'éloigna. Le comte la suivit des yeux quelque temps, comme de raison ; puis, remontant l'avenue, à pied, le cigare aux lèvres, il rentra chez lui, au rond-point.

Quand il fut seul, dans sa chambre, il s'assit devant sa table de travail, prit, dans un nécessaire, une petite lime et parut absorbé dans le soin de se polir l'extrémité des ongles.

Puis il écrivit quelques vers sur une... vallée écossaise, dont le souvenir lui revint, assez étrangement, parmi les hasards de l'Esprit.

Puis il coupa quelques feuillets d'un livre nouveau, les parcourut, — et jeta le volume.

Deux heures de !a nuit sonnèrent : il s'étira.

— Ce battement de cœur est, vraiment, insupportable ! murmura-t-il.

Il se leva, fit retomber les rideaux massifs et les tentures, alla vers un secrétaire, l'ouvrit, prit dans un tiroir un petit pistolet « coup de poing », s'approcha d'un sopha, mit l'arme dans sa poitrine, sourit, et haussa les épaules en fermant les yeux.

Un coup sourd, étouffé par les draperies, retentit ; un peu de fumée partit, bleuâtre, de la poitrine du jeune homme, qui tomba sur les coussins.

Depuis ce temps, lorsqu'on demande à Lucienne le motif de ses toilettes sombres, elle répond à ses amoureux, d'un ton enjoué :

— Bah! que voulez-vous! Le noir me va si bien!

Mais son éventail de deuil palpite, alors, sur son sein, comme l'aile d'un phalène sur une pierre tombale.

LE PLUS BEAU DÎNER DU MONDE

> Un coup du Commandeur !
> Un coup de Jarnac !
>
> *Vieux dicton*[1].

Xanthus, le maître d'Ésope, déclara, sur la suggestion du fabuliste, que, s'il avait parié qu'il boirait la mer, il n'avait point parié de boire les fleuves qui « entrent dedans », pour me servir de l'aimable français de nos traducteurs universitaires[2].

Certes, une telle échappatoire était fort avisée ; mais, l'Esprit du progrès aidant, ne saurions-nous en trouver, aujourd'hui, d'équivalentes ? de tout aussi ingénieuses ? — Par exemple :

« Retirez, au préalable, les poissons, qui ne sont point compris dans la gageure ; filtrez ! — Défalcation faite de ces derniers, la chose ira de soi. »

Ou, mieux encore :

« J'ai parié que je boirai la mer ! bien ; mais pas d'un seul trait ! Le sage doit ne jamais précipiter ses actions : je bois lentement. Ce sera donc, simplement, *une goutte,* n'est-ce pas ? chaque année. »

Bref, il est peu d'engagements qu'on ne puisse tenir d'une certaine façon... et cette façon pourrait être qualifiée de *philosophique.*

— « Le plus beau dîner du monde ! »

Telles furent les expressions dont se servit, *formellement,* Me Percenoix, l'ange de l'Emphytéose[3], pour définir, d'une façon positive, le repas qu'il se proposait d'offrir aux notabilités de la petite ville de D***, où son étude florissait depuis trente ans et plus.

Oui. Ce fut au cercle, — le dos au feu, les basques de son habit sous les bras, les mains dans les poches, les épaules tendues et effacées, les yeux au ciel, les sourcils relevés, les lunettes d'or sur les plis de son front, la toque en arrière, la jambe droite repliée sur la gauche et la pointe de son soulier verni touchant à peine à terre, — qu'il prononça ces paroles.

Elles furent soigneusement notées en la mémoire de son vieux rival, Me Lecastelier, l'ange du Paraphernal, lequel, assis en face de Me Percenoix, le considérait d'un œil venimeux, à l'abri d'un vaste abat-jour vert.

Entre ces deux collègues, c'était une guerre sourde depuis le lointain des âges ! Le repas devenait le champ de bataille longuement étudié par Me Percenoix et proposé par lui pour en finir. Aussi Me Lecastelier, forçant à sourire l'acier terni de sa face de couteau-poignard, ne répondit-il rien, sur le moment. Il se sentait attaqué. C'était l'aîné : il laissait Percenoix, son cadet, parler et s'engager comme une petite folle[4].

— Sûr de lui (mais prudent !), il voulait, avant d'accepter la lutte, se rendre un compte méticuleux des positions et des forces de l'ennemi.

Dès le lendemain, toute la petite ville de D*** fut en rumeur. On se demandait quel serait le *menu* du dîner.

Évoquant des sauces oubliées, le receveur particulier se perdait en conjectures. Le sous-préfet calculait et prophétisait des *suprêmes* de phénix servis sur leurs cendres ; — des phénicoptères[5] inconnus voletaient dans ses rêves. Il citait Apicius.

Le conseil municipal relisait Pétrone, le critiquait. Les notables disaient : « Il faut attendre », et calmaient un peu l'effervescence générale. Tous les invités, sur l'avis du sous-préfet, prirent des amers huit jours à l'avance.

Enfin, le grand jour arriva.

La maison de Me Percenoix était sise près des Promenades, à une portée de fusil de celle de son rival.

Dès quatre heures du soir, une haie s'était formée, devant la porte, sur deux rangs, pour voir venir les convives. Au coup de six heures, on les signala.

L'on s'était rencontré aux Promenades, comme par hasard, et l'on arrivait ensemble.

Il y avait, d'abord, le sous-préfet, donnant le bras à Mme Lecastelier ; puis le receveur particulier et le directeur de la poste ; puis trois personnes d'une haute influence ; puis le docteur, donnant le bras au banquier ; puis une célébrité, l'*Introducteur du phylloxera en France*[6] ; puis le proviseur du lycée, et quelques propriétaires fonciers. Me Lecastelier fermait la marche, prisant, parfois, d'un air méditatif.

Ces messieurs étaient en habit noir, en cravate blanche, et montraient une fleur à leur boutonnière : Mme Lecastelier, maigre, était en robe de soie couleur souris-qui-trotte, un peu montante.

Arrivés devant le portail, et à l'aspect des panon-

ceaux qui brillaient des feux du couchant, les convives
se retournèrent vers l'horizon magique : les arbres
lointains s'illuminaient ; les oiseaux s'apaisaient dans
les vergers voisins.

— Quel sublime spectacle ! s'écria l'*Introducteur du
phylloxera* en embrassant, du regard, l'Occident.

Cette opinion fut partagée par les convives, qui
humèrent, un instant, les beautés de la Nature, comme
pour en dorer le dîner.

L'on entra. Chacun retint son pas dans le vestibule,
par dignité.

Enfin, les battants de la salle à manger s'entr'ouvrirent. Percenoix, qui était veuf, s'y tenait seul, debout,
affable. — D'un air à la fois modeste et vainqueur, il fit
le geste circulaire de prendre place. De petits papiers
portant le nom des convives étaient placés, comme des
aigrettes, sur les serviettes pliées en forme de mitre.
Mme Lecastelier compta du regard les convives, espérant que l'on serait treize à table : l'on était dix-sept.
— Ces préliminaires terminés, le repas commença,
d'abord silencieux ; on sentait que les convives se
recueillaient et prenaient, comme on dit, leur élan.

La salle était haute, agréable, bien éclairée ; tout
était bien servi. Le dîner était simple [7] : deux potages,
trois entrées, trois rôtis, trois entremets, des vins
irréprochables, une demi-douzaine de plats divers,
puis le dessert.

Mais tout était exquis !

De sorte que, en y réfléchissant, le dîner, eu égard
aux convives et à leur nature, était, précisément, *pour
eux,* « Le plus beau dîner du monde ! ». Autre chose eût
été de la fantaisie, de l'ostentation, — eût *choqué.* Un
dîner différent eût, peut-être, été qualifié d'atellane,

eût éveillé des idées d'inconvenance, d'orgie..., et Mᵐᵉ Lecastelier se fût levée. Le plus beau dîner du monde n'est-il pas celui qui est à la pleine satisfaction du goût de ses convives ?

Percenoix triomphait. Chacun le félicitait avec chaleur.

Soudain, après avoir pris le café, Mᵉ Lecastelier, que tout le monde regardait et plaignait sincèrement, se leva, froid, austère, et, avec lenteur, prononça ces paroles — au milieu d'un silence de mort :

— J'en donnerai *un* plus beau l'année prochaine.

Puis, saluant, il sortit avec sa femme.

Mᵉ Percenoix s'était levé. Il calma, par son air digne, l'inexprimable agitation des convives et le brouhaha qui s'était produit après le départ des Lecastelier.

De toutes parts, les questions se croisaient :

— Comment ferait-il pour en donner *un* plus beau l'année prochaine, puisque CELUI de Mᵉ Percenoix était le *plus beau dîner du monde ?*

— Projet absurde !

— Équivoque !

— Inqualifiable !

— Non avenu...

— Risible !!!

— Puéril...

— Indigne d'un homme de sens !

— La passion l'avait emporté ; — l'âge, peut-être !

On rit beaucoup. — L'*Introducteur du phylloxera*, qui, pendant le festin, avait fait des mamours à Mᵐᵉ Lecastelier, ne tarissait pas en épigrammes :

— Ah ! ah ! En vérité !... Un plus beau ! — Et

comment cela ? — Oui, comment cela ?... La chose
était des plus gaies !

Il ne tarissait pas.

M⁰ Percenoix se tenait les côtes.

Cet incident termina joyeusement le banquet. Portant aux nues l'amphitryon, les convives, bras dessus
bras dessous, s'élancèrent à la débandade hors de la
maison, précédés des lanternes de leurs domestiques.
Ils n'en pouvaient plus de rire devant l'idée saugrenue,
présomptueuse même, et qui ne pouvait se discuter,
vouloir donner « un plus beau dîner que le plus
beau dîner du monde ».

Ils passèrent ainsi, fantastiques et hilares, dans la
haie qui les avait attendus à la porte pour avoir des
nouvelles.

Puis — chacun rentra chez soi.

M⁰ Lecastelier eut une indigestion épouvantable.
On craignit pour ses jours. Et Percenoix, qui ne
« voulait pas la mort du pécheur », et qui, d'ailleurs,
espérait encore jouir, l'année suivante, du *fiasco* que
ferait nécessairement son collègue, envoyait quotidiennement prendre le bulletin de santé du digne tabellion.
Ce bulletin fut inséré dans la feuille départementale,
car tout le monde s'intéressait au pari imprudent : on
ne parlait que du dîner. Les convives ne s'abordaient
qu'en échangeant des mots à voix basse. C'était grave,
très grave : l'honneur de l'endroit était en jeu.

Pendant toute l'année, M⁰ Lecastelier se déroba aux
questions. Huit jours avant l'anniversaire, ses invita-
tions furent lancées. Deux heures après la tournée
matinale du facteur, ce fut un branle-bas extraordi-

naire dans la ville. Le sous-préfet crut immédiatement de son devoir de renouveler la tournée des amers, par esprit d'équité.

Quand vint le soir du grand jour, les cœurs battaient. Ainsi que l'année précédente, les convives se rencontrèrent aux Promenades, comme par hasard. L'avant-garde fut signalée à l'horizon par les cris de la haie enthousiaste.

Et le même ciel empourprait, à l'Occident, la ligne des beaux arbres, lesquels étaient de magnifiques pieds de hêtre appartenant, par préciput et hors part, à Me Percenoix.

Les convives admirèrent tout cela de nouveau. Puis l'on entra chez M. et Mme Lecastelier, et l'on pénétra dans la salle à manger. Une fois assis, après les cérémonies, les convives, en parcourant le menu d'un œil sévère, s'aperçurent, avec une stupeur menaçante, que c'était le MÊME dîner !

Étaient-ils mystifiés ? A cette idée, le sous-préfet fronça le sourcil et fit, en lui-même, ses réserves.

Chacun baissa les yeux, ne voulant point (par ce sentiment de courtoisie, de tact parfait, qui distingue les personnes de province), laisser éprouver à l'amphitryon et à sa femme l'impression du profond mépris que l'on ressentait pour eux.

Percenoix ne cherchait même pas à dissimuler la joie d'un triomphe qu'il crut désormais assuré. Et l'on déplia les serviettes.

Ô surprise ! Chacun trouvait sur son assiette, — quoi ?... — ce qu'on appelle un jeton de présence, — une pièce de vingt francs.

Instantanément, comme si une bonne fée eût donné un coup de baguette, il y eut une sorte de « passez,

muscade ! » général, et tous les « jaunets » disparurent
dans l'enchantement d'une rapidité inconnue.

Seul, l'*Introducteur du phylloxera*, préoccupé d'un
madrigal, n'aperçut le napoléon de son assiette qu'un
bon moment après les autres. — Il y eut là un retard.
— Aussi, d'un air gauche, embarrassé, et avec un
sourire d'enfant, murmura-t-il du côté de sa voisine
quelques vagues paroles qui sonnèrent comme une
petite sérénade :

— Suis-je étourdi ! quelle inadvertance ! — J'ai failli
faire tomber... maudite poche !... Cependant, c'est
celle qui a introduit en France... On perd souvent,
faute de précautions... l'on met son argent dans un
gousset, par mégarde ; puis, au moindre faux mouvement, — en déployant sa serviette, par exemple, —
vlan ! crac ! bing ! bonsoir !

Mme Lecastelier sourit, en fine mouche.

— Distraction des grands esprits !... dit-elle.

— Ne sont-ce pas les beaux yeux qui les causent ?
répondit galamment le célèbre savant, en *remettant*
dans sa poche de montre, avec une négligence enjouée,
la belle pièce d'or qu'il avait failli perdre.

Les femmes comprennent tout ce qui est délicatesse,
— et, tenant compte de l'intention qu'avait eue
l'*Introducteur du phylloxera*, Mme Lecastelier lui fit la
gracieuseté de rougir deux ou trois fois pendant le
dîner, alors que le savant, se penchant vers elle, lui
parlait à voix basse.

— Paix, monsieur Redoubté ! — murmurait-elle.

Percenoix, en vraie tête de linotte, ne s'était aperçu
de rien et n'avait rien eu ; — il jasait, en ce moment-là,
comme une pie borgne, et s'écoutait lui-même, les
yeux au plafond.

Le dîner fut brillant, très brillant. La politique des cabinets de l'Europe y fut analysée : le sous-préfet dut même regarder silencieusement, plusieurs fois, les trois personnes d'une haute influence, et celles-ci, pour lesquelles la Diplomatie n'avait dès longtemps plus d'arcanes, détournèrent les chiens par une volée de calembours qui firent l'effet de pétards. Et la joie des convives fut à son comble quand on servit le nougat, qui représentait, comme l'année précédente, la petite ville de D*** elle-même.

Vers les neuf heures de la soirée, chaque invité, en remuant discrètement le sucre dans sa tasse de café, se tourna vers son voisin. Tous les sourcils étaient haussés et les yeux avaient cette expression atone propre aux personnes qui, après un banquet, vont émettre une opinion.

— C'est le même dîner ?

— Oui, le même.

Puis, après un soupir, un silence et une grimace méditative :

— Le même, absolument.

— Cependant, n'y avait-il pas *quelque* chose ?

— Oui, oui, il y avait quelque chose !

— Enfin, — là, — il est plus beau !

— Oui, c'est curieux. C'est le même... et, cependant, il est plus beau !

— Ah ! voilà qui est particulier !

Mais en quoi était-*il* plus beau ? Chacun se creusait inutilement la cervelle.

On se croyait, tout à coup, le doigt sur le point précis qui légitimait cette impression indéfinissable de *différence* que chacun ressentait — et l'idée, rebelle,

s'enfuyait comme une Galathée qui ne voudrait pas
être vue.

Puis on se sépara, pour mûrir le problème plus
librement.

Et, depuis lors, toute la petite ville de D*** est en
proie à l'incertitude la plus lamentable. C'est comme
une fatalité !... Personne ne peut éclaircir le mystère
qui pèse encore aujourd'hui sur le festin victorieux de
Me Lecastelier.

Me Percenoix, quelques jours après, étant plongé
dans cette préoccupation, — glissa dans son escalier et
fit une chute dont il décéda. — Lecastelier le pleura
bien amèrement.

Aujourd'hui, durant les longues soirées d'hiver, soit
à la sous-préfecture, soit à la recette particulière, on
parle, on devise, on se demande, on rêve, et le thème
éternel est remis sur le tapis. On y renonce !... On
arrive bien à *un cheveu près,* comme à l'aide d'une
168e décimale, puis l'*x* du rapport se recule indéfini-
ment, entre ces deux affirmations à confondre l'Esprit
humain, — mais qui constituent le Symbole des
préférences *indiscutables* de la Conscience publique,
sous la voûte des cieux :

Le même... et, cependant, plus beau !

LE DÉSIR D'ÊTRE UN HOMME

A Monsieur Catulle Mendès.

> Un de ces hommes devant lesquels la Nature peut se dresser et dire : « Voilà un Homme ! »
>
> SHAKESPEARE.
> *Jules César.*

Minuit sonnait à la Bourse, sous un ciel plein d'étoiles. A cette époque, les exigences d'une loi militaire pesaient encore sur les citadins et, d'après les injonctions relatives au couvre-feu, les garçons des établissements encore illuminés s'empressaient pour la fermeture.

Sur les boulevards, à l'intérieur des cafés, les papillons de gaz des girandoles s'envolaient très vite, un à un, dans l'obscurité. L'on entendait du dehors le brouhaha des chaises portées en quatuors sur les tables de marbre ; c'était l'instant psychologique où chaque limonadier juge à propos d'indiquer, d'un bras ter-

miné par une serviette, les fourches caudines de la
porte basse aux derniers consommateurs.

Ce dimanche-là sifflait le triste vent d'octobre. De
rares feuilles jaunies, poussiéreuses et bruissantes,
filaient dans les rafales, heurtant les pierres, rasant
l'asphalte, puis, semblances de chauves-souris, dispa-
raissaient dans l'ombre, éveillant ainsi l'idée de jours
banals à jamais vécus. Les théâtres du boulevard du
Crime où, pendant la soirée, s'étaient entrepoignardés
à l'envi tous les Médicis, tous les Salviati et tous les
Montefeltre, se dressaient, repaires du Silence, aux
portes muettes gardées par leurs cariatides. Voitures et
piétons, d'instant en instant, devenaient plus rares ; çà
et là, de sceptiques falots de chiffonniers luisaient déjà,
phosphorescences dégagées par les tas d'ordures au-
dessus desquels ils erraient.

A la hauteur de la rue Hauteville, sous un réverbère,
à l'angle d'un café d'assez luxueuse apparence, un
grand passant à physionomie saturnienne, au menton
glabre, à la démarche somnambulèsque, aux longs
cheveux grisonnants sous un feutre genre Louis XIII,
ganté de noir sur une canne à tête d'ivoire et enveloppé
d'une vieille houppelande bleu de roi, fourrée de
douteux astrakan, s'était arrêté comme s'il eût machinalement hésité à franchir la chaussée qui le séparait
du boulevard Bonne-Nouvelle.

Ce personnage attardé regagnait-il son domicile ?
Les seuls hasards d'une promenade nocturne
l'avaient-ils conduit à ce coin de rue ? Il eût été difficile
de le préciser à son aspect. Toujours est-il qu'en
apercevant tout à coup, sur sa droite, une de ces glaces
étroites et longues comme sa personne — sortes de
miroirs publics d'attenance, parfois, aux devantures

d'estaminets marquants — il fit une halte brusque, se campa, de face, vis-à-vis de son image et se toisa, délibérément, des bottes au chapeau. Puis, soudain, levant son feutre d'un geste qui sentait son autrefois, il se salua non sans quelque courtoisie.

Sa tête, ainsi découverte à l'improviste, permit alors de reconnaître l'illustre tragédien Esprit Chaudval, né Lepeinteur, dit Monanteuil, rejeton d'une très digne famille de pilotes malouins et que les mystères de la Destinée avaient induit à devenir grand premier rôle de province, tête d'affiche à l'étranger et rival (souvent heureux) de notre Frédérick Lemaître.

Pendant qu'il se considérait avec cette sorte de stupeur, les garçons du café voisin endossaient les pardessus aux derniers habitués, leur désaccrochaient les chapeaux ; d'autres renversaient bruyamment le contenu des tirelires de nickel et empilaient en rond sur un plateau le billon de la journée. Cette hâte, cet effarement provenaient de la présence menaçante de deux subits sergents de ville qui, debout sur le seuil et les bras croisés, harcelaient de leur froid regard le patron retardataire.

Bientôt les auvents furent boulonnés dans leurs châssis de fer, — à l'exception du volet de la glace qui, par une inadvertance étrange, fut omis au milieu de la précipitation générale.

Puis le boulevard devint très silencieux. Chaudval seul, inattentif à toute cette disparition, était demeuré dans son attitude extatique au coin de la rue Haute-ville, sur le trottoir, devant la glace oubliée.

Ce miroir livide et lunaire paraissait donner à l'artiste la sensation que celui-ci eût éprouvée en se baignant dans un étang ; Chaudval frissonnait.

Hélas ! disons-le, en ce cristal cruel et sombre, le comédien venait de s'apercevoir vieillissant.

Il constatait que ses cheveux, hier encore poivre et sel, tournaient au clair de lune ; c'en était fait ! Adieu rappels et couronnes, adieu roses de Thalie, lauriers de Melpomène ! Il fallait prendre congé pour toujours, avec des poignées de mains et des larmes, des Ellevious et des Laruettes, des grandes livrées et des rondeurs, des Dugazons et des ingénues !

Il fallait descendre en toute hâte du chariot de Thespis et le regarder s'éloigner, emportant les camarades ! Puis, voir les oripeaux et les banderoles qui, le matin, flottaient au soleil jusque sur les roues, jouets du vent joyeux de l'Espérance, les voir disparaître au coude lointain de la route, dans le crépuscule.

Chaudval, brusquement conscient de la cinquantaine (c'était un excellent homme), soupira. Un brouillard lui passa devant les yeux ; une espèce de fièvre hivernale le saisit et l'hallucination dilata ses prunelles.

La fixité hagarde avec laquelle il sondait la glace providentielle finit par donner à ses pupilles cette faculté d'agrandir les objets et de les saturer de solennité, que les physiologistes ont constatée chez les individus frappés d'une émotion très intense.

Le long miroir se déforma donc sous ses yeux chargés d'idées troubles et atones. Des souvenirs d'enfance, de plages et de flots argentés lui dansèrent dans la cervelle. Et ce miroir, sans doute à cause des étoiles qui en approfondissaient la surface, lui causa d'abord la sensation de l'eau dormante d'un golfe. Puis s'enflant encore, grâce aux soupirs du vieillard, la glace revêtit l'aspect de la mer et de la nuit, ces deux vieilles amies des cœurs déserts.

Il s'enivra quelque temps de cette vision, mais le réverbère qui rougissait la bruine froide derrière lui, au-dessus de sa tête, lui sembla, répercuté au fond de la terrible glace, comme la lueur d'un *phare* couleur de sang qui indiquait le chemin du naufrage au vaisseau perdu de son avenir.

Il secoua ce vertige et se redressa, dans sa haute taille, avec un éclat de rire nerveux, faux et amer, qui fit tressaillir, sous les arbres, les deux sergents de ville. Fort heureusement pour l'artiste, ceux-ci, croyant à quelque vague ivrogne, à quelque amoureux déçu, peut-être, continuèrent leur promenade officielle sans accorder plus d'importance au misérable Chaudval.

— Bien, renonçons ! dit-il simplement et à voix basse, comme le condamné à mort qui, subitement réveillé, dit au bourreau : « Je suis à vous, mon ami. »

Le vieux comédien s'aventura, dès lors, en un monologue, avec une prostration hébétée.

— J'ai prudemment agi, continua-t-il, quand j'ai chargé, l'autre soir, mademoiselle Pinson, ma bonne camarade (qui a l'oreille du ministre et même l'oreiller), de m'obtenir, entre deux aveux brûlants, cette place de gardien de phare dont jouissaient mes pères sur les côtes ponantaises. Et, tiens ! je comprends l'effet bizarre que m'a produit ce réverbère dans cette glace !... C'était mon arrière-pensée. — Pinson va m'envoyer mon brevet, c'est sûr. Et j'irai donc me retirer dans mon phare comme un rat dans un fromage. J'éclairerai les vaisseaux au loin, sur la mer. Un phare ! cela vous a toujours l'air d'un décor. Je suis

seul au monde : c'est l'asile qui, décidément, convient
à mes vieux jours.

Tout à coup, Chaudval interrompit sa rêverie.

— Ah çà ! dit-il, en se tâtant la poitrine sous sa
houppelande, mais... cette lettre remise par le facteur
au moment où je sortais, c'est sans doute la réponse ?...
Comment ! j'allais entrer au café pour la lire et je
l'oublie ! — Vraiment, je baisse ! — Bon ! la voici !

Chaudval venait d'extraire de sa poche une large
enveloppe, d'où s'échappa, sitôt rompue, un pli minis-
tériel qu'il ramassa fiévreusement et parcourut, d'un
coup d'œil, sous le rouge feu du réverbère.

— Mon phare ! mon brevet ! s'écria-t-il. « Sauvé,
mon Dieu ! » ajouta-t-il comme par une vieille habitude machinale et d'une voix de fausset si brusque, si
différente de la sienne qu'il en regarda autour de lui,
croyant à la présence d'un tiers.

— Allons, du calme et... *soyons homme !* reprit-il
bientôt.

Mais, à cette parole, Esprit Chaudval, né Lepeinteur, dit Monanteuil, s'arrêta comme changé en statue
de sel ; ce mot semblait l'avoir immobilisé.

— Hein ? continua-t-il après un silence. — Que
viens-je de souhaiter là ? — D'être un Homme ?...
Après tout, pourquoi pas ?

Il se croisa les bras, réfléchissant.

— Voici près d'un demi-siècle que je *représente,* que
je *joue* les passions des autres sans jamais les éprouver,
— car, au fond, je n'ai jamais rien éprouvé, moi. — Je
ne suis donc le semblable de ces « autres » que pour
rire ? — Je ne suis donc qu'une *ombre ?* Les passions !
les sentiments ! les actes réels ! RÉELS ! voilà, — voilà
ce qui constitue l'HOMME proprement dit ! Donc,

puisque l'âge me force de rentrer dans l'Humanité, je dois me procurer des passions, ou quelque sentiment *réel...,* puisque c'est la condition *sine qua non* sans laquelle on ne saurait prétendre au titre d'Homme. Voilà qui est solidement raisonné ; cela crève de bon sens. — Choisissons donc d'éprouver celle qui sera le plus en rapport avec ma capture enfin ressuscitée.

Il médita, puis reprit mélancoliquement :

— L'amour ?... trop tard. — La Gloire ?... je l'ai connue ! — L'Ambition ?... Laissons cette billevesée aux hommes d'État !

Tout à coup, il poussa un cri :

— J'y suis ! dit-il : LE REMORDS !... — voilà ce qui sied à mon tempérament dramatique.

Il se regarda dans la glace en prenant un visage convulsé, contracté, comme par une horreur surhumaine :

— C'est cela ! conclut-il : Néron ! Macbeth ! Oreste ! Hamlet ! Érostrate ! — Les spectres !... Oh ! oui ! Je veux voir de *vrais* spectres, à mon tour ! — comme tous ces gens-là, qui avaient la chance de ne pas pouvoir faire un pas sans spectres.

Il se frappa le front.

— Mais *comment ?...* Je suis innocent comme l'agneau qui hésite à naître ?

Et, après un *temps* nouveau :

— Ah ! *qu'à cela ne tienne !* reprit-il : qui veut la fin veut les moyens !... J'ai bien le droit de devenir à tout prix ce que *je devrais* être. J'ai droit à l'Humanité ! Pour éprouver des remords, il faut avoir commis des crimes ? Eh bien, va pour des crimes : qu'est-ce que cela fait, du moment que ce sera pour... pour le bon motif ?

— Oui... — Soit ! (Et il se mit à faire du dialogue :) —

Je vais en perpétrer d'affreux. — Quand? — Tout de suite. Ne remettons pas au lendemain! — Lesquels? — Un seul!... Mais grand! — mais extravagant d'atrocité! mais de nature à faire sortir de l'enfer toutes les Furies! — Et lequel? — Parbleu, le plus éclatant... Bravo! J'y suis! L'INCENDIE! Donc, je n'ai que le temps d'incendier! de boucler mes malles! de revenir, dûment blotti derrière la vitre de quelque fiacre, jouir de mon triomphe au milieu de la foule épouvantée! de bien recueillir les malédictions des mourants, — et de gagner le train du Nord-Ouest avec des remords sur la planche pour le reste de mes jours. Ensuite, j'irai me cacher dans mon phare! dans la lumière! en plein Océan! où la police ne pourra, par conséquent, me découvrir jamais, — mon crime étant *désintéressé.* Et j'y râlerai seul. — (Chaudval ici se redressa, improvisant ce vers d'allure absolument cornélienne :)

Garanti du soupçon par la grandeur du crime!

C'est dit. — Et maintenant — acheva le grand artiste en ramassant un pavé après avoir regardé autour de lui pour s'assurer de la solitude environnante — et maintenant, toi, tu ne refléteras plus personne.

Et il lança le pavé contre la glace qui se brisa en mille épaves rayonnantes.

Ce premier devoir accompli, et se sauvant à la hâte — comme satisfait de cette première, mais énergique action d'éclat — Chaudval se précipita vers les boulevards où, quelques minutes après et sur ses signaux, une voiture s'arrêta, dans laquelle il sauta et disparut.

Deux heures après, les flamboiements d'un sinistre immense, jaillissant de grands magasins de pétrole, d'huiles et d'allumettes, se répercutaient sur toutes les vitres du faubourg du Temple. Bientôt les escouades des pompiers, roulant et poussant leurs appareils, accoururent de tous côtés, et leurs trompettes, envoyant des cris lugubres, réveillaient en sursaut les citadins de ce quartier populeux. D'innombrables pas précipités retentissaient sur les trottoirs : la foule encombrait la grande place du Château-d'Eau et les rues voisines. Déjà les chaînes s'organisaient en hâte. En moins d'un quart d'heure un détachement de troupes formait cordon aux alentours de l'incendie. Des policiers, aux lueurs sanglantes des torches, maintenaient l'affluence humaine aux environs.

Les voitures, prisonnières, ne circulaient plus. Tout le monde vociférait. On distinguait des cris lointains parmi le crépitement terrible du feu. Les victimes hurlaient, saisies par cet enfer, et les toits des maisons s'écroulaient sur elles. Une centaine de familles, celles des ouvriers de ces ateliers qui brûlaient, devenaient, hélas ! sans ressource et sans asile.

Là-bas, un solitaire fiacre, chargé de deux grosses malles, stationnait derrière la foule arrêtée au Château-d'Eau. Et, dans ce fiacre, se tenait Esprit Chaudval, né Lepeinteur, dit Monanteuil ; de temps à autre il écartait le store et contemplait son œuvre.

— Oh ! se disait-il tout bas, comme je me sens en horreur à Dieu et aux hommes ! — Oui, voilà, voilà bien le trait d'un réprouvé !...

Le visage du bon vieux comédien rayonnait.

— Ô misérable! grommelait-il, quelles insomnies vengeresses je vais goûter au milieu des fantômes de mes victimes! Je sens sourdre en moi l'âme des Néron, brûlant Rome par exaltation d'artiste! des Érostrate, brûlant le temple d'Éphèse par amour de la gloire!... des Rostopschine, brûlant Moscou par patriotisme! des Alexandre, brûlant Persépolis par galanterie pour sa Thaïs immortelle!... Moi, je brûle par DEVOIR, n'ayant pas d'autre moyen *d'existence!* — J'incendie parce que je me dois à moi-même!... Je m'acquitte! Quel Homme je vais être! Comme je vais vivre! Oui, je vais savoir, enfin, ce qu'on éprouve quand on est bourrelé. — Quelles nuits, magnifiques d'horreur, je vais délicieusement passer!... Ah! je respire! je renais!... j'existe!... Quand je pense que j'ai été comédien!... Maintenant, comme je ne suis, aux yeux grossiers des humains, qu'un gibier d'échafaud, — fuyons avec la rapidité de l'éclair! Allons nous enfermer dans notre phare, pour y jouir en paix de nos remords.

Le surlendemain au soir, Chaudval, arrivé à destination sans encombre, prenait possession de son vieux phare désolé, situé sur nos côtes septentrionales: flamme en désuétude sur une bâtisse en ruine, et qu'une compassion ministérielle avait ravivée pour lui.

A peine si le signal pouvait être d'une utilité quelconque: ce n'était qu'une superfétation, une sinécure, un logement avec un feu sur la tête et dont tout le monde pouvait se passer, sauf le seul Chaudval.

Donc le digne tragédien, y ayant transporté sa couche, des vivres et un grand miroir pour y étudier ses effets de physionomie, s'y enferma, sur-le-champ, à l'abri de tout soupçon humain.

Autour de lui se plaignait la mer, où le vieil abîme des cieux baignait ses stellaires clartés. Il regardait les flots assaillir sa tour sous les sautes du vent, comme le Stylite pouvait contempler les sables s'éperdre [1] contre sa colonne aux souffles du shimiel.

Au loin, il suivait, d'un regard sans pensée, la fumée des bâtiments ou les voiles des pêcheurs.

A chaque instant, ce rêveur oubliait son incendie. — Il montait et descendait l'escalier de pierre.

Le soir du troisième jour, Lepeinteur, disons-nous, assis dans sa chambre, à soixante pieds au-dessus des flots, relisait un journal de Paris où l'histoire du grand sinistre, arrivé l'avant-veille, était retracée.

— Un malfaiteur inconnu avait jeté quelques allumettes dans les caves de pétrole. Un monstrueux incendie qui avait tenu sur pied, toute la nuit, les pompiers et le peuple des quartiers environnants, s'était déclaré au faubourg du Temple.

Près de cent victimes avaient péri : de malheureuses familles étaient plongées dans la plus noire misère.

La place tout entière était en deuil, et encore fumante.

On ignorait le nom du misérable qui avait commis ce forfait et, surtout, le *mobile* du criminel.

A cette lecture, Chaudval sauta de joie et, se frottant fiévreusement les mains, s'écria :

— Quel succès ! Quel merveilleux scélérat je suis ! Vais-je être assez hanté ? Que de spectres je vais voir ! Je savais bien que je deviendrais un Homme ! — Ah ! le moyen a été dur, j'en conviens ! mais il le fallait !... il le fallait !

En relisant la feuille parisienne, comme il y était mentionné qu'une représentation extraordinaire serait donnée au bénéfice des incendiés, Chaudval murmura :

— Tiens ! j'aurais dû prêter le concours de mon talent au bénéfice de mes victimes ! — C'eût été ma soirée d'adieux. — J'eusse déclamé *Oreste*. J'eusse été bien nature...

Là-dessus, Chaudval commença de vivre dans son phare.

Et les soirs tombèrent, se succédèrent, et les nuits.

Une chose qui stupéfiait l'artiste se passait. Une chose atroce !

Contrairement à ses espoirs et prévisions, sa conscience ne lui criait aucun remords. Nul spectre ne se montrait ! — Il n'éprouvait *rien*[2], *mais absolument rien !...*

Il n'en pouvait croire le Silence. Il n'en revenait pas.

Parfois, en se regardant au miroir, il s'apercevait que sa tête débonnaire n'avait point changé ! — Furieux, alors, il sautait sur les signaux, qu'il faussait, dans la radieuse espérance de faire sombrer au loin quelque bâtiment, afin d'aider, d'activer, de stimuler le remords rebelle ! — d'exciter les spectres !

Peines perdues !

Attentats stériles ! Vains efforts ! Il n'éprouvait *rien*. Il ne voyait aucun menaçant fantôme. Il ne dormait plus, tant le désespoir et la *honte* l'étouffaient. — Si bien qu'une nuit, la congestion cérébrale l'ayant saisi en sa solitude lumineuse, il eut une agonie où il criait, — au bruit de l'océan et pendant que les grands vents du large soufsletaient sa tour perdue dans l'infini :

— Des spectres !..., Pour l'amour de Dieu !... Que je voie, ne fût-ce qu'un spectre ! — *Je l'ai bien gagné !*

Mais le Dieu qu'il invoquait ne lui accorda point

cette faveur, — et le vieux histrion expira, déclamant toujours, en sa vaine emphase, son grand souhait de voir des spectres... — *sans comprendre qu'il était, lui-même, ce qu'il cherchait.*

FLEURS DE TÉNÈBRES

A Monsieur Léon Dierx.

> Bonnes gens, vous qui passez,
> Priez pour les trépassés.
>
> *Inscription au bord d'un*
> *grand chemin.*

Ô belles soirées! Devant les étincelants cafés des boulevards, sur les terrasses des glaciers en renom, que de femmes en toilettes voyantes, que d'élégants « flâneurs » se prélassent!

Voici les petites vendeuses de fleurs qui circulent avec leurs corbeilles.

Les belles désœuvrées acceptent ces fleurs qui passent, toutes cueillies, mystérieuses...

— Mystérieuses?

— Oui, s'il en fut!

Il existe, sachez-le, souriantes liseuses, il existe, à Paris même, certaine agence sombre qui s'entend avec plusieurs conducteurs d'enterrement luxueux, avec des fossoyeurs même, à cette fin de desservir les défunts du matin en ne laissant pas *inutilement* s'étioler, sur les sépultures fraîches, tous ces splendides bouquets, toutes ces couronnes, toutes ces roses, dont, par centaines, la piété filiale ou conjugale surcharge quotidiennement les catafalques.

Ces fleurs sont presque toujours oubliées après les ténébreuses cérémonies. L'on n'y songe plus ; l'on est pressé de s'en revenir ; — cela se conçoit !...

C'est alors que nos aimables croquemorts s'en donnent à cœur-joie. Ils n'oublient pas les fleurs, ces messieurs ! Ils ne sont pas dans les nuages. Ils sont gens pratiques. Ils les enlèvent par brassées, en silence. Les jeter à la hâte par-dessus le mur, dans un tombereau propice, est pour eux l'affaire d'un instant.

Deux ou trois des plus égrillards et des plus dégourdis transportent la précieuse cargaison chez des fleuristes amies qui, grâce à leurs doigts de fées, sertissent de mille façons, en maints bouquets de corsage et de main, en roses isolées, même, ces mélancoliques dépouilles.

Les petites marchandes du soir alors arrivent, nanties chacune de sa corbeille. Elles circulent, disons-nous, aux premières lueurs des réverbères, sur les boulevards, devant les terrasses brillantes et dans les mille endroits de plaisir.

Et les jeunes ennuyés, jaloux de se bien faire venir des élégantes pour lesquelles ils conçoivent quelque inclination, achètent ces fleurs à des prix élevés et les offrent à ces dames.

Celles-ci, toutes blanches de fard, les acceptent avec un sourire indifférent et les gardent à la main, — ou les placent au joint de leur corsage.

Et les reflets du gaz rendent les visages blafards.

En sorte que ces créatures-spectres, ainsi parées des fleurs de la Mort, portent, sans le savoir, l'emblème de l'amour qu'elles donnent et de celui qu'elles reçoivent.

L'APPAREIL POUR
L'ANALYSE CHIMIQUE DU
DERNIER SOUPIR

Utile dulci.

FLACCUS [1].

C'en est fait ! — Nos victoires sur la Nature ne se comptent plus. Hosannah ! Plus même le temps d'y penser ! Quel triomphe !... A quoi bon penser, en effet ? — De quel droit ? — Et puis : penser ? au fond, qu'est-ce que ça veut dire ? Mots que tout cela !... Découvrons à la hâte ! Inventons ! Oublions ! Retrouvons ! Recommençons et — passons ! Ventre à terre ! Bah ! le Néant saura bien reconnaître les siens.

Ô magie ! Voici qu'enfin les plus subtils instruments de la Science deviennent des jouets entre les mains des enfants ! Témoin le délicieux Appareil du professeur Schneitzoëffer (junior), de Nürnberg (Bayern), pour l'*Analyse chimique du dernier soupir*.

Prix : un double thaler — (7 fr. 95 avec la boîte), — un don !... — Affranchir. Succursales à Paris, à Rome et dans toutes les capitales. — Le port en sus. — Éviter les contrefaçons.

Grâce à cet Appareil, les enfants pourront, dorénavant, regretter leurs parents sans douleur.

Ah! le bien-être physique avant tout! — Dût-il ressembler à la description que le moraliste nous donne de l'intérieur du couvent dans *Justine*[2], *ou la Vertu récompensée.*

C'est à se demander, en un mot, si l'Age d'or ne revient pas.

Un pareil instrument trouve, tout naturellement, sa place parmi les étrennes utiles à propager dans les familles, à ce double titre : la joie des enfants et la tranquillité des parents.

L'on peut aussi le glisser dans un œuf de Pâques, le suspendre aux arbres de Noël, etc.

L'illustre inventeur fait une remise aux journaux qui voudront l'offrir en prime à leurs abonnés; il se recommande également aux promoteurs de tombolas; les loteries nationales en redemandent.

Ce bijou peut être placé à propos sous la serviette d'un aïeul dans un dîner de fête — ou dans un repas de noces — ou dans la corbeille, comme présent à la belle-mère, ou même offert, tout bonnement, de la main à la main, aux progénitures de ses vieux amis de la province lorsqu'on désire causer à ceux-ci ce qui s'appelle une charmante surprise.

Figurons-nous, en effet, l'heure de la sieste du soir dans une petite ville. — Les mères de famille, ayant fait leurs emplettes, sont rentrées chacune chez soi. L'on a dîné. — La famille a passé au salon. C'est l'une de ces veillées sans visites, où, rassemblés autour de l'âtre, les parents somnolent un peu. La lampe est baissée, et l'abat-jour adoucit encore sa lumière. Les mèches des bonnets de soie noire dépassent, inclinées, les oreillards des fauteuils. Le loto, parfois si tragique, est suspendu ; le jeu de l'Oie, lui-même, est relégué dans le grand tiroir. La gazette gît aux pieds des dormeurs. Le vieil invité, disciple (tout bas) de Voltaire, digère paisiblement, plongé dans quelque moelleux crapaud. On n'entend que l'aiguille égale de la jeune fille piquant sa broderie auprès de la table et scandant ainsi la paisible respiration des auteurs de la sienne, le tout mesuré sur le tic-tac de la pendule. Bref, l'honnête salon bourgeois respire la quiétude bien acquise.

Doux tableaux de la famille, le Progrès, loin de vous exclure, vous rajeunit, comme un habile tapissier rénove des meubles d'antan !

Mais ne nous attendrissons pas.

A quoi vont s'amuser, alors, les enfants, au lieu de faire du bruit et de réveiller les parents en courroux, avec leurs anciens jouets, — si tapageurs ! — Regardez ! — Les voici qui viennent, sur la pointe des pieds, *on tip toe,* en comprimant les frais éclats de leur fou rire inextinguible. — Chut !... Ils approchent, innocemment, de la bouche de leurs ascendants le petit appareil du professeur Schneitzoëffer (junior) ! — (En France on prononce *Bertrand*[3], pour aller plus vite.)

C'est là le jeu ! — Pauvres petits !... — Ils s'exercent !... Ils préludent à ce moment (hélas ! auquel il devrait être si normal de s'habituer de bonne heure), où ils feront la chose *pour de vrai.* Ils usent ainsi, par une sorte de gymnastique morale, le *trop* poignant du chagrin futur qu'ils éprouveraient de la perte de leurs proches (n'était cette factice accoutumance). Ils en émoussent, à l'avance, le crève-cœur final !

L'ingénieux du procédé consiste à recueillir, dans

cet alambic de luxe, bon nombre d'*avant-derniers* souffles, pendant le sommeil de la Vie, pour pouvoir, un jour, en comparant les précipités, reconnaître *en quoi* s'en différencie le *premier* du sommeil de la Mort. Cet amusement n'est donc, au fond, qu'un fortifiant préventif, qui dépure, d'ores et déjà, de toutes prédispositions aux émotions *trop* douloureuses, les tempéraments si tendres de nos benjamins ! Elle les familiarise artificiellement avec les angoisses du jour de deuil, qui, ALORS, ne seront plus que connues, ressassées et insignifiantes.

Et comme, au réveil, on embrasse toutes ces chères têtes blondes ! — Avec quelle douce mélancolie ne presse-t-on pas contre son cœur ces gais espiègles !

Pourrions-nous, sans forfaire à notre mandat de philosophe, résister au devoir de le redire ?... Fût-ce à contrecœur ? — C'est un joyau scientifique, — indispensable dans tout salon de bonne compagnie, — et les services qu'il peut rendre à la société proprement dite et au Progrès prescrivent à tous égards l'obligation de le préconiser avec feu.

On ne saurait trop inculquer au jeune âge — et bientôt, même, au bas âge, — le goût de ce délassement hygiénique.

L'appareil Schneitzoëffer (junior) — le seul dont l'usage donne du ton aux nerfs des enfants *trop* aimants, — est appelé à devenir, pour ainsi dire, le *vade mecum* du collégien en vacances, qui en étudiera l'application, l'aimable mutin, entre celle de deux verbes pronominaux ou déponents. Ses maîtres lui indiqueront cela comme devoir à faire. — A la rentrée, le joujou, ce sera pour mettre dans son pupitre.

Heureux siècle ! — Au lit de mort, maintenant,

quelle consolation pour les parents de songer que ces doux êtres — trop aimés! — ne perdront plus le temps — le temps, qui est de l'argent! — en flux inutiles des glandes lacrymales et en ces gestes saugrenus qu'entraînent, presque toujours, les décès inopinés!... Que d'inconvénients évités par l'emploi quotidien de ce préservatif!

Une fois le pli bien pris, les héritiers, — ayant acquis l'indifférence éclairée, sympathique, attristée, convenable, enfin, — devant le trépas des leurs, — en ayant, disons-nous, dilué la désolation de longue main, — n'auront plus à redouter les conséquences du trouble et de l'ahurissement où la soudaineté des apprêts lugubres plongeait parfois les ancêtres : ils seront vaccinés contre ce désespoir. Une ère nouvelle va s'inaugurer, positivement, à cet égard.

Les obsèques se feront sans trouble, et, pour ainsi dire, à la diable.

Notre devise doit être en toute circonstance (ne l'oublions jamais!) celle-ci : — Du calme! — Du calme. — Du calme.

Ainsi, les intérêts, négligés pendant les premiers jours, l'effarement et le désarroi du moment dont ne profite que la rapacité proverbiale des fossoyeurs — (quels noirs tracassiers!...), — les testaments rédigés à la hâte, et, comme on dit, de bric et de broc, — olographes incompréhensibles sur lesquels s'abat la volée de corbeaux des hommes de loi au grand préjudice des collatéraux, devenus inconsolables, — les suprêmes instructions dictées à l'étourdie par les moribonds, l'incurie de la maison mortuaire, les dilapidations des serviteurs, — que de détriments peut conjurer l'usage journalier de l'appareil Schneitzoëffer (junior) !

On escoffiera les cadavres le plus vivement possible, — et l'on ne s'apercevra même pas, dans la maison, que vous avez disparu. Tout continuera, sur l'heure même, son train-train raisonnable.

Les arts vont s'en ressentir. Grâce à lui, dans quelque dix ans, le tableau de la *Fille du Tintoret*[4] ne sera plus remarquable que comme coloration, et les marches funèbres de Beethoven et de Chopin ne se comprendront plus que comme musique de danse.

Oh! nous n'ignorons pas contre quels préjugés doit lutter Schneitzoëffer!... Mais, sommes-nous, oui ou non, dans un siècle pratique, positif et de lumières? Oui. — Eh bien! soyons de notre siècle! Il faut être de son siècle. — Qui est-ce qui veut souffrir, aujourd'hui? En réalité? — Personne. — Donc, plus de fausse pudeur ni de sensiblerie de mauvais aloi. Plus de sentimentalités stériles, dommageables, le plus souvent exagérées, et dont ne sont même plus dupes les passants — aux coups de chapeaux convenus devant les corbillards.

Au nom de la Terre, un peu de bon sens et de sincérité! — Quelques grands airs que nous prenions, étions-nous visibles au microscope solaire il y a quelques années? Non. Donc ne condamnons pas trop vite ce qui nous choque, faute d'habitude et de réflexion suffisante! Courageux libres penseurs, mettons à la mode la dignité souriante de la douleur filiale, en l'émondant, à l'avance, de ses côtés écervelés qui frisent, parfois, le grotesque.

Disons plus: la pieuse prostration de l'enfant qui a perdu sa vieille mère, par exemple, n'est-elle pas (de nos jours) un luxe que les indigents, harcelés par une tâche obligatoire, ne peuvent se permettre ? Le loisir de cette songerie morbide n'est donc pas de première nécessité : l'on peut, enfin, *s'en passer !* Les gémissements des personnes aisées sont-ils autre chose qu'un gaspillage du temps social compensé par le travail des classes laborieuses qui, moins favorisées de dame Fortune, renforcent les leurs ?

Le rentier ne larmoie sur ses défunts qu'aux frais des besogneux : il se fait offrir, implicitement, le coût social de cette prérogative, les pleurs, par ceux-là mêmes qui n'ont le moyen d'en répandre qu'à la dérobée.

Nous appartenons tous, aujourd'hui, à la grande Famille humaine ; c'est démontré. Dès lors, pourquoi regretter celui-ci plutôt que celui-là ?... Concluons : puisque tout s'oublie, ne vaut-il pas mieux s'habituer à l'oubli *immédiat ?* — Les grimaces les plus affolées, les sanglots, les hoquets les mieux entrecoupés, les hululations et jérémiades les plus désolées ne ressuscitent, hélas ! personne.

Et fort heureusement, même, à la fin !... Sans quoi ne serions-nous pas bientôt serrés, sur la planète, comme un banc de harengs ? — Prolifères comme nous le devenons, ce serait à n'y pas tenir. L'inéluctable prophétie des économistes s'accomplirait à courte échéance ; le digne Polype humain mourrait de pléthore, — et, — les débouchés intermittents des guerres ou des épidémies une fois reconnus insuffisants, — s'assommer, réciproquement, à grands coups de sorties de bal, deviendrait indispensable si l'on persistait à vouloir respirer ou circuler sur ce globe, — sur ce globe où la Science nous prouve, par A plus B, que

nous ne sommes, après tout, qu'une vermine provisoire.

Ceci soit dit pour ces persifleurs, vous savez ? pour
ces sombres écrivains qu'il faut relire plusieurs fois si
l'on veut pénétrer la *véritable* signification de ce qu'ils
disent.

— « Sans douleur ! Messieurs ! accourez ! Demandez ! Faites-vous servir ! 7 fr. 95 avec la boîte ! —
Voyez... mesdames et messieurs, voilà l'objet !...
L'âme est au fond. Elle doit être au fond ! — Le
tableau que vous apercevez là, sur la devanture, au
bout de ma baguette, représente l'illustre professeur au
moment où, débarquant sur les bords heureux de la
Seine, il est accueilli par M. Thiers, le Shah de Perse et
une foule de personnages éclairés. — L'instrument est
inoffensif ! Totalement inoffensif. Surtout si l'on veut
bien prendre la peine de parcourir — (non d'un œil
hagard et distrait, comme celui dont vous m'honorez
en ce moment sublime, mais avec attention et matu-
rité) — l'instruction qui l'accompagne. Les réactifs
employés, — révulsifs, toxiques et sternutatoires, —
étant le secret de l'Inventeur, l'Administration des
brevets nous interdit, malheureusement, de les divul-
guer. L'avis nous en est parvenu hier, par les soins du
Bureau des cocardes.

« Toutefois, pour rassurer les clients de la Bourgeoisie, classe à laquelle s'adresse, tout spécialement, le
professeur, nous pouvons révéler que la mixture conte-
nue dans la boule de cristal multicolore dont se
constitue l'Appareil en sa forme, est à base de nitro-
glycérine et chacun sait que rien n'est plus inoffensif et
plus onctueux que la glycérine. On l'emploie journelle-
ment pour la toilette. (Agiter avant de s'en servir.) —

Hâtez-vous ! Ces bijoux orthopédiques du cœur sont le succès de l'époque ! On les enlève par grosses ! La manufacture de Nuremberg est surmenée !...

« L'étonnant professeur Schneitzoëffer (junior) lui-même est aux abois, ne pouvant plus suffire aux commandes, malgré les obstacles que lui suscite, à tout instant, le clergé.

« Trésor des nerfs, calmant gradué, Oued-Allah des familles, cet Appareil s'impose aux parents sérieux qui, revenus des préjugés du cœur, jugent que si le sentiment est chose à ses moments suave, pas *trop* n'en faut, lorsqu'on est, véritablement, un Homme ! — L'Humanité, en effet, sous l'antique lumière des astres, ne s'appelle plus, aujourd'hui, que le public et l'Homme que l'individu. Nous en prenons à témoin non plus un vague et démodé firmament, mais le Système solaire, mesdames et messieurs, oui, le Système solaire ! depuis Mercure jusqu'à l'inévitable Zêta Herculis [a]. »

---

a. Il est officiel, aujourd'hui, que la totalité de notre système solaire se dirige, insensiblement, vers le point céleste marqué par la sixième étoile de la constellation d'Hercule (soit Zêta Herculis, d'après notre langage). Ce gouffre igné, — de dimensions telles que les chiffres qui l'expriment confondraient quelque peu la pensée (si, pour ceux qui pensent, le ciel apparent pouvait avoir une importance quelconque) — semble, en astronomie, devoir être la fin ou l'effacement inévitable, en effet, de notre ensemble de phénomènes. C'est, sans doute, à ce dénouement que veut faire allusion le professeur bavarois. Ce qui nous tranquillise, nous autres Français, c'est que nous le savons aussi bien que lui et que, d'ailleurs, nous avons le temps d'y penser.

LES BRIGANDS

A Monsieur Henri Roujon.

> Qu'est le Tiers État ? Rien.
> Que doit-il être ? Tout.
>
> SULLY, — puis SIEYÈS.

Pibrac, Nayrac, duo de sous-préfectures jumelles reliées par un chemin vicinal ouvert sous le régime des d'Orléans, chantonnaient, sous les cieux ravis, un parfait unisson de mœurs, d'affaires, de manières de voir.

Comme ailleurs, la municipalité s'y distinguait par des passions ; — comme partout, la bourgeoisie s'y conciliait l'estime générale et la sienne. Tous, donc, vivaient en paix et joie dans ces localités fortunées, lorsqu'un soir d'octobre il arriva que le vieux violoneux de Nayrac, se trouvant à court d'argent, accosta, sur le grand chemin, le marguillier de Pibrac et, profitant des ombres, lui demanda quelque monnaie d'un ton péremptoire.

L'homme des Cloches, en sa panique, n'ayant pas

reconnu le violoneux, s'exécuta gracieusement; mais, de retour à Pibrac, il conta son aventure d'une telle sorte que, dans les imaginations enfiévrées par son récit, le pauvre vieux ménétrier de Nayrac apparut comme une bande de brigands affamés infestant le Midi et désolant le grand chemin par leurs meurtres, leurs incendies et déprédations.

Sagaces, les bourgeois des deux villes avaient encouragé ces bruits, tant il est vrai que tout bon propriétaire est porté à exagérer les fautes des personnes qui font mine d'en vouloir à ses capitaux. Non point qu'ils en eussent été dupes! Ils étaient allés aux sources. Ils avaient questionné le bedeau après boire. Le bedeau s'était coupé, — et ils savaient, maintenant, mieux que lui, le fin mot de l'affaire!... Toutefois, se gaussant de la crédulité des masses, nos dignes citadins gardaient le secret pour eux tout seuls, comme ils aiment à garder toutes les choses qu'ils tiennent : ténacité qui, d'ailleurs, est le signe distinctif des gens sensés et éclairés.

La mi-novembre suivante, dix heures de la nuit sonnant au beffroi de la Justice de Paix de Nayrac, chacun rentra dans son ménage d'un air plus crâne que de coutume et le chapeau, ma foi! sur l'oreille, si bien que son épouse, lui sautant aux favoris, l'appela « mousquetaire », ce qui chatouilla doucement leurs cœurs réciproques.

— Tu sais, madame N***, demain, dès patron-minette, je pars.

— Ah! mon Dieu!

— C'est l'époque de la recette : il faut que j'aille, moi-même, chez nos fermiers...

— Tu n'iras pas.

— Et pourquoi non ?

— Les brigands.

— Peuh !... J'en ai vu bien d'autres !

— Tu n'iras pas !... concluait chaque épouse, comme il sied entre gens qui se devinent.

— Voyons, mon enfant, voyons... Prévoyant tes angoisses et pour te rassurer, nous sommes convenus de partir tous ensemble, avec nos fusils de chasse, dans une grande carriole louée à cet effet. Nos terres sont circonvoisines et nous reviendrons le soir. Ainsi, sèche tes larmes et, Morphée invitant, permets que je noue paisiblement sur mon front les deux extrémités de mon foulard.

— Ah ! du moment que vous allez tous ensemble, à la bonne heure : tu dois faire comme les autres, murmura chaque épouse, soudain calmée.

La nuit fut exquise. Les bourgeois rêvèrent assauts, carnage, abordages, tournois et lauriers. Ils se réveillèrent donc, frais et dispos, au gai soleil.

— Allons !... murmurèrent-ils, chacun, en enfilant ses bas après un grand geste d'insouciance — et de manière à ce que la phrase fût entendue de son épouse, — allons ! le moment est venu. On ne meurt qu'une fois !

Les dames, dans l'admiration, regardaient ces modernes paladins et leur bourraient les poches de pâtes pectorales, vu l'automne.

Ceux-ci, sourds aux sanglots, s'arrachèrent bientôt des bras qui voulaient, en vain, les retenir...

— Un dernier baiser !... dirent-ils, chacun, sur le palier de son étage.

Et ils arrivèrent, débouchant de leurs rues respectives, sur la grand'place, où déjà quelques-uns d'entre eux (les célibataires) attendaient leurs collègues, autour de la carriole, en faisant jouer, aux rayons du matin, les batteries de leurs fusils de chasse — dont ils renouvelaient les amorces en fronçant le sourcil.

Six heures sonnaient : le char-à-bancs se mit en marche aux mâles accents de *la Parisienne*, entonnée par les quatorze propriétaires fonciers qui le remplissaient. Pendant qu'aux fenêtres lointaines des mains fiévreuses agitaient des mouchoirs éperdus, on distinguait le chant héroïque :

> *En avant, marchons*
> *Contre leurs canons !*
> *A travers le fer, le feu des bataillons !*

Puis, le bras droit en l'air et avec une sorte de mugissement :

> *Courons à la victoire !*

Le tout scandé, en mesure, par les amples coups de fouet dont le rentier qui conduisait enveloppait, à tours de bras, les trois chevaux.

La journée fut bonne.

Les bourgeois sont de joyeux vivants, ronds en affaires. Mais sur le chapitre de l'honnêteté, halte-là ! par exemple : intègres à faire prendre un enfant pour une pomme.

Chacun d'eux dîna donc chez son métayer, pinça le menton de la fille, au dessert, empocha la sacoche de l'affermage et, après avoir échangé avec la famille quelques proverbes bien sentis, comme : — « Les bons comptes font les bons amis », ou « A bon chat, bon rat », ou « Qui travaille, prie », ou « Il n'y a pas de sot métier », ou « Qui paie ses dettes, s'enrichit », et autres dictons d'usage, chaque propriétaire, se dérobant aux bénédictions convenues, reprit place, à son tour, dans le char-à-bancs collecteur qui vint les recueillir, ainsi, de ferme en ferme, — et, à la brune, l'on se remit en route pour Nayrac.

Toutefois, une ombre était descendue sur leurs âmes ! — En effet, certains récits des paysans avaient appris à nos propriétaires que le violoneux avait fait école. Son exemple avait été contagieux. Le vieux scélérat s'était, paraît-il, renforcé d'une horde de voleurs réels et — surtout à l'époque de la recette — la route n'était positivement plus sûre. En sorte que, malgré les fumées, bientôt dissipées, du clairet, nos héros mettaient, maintenant, une sourdine à *la Parisienne.*

La nuit tombait. Les peupliers allongeaient leurs silhouettes noires sur la route, le vent faisait remuer les haies. Au milieu des mille bruits de la nature et alternant avec le trot régulier des trois mecklembourgeois, on entendit, au loin, le hurlement de mauvais augure d'un chien égaré. Les chauves-souris voletaient autour de nos pâles voyageurs que le premier rayon de la lune éclaira tristement... Brrr !... On serrait maintenant les fusils entre les genoux avec un tremblement convulsif ; on s'assurait, sans bruit, de temps à autre, que la sacoche était dûment auprès de soi. On ne sonnait mot. Quelle angoisse pour les honnêtes gens !

Tout à coup, à la bifurcation de la route, ô terreur ! — des figures effrayantes et contractées apparurent ; des fusils reluirent ; on entendit un piétinement de chevaux et un terrible *Qui vive!* retentit dans les ténèbres car, en cet instant même, la lune glissait entre deux noirs nuages.

Un grand véhicule, bondé d'hommes armés, barrait la grand'route.

Qu'était-ce que ces hommes? — Évidemment des malfaiteurs! Des bandits! — Évidemment!

Hélas! non. C'était la troupe jumelle des bons bourgeois de Pibrac. C'étaient ceux de Pibrac! — lesquels avaient eu, exactement la même idée que ceux de Nayrac.

Retirés des affaires, les paisibles rentiers des deux villes se croisaient, tout bonnement, sur la route en rentrant chez eux.

Blafards, ils s'entrevirent. L'intense frayeur qu'ils se causèrent, vu l'idée fixe qui avait envahi leurs cerveaux, ayant fait apparaître sur toutes les figures débonnaires les véritables instincts, — de même qu'un coup de vent passant sur un lac, et y formant tourbillon, en fait monter le fond à sa surface, — il était naturel qu'ils se prissent, les uns les autres, pour ces mêmes brigands que, réciproquement, ils redoutaient.

En un seul instant, leurs chuchotements, dans l'obscurité, les affolèrent au point que, dans la précipitation tremblante de ceux de Pibrac à se saisir, par contenance, de leurs armes, la batterie de l'un des fusils ayant accroché le banc, un coup de feu partit et la balle alla frapper un de ceux de Nayrac en lui brisant, sur la poitrine, une terrine d'excellent foie gras dont il se servait, machinalement, comme d'une égide.

Ah! ce coup de feu! Ce fut l'étincelle fatale qui met l'incendie aux poudres. Le paroxysme du sentiment qu'ils éprouvèrent les fit délirer. Une fusillade nourrie et forcenée commença. L'instinct de la conservation de leurs vies et de leur argent les aveuglait. Ils fourraient des cartouches dans leurs fusils d'une main tremblotante et rapide et tiraient dans le tas. Les chevaux tombèrent ; un des chars-à-bancs se renversa, vomissant au hasard blessés et sacoches. Les blessés, dans le trouble de leur effroi, se relevèrent comme des lions et recommencèrent à se tirer les uns sur les autres, sans pouvoir jamais se reconnaître, dans la fumée !... En cette démence furieuse, si des gendarmes fussent survenus sous les étoiles, nul doute que ceux-ci n'eussent payé de la vie leur dévouement. — Bref, ce fut une extermination, le désespoir leur ayant communiqué la plus meurtrière énergie : celle, en un mot, qui distingue la classe des gens honorables, lorsqu'on les pousse à bout !

Pendant ce temps, les vrais brigands (c'est-à-dire la demi-douzaine de pauvres diables coupables, tout au plus, d'avoir dérobé quelques croûtes, quelques morceaux de lard ou quelques sols, à droite ou à gauche) tremblaient affreusement dans une caserne éloignée, en entendant, porté par le vent du grand chemin, le bruit croissant et terrible des détonations et les cris épouvantables des bourgeois.

S'imaginant, en effet, dans leur saisissement, qu'une battue monstre était organisée contre eux, ils avaient interrompu leur innocente partie de cartes autour de leur pichet de vin et s'étaient dressés, livides, regardant leur chef. Le vieux violoneux semblait prêt à se trouver mal. Ses grandes jambes flageolaient. Pris à l'improviste, le brave homme était hagard. Ce qu'il entendait passait son intelligence.

Toutefois, au bout de quelques minutes d'égarement, comme la fusillade continuait, les bons brigands le virent, soudain, tressaillir et se poser un doigt méditatif sur l'extrémité du nez.

Relevant la tête : — « Mes enfants, dit-il, c'est impossible ! Il ne s'agit pas de nous... Il y a malentendu... C'est un quiproquo... Courons, avec nos lanternes sourdes, pour porter secours aux pauvres blessés... Le bruit vient de la grand'route. »

Ils arrivèrent donc, avec mille précautions, en écartant les fourrés, sur le lieu du sinistre, — dont la lune, maintenant, éclairait l'horreur.

Le dernier bourgeois survivant, dans sa hâte à recharger son arme brûlante, venait de se faire sauter lui-même la cervelle, sans le vouloir, par inadvertance.

A la vue de ce spectacle formidable, de tous ces morts qui jonchaient la route ensanglantée, les brigands, consternés, demeurèrent sans parole, ivres de stupeur, n'en croyant pas leurs yeux. Une obscure compréhension de l'événement commença, dès lors, à entrer dans leurs esprits.

Tout à coup le chef siffla et, sur un signe, les lanternes se rapprochèrent en cercle autour du ménétrier.

— Ô mes bons amis ! grommela-t-il d'une voix affreusement basse — (et ses dents claquaient d'une peur qui semblait encore plus terrifiante que la première), — ô mes amis !... Ramassons, bien vite, l'argent de ces dignes bourgeois ! Et gagnons la frontière ! Et fuyons à toutes jambes ! Et ne remettons jamais les pieds dans ce pays-ci !

Et, comme ses acolytes le considéraient, béants et les pensers en désordre, il montra du doigt les cadavres, en ajoutant, avec un frisson, cette parole absurde, mais électrique ! — et provenue, à coup sûr, d'une expérience profonde, d'une éternelle connaissance de la vitalité, de *l'Honneur* du Tiers-État :

— ILS VONT PROUVER... QUE C'EST NOUS...

LA REINE YSABEAU

A Monsieur le comte d'Osmoy.

> Le Gardien du Palais-des-
> Livres dit : « La reine Nito-
> cris, la Belle aux joues de
> roses, veuve de Papi Ier, de la
> 10e dynastie, pour venger le
> meurtre de son frère, invita les
> conjurés à venir souper avec
> elle dans une salle souterraine
> de son palais d'Aznac, puis,
> disparaissant de la salle,
> ELLE Y FIT ENTRER, SOU-
> DAINEMENT, LES EAUX
> DU NIL. »
>
> MANÉTHON.

Vers 1404 — (je ne remonte si haut que pour ne pas choquer mes contemporains) — Ysabeau, femme du roi Charles VI, régente de France, habitait, à Paris, l'ancien hôtel Montagu, sorte de palais plus connu sous le nom de l'hôtel Barbette.

Là se projetaient les fameuses parties de joutes aux

flambeaux sur la Seine ; c'étaient des nuits de gala, des concerts, des festins, enchantés tant par la beauté des femmes et des jeunes seigneurs que par le luxe inouï que la cour y déployait.

La reine venait d'innover ces robes « à la gore » où l'on entrevoyait le sein à travers un lacis de rubans agrémentés de pierreries et ces coiffures qui nécessitèrent d'exhausser de plusieurs coudées le cintre des portes féodales. Dans la journée, le rendez-vous des courtisans (qui se trouvait proche du Louvre) était la grand'salle et la terrasse d'orangers de l'argentier du roi, messire Escabala. On y jouait sur table chaude et, parfois, les cornets de passe-dix roulaient des dés sur des enjeux capables d'affamer des provinces. On gaspillait quelque peu les lourds trésors amassés, si péniblement, par l'économe Charles V. Si les finances diminuaient, l'on augmentait les dîmes, tailles, corvées, aides, subsides, séquestres, maltôtes et gabelles jusqu'à merci. La joie était dans tous les cœurs. — C'était en ces jours, aussi, que, sombre, se tenant à l'écart et devant commencer par abolir, dans ses États, tous ces hideux impôts, Jean de Nevers [1], chevalier, seigneur de Salins, comte de Flandre et d'Artois, comte de Nevers, baron de Réthel, palatin de Malines, deux fois pair de France et doyen des pairs, cousin du roi, soldat devant être désigné, par le Concile de Constance, comme le *seul* chef d'armées auquel on dût obéir sans excommunication et aveuglément, premier grand feudataire du royaume, premier sujet du roi (qui n'est, lui-même, que le premier sujet de la nation), duc héréditaire de Bourgogne, futur héros de Nicopolis — et de cette victoire de l'Hesbaie où, déserté par les Flamands, il s'acquit l'héroïque surnom de *Sans Peur* devant toute l'armée en délivrant la France d'un premier ennemi ; — c'était en ces jours, disons-nous, que le fils de Philippe le Hardi et de Marguerite II, que Jean sans Peur, enfin, déjà songeait à défier, à feu et à sang, pour sauver la Patrie, Henri de Derby, comte de Hereford et de Lancastre, cinquième du nom, roi d'Angleterre, et qui, — lorsque sa tête fut mise à prix par ce roi, — n'obtint de la France que d'être déclaré traître.

On s'essayait gauchement aux premiers jeux de cartes importés, depuis quelques jours, par Odette de Champ-d'Hiver [2].

Des paris de toute nature étaient tenus ; on buvait là des vins provenus des meilleurs coteaux du duché de Bourgogne. Les Tensons nouveaux, les Virelais du duc d'Orléans (l'un des sires des Fleurs-de-Lys qui ont raffolé le plus des belles rimes) cliquetaient. On discutait modes et armureries ; souvent l'on chantait des couplets dissolus.

La fille de ce richomme, Bérénice Escabala, était une aimable enfant, des plus jolies. Son sourire virginal attirait l'essaim fort étincelant des gentilshommes. Il était de notoriété que la grâce de son accueil était indistincte pour tous.

Un jour, il advint qu'un jeune seigneur, le vidame de Maulle, qui était alors le favori d'Ysabeau, s'avisa d'engager sa parole (après boire, certes !) qu'il triompherait de l'inflexible innocence de la fille de ce maître Escabala ; bref, qu'elle serait à lui dans un délai rapproché.

Ceci fut lancé au milieu d'un groupe de courtisans. Autour d'eux bruissaient les rires et les refrains de l'époque ; mais le tapage ne couvrit pas la phrase imprudente du jeune homme. La gageure, acceptée au choc des coupes, parvint aux oreilles de Louis d'Orléans.

Louis d'Orléans, beau-frère de la reine, avait été distingué par elle, dès les premiers temps de la régence, d'un attachement passionné. C'était un prince brillant et frivole, mais des plus sinistres. Il y avait, entre Ysabeau de Bavière et lui, certaines parités de nature qui font ressembler leur adultère à un inceste. En dehors des regains capricieux d'une tendresse fanée, il sut toujours se conserver, dans le cœur de la reine, une sorte d'affection bâtarde qui tenait plutôt du pacte que de la sympathie.

Le duc surveillait les favoris de sa belle-sœur. Lorsque l'intimité des amants semblait devenir menaçante pour l'influence qu'il tenait à garder sur la reine, il était peu scrupuleux sur les moyens d'amener entre eux une rupture presque toujours tragique ; l'un de ces moyens fût-il même la délation.

Le propos en question fut donc rapporté, par ses soins, à la royale amie du vidame de Maulle.

Ysabeau sourit, plaisanta cette parole et sembla n'y point donner plus d'attention.

La reine avait ses mires, qui lui vendaient les secrets de l'Orient propres à exaspérer le feu des désirs conçus pour elle. Cléopâtre nouvelle, c'était une grande épuisée, plutôt faite pour présider des cours d'amour au fond d'un manoir ou donner des modes à une province que pour songer à libérer de l'Anglais le sol du pays. En cette occasion, cependant, elle ne consulta aucun de ses mires, — pas même Arnaut Guilhem, son alchimiste.

Une nuit, à quelque temps de là, le sire de Maulle

était auprès de la reine, à l'hôtel Barbette. L'heure était avancée ; la fatigue du plaisir ensommeillait les deux amants.

Tout à coup, M. de Maulle crut entendre, dans Paris, des sons de cloches agitées à coups isolés et lugubres.

Il se dressa :

— Qu'est-ce que cela ? demanda-t-il.

— Rien. — Laisse !... répondit Ysabeau, enjouée et sans rouvrir les yeux.

— Rien, ma belle reine ? N'est-ce pas le tocsin ?

— Oui... peut-être. — Eh bien, ami ?

— Le feu a pris à quelque hôtel ?

— J'y rêvais, justement, dit Ysabeau.

Un sourire de perles entr'ouvrit les lèvres de la belle dormeuse.

— Même, dans mon rêve, continua-t-elle, c'était toi qui l'avais allumé. Je te voyais jeter un flambeau dans les réserves d'huiles et de fourrages, mignon.

— Moi ?

— Oui !... (Elle traînait les syllabes, languissamment.) Tu brûlais le logis de messire Escabala, mon argentier, tu sais bien, pour gagner ton pari de l'autre jour.

Le sire de Maulle rouvrit les yeux à demi, pris d'une vague inquiétude.

— Quel pari ? N'êtes-vous pas endormie encore, mon bel ange ?

— Mais — ton pari d'être l'amant de sa fille, la petite Bérénice, qui a de si beaux yeux !... Oh ! quelle bonne et jolie enfant, n'est-ce pas ?

— Que dites-vous, ma chère Ysabeau ?

— Ne m'avez-vous point comprise, mon seigneur ?

Je rêvais, vous disais-je, que vous aviez mis le feu à la
demeure de mon argentier pour enlever sa fille pendant l'incendie et en faire votre maîtresse, afin de
gagner votre pari.

Le vidame regarda autour de lui, en silence.

Les lueurs d'un sinistre lointain éclairaient, en effet,
les vitraux de la chambre ; des reflets de pourpre
faisaient saigner les hermines du lit royal ; les fleurs de
lys des écussons et celles qui achevaient de vivre dans
les vases d'émail rougeoyaient ! Et rouges, aussi,
étaient les deux coupes, sur une crédence chargée de
vins et de fruits.

— Ah ! je me souviens... dit, à mi-voix, le jeune
homme ; c'est vrai ; je voulais attirer les regards des
courtisans sur cette petite pour les détourner de notre
joie ! — Mais voyez donc, Ysabeau : c'est réellement
un grand incendie, — et les flamboiements s'élèvent
du côté du Louvre !

A ces paroles, la reine s'accouda, considéra, très
fixement et sans parler, le vidame de Maulle, secoua la
tête ; puis, indolente et rieuse, appuya, sur les lèvres du
jeune homme, un long baiser.

— Tu diras ces choses à maître Cappeluche lorsque
tu seras roué par lui, en place de Grève, ces jours-ci !
— Vous êtes un vilain incendiaire, mon amour !

Et, comme les parfums qui sortaient de son corps
oriental étourdissaient et brûlaient les sens jusqu'à
ôter la force de penser, elle se pressa contre lui.

Le tocsin continuait ; on distinguait dans le lointain
les cris de la foule.

Il répondit, en plaisantant :

— Encore faudrait-il prouver le crime ?

Et il rendit le baiser.

— Le prouver, méchant ?

— Sans doute ?

— Pourrais-tu prouver le nombre des baisers que tu as reçus de moi ? Autant vouloir compter les papillons qui s'envolent dans un soir d'été !

Il contemplait cette maîtresse ardente — et si pâle ! — qui venait de lui prodiguer les délices et les abandons des plus merveilleuses voluptés.

Il lui prit la main.

— D'ailleurs, ce sera bien facile, continua la jeune femme. Qui donc avait intérêt à profiter d'un incendie pour enlever la fille de messire Escabala ? Toi seul. Ta parole est engagée dans le pari ! — Et, puisque tu ne pourrais jamais dire où tu étais lorsque le feu a pris ?... Tu vois, c'est bien suffisant, au Châtelet, comme élément de procès criminel. On instruit d'abord, et puis... (elle bâilla doucement) la torture fait le reste.

— Je ne pourrais pas dire où j'étais ? demanda M. de Maulle.

— Sans doute, puisque, du vivant du roi Charles VI, vous étiez, à cette heure-là, dans les bras de la reine de France, enfant que vous êtes !

La mort se dressait, en effet, et horrible, des deux côtés de l'accusation.

— C'est juste ! dit le sire de Maulle, sous le charme du doux regard de son amie.

Il s'enivrait d'envelopper d'un bras cette jeune taille ployée en la chevelure tiède, rousse comme de l'or brûlé.

— Ce sont là des rêves, dit-il. Ô ma belle vie !...

Ils avaient fait de la musique dans la soirée ; sa

citole[3] était jetée sur un coussin ; une corde se cassa toute seule.

— Endors-toi, mon ange ! Tu as sommeil ! dit Ysabeau en attirant avec mollesse, sur son sein, le front du jeune homme.

Le bruit de l'instrument l'avait fait tressaillir ; les amoureux ont des superstitions.

Le lendemain, le vidame de Maulle fut arrêté et jeté dans un cachot du Grand Châtelet. Le procès commença d'après l'inculpation prédite. Les choses se passèrent exactement comme le lui avait annoncé l'auguste enchanteresse « dont la beauté était si forte qu'elle devait survivre à ses amours ».

Il fut impossible au vidame de Maulle de trouver ce qu'en termes de justice on nomme un *alibi*.

La condamnation à la roue fut prononcée, après la question préalable, ordinaire et extraordinaire, durant les interrogats.

La peine des incendiaires, le voile noir, etc., rien ne fut omis.

Seulement, un incident étrange se produisit au Grand Châtelet.

L'avocat du jeune homme l'avait pris en affection profonde ; celui-ci lui avait tout avoué.

Devant l'innocence de M. de Maulle, le défenseur se rendit coupable d'une action héroïque.

La veille de l'exécution, il vint dans le cachot du condamné et le fit évader à la faveur de sa robe. Bref, il se substitua.

Fut-il le plus noble cœur ? Fut-il un ambitieux jouant une partie terrible ? Qui le saura jamais !

Encore tout brisé et brûlé par la torture, le vidame de Maulle passa la frontière et mourut dans l'exil.

Mais l'avocat fut gardé à sa place.

La belle amie du vidame de Maulle, en apprenant l'évasion du jeune homme, en éprouva seulement une excessive contrariété [a].

Elle ne voulut pas reconnaître le défenseur de son ami.

Afin que le nom de M. de Maulle fût effacé de la liste des vivants, elle ordonna l'exécution *quand même* de la sentence.

De sorte que l'avocat fut roué en place de Grève aux lieu et place du sire de Maulle.

Priez pour eux.

---

[a]. Chose singulière et aussi peu connue que beaucoup d'autres ! Presque tous les historiens du temps s'accordent à déclarer que la reine Ysabeau de Bavière, — depuis ses noces jusqu'au moment où la démence du roi fut notoire, — apparut, au peuple, aux pauvres et à tous, comme « un ange de bonté, une sainte et sage princesse ». Il est donc à présumer que la maladie réelle du roi et que l'exemple d'effrénée licence de la cour ne furent pas étrangers à la nouveauté d'aspect qu'offrit son caractère à partir des jours dont nous parlons.

SOMBRE RÉCIT,
CONTEUR PLUS SOMBRE

A Monsieur Coquelin cadet.

Ut declamatio fias [1].

J'étais invité, ce soir-là, très officiellement, à faire partie d'un souper d'auteurs dramatiques, réunis pour fêter le succès d'un confrère. C'était chez B***, le restaurateur en vogue chez les gens de plume.

Le souper fut d'abord naturellement triste.

Toutefois, après avoir sablé [2] quelques rasades de vieux Léoville, la conversation s'anima. D'autant mieux qu'elle roulait sur les duels incessants qui défrayaient un grand nombre de conversations parisiennes vers cette époque. Chacun se remémorait, avec la désinvolture obligée, d'avoir agité flamberge et cherchait à insinuer, négligemment, de vagues idées d'intimidation sous couleur de théories savantes et de clins d'yeux entendus au sujet de l'escrime et du tir. Le plus naïf, un peu gris, semblait s'absorber dans la combinaison d'un coup de croisé de seconde qu'il imitait, au-dessus de son assiette, avec sa fourchette et son couteau.

Tout à coup, l'un des convives, M. D*** (homme rompu aux ficelles du théâtre, une sommité quant à la charpente de toutes les situations dramatiques, celui, enfin, de tous qui a le mieux prouvé s'entendre à « enlever un succès »), s'écria :

— Ah ! que diriez-vous, messieurs, s'il vous était arrivé mon aventure de l'autre jour ?

— C'est vrai ! répondirent les convives. Tu étais le second de ce M. de Saint-Sever ?

— Voyons ! si tu nous racontais — mais là, franchement ! — comme cela s'est passé ?

— Je veux bien, répondit D***, quoique j'aie le cœur serré, encore, en y pensant.

Après quelques silencieuses bouffées de cigarette, D*** commença en ces termes (*Je lui laisse, strictement, la parole*) :

— La quinzaine dernière, un lundi, dès sept heures du matin, je fus réveillé par un coup de sonnette : je crus même que c'était Peragallo[3]. On me remit une carte ; je lus : Raoul de Saint-Sever. — C'était le nom de mon meilleur camarade de collège. Nous ne nous étions pas vus depuis dix ans.

Il entra.

C'était bien lui !

— Voici longtemps que je ne t'ai serré la main, lui dis-je. — Ah ! je suis heureux de te revoir ! Nous causerons d'autrefois en déjeunant. Tu arrives de Bretagne ?

— D'hier seulement, me répondit-il.

Je passai une robe de chambre, je versai du madère, et, une fois assis :

— Raoul, continuai-je, tu as l'air préoccupé ; tu as l'air songeur... Est-ce que c'est d'habitude ?

— Non, c'est un regain d'émotion.

— D'émotion ? — Tu as perdu à la Bourse ?

Il secoua la tête.

— As-tu entendu parler des duels à mort ? me demanda-t-il très simplement.

La demande me surprit, je l'avoue : elle était brusque.

— Plaisante question ! — répondis-je, pour faire du dialogue.

Et je le regardai.

En me rappelant ses goûts littéraires, je crus qu'il venait me soumettre le dénouement d'une pièce conçue par lui dans le silence de la province.

— Si j'en ai entendu parler ! Mais c'est mon métier d'auteur dramatique d'ourdir, de régler et de dénouer les affaires de ce genre ! — Les rencontres, même, sont ma partie et l'on veut bien m'accorder que j'y excelle. Tu ne lis donc jamais les gazettes du lundi ?

— Eh bien, me dit-il, il s'agit, tout justement, de quelque chose comme cela.

Je l'examinai. Raoul semblait pensif, distrait. Il avait le regard et la voix tranquilles, ordinaires. Il avait beaucoup de Surville en ce moment-là... de Surville dans ses bons rôles, même. — Je me dis qu'il était sous le feu de l'inspiration et qu'il pouvait avoir du talent... un talent naissant... mais, enfin, là, quelque chose.

— Vite, m'écriai-je avec impatience, la situation ! Dis-moi la situation ! — Peut-être qu'en la creusant...

— La situation ? répondit Raoul en ouvrant de grands yeux, — mais elle est des plus simples. Hier matin, à mon arrivée à l'hôtel, je trouve une invitation qui m'y attendait, un bal pour le soir même, rue Saint-Honoré, chez madame de Fréville. — Je devais m'y rendre. Là, dans le cours de la fête (juge de ce qui a dû se passer !), je me suis vu contraint d'envoyer mon gant à la figure d'un monsieur, devant tout le monde.

Je compris qu'il me jouait la première scène de sa « machine ».

— Oh ! oh ! dis-je, comment amènes-tu cela ? — Oui, un début. Il y a là de la jeunesse, du feu ! — Mais la suite ? le motif ? l'agencement de la scène ? — l'idée du drame ? l'ensemble, enfin ? — A grands traits !... Va ! va !

— Il s'agissait d'une injure faite à ma mère, mon ami, — répondit Raoul, qui semblait ne pas écouter. — Ma Mère, — est-ce un motif suffisant ?

(Ici D*** s'interrompit, regardant les convives qui n'avaient pu s'empêcher de sourire à ces dernières paroles.)

— Vous souriez, messieurs ? dit-il. Moi aussi j'ai souri. Le « je me bats pour ma mère » surtout, je trouvais cela d'un toc et d'un démodé à faire mal. — C'était infect. Je voyais la chose en scène ! Le public se serait tenu les côtes. Je déplorais l'inexpérience théâtrale de ce pauvre Raoul, et j'allais le dissuader de ce que je prenais pour le plan mort-né du plus indigeste des *ours,* lorsqu'il ajouta :

— J'ai en bas Prosper, un ami de Bretagne : il est venu de Rennes avec moi — Prosper Vidal ; il m'attend dans la voiture devant la porte. — A Paris, je ne connais que toi seul. — Voyons : veux-tu me servir de second ? Les témoins de mon adversaire seront chez moi dans une heure. Si tu acceptes, habille-toi vite.

Nous avons cinq heures de chemin de fer d'ici Erquelines.

Alors, seulement, je m'aperçus qu'il me parlait d'une chose de la vie ! de la vie réelle ! — Je restai abasourdi. Ce ne fut qu'après un temps que je lui pris la main. Je souffrais ! Tenez, je ne suis pas plus friand de la lame qu'un autre ; mais il me semble que j'eusse été moins ému s'il se fût agi de moi-même.

— C'est vrai ! on est comme ça !... s'écrièrent les convives, qui tenaient à bénéficier de la remarque.

— Tu aurais dû me dire cela tout de suite !... lui répondis-je. Je ne te ferai pas de phrases. C'est bon pour le public. Compte sur moi. Descends, je te rejoins.

(Ici D*** s'arrêta, visiblement troublé par le souvenir des incidents qu'il venait de nous retracer.)

— Une fois seul, continua-t-il, je fis mon plan, en m'habillant à la hâte. Il ne s'agissait pas ici de corser les choses : la situation (banale, il est vrai, pour le théâtre) me semblait archisuffisante pour l'existence. Et son côté *Closerie des Genêts*[4], sans offense, disparaissait à mes yeux quand je songeais que ce qui allait se jouer, c'était la vie de mon pauvre Raoul ! — Je descendis sans perdre une minute.

L'autre témoin, M. Prosper Vidal, était un jeune médecin, très mesuré dans ses allures et ses paroles ; une tête distinguée, un peu positive, rappelant les anciens Maurice Coste. Il me parut très convenable pour la circonstance. Vous voyez cela d'ici, n'est-ce pas ?

Tous les convives, devenus très attentifs, firent le signe de tête entendu que cette habile question nécessitait.

— La présentation terminée, nous roulâmes sur le boulevard Bonne-Nouvelle, où était l'hôtel de Raoul (près du Gymnase). — Je montai. Nous trouvâmes chez lui deux messieurs boutonnés du haut en bas, dans la couleur, bien que légèrement démodés aussi. (Entre nous, je trouve qu'ils sont un peu en retard, dans la vie réelle !) — On se salua. Dix minutes après, les conventions étaient réglées. Pistolet, vingt-cinq pas, au commandement. La Belgique. Le lendemain. Six heures du matin. Enfin, ce qu'il y a de plus connu !

— Tu aurais pu trouver plus neuf, interrompit, en essayant de sourire, le convive qui combinait des bottes secrètes avec sa fourchette et son couteau.

— Mon ami, riposta D*** avec une ironie amère, tu es un malin, toi ! tu fais l'esprit fort ! tu vois toujours les choses à travers une lorgnette de théâtre.

Mais, si tu avais été là, tu aurais, comme moi, visé à la simplicité. Il ne s'agissait pas ici d'offrir, pour armes, le couteau à papier de l'*Affaire Clémenceau*. Il faut comprendre que tout n'est pas comédie dans la vie ! Moi, voyez-vous, je m'emballe facilement pour les choses vraies, les choses naturelles !... et qui arrivent ! Tout n'est pas mort en moi, que diable !... Et je vous assure que ce « ne fut pas drôle du tout » quand, une demi-heure après, nous prîmes le train d'Erquelines, avec nos armes dans une valise. Le cœur me battait ! parole d'honneur ! plus qu'il ne m'a jamais battu à une première.

Ici D*** s'interrompit, but, d'un trait, un grand verre d'eau : il était blême.

— Continue ! dirent les convives.

— Je vous passe le voyage, la frontière, la douane, l'hôtel et la nuit, murmura D*** d'une voix rauque.

Jamais je ne m'étais senti pour M. de Saint-Sever une amitié plus véritable. Je ne dormis pas une seconde, malgré la fatigue nerveuse que j'éprouvais. Enfin, le petit jour parut. Il était quatre heures et demie. Il faisait beau temps. Le moment était venu. Je me levai, je me jetai de l'eau froide sur la tête. Ma toilette ne fut pas longue.

J'entrai dans la chambre de Raoul. Il avait passé la nuit à écrire. Nous avons tous mûri de ces scènes-là. Je n'avais qu'à me rappeler pour être naturel. Il dormait auprès de la table, dans un fauteuil : les bougies brûlaient encore. Au bruit que je fis en entrant, il s'éveilla et regarda la pendule. Je m'y attendais, je connais cet effet-là. Je vis alors combien il est observé.

— Merci, mon ami, me dit-il. Prosper est-il prêt ?
— Nous avons une demi-heure de marche. Je crois qu'il serait temps de le prévenir.

Quelques instants après, nous descendions tous les trois et, à cinq heures sonnant, nous étions sur le grand chemin d'Erquelines. Prosper portait les pistolets. J'avais positivement « le trac », entendez-vous ! Je n'en rougis pas.

Ils causaient ensemble d'affaires de famille, comme si de rien n'eût été. Raoul était superbe, tout en noir, l'air grave et décidé, très calme, imposant à force de naturel !... — Une autorité dans la tenue... Tenez, avez-vous vu Bocage à Rouen, dans les pièces du répertoire 1830-1840 ? — Il a eu des éclairs, là !... peut-être plus beaux qu'à Paris.

— Hé ! hé ! objecta une voix.

— Oh ! oh !... tu vas loin !... interrompirent deux ou trois convives.

— Enfin, Raoul m'enlevait comme je n'ai jamais été

enlevé, poursuivit D***, — croyez-le bien. Nous arrivâmes sur le terrain en même temps que nos adversaires. J'avais comme un mauvais pressentiment.

L'adversaire était un homme froid, tournure d'officier, genre fils de famille ; une physionomie à la Landrol ; — mais moins d'ampleur dans la tenue. Les pourparlers étant inutiles, les armes furent chargées. — Ce fut moi qui comptai les pas, et je dus tenir mon âme (comme disent les Arabes) pour ne pas laisser voir mes *a parte*. Le mieux était d'être classique.

Tout mon jeu était contenu. Je ne chancelai pas. Enfin la distance fut marquée. Je revins vers Raoul. Je l'embrassai et lui serrai la main. J'avais les larmes aux yeux, non pas les larmes de rigueur, mais de vraies.

— Voyons, voyons, mon bon D***, me dit-il, du calme. Qu'est-ce que c'est donc ?

A ces paroles, je le regardai.

M. de Saint-Sever était, tout bonnement, magnifique. On eût dit qu'il était en scène ! Je l'admirais. J'avais cru jusqu'alors qu'on ne trouvait de ces sang-froids-là que sur les planches.

Les deux adversaires vinrent se placer en face l'un de l'autre, le pied sur la marque. Il y eut là une espèce de passade. Mon cœur faisait le trémolo ! Prosper remit à Raoul le pistolet tout armé, praticable ; puis, détournant la tête avec une transe affreuse, je retournai au premier plan, du côté du fossé.

Et les oiseaux chantaient ! je voyais des fleurs au pied des arbres ! de vrais arbres ! Jamais Cambon n'a signé une plus belle matinée ! Quelle terrible antithèse !

— Une !... deux !... trois !... cria Prosper, à intervalles égaux, en frappant dans ses mains.

J'avais la tête tellement troublée que je crus entendre les trois coups du régisseur. Une double détonation
éclata en même temps. — Ah ! mon Dieu, mon Dieu !

D*** s'interrompit et mit la tête dans ses mains.

— Allons ! voyons ! Nous savons que tu as du
cœur... Achève ! crièrent, de toutes parts, les convives,
très émus à leur tour.

— Eh bien, voilà ! dit D***. — Raoul était tombé
sur l'herbe, sur un genou, après avoir fait un tour sur
lui-même. La balle l'avait frappé en plein cœur, enfin,
là ! — (Et D*** se frappait la poitrine.) — Je me
précipitai vers lui.

— Ma pauvre mère ! murmura-t-il.

(D*** regarda les convives : ceux-ci, en gens de
tact, comprirent, cette fois, qu'il eût été d'assez
mauvais goût de réitérer le sourire de la « croix de ma
mère ». Le « ma pauvre mère » passa donc comme
une lettre à la poste ; le mot, étant réellement en
situation, devenait possible.)

— Ce fut tout, reprit D***. Le sang lui vint à pleine
bouche.

Je regardai du côté de l'adversaire : il avait, lui,
l'épaule fracassée.

On le soignait.

Je pris mon pauvre ami dans mes bras. Prosper lui
soutenait la tête.

En une minute, figurez-vous ! je me rappelai nos
bonnes années d'enfance ; les récréations, les rires
joyeux, les jours de sortie, les vacances ! — lorsque
nous jouions *à la balle* !...

(Tous les convives inclinèrent la tête, pour indiquer
qu'ils appréciaient le rapprochement.)

D***, qui se montait visiblement, se passa la main

sur le front. Il continua d'un ton extraordinaire et les
yeux fixés dans le vague :

— C'était... comme un rêve, enfin ! — Je le regardais. Lui ne me voyait plus : il expirait. Et si simple ! si
digne ! Pas une plainte. Sobre, enfin. J'étais empoigné,
là. Et deux grosses larmes me roulèrent dans les yeux !
Deux vraies, celles-là ! Oui, messieurs, deux larmes...
Je voudrais que Frédérick les eût vues. Il les aurait
comprises, lui ! — Je bégayai un adieu à mon pauvre
ami Raoul et nous l'étendîmes à terre.

Roide, sans fausse position, — pas de pose ! —
VRAI, comme toujours, il était là ! Le sang sur l'habit !
Les manchettes rouges ! Le front déjà très blanc ! Les
yeux fermés. J'étais sans autre pensée que celle-ci : je
le trouvais *sublime*. Oui, messieurs, sublime ! c'est le
mot !... Oh ! — tenez ! — il me semble... que je le vois
encore ! Je ne me possédais plus d'admiration ! Je
perdais la tête ! Je ne savais plus de quoi il était
question !!! Je confondais ! — J'applaudissais ! Je... je
voulais le rappeler...

Ici D***, qui s'était emporté jusqu'à crier, s'arrêta
court, brusquement : puis, sans transition, d'une voix
très calme et avec un sourire triste, il ajouta :

— Hélas, oui ! — j'aurais voulu le rappeler... à la
vie.

(Un murmure approbateur accueillit ce mot heureux.)

— Prosper m'entraîna.

(Ici D*** se dressa, les yeux fixes ; il semblait
réellement pénétré de douleur ; puis, se laissant retomber sur sa chaise :)

— Enfin, nous sommes tous mortels ! ajouta-t-il
d'une voix très basse. — (Puis il but un verre de rhum

qu'il reposa, bruyamment, sur la table, et repoussa ensuite comme un calice.)

D***, en terminant ainsi, d'une voix brisée, avait fini par si bien captiver ses auditeurs, tant par le côté impressionnant de son histoire que par la vivacité de son débit, que, lorsqu'il se tut, les applaudissements éclatèrent. Je crus devoir joindre mes humbles félicitations à celles de ses amis.

Tout le monde était fort ému. — Fort ému.

— Succès d'*estime !* pensai-je.

— Il a réellement du talent, ce D*** ! murmurait chacun à l'oreille de son voisin.

Tous vinrent lui serrer la main chaleureusement. — Je sortis.

A quelques jours de là, je rencontrai l'un de mes amis, un littérateur, et je lui narrai l'histoire de M. D*** *telle que je l'avais entendue.*

— Eh bien ! lui demandai-je en finissant : qu'en pensez-vous ?

— Oui. C'est presque une nouvelle ! me répondit-il après un silence. — Écrivez-la donc !

Je le regardai fixement.

— Oui, lui dis-je, *maintenant* je puis l'écrire : elle est complète.

L'INTERSIGNE

A Monsieur l'abbé Victor de Villiers de l'Isle-Adam.

> Attende, homo, quid fuisti ante ortum et quod eris usque ad occasum. Profecto fuit quod non eras. Postea, de vili materia factus, in utero matris de sanguine menstruali nutritus, tunica tua fuit pellis secundina. Deinde, in vilissimo panno involutus, progressus es ad nos, — sic indutus et ornatus ! Et non memor es quæ sit origo tua. Nihil sit aliud homo quam sperma fœtidum, saccus stercorum, cibus vermium. Scientia, sapientia, ratio, sine Deo sicut nubes transeunt.
>
> Post hominem vermis ; post vermem fœtor et horror. Sic, in non hominem, vertitur omnis homo.
>
> Cur carnem tuam adornas et impinguas quam, post paucos dies, vermes devoraturi sunt in sepulchro, animam, vero, tuam non adornas, — quae Deo et Angelis ejus præsentenda est in cœlis !
>
> SAINT BERNARD (*Méditations*, t. II).
> Bollandistes (*Préparation au Jugement dernier*[1]).

Un soir d'hiver qu'entre gens de pensée nous prenions le thé, autour d'un bon feu, chez l'un de nos amis, le baron Xavier de la V*** (un pâle jeune

homme que d'assez longues fatigues militaires, subies,
très jeune encore, en Afrique, avaient rendu d'une
débilité de tempérament et d'une sauvagerie de mœurs
peu communes), la conversation tomba sur un sujet
des plus sombres : il était question de la *nature* de ces
coïncidences extraordinaires, stupéfiantes, mystérieuses, qui surviennent dans l'existence de quelques
personnes.

— Voici une histoire, nous dit-il, que je n'accompagnerai d'aucun commentaire. Elle est véridique. Peut-
être la trouverez-vous impressionnante.

Nous allumâmes des cigarettes et nous écoutâmes le
récit suivant :

— En 1876, au solstice de l'automne [2], vers ce temps
où le nombre, toujours croissant, des inhumations
accomplies à la légère, — beaucoup trop précipitées
enfin, — commençait à révolter la Bourgeoisie parisienne et à la plonger dans les alarmes, un certain soir,
sur les huit heures, à l'issue d'une séance de spiritisme
des plus curieuses, je me sentis, en rentrant chez moi,
sous l'influence de ce spleen héréditaire dont la noire
obsession déjoue et réduit à néant les efforts de la
Faculté.

C'est en vain qu'à l'instigation doctorale j'ai dû,
maintes fois, m'enivrer du breuvage d'Avicenne [a]; en
vain me suis-je assimilé, sous toutes formules, des
quintaux de fer et, foulant aux pieds tous les plaisirs,
ai-je fait descendre, nouveau Robert d'Arbrissel, le vif-
argent de mes ardentes passions jusqu'à la tempéra-
ture des Samoyèdes, rien n'a prévalu ! — Allons ! Il
paraît, décidément, que je suis un personnage taci-

a. Le séné (Avicéné). (*Hist.*)

turne et morose ! Mais il faut aussi que, sous une
apparence nerveuse, je sois, comme on dit, bâti à
chaux et à sable, pour me trouver encore à même,
après tant de soins, de pouvoir contempler les
étoiles.

Ce soir-là donc, une fois dans ma chambre, en
allumant un cigare aux bougies de la glace, je m'aperçus que j'étais mortellement pâle ! et je m'ensevelis
dans un ample fauteuil, vieux meuble en velours
grenat capitonné où le vol des heures, sous mes
longues songeries, me semble moins lourd. L'accès de
spleen devenait pénible jusqu'au malaise, jusqu'à
l'accablement ! Et, jugeant impossible d'en secouer les
ombres par aucune distraction mondaine, — surtout
au milieu des horribles soucis de la capitale, — je
résolus, par essai, de m'éloigner de Paris, d'aller
prendre un peu de nature au loin, de me livrer à de vifs
exercices, à quelques salubres parties de chasse, par
exemple, pour tenter de diversifier.

A peine cette pensée me fut-elle venue, *à l'instant
même* [3] où je me décidai pour cette ligne de conduite, le
nom d'un vieil ami, oublié depuis des années, l'abbé
Maucombe, me passa dans l'esprit.

— L'abbé Maucombe !... dis-je, à voix basse.

Ma dernière entrevue avec le savant prêtre datait du
moment de son départ pour un long pèlerinage en
Palestine. La nouvelle de son retour m'était parvenue
autrefois. Il habitait l'humble presbytère d'un petit
village en Basse-Bretagne.

Maucombe devait y disposer d'une chambre quelconque, d'un réduit ? — Sans doute, il avait amassé,
dans ses voyages, quelques anciens volumes ? des
curiosités du Liban ? Les étangs, auprès des manoirs

voisins, recélaient, à le parier, du canard sauvage ?...
Quoi de plus opportun !... Et, si je voulais jouir, avant
les premiers froids, de la dernière quinzaine du
féerique mois d'octobre dans les rochers rougis, si
je tenais à voir encore resplendir les longs soirs
d'automne sur les hauteurs boisées, je devais me
hâter !

La pendule sonna neuf heures.

Je me levai ; je secouai la cendre de mon cigare.
Puis, en homme de décision, je mis mon chapeau, ma
houppelande et mes gants ; je pris ma valise et mon
fusil ; je soufflai les bougies et je sortis — en fermant
sournoisement et à triple tour la vieille serrure à secret
qui fait l'orgueil de ma porte.

Trois quarts d'heure après, le convoi de la ligne de
Bretagne m'emportait vers le petit village de Saint-
Maur, desservi par l'abbé Maucombe ; j'avais même
trouvé le temps, à la gare, d'expédier une lettre
crayonnée à la hâte, en laquelle je prévenais mon père
de mon départ.

Le lendemain matin, j'étais à R***, d'où Saint-
Maur n'est distant que de deux lieues, environ.

Désireux de conquérir une bonne nuit (afin de
pouvoir prendre mon fusil dès le lendemain, au point
du jour), et toute sieste d'après déjeuner me semblant
capable d'empiéter sur la perfection de mon sommeil,
je consacrai ma journée, pour me tenir éveillé malgré
la fatigue, à plusieurs visites chez d'anciens compa-
gnons d'études. — Vers cinq heures du soir, ces
devoirs remplis, je fis seller, au Soleil d'or, où j'étais
descendu, et, aux lueurs du couchant, je me trouvai en
vue d'un hameau.

Chemin faisant, je m'étais remémoré le prêtre chez

lequel j'avais dessein de m'arrêter pendant quelques jours. Le laps de temps qui s'était écoulé depuis notre dernière rencontre, les excursions, les événements intermédiaires et les habitudes d'isolement devaient avoir modifié son caractère et sa personne. J'allais le retrouver grisonnant. Mais je connaissais la conversation fortifiante du docte recteur, — et je me faisais une espérance de songer aux veillées que nous allions passer ensemble.

— L'abbé Maucombe! ne cessais-je de me répéter tout bas, — excellente idée!

En interrogeant sur sa demeure les vieilles gens qui paissaient les bestiaux le long des fossés, je dus me convaincre que le curé, — en parfait confesseur d'un Dieu de miséricorde, — s'était profondément acquis l'affection de ses ouailles et, lorsqu'on m'eut bien indiqué le chemin du presbytère assez éloigné du pâté de masures et de chaumines qui constitue le village de Saint-Maur, je me dirigeai de ce côté.

J'arrivai.

L'aspect champêtre de cette maison, les croisées et leurs jalousies vertes, les trois marches de grès, les lierres, les clématites et les roses-thé qui s'enchevêtraient sur les murs jusqu'au toit, d'où s'échappait, d'un tuyau à girouette, un petit nuage de fumée, m'inspirèrent des idées de recueillement, de santé et de paix profonde. Les arbres d'un verger voisin montraient, à travers un treillis d'enclos, leurs feuilles rouillées par l'énervante saison. Les deux fenêtres de l'unique étage brillaient des feux de l'Occident; une niche où se tenait l'image d'un bienheureux était creusée entre elles. Je mis pied à terre, silencieusement : j'attachai le cheval au volet et je levai le marteau de la porte, en jetant un coup d'œil de voyageur à l'horizon, derrière moi.

Mais l'horizon brillait tellement sur les forêts de chênes lointains et de pins sauvages où les derniers oiseaux s'envolaient dans le soir, les eaux d'un étang couvert de roseaux, dans l'éloignement, réfléchissaient si solennellement le ciel, la nature était si belle, au milieu de ces airs calmés, dans cette campagne déserte, à ce moment où tombe le silence, que je restai — sans quitter le marteau suspendu, — que je restai muet.

Ô toi, pensai-je, qui n'as point l'asile de tes rêves, et pour qui la terre de Chanaan, avec ses palmiers et ses eaux vives, n'apparaît pas, au milieu des aurores, après avoir tant marché sous de dures étoiles, voyageur si joyeux au départ et maintenant assombri, — cœur fait pour d'autres exils que ceux dont tu partages l'amertume avec des frères mauvais, — regarde ! Ici l'on peut s'asseoir sur la pierre de la mélancolie ! — Ici les rêves morts ressuscitent, devançant les moments de la tombe ! Si tu veux avoir le véritable désir de mourir, approche : ici la vue du ciel exalte jusqu'à l'oubli.

J'étais dans cet état de lassitude, où les nerfs sensibilisés vibrent aux moindres excitations. Une feuille tomba près de moi ; son bruissement furtif me fit tressaillir. Et le magique horizon de cette contrée entra dans mes yeux ! Je m'assis devant la porte, solitaire.

Après quelques instants, comme le soir commençait à fraîchir, je revins au sentiment de la réalité. Je me levai très vite et je repris le marteau de la porte en regardant la maison riante.

Mais, à peine eus-je de nouveau jeté sur elle un regard distrait, que je fus forcé de m'arrêter encore, me demandant, cette fois, si je n'étais pas le jouet d'une hallucination.

Était-ce bien la maison que j'avais vue tout à l'heure ? Quelle ancienneté me dénonçaient, *maintenant*, les longues lézardes, entre les feuilles pâles ? — Cette bâtisse avait un air étranger ; les carreaux illuminés par les rayons d'agonie du soir brûlaient d'une lueur intense ; le portail hospitalier m'invitait avec ses trois marches ; mais, en concentrant mon attention sur ces dalles grises, je vis qu'elles venaient d'être polies, que des traces de lettres creusées y restaient encore, et je vis bien qu'elles provenaient du cimetière voisin, — dont les croix noires m'apparaissaient, à présent, de côté, à une centaine de pas. Et la maison me sembla changée à donner le frisson, et les échos du lugubre coup du marteau, que je laissai retomber, dans mon saisissement, retentirent, dans l'intérieur de cette demeure, comme les vibrations d'un glas.

Ces sortes de *vues*, étant plutôt morales que physiques, s'effacent avec rapidité. Oui, j'étais, à n'en pas douter une seconde, la victime de cet abattement intellectuel que j'ai signalé. Très empressé de voir un visage qui m'aidât, par son humanité, à en dissiper le souvenir, je poussai le loquet sans attendre davantage. — J'entrai.

La porte, mue par un poids d'horloge, se referma d'elle-même, derrière moi.

Je me trouvai dans un long corridor à l'extrémité duquel Nanon, la gouvernante, vieille et réjouie, descendait l'escalier, une chandelle à la main.

— Monsieur Xavier !... s'écria-t-elle, toute joyeuse en me reconnaissant.

— Bonsoir, ma bonne Nanon! lui répondis-je, en lui confiant, à la hâte, ma valise et mon fusil.

(J'avais oublié ma houppelande dans ma chambre, au Soleil d'or.)

Je montai. Une minute après, je serrai dans mes bras mon vieil ami.

L'affectueuse émotion des premières paroles et le sentiment de la mélancolie du passé nous oppressèrent quelque temps, l'abbé et moi. — Nanon vint nous apporter la lampe et nous annoncer le souper.

— Mon cher Maucombe, lui dis-je en passant mon bras sous le sien pour descendre, c'est une chose de toute éternité que l'amitié intellectuelle, et je vois que nous partageons ce sentiment.

— Il est des esprits chrétiens d'une parenté divine très rapprochée, me répondit-il. — Oui. — Le monde a des croyances moins « raisonnables » pour lesquelles des partisans se trouvent qui sacrifient leur sang, leur bonheur, leur devoir. Ce sont des fanatiques! acheva-t-il en souriant. Choisissons, pour foi, la plus utile, puisque nous sommes libres et que nous devenons notre croyance.[4]

— Le fait est, lui répondis-je, qu'il est déjà très mystérieux que deux et deux fassent quatre[5].

Nous passâmes dans la salle à manger. Pendant le repas, l'abbé, m'ayant doucement reproché l'oubli où je l'avais tenu si longtemps, me mit au courant de l'esprit du village.

Il me parla du pays, me raconta deux ou trois anecdotes touchant les châtelains des environs.

Il me cita ses exploits personnels à la chasse et ses triomphes à la pêche : pour tout dire, il fut d'une affabilité et d'un entrain charmants.

Nanon, messager rapide, s'empressait, se multipliait autour de nous et sa vaste coiffe avait des battements d'ailes.

Comme je roulais une cigarette en prenant le café, Maucombe, qui était un ancien officier de dragons, m'imita ; le silence des premières bouffées nous ayant surpris dans nos pensées, je me mis à regarder mon hôte avec attention.

Ce prêtre était un homme de quarante-cinq ans, à peu près, et d'une haute taille. De longs cheveux gris entouraient de leur boucle enroulée sa maigre et forte figure. Les yeux brillaient de l'intelligence mystique. Ses traits étaient réguliers et austères ; le corps, svelte, résistait au pli des années : il savait porter sa longue soutane. Ses paroles, empreintes de science et de douceur, étaient soutenues par une voix bien timbrée, sortie d'excellents poumons. Il me paraissait enfin d'une santé vigoureuse : les années l'avaient fort peu atteint.

Il me fit venir dans son petit salon-bibliothèque.

Le manque de sommeil, en voyage, prédispose au frisson ; la soirée était d'un froid vif, avant-coureur de l'hiver. Aussi, lorsqu'une brassée de sarments flamba devant mes genoux, entre deux ou trois rondins, j'éprouvai quelque réconfort.

Les pieds sur les chenets, et accoudés en nos deux fauteuils de cuir bruni, nous parlâmes naturellement de Dieu.

J'étais fatigué : j'écoutais, sans répondre.

— Pour conclure, me dit Maucombe en se levant, nous sommes ici pour témoigner, — par nos œuvres, nos pensées, nos paroles et notre lutte contre la Nature, — pour témoigner *si nous pesons le poids.*

Et il termina par une citation de Joseph de Maistre :
« Entre l'Homme et Dieu, il n'y a que l'Orgueil. »

— Ce nonobstant, lui dis-je, nous avons l'honneur
d'exister (nous, les enfants gâtés de cette Nature) dans
un siècle de lumières ?

— Préférons-lui la Lumière des siècles, répondit-il
en souriant.

Nous étions arrivés sur le palier, nos bougies à la
main.

Un long couloir, parallèle à celui d'en bas, séparait
de celle de mon hôte la chambre qui m'était destinée :
— il insista pour m'y installer lui-même. Nous y
entrâmes ; il regarda s'il ne me manquait rien et
comme, rapprochés, nous nous donnions la main et le
bonsoir, un vivace reflet de ma bougie tomba sur son
visage. — Je tressaillis, cette fois !

Était-ce un agonisant qui se tenait debout, là, près
de ce lit ? La figure qui était devant moi n'était pas, ne
pouvait pas être celle du souper ! Ou, du moins, si je la
reconnaissais vaguement, il me semblait que je ne
l'avais vue, en réalité, qu'en ce moment-ci. Une seule
réflexion me fera comprendre : l'abbé me donnait,
humainement, la *seconde* sensation que, par une obscure correspondance, sa maison m'avait fait éprouver.

La tête que je contemplais était grave, très pâle,
d'une pâleur de mort, et les paupières étaient baissées.
Avait-il oublié ma présence ? Priait-il ? Qu'avait-il
donc à se tenir ainsi ? — Sa personne s'était revêtue
d'une solennité si soudaine que je fermai les yeux.
Quand je les rouvris, après une seconde, le bon abbé
était toujours là, — mais je le reconnaissais maintenant ! — A la bonne heure ! Son sourire amical
dissipait en moi toute inquiétude. L'impression n'avait

pas duré le temps d'adresser une question. Ç'avait été
un saisissement, — une sorte d'hallucination.

Maucombe me souhaita, une seconde fois, la bonne
nuit et se retira.

Une fois seul : « Un profond sommeil, voilà ce qu'il
me faut ! » pensai-je.

Incontinent je songeai à la Mort ; j'élevai mon âme à
Dieu et je me mis au lit.

L'une des singularités d'une extrême fatigue est
l'impossibilité du sommeil immédiat. Tous les chas-
seurs ont éprouvé ceci. C'est un point de notoriété.

Je m'attendais à dormir vite et profondément.
J'avais fondé de grandes espérances sur une bonne
nuit. Mais, au bout de dix minutes, je dus reconnaître
que cette gêne nerveuse ne se décidait pas à s'engour-
dir. J'entendais des tics-tacs, des craquements brefs du
bois et des murs. Sans doute des horloges-de-mort [6].
Chacun des bruits imperceptibles de la nuit se répondait, en tout mon être, par un coup électrique.

Les branches noires se heurtaient dans le vent, au
jardin. A chaque instant, des brins de lierre frappaient
ma vitre. J'avais, surtout, le sens de l'ouïe d'une acuité
pareille à celle des gens qui meurent de faim.

— J'ai pris deux tasses de café, pensai-je ; c'est cela !

Et, m'accoudant sur l'oreiller, je me mis à regarder,
obstinément, la lumière de la bougie, sur la table,
auprès de moi. Je la regardai avec fixité, entre les cils,
avec cette attention intense que donne au regard
l'absolue distraction de la pensée.

Un petit bénitier, en porcelaine coloriée, avec sa
branche de buis, était suspendu auprès de mon chevet.
Je mouillai, tout à coup, mes paupières avec de l'eau
bénite, pour les rafraîchir, puis j'éteignis la bougie et je

fermai les yeux. Le sommeil s'approchait : la fièvre
s'apaisait.

J'allais m'endormir.

Trois petits coups secs, impératifs, furent frappés à
ma porte.

— Hein ? me dis-je, en sursaut.

Alors je m'aperçus que mon premier somme avait
déjà commencé. J'ignorais où j'étais. Je me croyais à
Paris. Certains repos donnent ces sortes d'oublis
risibles. Ayant même, presque aussitôt, perdu de vue
la cause principale de mon réveil, je m'étirai volup-
tueusement, dans une complète inconscience de la
situation.

— A propos, me dis-je tout à coup : mais on a
frappé ? — Quelle visite peut bien ?...

A ce point de ma phrase, une notion confuse et
obscure que je n'étais plus à Paris, mais dans un
presbytère de Bretagne, chez l'abbé Maucombe, me
vint à l'esprit.

En un clin d'œil, je fus au milieu de la chambre.

Ma première impression, en même temps que celle
du froid aux pieds, fut celle d'une vive lumière. La
pleine lune brillait, en face de la fenêtre, au-dessus de
l'église, et, à travers les rideaux blancs, découpait son
angle de flamme déserte et pâle sur le parquet.

Il était bien minuit.

Mes idées étaient morbides. Qu'était-ce donc ?
L'ombre était extraordinaire.

Comme je m'approchais de la porte, une tache de
braise, partie du trou de la serrure, vint errer sur ma
main et sur ma manche.

Il y avait quelqu'un derrière la porte : on avait
réellement frappé.

Cependant, à deux pas du loquet, je m'arrêtai court.

Une chose me paraissait surprenante : la *nature* de la tache qui courait sur ma main. C'était une lueur glacée, sanglante, n'éclairant pas. — D'autre part, comment se faisait-il que je ne voyais aucune ligne de lumière sous la porte, dans le corridor ? — Mais, en vérité, ce qui sortait ainsi du trou de la serrure me causait l'impression du regard phosphorique d'un hibou !

En ce moment, l'heure sonna, dehors, à l'église, dans le vent nocturne.

— Qui est là ? demandai-je, à voix basse.

La lueur s'éteignit : — j'allais m'approcher...

Mais la porte s'ouvrit, largement, lentement, silencieusement.

En face de moi, dans le corridor, se tenait, debout, une forme haute et noire, — un prêtre, le tricorne sur la tête. La lune l'éclairait tout entier à l'exception de la figure : je ne voyais que le feu de ses deux prunelles qui me considéraient avec une solennelle fixité.

Le souffle de l'autre monde enveloppait ce visiteur, son attitude m'oppressait l'âme. Paralysé par une frayeur qui s'enfla instantanément jusqu'au paroxysme, je contemplai le désolant personnage, en silence.

Tout à coup, le prêtre éleva le bras, avec lenteur, vers moi. Il me présentait une chose lourde et vague. C'était un manteau. Un grand manteau noir, un manteau de voyage. Il me le tendait, comme pour me l'offrir !...

Je fermai les yeux, pour ne pas voir cela. Oh ! je ne voulais pas voir cela ! Mais un oiseau de nuit, avec un cri affreux, passa entre nous, et le vent de ses ailes, m'effleurant les paupières, me les fit rouvrir. Je sentis qu'il voletait par la chambre.

Alors, — et avec un râle d'angoisse, car les forces me trahissaient pour crier, — je repoussai la porte de mes deux mains crispées et étendues et je donnai un violent tour de clef, frénétique et les cheveux dressés !

Chose singulière, il me sembla que tout cela ne faisait aucun bruit.

C'était plus que l'organisme n'en pouvait supporter. Je m'éveillai. J'étais assis sur mon séant, dans mon lit, les bras tendus devant moi ; j'étais glacé ; le front trempé de sueur ; mon cœur frappait contre les parois de ma poitrine de gros coups sombres.

— Ah ! me dis-je, le songe horrible !

Toutefois, mon insurmontable anxiété subsistait. Il me fallut plus d'une minute avant d'*oser* remuer le bras pour chercher les allumettes : j'appréhendais de sentir, dans l'obscurité, une main froide saisir la mienne et la presser amicalement.

J'eus un mouvement nerveux en entendant ces allumettes bruire sous mes doigts dans le fer du chandelier. Je rallumai la bougie.

Instantanément, je me sentis mieux ; la lumière, cette vibration divine, diversifie les milieux funèbres et console des mauvaises terreurs.

Je résolus de boire un verre d'eau froide pour me remettre tout à fait et je descendis du lit.

En passant devant la fenêtre, je remarquai une chose : la lune était exactement pareille à celle de mon songe, bien que je ne l'eusse pas vue avant de me mettre au lit ; et, en allant, la bougie à la main, examiner la serrure de la porte, je constatai qu'un tour de clef avait été donné *en dedans,* ce que je n'avais point fait avant mon sommeil.

A ces découvertes, je jetai un regard autour de moi. Je commençai à trouver que la chose était revêtue d'un caractère bien insolite. Je me recouchai, je m'accoudai, je cherchai à me raisonner, à me prouver que tout cela n'était qu'un accès de somnambulisme très lucide, mais je me rassurai de moins en moins. Cependant la fatigue me prit comme une vague, berça mes noires pensées et m'endormit brusquement dans mon angoisse.

Quand je me réveillai, un bon soleil jouait dans la chambre.

C'était une matinée heureuse. Ma montre, accrochée au chevet du lit, marquait dix heures. Or, pour nous réconforter, est-il rien de tel que le jour, le radieux soleil ? Surtout quand on sent les dehors embaumés et la campagne pleine d'un vent frais dans les arbres, les fourrés épineux, les fossés couverts de fleurs et tout humides d'aurore !

Je m'habillai à la hâte, très oublieux du sombre commencement de ma nuitée.

Complètement ranimé par des ablutions réitérées d'eau fraîche, je descendis.

L'abbé Maucombe était dans la salle à manger : assis devant la nappe déjà mise, il lisait un journal en m'attendant.

Nous nous serrâmes la main :

— Avez-vous passé une bonne nuit, mon cher Xavier ? me demanda-t-il.

— Excellente ! répondis-je distraitement (par habitude et sans accorder attention le moins du monde à ce que je disais).

La vérité est que je me sentais bon appétit : voilà tout.

Nanon intervint, nous apportant le déjeuner.

Pendant le repas, notre causerie fut à la fois recueillie et joyeuse : l'homme qui vit saintement connaît, seul, la joie et sait la communiquer.

Tout à coup, je me rappelai mon rêve.

— A propos, m'écriai-je, mon cher abbé, il me souvient que j'ai eu cette nuit un singulier rêve, — et d'une étrangeté... comment puis-je exprimer cela ? Voyons... saisissante ? étonnante ? effrayante ? — A votre choix ! — Jugez-en.

Et, tout en pelant une pomme, je commençai à lui narrer, dans tous ses détails, l'hallucination sombre qui avait troublé mon premier sommeil.

Au moment où j'en étais arrivé au *geste* du prêtre m'offrant le manteau, et *avant que j'eusse entamé cette phrase*[7], la porte de la salle à manger s'ouvrit. Nanon, avec cette familiarité particulière aux gouvernantes de curés, entra, dans le rayon du soleil, au beau milieu de la conversation, et, m'interrompant, me tendit un papier :

— Voici une lettre « très pressée » que le rural vient d'apporter, à l'instant, pour monsieur ! dit-elle.

— Une lettre ! — Déjà ! m'écriai-je, *oubliant mon histoire*. C'est de mon père. Comment cela ? — Mon cher abbé, vous permettez que je lise, n'est-ce pas ?

— Sans doute ! dit l'abbé Maucombe, perdant également l'histoire de vue et subissant, magnétiquement, l'intérêt que je prenais à la lettre : — sans doute !

Je décachetai.

Ainsi l'incident de Nanon avait détourné notre attention par sa soudaineté.

— Voilà, dis-je, une vive contrariété, mon hôte : à peine arrivé, je me vois obligé de repartir.

— Comment ? demanda l'abbé Maucombe, reposant sa tasse sans boire.

— Il m'est écrit de revenir en toute hâte, au sujet d'une affaire, d'un procès d'une importance des plus graves. Je m'attendais à ce qu'il ne se plaidât qu'en décembre : or, on m'avise qu'il se juge dans la quinzaine et comme, seul, je suis à même de mettre en ordre les dernières pièces qui doivent nous donner gain de cause, il faut que j'aille !... Allons ! quel ennui !

— Positivement, c'est fâcheux ! dit l'abbé ; — comme c'est donc fâcheux !... Au moins, promettez-moi qu'aussitôt ceci terminé... La grande affaire, c'est le salut : j'espérais être pour quelque chose dans le vôtre — et voici que vous vous échappez ! Je pensais déjà que le bon Dieu vous avait envoyé...

— Mon cher abbé, m'écriai-je, je vous laisse mon fusil. Avant trois semaines, je serai de retour et, cette fois, pour quelques semaines, si vous voulez.

— Allez donc en paix, dit l'abbé Maucombe.

— Eh ! c'est qu'il s'agit de presque toute ma fortune ! murmurai-je.

— La fortune, c'est Dieu ! dit simplement Maucombe.

— Et demain, comment vivrais-je, si...

— Demain, on ne vit plus, répondit-il.

Bientôt nous nous levâmes de table, un peu consolés du contretemps par cette promesse formelle de revenir.

Nous allâmes nous promener dans le verger, visiter les attenances du presbytère.

Toute la journée, l'abbé m'étala, non sans complaisance, ses pauvres trésors champêtres. Puis, pendant qu'il lisait son bréviaire, je marchai, solitairement, dans les environs, respirant l'air vivace et pur avec délices. Maucombe, à son retour, s'étendit quelque peu sur son voyage en terre sainte ; tout cela nous conduisit jusqu'au coucher du soleil.

Le soir vint. Après un frugal souper, je dis à l'abbé Maucombe :

— Mon ami, l'*express* part à neuf heures précises. D'ici R***, j'ai bien une heure et demie de route. Il me faut une demi-heure pour régler à l'auberge en y reconduisant le cheval ; total, deux heures. Il en est sept : je vous quitte à l'instant.

— Je vous accompagnerai un peu, dit le prêtre : *cette promenade me sera salutaire.*

— A propos, lui répondis-je, préoccupé, voici l'adresse de mon père (chez qui je demeure à Paris), si nous devons nous écrire.

Nanon prit la carte et l'inséra dans une jointure de la glace.

Trois minutes après, l'abbé et moi nous quittions le presbytère et nous nous avancions sur le grand chemin. Je tenais mon cheval par la bride, comme de raison.

Nous étions déjà deux ombres.

Cinq minutes après notre départ, une bruine pénétrante, une petite pluie, fine et très froide, portée par un affreux coup de vent, frappa nos mains et nos figures.

Je m'arrêtai court :

— Mon vieil ami, dis-je à l'abbé, non ! décidément, je ne souffrirai pas cela. Votre existence est précieuse

et cette ondée glaciale est très malsaine. Rentrez. Cette
pluie, encore une fois, pourrait vous mouiller dange-
reusement. Rentrez, je vous en prie.

L'abbé, au bout d'un instant, songeant à ses fidèles,
se rendit à mes raisons.

— J'emporte une promesse, mon cher ami ? me dit-
il.

Et, comme je lui tendais la main :

— Un instant ! ajouta-t-il ; je songe que vous avez
du chemin à faire — et que cette bruine est, en effet,
pénétrante !

Il eut un frisson. Nous étions l'un auprès de l'autre,
immobiles, nous regardant fixement comme deux
voyageurs pressés.

En ce moment la lune s'éleva sur les sapins, derrière
les collines, éclairant les landes et les bois à l'horizon.
Elle nous baigna spontanément de sa lumière morne et
pâle, de sa flamme déserte et pâle. Nos silhouettes et
celle du cheval se dessinèrent, énormes, sur le chemin.
— Et, du côté des vieilles croix de pierre, là-bas, — du
côté des vieilles croix en ruine qui se dressent en ce
canton de Bretagne, dans les écreboissées où perchent
les funestes oiseaux échappés du bois des Agonisants,
— j'entendis, au loin, un *cri* affreux : l'aigre et
alarmant fausset de la freusée. Une chouette aux yeux
de phosphore, dont la lueur tremblait sur le grand bras
d'une yeuse, s'envola et passa entre nous, en prolon-
geant ce cri.

— Allons ! continua l'abbé Maucombe, moi, je serai
chez moi dans une minute ; ainsi *prenez, — prenez ce
manteau !* — J'y tiens beaucoup !... beaucoup ! —
ajouta-t-il avec un ton inoubliable. — Vous me le ferez

renvoyer par le garçon d'auberge qui vient au village tous les jours... *Je vous en prie.*

L'abbé, en prononçant ces paroles, me tendait son manteau noir. Je ne voyais pas sa figure, à cause de l'ombre que projetait son large tricorne : mais je distinguai ses yeux *qui me considéraient avec une solennelle fixité.*

Il me jeta le manteau sur les épaules, me l'agrafa, d'un air tendre et inquiet, pendant que, sans forces, je fermais les paupières. Et, profitant de mon silence, il se hâta vers son logis. Au tournant de la route, il disparut.

Par une présence d'esprit, — et un peu, aussi, machinalement, — je sautai à cheval. Puis je restai immobile.

Maintenant j'étais seul sur le grand chemin. J'entendais les mille bruits de la campagne. En rouvrant les yeux, je vis l'immense ciel livide où filaient de nombreux nuages ternes, cachant la lune, — la nature solitaire. Cependant, je me tins droit et ferme, quoique je dusse être blanc comme un linge.

— Voyons ! me dis-je, du calme ! — J'ai la fièvre et je suis somnambule. Voilà tout.

Je m'efforçai de hausser les épaules : un poids secret m'en empêcha.

Et voici que, venue du fond de l'horizon, du fond de ces bois décriés, une volée d'orfraies, à grand bruit d'ailes, passa, en criant d'horribles syllabes inconnues, au-dessus de ma tête. Elles allèrent s'abattre sur le toit du presbytère et sur le clocher dans l'éloignement ; et le vent m'apporta des cris tristes. Ma foi, j'eus peur. Pourquoi ? Qui me le précisera jamais ? J'ai vu le feu, j'ai touché de la mienne plusieurs épées ; mes nerfs sont mieux trempés, peut-être, que ceux des plus flegmatiques et des plus blafards : j'affirme, toutefois, très humblement, que j'ai eu peur, ici — et pour de bon. J'en ai conçu, même, pour moi, quelque estime intellectuelle. N'a pas peur de ces choses-là qui veut.

Donc, en silence, j'ensanglantai les flancs du pauvre cheval, et les yeux fermés, les rênes lâchées, les doigts crispés sur les crins, le manteau flottant derrière moi tout droit, je sentis que le galop de ma bête était aussi violent que possible ; elle allait ventre à terre : de temps en temps mon sourd grondement, à son oreille, lui communiquait à coup sûr, et d'instinct, l'horreur superstitieuse dont je frissonnais malgré moi. Nous arrivâmes, de la sorte, en moins d'une demi-heure. Le bruit du pavé des faubourgs me fit redresser la tête — et respirer !

— Enfin ! je voyais des maisons ! des boutiques éclairées ! les figures de mes semblables derrière les vitres ! Je voyais des passants !... Je quittais le pays des cauchemars !

A l'auberge, je m'installai devant le bon feu. La conversation des rouliers me jeta dans un état voisin de l'extase. Je sortais de la Mort. Je regardai la flamme entre mes doigts. J'avalai un verre de rhum. Je reprenais, enfin, le gouvernement de mes facultés.

Je me sentais rentré dans la vie réelle.

J'étais même, — disons-le, — un peu honteux de ma panique.

Aussi, comme je me sentis tranquille, lorsque j'accomplis la commission de l'abbé Maucombe ! Avec quel sourire mondain j'examinai le manteau noir en le remettant à l'hôtelier ! L'hallucination était dissipée.

J'eusse fait, volontiers, comme dit Rabelais, « le bon compagnon ».

Le manteau en question ne me parut rien offrir d'extraordinaire ni, même, de particulier, — si ce n'est qu'il était très vieux et même rapiécé, recousu, redoublé avec une espèce de tendresse bizarre. Une charité profonde, sans doute, portait l'abbé Maucombe à donner en aumônes le prix d'un manteau neuf : du moins, je m'expliquai la chose de cette façon.

— Cela se trouve bien ! — dit l'aubergiste : le garçon doit aller au village tout à l'heure : il va partir ; il rapportera le manteau chez M. Maucombe en passant, avant dix heures.

Une heure après, dans mon wagon, les pieds sur la chauffeuse, enveloppé dans ma houppelande reconquise, je me disais, en allumant un bon cigare et en écoutant le bruit du sifflet de la locomotive :

— Décidément, j'aime encore mieux ce cri-là que celui des hiboux.

Je regrettais un peu, je dois l'avouer, d'avoir promis de revenir.

Là-dessus je m'endormis, enfin, d'un bon sommeil, oubliant complètement ce que je devais traiter désormais de coïncidence insignifiante.

Je dus m'arrêter six jours à Chartres, pour collationner des pièces qui, depuis, amenèrent la conclusion favorable de notre procès.

Enfin, l'esprit obsédé d'idées de paperasses et de chicane — et sous l'abattement de mon maladif ennui, — je revins à Paris, juste le soir du septième jour de mon départ du presbytère.

J'arrivai directement chez moi, sur les neuf heures. Je montai. Je trouvai mon père dans le salon. Il était assis, auprès d'un guéridon, éclairé par une lampe. Il tenait une lettre ouverte à la main.

Après quelques paroles :

— Tu ne sais pas, j'en suis sûr, quelle nouvelle m'apprend cette lettre ! me dit-il : notre bon vieil abbé Maucombe est mort depuis ton départ.

Je ressentis, à ces mots, une commotion.

— Hein ? répondis-je.

— Oui, mort, — avant-hier, vers minuit, — trois jours après ton départ de son presbytère, — d'un froid gagné sur le grand chemin. Cette lettre est de la vieille Nanon. La pauvre femme paraît avoir la tête si perdue, même, qu'elle répète deux fois une phrase... singulière... à propos d'un manteau... Lis donc toi-même !

Il me tendit la lettre où la mort du saint prêtre nous était annoncée, en effet, — et où je lus ces simples lignes :

« Il était très heureux, — disait-il à ses dernières paroles, — d'être enveloppé à son dernier soupir et enseveli dans le manteau qu'il avait rapporté de son pèlerinage en terre sainte, *et qui avait touché* LE TOMBEAU. »

L'INCONNUE

A Madame la comtesse de Laclos.

> Le cygne se tait toute sa vie
> pour bien chanter une seule
> fois.
>
> *Proverbe ancien.*

> C'était l'enfant sacré qu'un beau vers fait pâlir.
> ADRIEN JUVIGNY[1].

Ce soir-là, tout Paris resplendissait aux Italiens. On donnait *la Norma.* C'était la soirée d'adieu de Maria-Felicia Malibran.

La salle entière, aux derniers accents de la prière de Bellini, *Casta diva,* s'était levée et rappelait la cantatrice dans un tumulte glorieux. On jetait des fleurs, des bracelets, des couronnes. Un sentiment d'immortalité enveloppait l'auguste artiste, presque mourante, et qui s'enfuyait en croyant chanter !

Au centre des fauteuils d'orchestre, un tout jeune homme, dont la physionomie exprimait une âme résolue et fière, — manifestait, brisant ses gants à force d'applaudir, l'admiration passionnée qu'il subissait.

Personne, dans le monde parisien, ne connaissait ce spectateur. Il n'avait pas l'air provincial, mais étranger. — En ses vêtements un peu neufs, mais d'un lustre éteint[2] et d'une coupe irréprochable, assis dans ce fauteuil d'orchestre, il eût paru presque singulier, sans les instinctives et mystérieuses élégances qui ressortaient de toute sa personne. En l'examinant, on eût cherché autour de lui de l'espace, du ciel et de la solitude. C'était extraordinaire : mais Paris, n'est-ce pas la ville de l'Extraordinaire ?

Qui était-ce et d'où venait-il ?

C'était un adolescent sauvage, un orphelin seigneurial, — l'un des derniers de ce siècle, — un mélancolique châtelain du Nord échappé, depuis trois jours, de la nuit d'un manoir des Cornouailles.

Il s'appelait le comte Félicien de la Vierge[3]; il possédait le château de Blanchelande, en Basse-Bretagne. Une soif d'existence brûlante, une curiosité de notre merveilleux enfer, avait pris et enfiévré, tout à coup, ce chasseur, là-bas !... Il s'était mis en voyage, et il était là, tout simplement. Sa présence à Paris ne datait que du matin, de sorte que ses grands yeux étaient encore splendides.

C'était son premier soir de jeunesse ! Il avait vingt ans. C'était son entrée dans un monde de flamme, d'oubli, de banalités, d'or et de plaisirs. Et, *par hasard,* il était arrivé à l'heure pour entendre l'adieu de celle qui partait.

Peu d'instants lui avaient suffi pour s'accoutumer au resplendissement de la salle. Mais, aux premières notes de la Malibran, son âme avait tressailli ; la salle

avait disparu. L'habitude du silence des bois, du vent
rauque des écueils, du bruit de l'eau sur les pierres des
torrents et des graves tombées du crépuscule, avait
élevé en poète ce fier jeune homme, et, dans le timbre
de la voix qu'il entendait, il lui semblait que l'âme de
ces choses lui envoyait la prière lointaine de revenir.

Au moment où, transporté d'enthousiasme, il
applaudissait l'artiste inspirée, ses mains demeurèrent
en suspens ; il resta immobile.

Au balcon d'une loge venait d'apparaître une jeune
femme d'une grande beauté. — Elle regardait la scène.
Les lignes fines et nobles de son profil perdu s'ombraient des rouges ténèbres de la loge, tel un camée de
Florence en son médaillon. — Pâlie, un gardénia dans
ses cheveux bruns, et toute seule, elle appuyait au bord
du balcon sa main, dont la forme décelait une lignée
illustre. Au joint du corsage de sa robe de moire noire,
voilée de dentelles, une pierre malade, une admirable
opale, à l'image de son âme, sans doute, luisait dans
un cercle d'or. L'air solitaire, indifférent à toute la
salle, elle paraissait s'oublier elle-même sous l'invinci-
ble charme de cette musique.

Le hasard voulut, cependant, qu'elle détournât,
vaguement, les yeux vers la foule ; en cet instant, les
yeux du jeune homme et les siens se rencontrèrent, le
temps de briller et de s'éteindre, une seconde.

S'étaient-ils connus jamais ?... Non. Pas sur la terre.
Mais que ceux-là qui peuvent dire où commence le
Passé[4] décident où ces deux êtres s'étaient, véritablement, déjà possédés, car ce seul regard leur avait
persuadé, cette fois et pour toujours, qu'ils ne dataient
pas de leur berceau. L'éclair illumine, d'un seul coup,
les lames et les écumes de la mer nocturne, et, à

l'horizon, les lointaines lignes d'argent des flots : ainsi l'impression, dans le cœur de ce jeune homme, sous ce rapide regard, ne fut pas graduée ; ce fut l'intime et magique éblouissement d'un monde qui se dévoile ! Il ferma les paupières comme pour y retenir les deux lueurs bleues qui s'y étaient perdues ; puis, il voulut résister à ce vertige oppresseur. Il releva les yeux vers l'inconnue.

Pensive, elle appuyait encore son regard sur le sien, comme si elle eût compris la pensée de ce sauvage amant et comme si c'eût été chose naturelle ! Félicien se sentit pâlir ; l'impression lui vint, en ce coup d'œil, de deux bras qui se joignaient, languissants, autour de son cou. — C'en était fait ! le visage de cette femme venait de se réfléchir dans son esprit comme en un miroir familier, de s'y incarner, de s'y *reconnaître !* de s'y fixer à tout jamais sous une magie de pensées presque divines ! Il aimait du premier et inoubliable amour.

Cependant, la jeune femme, dépliant son éventail, dont les dentelles noires touchaient ses lèvres, semblait rentrée dans son inattention. Maintenant, on eût dit qu'elle écoutait exclusivement les mélodies de *la Norma.*

Au moment d'élever sa lorgnette vers la loge, Félicien sentit que ce serait une inconvenance.

— Puisque je l'aime ! se dit-il.

Impatient de la fin de l'acte, il se recueillait. — Comment lui parler ? apprendre son nom ? Il ne connaissait personne. — Consulter, demain, le registre des Italiens ? Et si c'était une loge de hasard, achetée à cause de cette soirée ! L'heure pressait, la vision allait disparaître. Eh bien ! sa voiture suivrait la sienne, voilà tout... Il lui semblait qu'il n'y avait pas d'autres moyens. Ensuite, il aviserait ! Puis il se dit, en sa naïveté... sublime : « Si elle *m'aime,* elle s'apercevra bien et me laissera quelque indice. »

La toile tomba. Félicien quitta la salle très vite. Une fois sous le péristyle, il se promena, simplement, devant les statues.

Son valet de chambre s'étant approché, il lui chuchota quelques instructions ; le valet se retira dans un angle et y demeura très attentif.

Le vaste bruit de l'ovation faite à la cantatrice cessa peu à peu, comme tous les bruits de triomphe de ce monde. — On descendait le grand escalier. — Félicien, l'œil fixé au sommet, entre les deux vases de marbre, d'où ruisselait le fleuve éblouissant de la foule, attendit.

Ni les visages radieux, ni les parures, ni les fleurs au front des jeunes filles, ni les camails d'hermine, ni le flot éclatant qui s'écoulait devant lui, sous les lumières, il ne vit rien.

Et toute cette assemblée s'évanouit bientôt, peu à peu, sans que la jeune femme apparût.

L'avait-il donc laissée s'enfuir sans la reconnaître !... Non ! c'était impossible. — Un vieux domestique, poudré, couvert de fourrures, se tenait encore dans le vestibule. Sur les boutons de sa livrée noire brillaient les feuilles d'ache [5] d'une couronne ducale.

Tout à coup, au haut de l'escalier solitaire, *elle* parut ! Seule ! Svelte, sous un manteau de velours et les cheveux cachés par une mantille de dentelle, elle appuyait sa main gantée sur la rampe de marbre. Elle aperçut Félicien debout auprès d'une statue, mais ne sembla pas se préoccuper davantage de sa présence.

Elle descendit paisiblement. Le domestique s'étant
approché, elle prononça quelques paroles à voix basse.
Le laquais s'inclina et se retira sans plus attendre.
L'instant d'après, on entendit le bruit d'une voiture
qui s'éloignait. Alors elle sortit. Elle descendit, toujours seule, les marches extérieures du théâtre. Félicien
prit à peine le temps de jeter ces mots à son valet de
chambre :

— Rentrez seul à l'hôtel.

En un moment, il se trouva sur la place des Italiens,
à quelques pas de cette dame ; la foule s'était dissipée,
déjà, dans les rues environnantes ; l'écho lointain des
voitures s'affaiblissait.

Il faisait une nuit d'octobre, sèche, étoilée.

L'inconnue marchait, très lente et comme peu
habituée. — La suivre ? Il le fallait, il s'y décida. Le
vent d'automne lui apportait le parfum d'ambre très
faible qui venait d'elle, le traînant et sonore froisse-
ment de la moire sur l'asphalte.

Devant la rue Monsigny, elle s'orienta une seconde,
puis marcha, comme indifférente, jusqu'à la rue de
Grammont déserte et à peine éclairée.

Tout à coup le jeune homme s'arrêta ; une pensée lui
traversa l'esprit. C'était une étrangère, peut-être !

Une voiture pouvait passer et l'emporter à tout
jamais ! Demain, se heurter aux pierres d'une ville,
toujours ! sans la retrouver !

Être séparé d'elle, sans cesse, par le hasard d'une
rue, d'un instant qui peut durer l'éternité ! Quel
avenir ! Cette pensée le troubla jusqu'à lui faire oublier
toute considération de bienséance.

Il dépassa la jeune femme à l'angle de la sombre
rue ; alors il se retourna, devint horriblement pâle et,

s'appuyant au pilier de fonte du réverbère, il la salua ;
puis, très simplement, pendant qu'une sorte de magnétisme charmant sortait de tout son être :

— Madame, dit-il, vous le savez ; je vous ai vue, ce
soir, pour la première fois. Comme j'ai peur de ne plus
vous revoir, il faut que je vous dise — (il défaillait) —
que *je vous aime* ! acheva-t-il à voix basse, et que, si vous
passez, je mourrai sans redire ces mots à personne.

Elle s'arrêta, leva son voile et considéra Félicien
avec une fixité attentive. Après un court silence :

— Monsieur, — répondit-elle d'une voix dont la
pureté laissait transparaître les plus lointaines intentions de l'esprit, — monsieur, le sentiment qui vous
donne cette pâleur et ce maintien doit être, en effet,
bien profond, pour que vous trouviez en lui la justification de ce que vous faites. Je ne me sens donc
nullement offensée. Remettez-vous, et tenez-moi pour
une amie.

Félicien ne fut pas étonné de cette réponse : il lui
semblait naturel que l'idéal répondît idéalement.

La circonstance était de celles, en effet, où tous deux
avaient à se rappeler, s'ils en étaient dignes, qu'ils
étaient de la race de ceux qui font les convenances [6] et
non de la race de ceux qui les subissent. Ce que le
public des humains appelle, à tout hasard, les convenances n'est qu'une imitation mécanique, servile et
presque simiesque de ce qui a été vaguement pratiqué
par des êtres de haute nature en des circonstances
générales.

Avec un transport de tendresse naïve, il baisa la
main qu'on lui offrait.

— Voulez-vous me donner la fleur que vous avez
portée dans vos cheveux toute la soirée ?

L'inconnue ôta, silencieusement, la pâle fleur, sous les dentelles, et, l'offrant à Félicien :

— Adieu maintenant, dit-elle, et à jamais.

— Adieu !... balbutia-t-il. — Vous ne *m'aimez* donc pas ? — Ah ! vous êtes mariée ! s'écria-t-il tout à coup.

— Non.

— Libre ! Ô ciel !

— Oubliez-moi, cependant ! Il le faut, monsieur.

— Mais vous êtes devenue, en un instant, le battement de mon cœur ! Est-ce que je puis vivre sans vous ? Le seul air que je veuille respirer, c'est le vôtre ! Ce que vous dites, je ne le comprends plus : vous oublier... comment cela ?

— Un terrible malheur m'a frappée. Vous en faire l'aveu serait vous attrister jusqu'à la mort, c'est inutile.

— Quel malheur peut séparer ceux qui s'aiment !

— Celui-là.

En prononçant cette parole, elle ferma les yeux.

La rue s'allongeait, absolument déserte. Un portail donnant sur un petit enclos, une sorte de triste jardin, était grand ouvert auprès d'eux. Il semblait leur offrir son ombre.

Félicien, comme un enfant irrésistible, qui adore, l'emmena sous cette voûte de ténèbres en enveloppant la taille qu'on lui abandonnait.

L'enivrante sensation de la soie tendue et tiède qui se moulait autour d'elle lui communiqua le désir fiévreux de l'étreindre, de l'emporter, de se perdre en son baiser. Il résista. Mais le vertige lui ôtait la faculté de parler. Il ne trouva que ces mots balbutiés et indistincts :

— Mon Dieu, mais, comme je vous aime !

Alors cette femme inclina la tête sur la poitrine de celui qui l'aimait et, d'une voix amère et désespérée :

— Je ne vous entends pas ! je meurs de honte ! Je ne vous entends pas ! Je n'entendrais pas votre nom ! Je n'entendrais pas votre dernier soupir ! Je n'entends pas les battements de votre cœur qui frappent mon front et mes paupières ! Ne voyez-vous pas l'affreuse souffrance qui me tue ! — Je suis... ah ! je suis SOURDE !

— Sourde, s'écria Félicien, foudroyé par une froide stupeur et frémissant de la tête aux pieds.

— Oui ! depuis des années ! Oh ! toute la science humaine serait impuissante à me ressusciter de cet horrible silence. Je suis sourde comme le ciel et comme la tombe, monsieur ! C'est à maudire le jour, mais c'est la vérité. Ainsi, laissez-moi !

— Sourde, répétait Félicien, qui, sous cette inimaginable révélation, était demeuré sans pensée, bouleversé et hors d'état même de réfléchir à ce qu'il disait. Sourde ?...

Puis, tout à coup :

— Mais, ce soir, aux Italiens, s'écria-t-il, vous applaudissiez, cependant, cette musique !

Il s'arrêta, songeant qu'elle ne devait pas l'entendre. La chose devenait brusquement si épouvantable qu'elle provoquait le sourire.

— Aux Italiens ?... répondit-elle, en souriant elle-même. Vous oubliez que j'ai eu le loisir d'étudier le semblant de bien des émotions. Suis-je donc la seule ? Nous appartenons au rang que le destin nous donne et il est de notre devoir de le tenir. Cette noble femme qui chantait méritait bien quelques marques suprêmes de sympathie ? Pensez-vous, d'ailleurs, que mes applaudissements différaient beaucoup de ceux des *dilettanti*

les plus enthousiastes ? J'étais musicienne, autrefois !...

A ces mots, Félicien la regarda, un peu égaré, et
s'efforçant de sourire encore :

— Oh ! dit-il, est-ce que vous vous jouez d'un cœur
qui vous aime à la désolation ? Vous vous accusez de
ne pas entendre et vous me répondez !...

— Hélas, dit-elle, c'est que... ce que vous dites,
vous le croyez *personnel*, mon ami ! Vous êtes sincère ;
mais vos paroles ne sont nouvelles que pour vous. —
Pour moi, vous récitez un dialogue dont j'ai appris,
d'avance, toutes les réponses. Depuis des années, il est
pour moi toujours le même. C'est un rôle dont toutes
les phrases sont dictées et nécessitées avec une précision vraiment affreuse. Je le possède à un tel point que
si j'acceptais, — ce qui serait un crime, — d'unir ma
détresse, ne fût-ce que quelques jours, à votre destinée,
vous oublieriez, à chaque instant, la confidence funeste
que je vous ai faite. L'illusion, je vous la donnerais,
complète, exacte, *ni plus ni moins qu'une autre femme,* je
vous assure ! Je serais même, incomparablement, plus
réelle que la réalité. Songez que les circonstances
dictent toujours les mêmes paroles et que le visage
s'harmonise toujours un peu avec elles ! Vous ne
pourriez croire que je ne vous entends pas, tant je
devinerais juste. — N'y pensons plus, voulez-vous ?

Il se sentit effrayé, cette fois.

— Ah ! dit-il, quelles amères paroles vous avez le
droit de prononcer !... Mais, moi, s'il en est ainsi, je
veux partager avec vous, fût-ce l'éternel silence, s'il le
faut. Pourquoi voulez-vous m'exclure de cette infortune ? J'eusse partagé votre bonheur ! Et notre âme
peut suppléer à tout ce qui existe.

La jeune femme tressaillit, et ce fut avec des yeux pleins de lumière qu'elle le regarda.

— Voulez-vous marcher un peu, en me donnant le bras, dans cette rue sombre ? dit-elle. Nous nous figurerons que c'est une promenade pleine d'arbres, de printemps et de soleil ! — J'ai quelque chose à vous dire, moi aussi, que je ne redirai plus.

Les deux amants, le cœur dans l'étau d'une tristesse fatale, marchèrent, la main dans la main, comme des exilés.

— Écoutez-moi, dit-elle, vous qui pouvez entendre le son de ma voix. Pourquoi donc ai-je senti que vous ne m'offensiez pas ? Et pourquoi vous ai-je répondu ? Le savez-vous ?... Certes, il est tout simple que j'aie acquis la science de lire, sur les traits d'un visage et dans les attitudes, les sentiments qui déterminent les actes d'un homme, mais, ce qui est tout différent, c'est que je pressente, avec une exactitude aussi profonde et, pour ainsi dire, presque infinie, la valeur et la qualité de ces sentiments ainsi que leur intime harmonie en celui qui me parle. Quand vous avez pris sur vous de commettre, envers moi, cette épouvantable inconvenance de tout à l'heure, j'étais la seule femme, peut-être, qui pouvait en saisir, à l'instant même, la véritable signification.

« Je vous ai répondu, parce qu'il m'a semblé voir luire sur votre front ce signe inconnu qui annonce ceux dont la pensée, loin d'être obscurcie, dominée et bâillonnée par leurs passions, grandit et divinise toutes les émotions de la vie et dégage l'idéal contenu dans toutes les sensations qu'ils éprouvent. Ami, laissez-moi vous apprendre mon secret. La fatalité, d'abord si douloureuse, qui a frappé mon être matériel, est devenue pour moi l'affranchissement de bien des servitudes ! Elle m'a délivrée de cette surdité intellectuelle dont la plupart des autres femmes sont les victimes.

« Elle a rendu mon âme sensible aux vibrations des choses éternelles dont les êtres de mon sexe ne connaissent, à l'ordinaire, que la parodie. Leurs oreilles sont murées à ces merveilleux échos, à ces prolongements sublimes ! De sorte qu'elles ne doivent à l'acuité de leur ouïe que la faculté de percevoir ce qu'il y a, seulement, d'instinctif et d'extérieur dans les voluptés les plus délicates et les plus pures. Ce sont les Hespérides, gardiennes de ces fruits enchantés dont elles ignorent à jamais la magique valeur ! Hélas, je suis sourde... mais elles ! Qu'entendent-elles !... Ou, plutôt, qu'écoutent-elles dans les propos qu'on leur adresse, sinon le bruit confus, en harmonie avec le jeu de physionomie de celui qui leur parle ! De sorte qu'inattentives non pas au sens apparent, mais à la *qualité,* révélatrice et profonde, au *véritable* sens enfin, de chaque parole, elles se contentent d'y distinguer une intention de flatterie, qui leur suffit amplement. C'est ce qu'elles appellent le « positif de la vie » avec un de ces sourires... Oh ! vous verrez, si vous vivez ! Vous verrez quels mystérieux océans de candeur, de suffisance et de basse frivolité cache, uniquement, ce délicieux sourire ! — L'abîme d'amour charmant, divin, obscur, véritablement étoilé, comme la Nuit, qu'éprouvent les êtres de votre nature, essayez de le traduire à l'une d'entre elles !... Si vos expressions filtrent jusqu'à son cerveau, elles s'y déformeront, comme une source pure qui traverse un marécage. De sorte qu'en réalité cette femme *ne les aura pas entendues.*

« La Vie est impuissante à combler ces rêves, disent-
elles, et vous lui demandez trop ! » Ah ! comme si la
Vie n'était pas faite par les vivants !

— Mon Dieu ! murmura Félicien.

— Oui, poursuivit l'inconnue, une femme
n'échappe pas à cette condition de la nature, la surdité
mentale, à moins, peut-être, de payer sa rançon d'un
prix inestimable, comme moi. Vous prêtez aux femmes
un secret, parce qu'elles ne s'expriment que par des
actes. Fières, orgueilleuses de ce secret, qu'elles ignorent elles-mêmes, elles aiment à laisser croire qu'on
peut les deviner. Et tout homme, flatté de se croire le
divinateur attendu, malverse de sa vie pour épouser un
sphinx de pierre. Et nul d'entre eux ne peut s'élever
d'avance jusqu'à cette réflexion qu'un secret, si terrible
qu'il soit, s'il n'est *jamais* exprimé, est identique au
néant.

L'inconnue s'arrêta.

— Je suis amère, ce soir, continua-t-elle, — voici
pourquoi : je n'enviais plus ce qu'elles possèdent,
ayant constaté l'usage qu'elles en font — et que j'en
eusse fait moi-même, sans doute ! Mais vous voici,
vous voici, vous qu'autrefois j'aurais tant aimé !... je
vous vois !... je vous devine !... je reconnais votre âme
dans vos yeux... vous me l'offrez, *et je ne puis vous la
prendre !...*

La jeune femme cacha son front dans ses mains.

— Oh ! répondit tout bas Félicien, les yeux en
pleurs, — je puis du moins baiser la tienne dans le
souffle de tes lèvres ! — Comprends-moi ! Laisse-
toi vivre ! tu es si belle !... Le silence de notre amour
le fera plus ineffable et plus sublime, ma passion
grandira de toute ta douleur, de toute notre mélan-

colie !... Chère femme épousée à jamais, viens vivre ensemble !

Elle le contemplait de ses yeux aussi baignés de larmes et, posant la main sur le bras qui l'enlaçait :

— Vous allez déclarer vous-même que c'est impossible ! dit-elle. Écoutez encore ! je veux achever, en ce moment, de vous révéler toute ma pensée... car vous ne m'entendrez plus.. et je ne veux pas être oubliée.

Elle parlait lentement et marchait, la tête inclinée sur l'épaule du jeune homme.

— Vivre ensemble !... dites-vous... Vous oubliez qu'après les premières exaltations, la vie prend des caractères d'intimité où le besoin de s'exprimer exactement devient inévitable. C'est un instant sacré ! Et c'est l'instant cruel où ceux qui se sont épousés inattentifs à leurs paroles reçoivent le châtiment irréparable du peu de valeur qu'ils ont accordée à la *qualité* du sens réel, UNIQUE, enfin, que ces paroles recevaient de ceux qui les énonçaient. « Plus d'illusions ! » se disent-ils, croyant, ainsi, masquer, sous un sourire trivial, le douloureux mépris qu'ils éprouvent, en réalité, pour leur sorte d'amour, — et le désespoir qu'ils ressentent de se l'avouer à eux-mêmes.

« Car ils ne veulent pas s'apercevoir qu'ils n'ont possédé que ce qu'ils désiraient ! Il leur est impossible de croire que, — hors la Pensée, qui transfigure toutes choses, — toute chose n'est qu'ILLUSION ici-bas. Et que toute passion, acceptée et conçue dans la seule sensualité, devient bientôt plus amère que la mort pour ceux qui s'y sont abandonnés. — Regardez au visage les passants, et vous verrez si je m'abuse. — Mais nous, demain ! Quand cet instant serait venu !... J'aurais votre regard, mais je n'aurais pas votre voix !

j'aurais votre sourire... mais non vos paroles ! Et je sens que vous ne devez point parler comme les autres !...

« Votre âme primitive et simple doit s'exprimer avec une vivacité presque définitive, n'est-ce pas ? Toutes les nuances de votre sentiment ne peuvent donc être trahies que dans la musique même de vos paroles ! Je sentirais bien que vous êtes tout rempli de mon image, mais la forme que vous donnez à mon être dans vos pensées, la façon dont je suis conçue par vous, et qu'on ne peut manifester que par quelques mots trouvés chaque jour, — cette forme sans lignes précises et qui, à l'aide de ces mêmes mots divins, reste indécise et tend à se projeter dans la Lumière pour s'y fondre et passer dans cet infini que nous portons en notre cœur, — cette seule réalité, enfin, je ne la connaîtrai jamais ! Non !... Cette musique ineffable, cachée dans la voix d'un amant, ce murmure aux inflexions inouïes, qui enveloppe et fait pâlir, je serais condamnée à ne pas l'entendre !... Ah ! celui qui écrivit sur la première page d'une symphonie sublime : « C'est ainsi que le Destin frappe à la porte ! » avait connu la voix des instruments avant de subir la même affliction que moi !

« Il se souvenait, en écrivant ! Mais moi, comment me souvenir de la voix avec laquelle vous venez de me dire pour la première fois : « Je vous aime !... »

En écoutant ces paroles, le jeune homme était devenu sombre : ce qu'il éprouvait, c'était de la terreur.

— Oh ! s'écria-t-il. Mais vous entr'ouvrez dans mon cœur des gouffres de malheur et de colère ! J'ai le pied sur le seuil du paradis et il faut que je referme, sur moi-même, la porte de toutes les joies ! Êtes-vous la

tentatrice suprême — enfin !... Il me semble que je vois
luire, dans vos yeux, je ne sais quel orgueil de m'avoir
désespéré.

— Va ! je suis celle qui ne t'oubliera pas ! répondit-
elle. — Comment oublier les mots pressentis qu'on n'a
pas entendus ?

— Madame, hélas ! vous tuez à plaisir toute la
jeune espérance que j'ensevelis en vous !... Cependant,
si tu es présente où je vivrai, l'avenir, nous le vaincrons
ensemble ! Aimons-nous avec plus de courage ! Laisse-
toi venir !

Par un mouvement inattendu et féminin, elle noua
ses lèvres aux siennes, dans l'ombre, doucement,
pendant quelques secondes. Puis elle lui dit avec une
sorte de lassitude :

— Ami, je vous dis que c'est impossible. Il est des
heures de mélancolie où, irrité de mon infirmité, vous
chercheriez des occasions de la constater plus vivement encore ! Vous ne pourriez oublier que je ne vous
entends pas !... ni me le pardonner, je vous assure !
Vous seriez, fatalement, entraîné, par exemple, *à ne
plus me parler,* à ne plus articuler de syllabes auprès de
moi ! Vos lèvres, seules, me diraient : « Je vous aime »,
sans que la vibration de votre voix troublât le silence.
Vous en viendriez à m'écrire, ce qui serait pénible,
enfin ! Non, c'est impossible ! Je ne profanerai pas ma
vie pour la moitié de l'Amour. Bien que vierge, je suis
veuve d'un rêve et veux rester inassouvie. Je vous le
dis, je ne puis vous prendre votre âme en échange de la
mienne. Vous étiez, cependant, celui destiné à retenir
mon être !... Et c'est à cause de cela même que mon
devoir est de vous ravir mon corps. Je l'emporte ! C'est
ma prison ! Puissé-je en être bientôt délivrée ! — Je ne

veux pas savoir votre nom... *Je ne veux pas le lire!...*
Adieu! — Adieu!...

Une voiture étincelait à quelques pas, au détour de
la rue de Grammont. Félicien reconnut vaguement le
laquais du péristyle des Italiens lorsque, sur un signe
de la jeune femme, un domestique abaissa le marche-
pied du coupé.

Celle-ci quitta le bras de Félicien, se dégagea comme
un oiseau, entra dans la voiture. L'instant d'après,
tout avait disparu.

M. le comte de la Vierge repartit, le lendemain,
pour son solitaire château de Blanchelande, — et l'on
n'a plus entendu parler de lui.

Certes, il pouvait se vanter d'avoir rencontré, du
premier coup, une femme sincère, — ayant, enfin, *le
courage de ses opinions.*

MARYELLE

A Madame la baronne de la Salle.

> Avance tes lèvres, dit-elle,
> mes baisers ont le goût d'un
> fruit qui se fondrait dans ton
> cœur.
>
> GUSTAVE FLAUBERT.
> *La Tentation de saint Antoine.*

Sa disparition de Mabille, ses allures nouvelles, la discrète élégance de ses toilettes sombres, ses airs, enfin, de *noli me tangere*, joints à de certaines *réticences* qu'employaient désormais ses favorisés en parlant d'elle, tout cela m'intriguait un peu les esprits au sujet de cette séduisante fille, célèbre, jadis, dans ces soupers où son fin et joli babil galvanisait jusqu'aux princes les plus moroses de la *Gomme* — et que je désire appeler Maryelle.

Tout semblant de pudeur n'étant, parfois, pour les femmes ultra-galantes qu'une dernière dépravation, je résolus, étant désœuvré, d'approfondir l'énigme.

Oui, par un légitime ennui, par une de ces frivolités

dont tout philosophe est capable à ses heures (et qu'il ne faut point se hâter de blâmer outre mesure), je formai le dessein de rechercher, dès que s'en offrirait l'occasion, jusqu'à quel degré de l'épiderme cette couche de vernis pudique avait pénétré chez elle, ne doutant pas que les premières égratignures d'une conversation savamment épicée n'en fissent sauter, pour le moins, quelques écailles.

Hier, avenue de l'Opéra, je rencontrai la mystérieuse enfant, toute moulée de faille noire, une rose rouge-sang à la ceinture, un gainsborough sur son ovale et fin visage.

Maryelle compte aujourd'hui vingt-cinq automnes ; elle n'est qu'un peu pâlie, toujours svelte, excitante, avec sa beauté de tubéreuse, pimentée d'une distinction de vicomtesse de théâtre, et son je ne sais quel charme dans les yeux.

Entre deux banalités de circonstance et la trouvant moins cérémonieuse que je ne m'y attendais, je l'invitai, sans autres façons, à venir dîner au Bois, seule à seul, dans un moulin de couleur quelconque, histoire de s'ennuyer de concert, — les premiers soirs de notre énervant septembre devant aider, pensai-je, à ses expansives confidences.

Elle déclina d'abord, puis, comme séduite par mon insouciant ton de réserve, elle accepta. Cinq heures sonnaient. Nous partîmes.

La promenade, sous les branchages de l'une des plus désertes allées du Bois, fut silencieuse. Maryelle avait baissé son voile, craignant soit d'être vue, soit de me causer quelque gêne. La voiture, d'après son désir, allait au pas. Je ne remarquai rien d'autrement surprenant dans la tenue de notre énigmatique amie, sinon, toutefois, l'attention inusitée dont elle honora le coucher du soleil.

Le dîner fut maintenu sur un diapason tellement officiel, que, transporté en un repas de famille bourgeoise le jour de la fête du grand-père, il n'y eût choqué personne. Nous parlâmes, je m'en souviens, du... prochain Salon ! Elle était au fait, semblait s'intéresser. Bref, nous étions absurdes à plaisir : c'est si amusant de jouer au gandin ! Je préfère cela aux cartes.

Pour diversifier et l'attirer vers de plus riants domaines de l'Esprit, je me mis à lui détailler, au dessert, l'aventure de ce hobereau vindicatif, lequel ayant surpris — (qui ? je vous le donne en mille ?) — sa femme, figurez-vous ! en conversation légère, blessa, mortellement, le préféré : — puis, pendant que celui-ci rendait l'âme, et comme la jeune éplorée se penchait, en grand désespoir, sur l'agonisant, imagina (raffinement extrême !) de chatouiller dans l'ombre les pieds de l'épouse infidèle, afin de la forcer d'éclater d'un fou rire au nez expirant de l'élu de son cœur.

Cette anecdote, assaisonnée d'incidentes, ayant induit Maryelle à sourire, la glace fut rompue, — et nous commençâmes à nous distraire davantage.

Lorsqu'on nous eut apporté les candélabres, l'éternel café, les boîtes odorantes de la Havane et les cigarettes russes, comme les fenêtres de notre retrait donnaient sur de grands arbres, je lui dis, en lui montrant le croissant qui faisait étinceler les dernières feuilles d'or bruni :

— Ma chère Maryelle, te rappelles-tu, vaguement, l'automne dernier ?

Elle eut un mouvement de tête un peu mélancolique :

— Bah ! répondit-elle. L'hiver suivant, les jolies fleurs de ces deux soirs dont tu parles sont mortes sous la neige. Tiens, n'essayons pas de raviver un bouquet de sensations fanées, — ce serait nous efforcer vers un nul plaisir. Le caprice est envolé ; c'est l'oiseau bleu ! Laissons la cage ouverte, en souvenir, veux-tu ? Restons amis.

L'heure était charmante : Maryelle venait de dire une chose aussi sensée qu'exquise ; quoi de mieux possible, désormais, qu'une causerie ? Elle voyait qu'en cet instant, du moins, j'avais plutôt souci du mot de son attitude nouvelle que de ses chers abandons... Cependant je me crus obligé, par une délicatesse, de prendre un air attristé quelque peu, — simple attention que tout homme bien élevé doit toujours et quand même à une créature gracieuse. Elle me devina, sans doute, et la sympathique alouette voulut bien se laisser prendre au miroir. Nous nous tendîmes la main en souriant ; — et ce fut fini.

Et voici qu'entre deux petites gorgées de menthe blanche, m'ayant élu pour confident sous le fallacieux peut-être, mais le rassurant prétexte que je ne suis pas « comme les autres » (ce qui était à dire, en réalité, pour causer, à tout prix, de l'intime préoccupation qui l'étouffait), Maryelle me narra la suivante histoire, — après m'avoir arraché cette promesse (que je tiens en ce moment) d'en masquer l'héroïne (s'il m'arrivait d'en parler un jour), sous le loup de velours d'un impénétrable et gracieux anonymat.

Voici l'histoire, sans commentaires. C'est seulement *sa manière d'être banale* qui m'a semblé assez extraordinaire.

L'hiver dernier, au théâtre, Maryelle avait été

l'objet, paraît-il, de l'attention d'un très jeune spectateur absolument inconnu du tout Paris des rues
Blanche et Condorcet.

Oui, d'un enfant de dix-sept ou dix-huit ans, de mise
élégante et simple, et dont la jumelle s'était plusieurs
fois levée vers sa loge.

Lorsque la belle Maryelle est habillée en toilette
montante, il faut vous dire qu'un provincial pourra
toujours la prendre pour quelque échappée d'un salon
de moderne préfète.

La dangereuse créature a cela pour elle, qu'elle n'est
dénuée ni d'orthographe ni d'un certain tact, grâce
auquel elle *devient* selon les gens qui lui parlent — et
assez vite pour produire l'illusion. La romance une fois
commencée, elle ne détonne plus : qualité rare.

Elle s'était accompagnée, ce soir-là, d'une forte
marchande à la toilette à qui, dès le premier coup de
lorgnette du « monsieur », elle intima, tout bas, la plus
rigoureuse tenue.

En sorte que, dès le second acte, Maryelle eût
semblé, à des yeux même sagaces, une rentière veuve
et indifférente, flanquée d'une parente éloignée.

Le « monsieur » n'était donc autre que cet adolescent de dix-sept ans à peine : de beaux yeux, un air
crédule, l'innocence même. Un page. Or, l'aspect
imposant et piquant à la fois de la brillante personne
ayant ému, ce semble, outre mesure, notre jeune
homme, il erra dans les couloirs (sans oser, bien
entendu) ; et pour tout dire, à l'issue de la représentation, il suivit en voiture l'humble fiacre de ces dames.

En fine mouche, Maryelle se réfugia, ce soir-là, chez
sa marchande à la toilette. Des ordres furent donnés

pour « si l'on venait prendre des renseignements ».
Bref, elle devint, en deux temps, l'honnête veuve, « de
passage à Paris », du militaire en retraite, âgé, décoré,
auquel une famille intéressée l'avait sacrifiée de bonne
heure. Enfin, rien n'y manqua, pas même les deux ans
de veuvage, avec le portrait du défunt, qu'on se
procurerait facilement et d'occasion, s'il y avait lieu
de s'en pourvoir. Il est de tradition que, même de nos
jours, cette fastidieuse rengaine ne manque jamais son
effet sur les imaginations jeunes encore. Maryelle s'en
tint là, le mieux étant l'ennemi du bien : plus tard, on
aviserait.

La nuit ayant affolé les fiévreuses rêveries de son
juvénile amoureux, tout se passa comme, avec son flair
de levrette, notre héroïne l'avait pressenti.

Le jeune provincial, une fois en possession du nom,
nouvellement choisi, de la dame, écrivit.

(Maryelle, en mettant un pouce léger sur la signature, me donna cette lettre à lire.) S'il faut l'avouer, je
fus surpris de l'accent sincère de cette épître : elle
émanait, à coup sûr, d'un trop candide, mais très
noble garçon. C'était fou ! mais c'était exquis ! Ah ! le
charmant et bon petit être ! Un respect, une timidité
irrésistibles ! Il donnait son premier amour, cet enfant-
là, prenant cette fille bizarre pour la plus réservée des
femmes ! J'en fus attristé moi-même en songeant au
dénouement inévitable.

— Il s'appelle, de son petit nom, Raoul, me dit-elle ;
il appartient à une excellente famille de la province :
ses parents, « des magistrats bien honorables », lui
laisseront de l'aisance. Il vient à Paris trois fois par
mois, en s'échappant ! Cela dure depuis six semaines.

Maryelle, allumant une cigarette, continua son histoire, comme se parlant à elle-même.

Ayant des côtés abordables, la belle repentie n'était point demeurée insensible à cette passion, si « gentiment » exprimée. Après deux autres « petites lettres d'attendrissement », un voile se déchira pour elle ; son « âme » entrevit l'existence sous un jour inconnu. Une Marion Delorme s'éveilla dans ce corps jusque-là plongé en des limbes d'inconscience.

Bref, un rendez-vous fut accordé.

L'enfant, paraît-il, fut inouï, fou de joie, ignorant, ingénu jusqu'au délire. Et, se sentant pour la première — et dernière fois, sans doute, — aimée noblement, voilà que cette charmante insensée de Maryelle s' « emballa » elle-même et que l'idylle commença.

Elle en devint folle !

Oh ! rien ne manque au roman ! Ni le secret à chaque voyage de Raoul, ni la petite maison louée dans un faubourg tranquille, avec des fleurs sur le balcon et donnant sur un pâle jardin. Là, seulement, ressuscitée des « autres », elle palpite de toutes les chastetés, de tous les abandons, de tous les bonheurs « ignorés si longtemps ! » (Et, en parlant, des larmes brillaient entre les cils de la sentimentale fille.)

Raoul est un Roméo qui ne saura peut-être jamais le fin mot de sa Juliette, car elle compte disparaître un jour. Plus tard.

L'autre femme qui était en elle est morte, à l'entendre ; — ou, plutôt, n'a, pour elle, jamais existé. — Les femmes ont de ces puissances d'oubli momentané ; elles disent à leurs souvenirs : « Vous repasserez demain », et ils obéissent.

Mais, au fond, tout ce qu'affirment les femmes de

mœurs un peu libres est-il digne d'autant d'attention
que le bruit du vent qui chante dans les feuilles jusqu'à
l'hiver ?

Cependant, ses économies se sont dissipées à meu-
bler, d'une façon délicate et modeste, la demeure en
question. Raoul n'est encore ni majeur, ni en possession
d'une fortune quelconque. D'ailleurs, fût-il riche, il
semblerait impossible à Maryelle d'accepter de lui le
moindre service d'argent ; elle a peur de l'argent
auprès de cet enfant-là. L'argent, cela lui rappellerait
les « autres ». Lui en parler ? jamais. — Elle aimerait
mieux mourir. Positivement. — Elle se trouve justifiée,
par son amour, de l'inconvenance assez déplacée, de
l'indélicatesse même, qu'elle commet, en ceci, vis-à-vis
de ce très innocent garçon.

Lui, la croyant à l'aise, comme une femme de son
monde, n'y songe, non plus, en rien ; il consacre tous
ses petits louis à lui acheter soit des fleurs, soit de jolies
choses d'art qu'il peut trouver, voilà tout. Et c'est, en
effet, tout naturel.

Entre eux donc, c'est le ciel ! c'est l'estime naïve et
pure ! c'est le tout simple amour, avec ses ingénues
tendresses, ses extases, ses ravissements éperdus !

Daphnis et Chloé, balbutiant : voilà leur pendant
exact.

A ce point du récit, Maryelle fit une pause, puis,
levant vers les nuages lointains, au-delà de la croisée
ouverte aux étoiles, des yeux d'une expression virgi-
nale :

— Oui, acheva-t-elle, je lui suis fidèle ! Et rien,
rien ! je le sens, ne me ferait cesser de l'être ! Oui, JE JE
ME TUERAIS PLUTÔT ! — murmura-t-elle avec

une énergie froide, et en rougissant de pudeur à la seule idée d'une infidélité imaginaire.

— Hein ?... lui répondis-je en relevant la tête et légèrement stupéfait de cet aveu, — tiens, — mais... Georges, cependant, mais Gaston d'Al ?... mais ce bel Aurelio ? mais Francis X*** ? Il me semblait que... hein ?

Maryelle éclata d'un frais rire aux notes d'or et de cristal.

— D'aimables blagueurs ! s'écria-t-elle tout à coup, sans transition. Ah ! les importuns obligés, — sombre fête, alors ! — Eux ? Ah, bien !... Certes !...

(Et elle haussa dédaigneusement les épaules.)

— Est-ce de ma faute s'il faut bien vivre ? ajouta-t-elle.

— J'entends : tu lui demeures fidèle... en pensée ?

— En pensée comme en sensations ! s'écria de nouveau Maryelle, avec un mouvement d'hermine révoltée.

Il y eut un silence.

— Mon cher, continua-t-elle avec un de ces étranges regards féminins où des esprits seuls peuvent lire, si l'on savait jusqu'à quel point mon histoire, en ceci du moins, *devient celle de toutes les femmes !* — Il est si facile de ne point profaner le trésor de joies qui n'appartient qu'à l'amour, à ce sentiment divin que cet enfant et moi nous partageons !... Le reste ? — Est-ce que cela nous regarde ? — Le cœur y est-il pour quelque chose ? Le plaisir pour quelque chose ? L'*ennui même* pour quelque chose ?... En vérité, mon cher poète, ce dont tu veux parler est moins qu'un rêve et ne signifie rien.

Les femmes ont une façon de prononcer le mot *rêve* et

le mot *poète* qui serait à mourir de rire si on en avait le temps.

— Aussi, acheva-t-elle, ai-je le droit de dire que je suis incapable de le tromper.

— Ah! çà, ma chère Maryelle, lui répondis-je en plaisantant, sans prétendre que le *convenu* de bien des faveurs me soit inintelligible, quelle que soit ma modestie, quelque désir que j'aie de ne caresser aucune chimère, m'autoriserais-tu, voyons, à JURER que moi-même, enfin, je n'étreignis jamais que ton fantôme?

A cette folle question, — suggérée, peut-être, par quelque sensible contrariété, l'animation de son récit l'ayant rendue, vraiment, des plus ragoûtantes, — elle s'accouda sur la table avec mélancolie : le bout de ses doigts pâles et fins effleurait ses cheveux; elle regardait, entre ses cils, brûler l'une des bougies du candélabre, — puis, avec un indéfinissable sourire :

— Très cher, me dit-elle après un assez profond silence, c'est gênant, ce que tu me demandes; mais, vois-tu bien, *nul n'est plus si prodigue de soi-même, de nos jours.* Et, entre autres, ni toi, ni moi. Les semblants de l'amour ne sont-ils pas devenus, pour presque tous, préférables à l'amour même? Ne m'as-tu pas, au fond, donné l'exemple du méchant sacrilège... que tu voudrais me reprocher? Entre nous, ne serais-tu pas embarrassé quelque peu si je t'eusse aimé?... Prends-tu, sérieusement, le charme, convenu en effet, d'un instant — peut-être bien solitaire, bien peu partagé peut-être! — pour la fusible et dévorante joie de l'Amour? — Quoi! tu ravirais, je suppose, un baiser sur les lèvres d'une enfant endormie et, de ceci, tu la jugerais coupable d'infidélité à... son fiancé, par exem-

ple ? Et, la rencontrant au jour, tu oserais t'imaginer,
sans rire, avoir été le rival de celui... Ah ! je t'atteste
que n'ayant pas même ressenti le frôlement de ce
baiser, elle serait dispensée, envers toi, même de
l'oubli. — Si indifférent que tu me puisses être en
amour, tu peux bien croire, sans grande fatuité,
j'imagine, que j'ai su distinguer le plaisir qu'a *dû* me
causer ta simple personne, de celui que m'a causé,
aussi, ce joli diamant glissé à mon doigt — (ah ! certes,
avec une délicate et tout à fait simple apparence de
souvenir, je l'accorde !) — mais qui, parlons franc,
t'acquittait envers une pauvre fille, galante de son
métier, comme ta très humble servante Maryelle.
Quant au *surplus,* à ce que je puis t'avoir accordé par
enjouement ou par indolence, c'est là l'illusion qu'il
faut laisser à jamais envolée, — la poussière brillante
des ailes de ce papillon s'étant toujours effacée aux
doigts assez cruels qui tentèrent de le ressaisir.

« Mon cher, n'espère pas me persuader que tu n'as
connu de l'amour que ces vains abandons mélangés de
tristes et nécessaires arrière-pensées. — Tu me demandes si tu n'as jamais pressé dans tes bras que mon
fantôme ? conclut la belle rieuse : eh bien, permets-moi
de te répondre que ta question serait au moins
indiscrète et *inconvenante* (c'est le mot, sais-tu ?) si elle
n'était pas absurde. Car — *cela ne te regarde pas.*

— Va vite retrouver ton Raoul, misérable !
m'écriai-je, furieux. — A-t-on vu l'impertinente ? Je
prétends me consoler en essayant d'écrire ta ridicule
histoire. Tu es d'une fidélité... à toute épreuve !

— N'oublie pas le pseudonyme ! dit, en riant,
Maryelle.

Elle mit son chapeau voilé, sa longue mante, se

priva de m'embrasser, — par un dernier sentiment des usages, et disparut.

Resté seul, je m'accoudai au balcon, regardant s'éloigner, sous les arbres de l'allée, la voiture qui emportait cette amoureuse vers son amour.

— Voilà, certes, une Lucrèce nouvelle! pensai-je.

L'herbe, toute lumineuse de l'ondée du soir, brillait sous la fenêtre : j'y jetai, par contenance, mon cigare éteint.

LE TRAITEMENT
DU DOCTEUR TRISTAN

A Monsieur Jules de Brayer.

> Fili Domini, putasne *vivent*
> ossa ista?
>
> ISAIE.

Hurrah! C'en est fait! En joie! *For ever!!!* Le Progrès nous emporte en son torrent. Lancés comme nous le sommes, tout temps d'arrêt serait un véritable suicide. Victoire! victoire! La vitesse de notre entraînement prend des proportions de brouillard tellement admirables que c'est à peine si nous avons le loisir de distinguer autre chose que l'extrémité de notre propre nez.

Pour échapper à l'horrible hypnotisme qui pourrait s'en ensuivre, avons-nous d'autres ressources que celle de fermer définitivement les yeux? Non. Pas d'autre. Abaissons donc les paupières et — laissons-nous aller.

Que de découvertes! Que d'inventions, butyreuses [1] pour tous! — L'Humanité devient, entre deux déluges, un fait, positivement divin! Récapitulons:

1° Poudre de riz noire, pour éclairer le teint des nègres marrons ;

2° Réflecteurs du Dr Grave, qui vont, dès demain, couvrir d'affiches le vaste mur du ciel nocturne ;

3° Toiles d'araignée artificielles pour chapeaux de savants ;

4° Machine-à-Gloire de l'illustre Bathybius Bottom, le parfait baron moderne ;

5° L'Ève-nouvelle [2], machine électro-humaine (presque une bête !...), offrant le clichage du premier amour, — par l'étonnant Thomas Alva Edison, l'ingénieur américain, le Papa du Phonographe.

— Mais, chut ! Voici du nouveau ! — Voici encore du nouveau !... Toujours !... Cette fois, c'est la Médecine qui va nous éblouir. Écoutons ! Un stupéfiant praticien, le Dr T. Chavassus, vient de trouver un traitement radical des *Bruits, Bourdonnements,* et tous autres troubles du canal auditif. Il guérit jusqu'aux personnes qui *entendent de travers,* maladie devenue contagieuse de nos jours. — Chavassus, enfin, possédant, à fond, la connaissance de tous les tambours de l'ouïe humaine, s'adresse, d'une façon *intellectuelle,* à ces gens nerveux qui sentent trop vite, comme on dit, la *Puce à l'oreille !* — Il calme les démangeaisons que, par exemple, la sensation des « outrages » éveille encore derrière l'appendice auriculaire de certains humains en retard et demeurés *trop* susceptibles ! Mais son triomphe, sa spécialité, c'est la cure des personnes qui « *entendent des Voix* », soit les Jeanne d'Arc, par exemple. — C'est là son titre principal à l'estime publique.

Le traitement du Dr Chavassus est *tout* rationnel ; sa devise est : « Tout pour le Bon-Sens et par le Bon-

Sens ! » Plus d'inspirations héroïques à craindre, avec lui. Ce prince du savoir empêcherait un malade de distinguer jusqu'à la voix de sa conscience, au besoin. Et il garantit, à forfait, que toute Jeanne d'Arc, au sortir de ses mains éclairées, n'entendra plus aucune espèce de *Voix* (pas même la sienne), et que les tambours des oreilles seront, chez elle, aussi voilés que tout tambour sérieux et rationnel doit l'être aujourd'hui.

Plus de ces entraînements irréfléchis, dus, par exemple, à l'excitation que les vieux chants d'une patrie éveillent, maladivement, dans le cœur de quelques derniers enthousiastes ! Plus d'enfantillages ! Ne craignons plus de reconquérir des provinces [3] à l'étourdie ! Le Docteur est là. Seriez-vous tourmenté par quelques lointains appels des sirènes de la Gloire ?... Chavassus vous fera passer ces bourdonnements d'oreilles. — Entendez-vous des accents sublimes, dans le silence, comme si l'âme de votre pays vous parlait ?... Éprouvez-vous des sursauts d'honneur révolté lorsque le sentiment du courage vaincu et de l'indomptable espoir des grands lendemains s'allume en votre cœur et fait rougir le lobe de vos oreilles ?... — Vite ! vite ! chez le Docteur : il vous ôtera ces démangeaisons-là !

Ses consultations sont de deux à quatre. Et quel homme affable ! charmant ! irrésistible ! — Vous pénétrez dans son cabinet, pièce décorée avec cette ornementation sévère qui convient à la Science. Pour tout objet de luxe, vous apercevez une botte d'oignons appendue au-dessous d'un buste d'Hippocrate, pour indiquer aux personnes sentimentales qu'elles pour-

ront se procurer, au besoin, des larmes de gratitude
après succès.

Chavassus vous indique un fauteuil scellé dans le
parquet. A peine y êtes-vous commodément installé,
que de brusques crampons, pareils à des griffes de
tigre, paralysent, à l'instant même, chez vous, le plus
léger mouvement. — Le Docteur, alors, vous regarde
pendant quelque temps, bien en face, en haussant les
sourcils, en poussant sa joue avec sa langue et un cure-
dents à la main, vous témoignant, ainsi, du violent
intérêt que vous lui inspirez.

— Avez-vous eu souvent *l'oreille basse*[4], dans la vie ?
vous demande-t-il.

— Mais… comme tout le monde, aujourd'hui,
répondez-vous, gaiement. — Souventes fois, pour me
distraire.

— Espérez, en ce cas, reprend le Docteur. Ce sont
des échos, mon ami ; ce ne sont pas des *Voix* que vous
avez entendues.

Et soudain, se précipitant sur votre oreille, il y colle
sa bouche. Puis, avec une intonation d'abord lente et
basse, mais qui ne tarde pas à s'enfler comme le
rugissement de la foudre, il y articule ce seul mot :
« HUMANITÉ ». Les yeux sur son chronomètre, il en
arrive, après vingt minutes, à le prononcer dix-sept fois
par seconde, sans en confondre les syllabes, résultat
conquis par bien des veilles ! fruit de nombreux et
périlleux exercices.

Il répète donc ce mot, de cette manière surprenante,
en votre dite oreille : non point que ce vocable
représente, à son esprit, un sens quelconque ! Au-
contraire ! (Il ne s'en sert, personnellement, que
comme certain chanteur se servait, tous les matins, du

mot « Carcassonne », pour se nettoyer le gosier, et voilà tout.) Mais il lui attribue des vertus *magiques* et il prétend que lorsqu'il a bien endormi, châtré et englué le cervelet d'un malade avec ce mot-là, la guérison est aux trois quarts obtenue.

Cela fait, il passe à l'autre oreille et y susurre, avec les inflexions d'une tyrolienne, environ nonante *Queues-de-mots*[5], de sa confection. Ces Queues-de-mots jouent sur les désinences de certains termes, aujourd'hui démodés et dont il est presque impossible de retrouver la signification, — par exemple de mots tels que : Générosité !... Foi !... Désintéressement !... Ame immortelle !... etc., et autres expressions fantastiques. A la fin, vous l'écoutez en remuant doucement la tête de haut en bas ; vous souriez, dans une sorte d'extase.

Au bout d'une demi-heure, le vase de votre entendement étant rempli de la sorte, il devient nécessaire de le *boucher,* n'est-il pas vrai ?... de peur que son précieux contenu ne s'évente. Chavassus, donc, aux approches du moment qu'il juge psychologique, vous introduit dans les oreilles deux fils d'induction tout particulièrement enduits, préparés et saturés d'un fluide *positif* dont il a le secret. — Chut ! ne bougeons plus !... Il touche l'interrupteur d'une pile voisine ; l'étincelle part dans votre oreille. Trente mille cymbales résonnent sous votre crâne. Les crampons et le fauteuil retiennent le bond terrible dont vous savourez, intérieurement, l'élan contenu.

— Eh bien ! — Quoi ?... quoi ?... quoi ?... ne cesse de vous répéter, en souriant, le Docteur.

Seconde étincelle. Crac ! Cela suffit. Victoire !... Le tympan est crevé, — c'est-à-dire ce point mystérieux, ce point malade, ce *point* inquiétant qui, dans le tympan de votre misérable oreille, apportait à votre esprit ces bourdonnements de gloire, d'honneur et de courage. — Vous êtes sauvé. Vous n'entendez plus rien. Miracle! L'Abstraction et la Queue-de-mot couvrent, en vous, tous cris de colère devant le vieil Idéal assassiné! L'amour exclusif de votre santé et de vos aises vous inspire un mépris éclairé de toutes les offenses! Vous voici, désormais, à l'épreuve de dix mille claques. — ENFIN!!! Vous respirez. Chavassus vous délivre une pichenette sur le nez, en signe de guérison; vous vous levez; — vous être LIBRE...

Si vous appréhendez quelques puérils regains de dignité, si, en un mot, vous doutez encore, le Docteur Tristan, tout en mâchonnant son cure-dents, détache, à la chute de vos lombes, un fort coup de pied, que vous recevez d'un cœur débordant de gratitude et en regardant la botte d'oignons. Vous voilà rassuré. Vous partez après l'avoir couvert d'or. Vous sortez de chez lui, frais, dispos, leste — (en ce bel habit noir, *vulgo* siflet, *aliàs* queue-de-pie, avec lequel vous portez, si divinement, le deuil des mots que vous avez tués); — les mains dans les poches, au gai soleil, la mine entendue, l'œil fin, — l'esprit bien délivré de toutes ces *Voix* vaines et confuses qui, la veille encore, vous harcelaient. Vous sentez le Bon-sens couler, comme un baume, dans tout votre être. Votre indifférence... *ne connaît plus de frontières.* Vous êtes sacré par un raisonnement qui vous rend supérieur à toutes les hontes. Vous êtes devenu un homme de l'Humanité.

CONTE D'AMOUR

> Et que Dieu ne te récom-
> pense jamais du *bien* que tu
> m'as fait !
>
> HENRI HEINE.
> *L'Intermezzo.*

I

ÉBLOUISSEMENT

La Nuit, sur le grand mystère,
Entr'ouvre ses écrins bleus :
Autant de fleurs sur la terre
Que d'étoiles dans les cieux !

On voit ses ombres dormantes
S'éclairer, à tous moments,
Autant par les fleurs charmantes
Que par les astres charmants.

Moi, ma nuit au sombre voile
N'a, pour charme et pour clarté,
Qu'une fleur et qu'une étoile :
Mon amour et ta beauté !

II

L'AVEU

J'ai perdu la forêt, la plaine
Et les frais avrils d'autrefois...
Donne tes lèvres : leur haleine,
Ce sera le souffle des bois !

J'ai perdu l'Océan morose,
Son deuil, ses vagues, ses échos ;
Dis-moi n'importe quelle chose :
Ce sera la rumeur des flots.

Lourd d'une tristesse royale [1],
Mon front songe aux soleils enfuis...
Oh ! cache-moi dans ton sein pâle !
Ce sera le calme des nuits !

III

LES PRÉSENTS

Si tu me parles, quelque soir,
Du secret de mon cœur malade,
Je te dirai, pour t'émouvoir,
Une très ancienne ballade.

Si tu me parles de tourment,
D'espérance désabusée,
J'irai te cueillir, seulement,
Des roses pleines de rosée.

Si, pareille à la fleur des morts
Qui se plaît dans l'exil des tombes,
Tu veux partager mes remords...
Je t'apporterai des colombes.

IV

AU BORD DE LA MER

Au sortir de ce bal, nous suivîmes les grèves ;
Vers le toit d'un exil, au hasard du chemin,
Nous allions : une fleur se fanait dans sa main ;
C'était par un minuit d'étoiles et de rêves.

Dans l'ombre, autour de nous, tombaient des flots
[foncés.
Vers les lointains d'opale et d'or, sur l'Atlantique,
L'outre-mer épandait sa lumière mystique ;
Les algues parfumaient les espaces glacés ;

Les vieux échos sonnaient dans la falaise entière !
Et les nappes de l'onde aux volutes sans frein
Écumaient, lourdement, contre les rocs d'airain.
Sur la dune brillaient les croix d'un cimetière.

Leur silence, pour nous, couvrait ce vaste bruit.
Elles ne tendaient plus, croix par l'ombre insultées,
Les couronnes de deuil, fleurs de morts, emportées
Dans les flots tonnants, par les tempêtes, la nuit.

Mais, de ces blancs tombeaux en pente sur la rive,
Sous la brume sacrée à des clartés pareils,
L'ombre questionnait en vain les grands sommeils :
Ils gardaient le secret de la Loi décisive.

Frileuse, elle voilait, d'un cachemire noir,
Son sein, royal exil de toutes mes pensées !
J'admirais cette femme aux paupières baissées,
Sphynx cruel, mauvais rêve, ancien désespoir.

Ses regards font mourir les enfants. Elle passe
Et se laisse survivre en ce qu'elle détruit.
C'est la femme qu'on aime à cause de la Nuit,
Et ceux qui l'ont connue en parlent à voix basse.

Le danger la revêt d'un rayon familier :
Même dans son étreinte oublieusement tendre,
Ses crimes, évoqués, sont tels qu'on croit entendre
Des crosses de fusils tombant sur le palier.

Cependant, sous la honte illustre qui l'enchaîne,
Sous le deuil où se plaît cette âme sans essor,
Repose une candeur inviolée encor
Comme un lys enfermé dans un coffret d'ébène.

Elle prêta l'oreille au tumulte des mers,
Inclina son beau front touché par les années,
Et, se remémorant ses mornes destinées,
Elle se répandit en ces termes amers :

« Autrefois, autrefois, — quand je faisais partie
Des vivants, — leurs amours sous les pâles flambeaux
Des nuits, comme la mer au pied de ces tombeaux,
Se lamentaient, houleux, devant mon apathie.

J'ai vu de longs adieux sur mes mains se briser ;
Mortelle, j'accueillais, sans désir et sans haine [2],
Les aveux suppliants de ces âmes en peine :
Le sépulcre à la mer ne rend pas son baiser.

Je suis donc insensible et faite de silence
Et je n'ai pas vécu ; mes jours sont froids et vains ;
Les Cieux m'ont refusé les battements divins !
On a faussé pour moi les poids de la balance.

Je sens que c'est mon sort même dans le trépas :
Et, soucieux encor des regrets ou des fêtes,
Si les morts vont chercher leurs fleurs dans les
　　　　　　　　　　　　　　　　　　[tempêtes,
Moi, je reposerai, ne les comprenant pas. »

Je saluai les croix lumineuses et pâles.
L'étendue annonçait l'aurore, et je me pris
A dire, pour calmer ses ténébreux esprits
Que le vent du remords battait de ses rafales

Et pendant que la mer déserte se gonflait :
— « Au bal vous n'aviez pas de ces mélancolies
Et les sons de cristal de vos phrases polies
Charmaient le serpent d'or de votre bracelet.

Rieuse et respirant une touffe de roses
Sous vos grands cheveux noirs mêlés de diamants,
Quand la valse nous prit, tous deux, quelques
　　　　　　　　　　　　　　　　　　[moments,
Vous eûtes, en vos yeux, des lueurs moins moroses ?

J'étais heureux de voir sous le plaisir vermeil
Se ranimer votre âme à l'oubli toute prête,
Et s'éclairer enfin votre douleur distraite,
Comme un glacier frappé d'un rayon de soleil. »

Elle laissa briller sur moi ses yeux funèbres,
Et la pâleur des morts ornait ses traits fatals.
— « Selon vous, je ressemble aux pays boréals,
J'ai six mois de clartés et six mois de ténèbres?

Sache mieux quel orgueil nous nous sommes donnés !
Et tout ce qu'en nos yeux il empêche de lire...
Aime-moi, toi qui sais que, sous un clair sourire,
Je suis pareille à ces tombeaux abandonnés[3]. »

V

RÉVEIL[4]

Ô toi, dont je reste interdit,
J'ai donc le mot de ton abîme !
N'importe quel baiser t'anime :
Un passant ; de l'or ; tout est dit.

Tu n'aimes que comme on se venge ;
Tu mens en cris délicieux ;
Et tu te plais, riant des cieux,
A ces vains jeux de mauvais ange.

En tes baisers nuls et pervers
Si j'ai bu vos sucs, jusquiames,
Enchanteresse entre les femmes,
Sois oubliée, en tes hivers !

VI

ADIEU

Un vertige épars sous tes voiles
Tenta mon front vers tes bras nus.
Adieu, toi par qui je connus
L'angoisse des nuits sans étoiles !

Quoi ! ton seul nom me fit pâlir !
— Aujourd'hui, sans désirs ni craintes,
Dans l'ennui vil de tes étreintes
Je ne veux plus m'ensevelir.

Je respire le vent des grèves,
Je suis heureux loin de ton seuil ;
Et tes cheveux couleur de deuil
Ne font plus d'ombre sur mes rêves.

VII

RENCONTRE [5]

Tu secouais ton noir flambeau ;
Tu ne pensais pas être morte ;
J'ai forgé la grille et la porte
Et mon cœur est sûr du tombeau.

Je ne sais quelle flamme encore
Brûlait dans ton sein meurtrier,

Je ne pouvais m'en soucier :
Tu m'as fait rire de l'aurore.

Tu crois au retour sur les pas ?
Que les seuls sens font les ivresses ?...
Or, je bâillais en tes caresses :
Tu ne ressusciteras pas.

SOUVENIRS OCCULTES

A Monsieur Franc Lamy.

> Et il n'y a pas, dans toute
> la contrée, de château plus
> chargé de gloire et d'années
> que mon mélancolique manoir
> héréditaire.
>
> EDGAR POE [1]

Je suis issu, me dit-il, moi, dernier Gaël, d'une
famille de Celtes, durs comme nos rochers. J'appar-
tiens à cette race de marins, fleur illustre d'Armor,
souche de bizarres guerriers, dont les actions d'éclat
figurent au nombre des joyaux de l'Histoire.

L'un de ces devanciers, excédé, jeune encore, de la
vue ainsi que du fastidieux commerce de ses proches,
s'exila pour jamais, et le cœur plein d'un mépris
oublieux, du manoir natal. C'était lors des expéditions
d'Asie ; il s'en alla combattre aux côtés du bailli de
Suffren et se distingua bientôt, dans les Indes, par de

mystérieux coups de main qu'il exécuta, seul, à l'intérieur des *Cités-mortes*.

Ces villes, sous des cieux blancs et déserts, gisent, effondrées au centre d'horribles forêts. Les faréoles, l'herbe, les rameaux secs jonchent et obstruent les sentiers qui furent des avenues populeuses, d'où le bruit des chars, des armes et des chants s'est évanoui.

Ni souffles, ni ramages, ni fontaines en la calme horreur de ces régions. Les bengalis, eux-mêmes, s'éloignent, ici, des vieux ébéniers, ailleurs leurs arbres. Entre les décombres, accumulés dans les éclaircies, d'immenses et monstrueuses éruptions de très longues fleurs, calices funestes où brûlent, subtils, les esprits du Soleil, s'élancent, striées d'azur, nuancées de feu, veinées de cinabre, pareilles aux radieuses dépouilles d'une myriade de paons disparus. Un air chaud de mortels arômes pèse sur les muets débris : et c'est comme une vapeur de cassolettes funéraires, une bleue, enivrante et torturante sueur de parfums.

Le hasardeux vautour qui, pèlerin des plateaux du Caboul, s'attarde sur cette contrée et la contemple du faîte de quelque dattier noir, ne s'accroche aux lianes, tout à coup, que pour s'y débattre en une soudaine agonie.

Çà et là, des arches brisées, d'informes statues, des pierres, aux inscriptions plus rongées que celles de Sardes, de Palmyre ou de Khorsabad. Sur quelques-unes, qui ornèrent le fronton, jadis perdu dans les cieux, des portes de ces cités, l'œil peut déchiffrer encore et reconstruire le zend, à peine lisible, de cette souveraine devise des peuples libres d'alors :

« ... ET DIEU NE PRÉVAUDRA[2] ! »

Le silence n'est troublé que par le glissement des crotales, qui ondulent parmi les fûts renversés des colonnes, ou se lovent, en sifflant, sous les mousses roussâtres.

Parfois, dans les crépuscules d'orage, le cri lointain de l'hémyone, alternant tristement avec les éclats du tonnerre, inquiète la solitude.

Sous les ruines se prolongent des galeries souterraines aux accès perdus.

Là, depuis nombre de siècles, dorment les premiers rois de ces étranges contrées, de ces nations, plus tard sans maîtres, dont le nom même n'est plus. Or, ces rois, d'après les rites de quelque coutume sacrée sans doute, furent ensevelis sous ces voûtes, *avec leurs trésors.*

Aucune lampe n'illumine les sépultures.

Nul n'a mémoire que le pas d'un captif des soucis de la Vie et du Désir ait jamais importuné le sommeil de leurs échos.

Seule, la torche de brahmine, — ce spectre altéré de Nirvanah, ce muet esprit, simple *témoin* de l'universelle germination des devenirs, — tremble, imprévue, à de certains instants de pénitence ou de songeries divines, au sommet des degrés disjoints et projette, de marche en marche, sa flamme obscurcie de fumée jusqu'au profond des caveaux.

Alors les reliques, tout à coup mêlées de lueurs, étincellent d'une sorte de miraculeuse opulence !... Les chaînes précieuses qui s'entrelacent aux ossements semblent les sillonner de subits éclairs. Les royales cendres, toutes poudreuses de pierreries, scintillent ! — Telle la poussière d'une route que rougit, avant

l'ombre définitive, quelque dernier rayon de l'occident.

Les Maharadjahs font garder, par des hordes d'élite,
les lisières des forêts saintes et, surtout, les abords des
clairières où commence le pêle-mêle de ces vestiges. —
Interdits de même sont les rivages, les flots et les ponts
écroulés des euphrates qui les traversent. — De
taciturnes milices de cipayes, au cœur de hyène,
incorruptibles et sans pitié, rôdent, sans cesse, de
toutes parts, en ces parages meurtriers.

Bien des soirs, le héros déjoua leurs ruses ténébreuses, évita leurs embûches et confondit leur errante
vigilance !... — Sonnant subitement du cor, dans la
nuit, sur des points divers, il les isolait par ces alertes
fallacieuses, puis, brusque, surgissait sous les astres,
dans les hautes fleurs, éventrant rapidement leurs
chevaux. Les soldats, comme à l'aspect d'un mauvais
génie, se terrifiaient de cette présence inattendue. —
Doué d'une vigueur de tigre, l'Aventurier les terrassait
alors, un par un, d'un seul bond ! les étouffait, tout
d'abord, à demi, dans cette brève étreinte, — puis,
revenant sur eux, les massacrait à loisir.

L'Exilé devint, ainsi, le fléau, l'épouvante et l'extermination de ces cruels gardes aux faces couleur de
terre. Bref, c'était celui qui les abandonnait, cloués à
de gros arbres, leurs propres yatagans dans le cœur.

S'engageant, ensuite, au milieu du passé détruit,
dans les allées, les carrefours et les rues de ces villes des
vieux âges, il gagnait, malgré les parfums, l'entrée des
sépulcres non pareils où gisent les restes de ces rois
hindous.

Les portes n'en étant défendues que par des colosses
de jaspe, sortes de monstres ou d'idoles aux vagues

prunelles de perles et d'émeraudes, — aux formes créées par l'imaginaire de théogonies oubliées, — il y pénétrait aisément, bien que chaque degré descendu fît remuer les longues ailes de ces dieux.

Là, faisant main basse autour de lui, dans l'obscurité, domptant le vertige étouffant des siècles noirs dont les esprits voletaient, heurtant son front de leurs membranes, il recueillait, en silence, mille merveilles. Tels, Cortez au Mexique et Pizarre au Pérou s'arrogèrent les trésors des caciques et des rois, avec moins d'intrépidité.

Les sacoches de pierreries au fond de sa barque, il remontait, sans bruit, les fleuves en se garant des dangereuses clartés de la lune. Il nageait[3], crispé sur ses rames, au milieu des ajoncs, sans s'attendrir aux appels d'enfants plaintifs que larmoyaient les caïmans à ses côtés.

En peu d'heures, il atteignait ainsi une caverne éloignée, de lui seul connue, et dans les retraits de laquelle il vidait son butin.

Ses exploits s'ébruitèrent. — De là, des légendes, psalmodiées encore aujourd'hui dans les festins des nababs, à grand renfort de théorbes, par les fakirs. Ces vermineux trouvères, — non sans un vieux frisson de haineuse jalousie ou d'effroi respectueux, y décernent à cet aïeul le titre de Spoliateur de tombeaux.

Une fois, cependant, l'intrépide nocher se laissa séduire par les insidieux et mielleux discours du seul ami qu'il s'adjoignît jamais, dans une circonstance tout spécialement périlleuse. Celui-ci, par un singulier prodige, en réchappa, lui ! — Je parle du bien nommé, du trop fameux colonel Sombre.

Grâce à cet oblique Irlandais, le bon Aventurier

donna dans une embuscade. — Aveuglé par le sang, frappé de balles, cerné de vingt cimeterres, il fut pris à l'improviste et périt au milieu d'affreux supplices.

Les hordes hymalayennes, ivres de sa mort et dans les bonds furieux d'une danse de triomphe, coururent à la caserne. Les trésors une fois recouvrés, ils s'en revinrent dans la contrée maudite. Les chefs rejetèrent pieusement ces richesses au fond des antres funèbres où gisent les mânes précités de ces rois de la nuit du monde. Et les vieilles pierreries y brillent encore, pareilles à des regards toujours allumés sur les races.

J'ai hérité, — moi, le Gaël, — des seuls éblouissements, hélas ! du soldat sublime, et de ses espoirs. — J'habite, ici, dans l'Occident, cette vieille ville fortifiée, où m'enchaîne la mélancolie. Indifférent aux soucis politiques de ce siècle et de cette patrie, aux forfaits passagers de ceux qui les représentent, je m'attarde quand les soirs du solennel automne enflamment la cime rouillée des environnantes forêts. — Parmi les resplendissements de la rosée, je marche, seul, sous les voûtes des noires allées, comme l'Aïeul marchait sous les cryptes de l'étincelant obituaire [4] ! D'instinct, aussi, j'évite, je ne sais pourquoi, les néfastes lueurs de la lune et les malfaisantes approches humaines. Oui, je les évite, quand je marche ainsi, avec mes rêves !... Car je sens, *alors,* que je porte dans mon âme le reflet des richesses stériles d'un grand nombre de rois oubliés.

ÉPILOGUE

L'ANNONCIATEUR

A Monsieur le marquis de Salisbury.

> Habal habalim, vêk'hôl
> habal!
>
> SCHELOMO.
> *Qohéleth.*

Au faîte des tours tutélaires de la cité de Jébus
veillent les guerriers de Juda, les yeux fixés sur les
collines.

Au pied des remparts s'étendent, intérieurement, les
constructions asmonéennes, les grottes royales, les
vignobles encombrés de ruches, les tertres de supplice,
le faubourg des nécromans, les avenues montueuses
conduisant à Ir-David.

Il fait nuit.

Avoisinant les fosses d'animaux féroces, les cénacles
de justice, bâtis sous le règne de Schaôul, apparaissent,
blancs et carrés, aux angles des chemins, comme des
sépulcres.

Près des canaux de Siloë, le miroir des piscines

probatiques reflète les basses hôtelleries aux cours plantées de figuiers : elles attendent les caravanes d'Elamm et de Phénicie.

Vers l'orient, sous les allées de sycomores, sont les demeures des princes de Judée ; — aux extrémités des routes centrales, des touffes de palmiers font flotter leurs larges feuilles au-dessus des citernes, abreuvoirs des éléphants.

Du côté de l'Hébron, entrée de ceux qui viennent du Jourdain, fument les tuyaux de brique des armuriers, des fabricants d'aromates et des orfèvres. — Plus loin, les habitations aux ceintures de vigne, maisons natales des riches d'Israël, étagent leurs terrasses, leurs bains contigus à de frais vergers. Au septentrion s'allonge le quartier des tisserands, où les dromadaires, montés par les marchands d'Asie, viennent, chargés de bois de sétim, de pourpre et de fin lin, plier, d'eux-mêmes, les genoux.

Là, vivent les marchands étrangers qui ont accompagné les idoles. Ils entretiennent la mollesse des bourgades de Magdala, de Naïm, de Schumën et s'approprient le sud de la ville.

Ils vendent les vins épais et dorés, les esclaves habiles dans l'art de la toilette, la liqueur amère des mandragores du Carmel pour les illusions du désir, les coffrets de bois de camphrier pour serrer les présents, les baumes de Guilëad, les singes, stupeur d'Israël, mais amusement de ses vierges, importés des rives de l'Indus par les flottes de Tadmor, — les épices subtiles, les verreries d'Akkô, les objets de santal ouvragé, les captives, les perles, les essences de fleurs pour les bains, le bedollah pour embaumer les morts, les pâtes de pierres écrasées pour polir la peau, les

légumes rares, les ombrageux chevaux de race ira-
nienne, les ceintures brodées de sentences profanes, les
roselles d'Asie aux plumages de saphir, les serpents de
luxe tout charmés, venus de Suse, les lits de plaisir et
les grands miroirs de métal entourés de branches
d'ébène.

Au-delà des retranchements, environnée de tombeaux et de fossés, plus haut que le circuit de Jaïr ou
des Illuminations, se déroule, immense, la cité de
David. Douze cents chariots de guerre gardent ses
douze portes. Hïerouschalaïm, sous les ombres du ciel,
éclaire les milliers d'arches de ses aqueducs, entre-
croise ses rues circulaires, élève jusqu'aux nuées les
dômes d'airain de ses édifices.

Sur les places publiques rougeoient les casques de la
milice de nuit. Çà et là, des feux, encore allumés,
indiquent des caravansérails, des logis de pythonisses,
des marchés d'esclaves. Puis, tout se perd dans
l'obscurité. Et le souffle sacré des prophètes passe,
dans le vent, à travers les ruines des murs chananéens.

Ainsi est endormie, sous la solennité des siècles, aux
bruits proches des torrents, la citadelle de Dieu, Sion
la Prédestinée.

*

A l'horizon, sur les hauteurs de Millô, tout enveloppé d'une brume lumineuse, un étrange palais
superpose ses jardins suspendus, ses galeries, ses
chambres sacerdotales aux solivages de bois précieux,
ses pavillons entourés d'oliviers, ses haras de basalte
aux terrains sillonneux pour l'élève des étalons de
guerre, ses tours aux coupoles de cuivre. Il se dresse

confusément au-dessus des vallons de Bethsaïde, sous le silence étoilé.

Là, c'est un soir de fête ! Les esclaves d'Éthiopie, sveltes dans leurs tuniques d'argent, balancent des encensoirs sur les marches de marbre qui conduisent des jardins d'Etham au sommet de l'enceinte : les eunuques portent des amphores et des roses ; les muets, à travers les arbres, avivent des charbons enflammés pour les autels de parfums.

Contre les cintres des vestibules, des nains safranés, les gamaddim, flottant dans leurs robes jaunes, soulèvent, par instants, les tentures antiques.

Alors les trois cents boucliers d'or, cloués aux cèdres entre les haches madianites, réfléchissent les feux brusques des lampes apparues, les merveilles, les clartés !

Sur les esplanades, aux abords des portiques, des cavaliers aux lances de feu, guerriers nomades des plages de la mer Morte, contiennent leurs lourds coursiers gomorrhéens aux harnais de pierres précieuses, qui se cabrent, puissamment, dans les étincelles !...

Au-dessus d'eux, à hauteur des feuillages extérieurs, la mystérieuse Salle des Enchantements, œuvre des Chaldéens, la Salle où mille statues de jaspe font brûler une forêt de torches d'aloès, la haute Salle des festins, aux colonnades mystiques, exposée à tous les vents de l'espace, prolonge, au milieu du ciel, le vertige de ses profondeurs triangulaires : les deux côtés de l'angle initial s'ouvrent, en face du Moria, sur la ville ensevelie dans l'ombre du Temple, tiare lumineuse de Sion.

Au fond de la Salle, sur une chaise de cyprès que soutiennent les pointes des ailes révulsées de quatre chroubim d'or, le roi Salomon, perdu en des songes sublimes, semble prêter l'oreille aux cantiques lointains des lévites. Les Nébïïm, sur le mont du Scandale, exaltent les versets du Sépher, qui retracent la création du monde.

Sur la mitre du Roi, séparant les bandelettes de justice, resplendit l'Étoile-à-six-rayons, signe de puissance et de lumière. L'Ecclésiaste, sur sa tunique de byssus, porte le rational, parce qu'il peut offrir les holocaustes expiatoires, l'éphod, parce qu'il est le Pontife, et sur ses pieds pacifiques se croise le lacis de bronze des sandales de bataille, parce qu'il est le Guerrier.

Il célèbre l'Anniversaire pascal, en mémoire de ses pères guidés par Moïse au sortir de Misraïm, la Maison de servitude; l'anniversaire du grand soir où, bravant les chars furieux et les armées, ils s'enfuirent vers la Terre promise; l'anniversaire du sinistre lever de lune où Iahvè, l'Être-des-dieux, confondit, au milieu des vagues de la mer Rouge, le cheval et le cavalier.

Oui, le Roi consacre le festin du soir !... Sa droite s'appuie sur l'épaule séculaire du médiateur Helcias, l'interprète des symboles, le ministre des pouvoirs occultes.

Helcias, fils de Schellüm et de Holda, la prophétesse, est pareil au désert, plus stérile encore après les tombées de la manne. Il a franchi les épreuves et les a bénies comme l'arbre du Liban parfume la hache qui le frappe; mais il porte, au-dessus de ses larges orbites,

la marque de son œuvre accomplie : le temps a dénudé
ses sourcils, les sourcils accordés à l'Homme seulement
pour que la sueur qui doit rouler de son front ne
ruisselle pas jusqu'en ses yeux et ne l'aveugle pas.

*

L'eau lustrale tombe, resplendissante, dans les bas-
sins d'or. Les captives royales, chargées d'anneaux et
de bracelets d'ambre, et les saras, princesses de
parfums, agenouillées au milieu des coussins, font
brûler, avec des gestes sabbatiques, les poudres de
myrrhe et de santal rouge, les aromates arabes, les
grains d'encens mâle, sur les cassolettes émaillées de
pierres de Tharsis.

Aux deux côtés du trône, les Sars-d'armées, songeant toujours à la gloire de David, regardent, par
instants, luire, autour d'eux, les herrebs des anciens
d'Israël, qui, à travers les batailles, supportaient
l'Arche du Sabaoth, — la Barque-d'alliance, où s'en-
trecroisent les deux stèles de la Loi sous le rouleau de
la Thora écrit de la main même de Bar-Iokabëd, le
moschë sublime, le Libérateur.

Autour de l'estrade, les nègres, vêtus d'écarlate, font
osciller des flabelles d'autruche, incrustées par des
sardoines aux tiges de longs roseaux d'or ; ils invo-
quent, tout bas, leur dieu Baal-Zéboub, le Seigneur
des mouches.

Sur les degrés, des lynx féroces, bondissant dans
leurs chaînes, veillent sur le lourd trépied d'onyx,
œuvre d'Adoniram et de ses ciseleurs, où repose le
spectre d'Orient. Nul ne saurait séduire par des

caresses, ni fléchir par des offrandes, les chiens mystérieux du Roi.

Entre les statues latérales, sous les candélabres à
sept branches, les fleurs et les fruits de l'Hermon
s'écroulent dans les porphyres. La table, chargée des
présents de la reine Makédeïa, l'enchanteresse venue
de la saba libyenne pour proposer des similitudes au
roi de la Judée, ploie sous les coupes précieuses, les
pannags de la Samarie, les herbes amères, les gazelles,
les paons, les cédrats, les pains de proposition, les
oiseaux et les buires de vins de Chanaan.

Sur un siège de cèdre, aux pieds des chroubïm
lumineux du Trône et entouré de ses rudes guibborim,
est assis, voûté, pâle et sans boire, et le glaive sur les
genoux, le Sar-des-gardes Ben-Jëhu. C'est l'antique
exécuteur du rebelle Adônia, ce frère du Maître,
préféré d'Abischag-la-Sulamite ; — c'est le grand
serviteur militaire, le meurtrier d'Ebyathar et du sar
Simëi ! et de Joab, le vieux Pontife ! — c'est le vivant
herrëb du Roi, celui qui frappe les victimes désignées,
même suspendues, avec des mains suppliantes, aux
coins de l'Autel.

Auprès de lui, debout, le front éclairé par la torche
d'une statue, se tient muet, les mains crispées sur les
bras et comme attendant quelque moment obscur,
l'héritier d'Israël, l'impolitique fils de Naëma, la
princesse ammonite, le funeste Réhabëam, qui ne doit
régner que sur Juda.

Au loin, sur les tapis du trône sont étendues deux
très jeunes vierges de Millô, deux schoschannas,
destinées aux encensements dans les cryptes souterraines du Temple devant la Pierre fondamentale, l'Ebën-
Schëtiya, que ne touchèrent pas les eaux du Déluge.

Entre elles est assis, vêtu de pourpre noire fleurie d'or,
le prince Hayëm, l'adolescent olivâtre, le baalkide aux
cheveux tressés, l'énigmatique rejeton que la reine du
Sud, dès son retour en Libye, avait envoyé au beau
Sage, seigneur des Hébreux, en accompagnant ce fils
d'une suite d'éléphants chargés d'arbustes, d'étoffes,
d'essences, d'aromates et de pierres brillantes. Hayëm,
d'une voix très basse, chantonne un chant inconnu ! Et
quand les syllabes découvrent, entre ses rouges lèvres,
ses dents, celles-ci sont toutes pareilles à celles de la
pâle épousée du Sir-Hasirim, blanches comme des
brebis sortant du bain.

Autour de la table se tient debout, mangeant comme
les pèlerins, l'assemblée étincelante des Sophêtim,
patriarches de la Sagesse.

Derrière eux resplendissent les Industriels de l'or
d'Ophir, les Négociants des Vingt-villes de Schabul,
les Ambassadeurs de la mécontente Idumée, — les
Envoyés de Zour, et le Collège des docteurs de Saddoc.

Toutes les tribus, toutes les montagnes d'Israël ont
livré leurs richesses. Les grenades du mont Sanir, les
gâteaux de raisins de Cypre, les grappes de troène du
Galaad, les dattes et les mandragores d'En-gaddi
débordent les aiguières.

Là-bas, près des gradins de cette terrasse jusqu'où
montent les feuillages d'Etham, — au centre d'un
groupe de guerriers du pays d'Ezion-Güéber, avec
lesquels il boit, en riant, le vin de Hébron, — un élancé
jeune homme à l'armure de cuir parfumé, au visage de
femme et vêtu en Sar-des-cavaleries, parle, en étendant la main vers l'horizon. C'est le favori du palais de
Millô, — l'ennemi ! — le futur diviseur du royaume de
Dieu, le subtil Iarobëam qui doit régner sur Israël et

qui, déjà, s'enquiert, sans se laisser distraire par la fête, des frontières d'Ephraïm.

Mais, voici : les Musiciennes des Chants-défendus, objuratrices d'amour, inviolées comme le lys de leurs seins, s'avancent, pâles sous leurs pierreries, au son des kinnors, des tymbrils et des cymbales. Soudain cessent les cantiques des chanteuses de la tribu d'Issachar et les harpes.

Parées d'étoffes sombres et le bandeau de perles au front, les Femmes-du-second-rang s'accoudent, avec des poses abandonnées, sur les lits de pourpre, — et, lorsqu'elles respirent leurs sachets de besham, tintent les clochettes d'argent qui bordent la frange de leurs syndônes.

Au loin, les Charmeuses-nephtaliennes, aux tresses rousses, les vierges de la Palestine, les Hébreuses, blanches comme les narcisses de Schâtons, les courtisanes sacrées venues de la Babylonie, nageuses dorées de l'Euphrate, les Sulamites, plus hâlées que les tentes du Cédar, les Thébaïennes, aux lignes déliées, au teint d'un rouge sombre, — suivantes, autrefois, de l'épouse morte du roi Mage, de la fille de Psousennès, le pharaon, — enfin, les Iduméennes, filles de délices, fleurs-vives de la sauvage contrée aux brumes irisées qu'à peine peut percer, de nuit, le feu des étoiles, dansent, au nombre de trois mille, en agitant des voiles tyriens, des herrebim, des reptiles et des guirlandes, devant l'Élu magnifique de la Judée, le Maçon du Seigneur.

Mais le troisième côté de la Salle donne sur la Nuit. Il plonge dans l'obscurité ses esplanades désertes au-dessus des régions de Josaphat.

Et voici que l'épaule du Médiateur a tressailli sous la main du Roi, car les ombres de la plate-forme solitaire deviennent, d'instant en instant, plus solennelles ; elles s'épaississent et s'émeuvent comme sous l'action d'un soudain prodige.

A l'aspect des tourbillons précurseurs des épouvantements, le Grand-ministre détourne sa face de marbre vers les femmes terrifiées et vers les guerriers pâles ; il s'écrie :

— Prêtres, ravivez la flamme-septénaire des Chandeliers d'or ! Qu'on allume les Sept-Chandeliers des conjurations funèbres. — De vaines fumées, tout à l'heure, vont apparaître, qui se dissiperont d'elles-mêmes si on ne les interroge pas. Que les nuages de vos encensoirs, ô filles de Judée, vous épargnent les obsessions inquiètes des Esprits de l'éternelle Limite ! Exultez, avant que l'Heure vous rappelle au sein de la terre.

Il dit. Et la fête reprend son allégresse : on défie les sortilèges de l'Assyrie ! ses mages noirs avaient-ils su délivrer, avant l'heure, Nëbou-Kudurri-Ousour, son roi, — son roi, visionnaire de baalïm d'or aux pieds d'argile, — qui, marqué d'une réprobation d'Élohim, erra, sept années, sous le poil bestial, loin de son opulence, à travers ces diluviennes forêts qui enserrent l'immense Schëunaar-aux-quatre-fleuves ? — Les danses de Maha-Naïm secouent leurs palmes en fleur, les coupes scintillent ; les Nephtaliennes entrèlacent les éclairs de leurs javelots rassemblés, font siffler leurs colliers de serpents ; les torches jettent des reflets de sang sur les chevelures ; des cris d'amour, des hymnes idolâtres retentissent vers le Pacifique !... Soudain, en mémoire de Jéricho, les Capitaines des cavaliers de Sodome font sonner sept fois leurs tubals de fer, et les Rhoïms couronnés d'hysope, les Cohènes de la souveraine-Sacrificature, en longs vêtements blancs, apparaissent, précédant l'Agneau-pascal.

Alors le feu de l'ivresse envahit la multitude étincelante ! On maudit le nom de l'horrible statue qui, frappée du soleil, appelait, aux travaux des Pharaons, les ancêtres, — lorsque, accédant à la menace, levée sur eux toujours, de ces roseaux brûlants que dévora le bâton de l'Échappé-des-eaux, ils se résignaient à creuser, sur le granit rose des pyramidions, malgré la défense des Livres-futurs, — malgré la prohibition du Lévitique ! — les simulacres des ibis, des criosphynx, des phœnix et des licornes, êtres en horreur au Saint-des-saints, ou, en durs hiéroglyphes, les hauts faits (nombreux comme le sable, évanouis comme lui), et les noms d'abomination de ces dynasties oubliées, filles de Menès le Ténébreux. On maudit les oignons du salaire, les levains du pain de Memphis. Malgré l'alliance avec le roi Nëchao, les Plaies sont évoquées dans les acclamations.

On heurte les cymbales sacrées, prises au trésor du Temple, les cymbales de triomphe que portait la vieille sœur d'Aaron, lorsque, sous ses cheveux gris, elle dansait, ivre de la colère de Dieu, devant l'armée, sur les rivages de la mer. Des poignées de roses sont lancées par les gamaddim à la face des idoles abjurées. Les eunuques simulent des menaces dérisoires contre les Égyptiens ; un rugissement de délivrance et de joie, pareil au murmure lointain du tonnerre, passe, dans les nuées, au-dessus de Hiérouschalaïm.

*

Cependant le Grand-Initié, ayant une seconde fois relevé la tête et considéré, plus attentif, le caractère des ombres, est devenu soucieux.

La flamme des Sept-Chandeliers qui brûlent, espacés, devant l'esplanade, s'est renversée contre l'assemblée : les sept langues de feu, recourbées en arrière sur leurs tiges d'or, palpitent, allongées et haletantes, avec un bruit de fléaux.

Les serpents des Nephtaliennes se sont dénoués et se cachent dans les replis des chevelures. Les lynx, maintenant blottis autour du vieillard redouté, le regardent, inquiets et pleins de grondements.

Mais lui s'efforce de pénétrer le sens des présages : croisant ses phylactères sacerdotaux sur les plis de son pallah d'hyacinthe, il délibère. Vainement il a consulté, d'un regard, les téraphim mystérieux ; avec le son de l'or vierge les lames révélatrices se sont brisées.

Sur l'épaule du Médiateur est demeurée la main radieuse du Roi. Les yeux de Helcias la rencontrent : il voit l'Anneau, le joyau-d'Alliance où s'allume la première clavicule, la clef-cruciale, figure de l'Abîme partagé en quatre voies.

Le puissant pantacle est entouré par la forme même de l'Anneau. Il est emprisonné dans l'éclair de l'Anneau, figure du Cercle-universel.

L'âme de Salomon, germe divin, est mêlée aux reflets de ce signe victorieux où s'épure, doucement, la lueur des étoiles.

La clavicule est l'expression où le Mage a concentré une partie des efforts de sa pensée, une somme des pouvoirs conquis dans le triomphe des épreuves, afin d'agir plus directement sur les forces intimes de l'Univers.

Ce Talisman de la Croix stellaire que contemple Helcias est pénétré d'une énergie capable de maîtriser la violence des éléments. Dilué, par myriades, sur la terre, ce Signe, en son poids spirituel, exprime et consacre la valeur des hommes, la science prophétique des nombres, la majesté des couronnes, la beauté des douleurs. Il est l'emblème de l'autorité dont l'Esprit revêt, secrètement, un être ou une chose. Il détermine, il rachète, il précipite à genoux, il éclaire !... Les profanateurs eux-mêmes fléchissent devant lui. Qui lui résiste est son esclave. Qui le méconnaît étourdiment souffre à jamais de ce dédain. Partout il se dresse, ignoré des enfants du siècle, mais inévitable.

La Croix est la forme de l'Homme lorsqu'il étend les bras vers son désir ou se résigne à son destin. Elle est le symbole même de l'Amour, sans qui tout acte demeure stérile. Car à l'exaltation du cœur se vérifie toute nature prédestinée. Lorsque le front seul contient l'existence d'un homme, cet homme n'est éclairé qu'au-dessus de la tête : alors son ombre jalouse, renversée toute droite au-dessous de lui, l'attire par les pieds, pour l'entraîner dans l'Invisible. En sorte que l'abaissement lascif de ses passions n'est, strictement, que le revers de la hauteur glacée de ses esprits. C'est pourquoi le Seigneur dit : Je connais les pensées des sages et je sais jusqu'à quel point elles sont vaines.

*

A peine le Grand-Médiateur a-t-il considéré l'infail-
lible, le céleste Anneau, qu'aussitôt, en face de lui, les
sept flammes des Chandeliers d'or se tendent et se
prolongent, immobiles, pareilles à sept épées brûlantes.

Le conjurateur reconnaît, enfin, les concordances
dénonciatrices d'un Être du plus haut ciel. Son visage,
plus impassible que celui des idoles, prend, silencieusement, la couleur des sépulcres. Il sent que le
mandataire d'un Ordre incommutable s'approche,
dans l'*intérieur* des airs, franchissant et refoulant les
profondeurs : la tempête de son vol motive l'amoncel-
lement des ombres. Une colonne s'écroule, soudain,
près de l'esplanade ; le flamboiement d'une signature
occulte sillonne les ruines...

Helcias a recouvré l'intrépidité de son âme. Avec un
frémissement de joie auguste, il a constaté le salëm de
Dieu, le signe d'Élohim, le pantacle de la Mort. —
Celui qui vient, c'est Azraël.

Et la multitude livide s'écrie, dans la Salle :

— Un éclair !
— La foudre vient de tomber sur la vallée !...
— C'est un orage qui passe.

*

Les voix se sont tues sur le mont des Offenses ; c'est
la douzième heure de la nuit : un souffle très froid
parcourt, de toutes parts, l'embrasement de la joie
pascale.

La foule veut se rapprocher des terrasses : le malaise
devient supplice.

L'aspect de la Salle change avec la soudaineté des visions : des flots vivants refluent vers le Trône et des clameurs, sans nombre, en désordre :

— Éveille-toi, Fort d'Israël !

— Pomme d'or !

— Très Élevé !

Et les épouses de la tribu de Ruben, les compagnes de Bath-Schëba, la royale mère, saisies de frayeur :

— Roi, voici la lèpre qui vient du désert !

Et les femmes de la reine Naëma, les radieuses Ammonites, ajoutent, en dialecte jébuséen :

— Fils de l'amour ! Un signe de ta droite puissante vers la contrée du fléau !

Dès les premiers ordres d'Helcias, Iarobëam, bondissant sur l'un des chevaux du Roi, s'est précipité à travers les dalles des terrasses et a disparu vers Ir-David.

L'atmosphère semble chargée d'un poids très lourd : elle cesse lentement d'être de celles que peut respirer l'Humanité.

Comme aux soirs du Déluge, une pluie inconnue tombe, au dehors, en larges gouttes pressées : la nuit, cependant, reste claire au-dessus des ombres, dans les cieux.

Les Médecins de la ville-basse qui sont demeurés assis, avec des sourires, se dressent brusquement et, bégayant en mémoire du Législateur, montrent, du bout de leurs bâtons d'olivier, les danseuses de Nephtali :

— Ce sont les violatrices des étrangers. Elles portent le ferment des contagions, allumé par les anciens adultères ! Ce sont ces femmes de qui proviennent les émanations mortelles ! Consultez le livre des Sophêtim ! A la croix, ces lépreuses ! Elles ont empoisonné les urnes du palais, les vieilles coupes de David.

En entendant cette accusation, les Nécromanciennes du pays de Moâb, reconnaissables à l'aileron de corbeau qu'elles portent sur le front pour toute parure et, la nuit, sur les champs de bataille, pour tout vêtement :

— Helcias ! Prononce-toi contre elles devant les grands d'Israël, et que la progéniture de Khamôs invoque son père !

Mais le Ministre regarde fixement les nuées au-dessus de Josaphat.

Le prince Réhabëam, n'osant dire « Mon père ! » au Roi-des-Mages, regarde aussi, mais avec un tremblement, l'effrayant aspect de l'espace :

— Quel nouveau visage prend la Nuit ! s'écrie-t-il.

Ceux de Lévi — les sectateurs du *Que faut-il faire ? Je le fais !* — trébuchant de frayeur dans leurs robes sacrées, s'efforcent de haranguer les convives ; des cris les interrompent : ce sont les Industriels de l'or d'Ophir, hommes pleins de ruses, fort au-dessus des superstitions, mais qui estiment la science du Roi :

— Cent talents à qui réveillera le Maître !

Ils ne disent pas si les talents seront d'argent ou d'or, et l'argent, sous le règne de Salomon, est, comme les pierres, sans aucune valeur.

De toutes parts, ce sont des poitrines plus oppressées.

Les pâles musiciennes de Sidon, présent du roi Hiram, s'embrassent, dans l'ombre, avec de longs adieux : elles se disent à l'oreille, sur un rythme monotone, leur chant de mort où revient sans cesse le nom d'Astarté.

Les saras se tordent les bras et, contemplant l'Ecclésiaste :

— Rouvre les yeux, fils de David !

— Il nous abandonne ! Il est perdu devant la face
même d'Addôn-aï ! s'écrient les Amorrhéennes plus
amères que la Mort.

Et les Sars-d'armées :

— IAHVÈ cède à la prière indignée des nabis, qui,
perdus au fond des cavernes de l'Idumée ou sur les
monts, te menacent !

— Un ordre contre les vieux rebelles, Schëlomo !

— Songe que David, le triomphateur de Séïr, en
expirant te disait : « Que leurs cheveux blancs descen-
dent, ensanglantés, dans le schëol ! »

Et les Négociants des Vingt-Villes :

— Yoschua, cette nuit, eût hâté le retour de l'Astre,
lui qui obtint d'en prolonger la lumière sur les
combats !... Il n'est plus, le Pasteur d'Israël !

A ce nom, les Capitaines des cavaliers de Sodome
s'émeuvent en vociférations horribles : ils se souvien-
nent des victoires ! Leurs voix dominent, un instant,
toutes les rumeurs de la Salle :

— C'était lui, le Précurseur !

— Qui marcha dans Chanaan !

— Qui tua trente-deux rois, incendia deux cent
trois villes !

— Et qui, à l'instigation de l'ÊTRE-DES-DIEUX,
fit passer au fil de l'épée les femmes, les guerriers, les
mulets, les vieillards, les ambassadeurs, les enfants et
les otages !

— Puis s'endormit, en Éphraïm, avec ses pères,
rassasié de jours et satisfait !

Un silence douloureux succède à ces lourdes cla-

meurs militaires ; l'on n'entend plus, devant le Trône,
que la paisible respiration du prince Hayëm, qui s'est
endormi sur des coussins, entre les schoschannas aussi
ensommeillées, et qui, naïves, le front sur son sein,
tiennent encore, comme lui, des osselets d'ébène entre
leurs doigts d'enfants surpris par le naturel repos.

— Déchirons nos vêtements ! crient les Hébreuses
épouvantées. — De la cendre, esclaves !...

Tel le vent d'orage courbe les plantes et leur souffle
des mots sans suite.

*

Mais le roi Salomon n'est, essentiellement, ni dans
la Salle, ni dans la Judée, ni dans les mondes sensibles,
— ni, même, dans le Monde.

Depuis longtemps son âme est affranchie ; — elle
n'est plus celle des hommes ; — elle habite des lieux
inaccessibles, au-delà des sphères révélées.

Vivre ? Mourir ?... Ces paroles ne touchent plus son
esprit passé dans l'Éternel.

Le Mage n'est que par accident où il paraît être. Il
ne connaît plus les désirs, les terreurs, les plaisirs, les
colères, les peines. Il voit ; il pénètre. Dispersé dans les
formes infinies, lui seul est libre. Parvenu à ce degré
suprême d'impersonnalité qui l'identifie à ce qu'il
contemple, il vibre et s'irradie en la totalité des choses.

Salomon n'est plus dans l'Univers que comme le
jour est dans un édifice.

*

Où sont, à présent, les danses du Bourg-de-
Volupté ? les éclats des cymbales ? le bourdonnement
des lyres ?... Un souffle a dissipé ce rêve.

On étouffe, on chancelle sur les tapis sombres, on assiège le Trône.

Ben-Jëhu, le sar-des-gardes, a fait un signe : ses guibborim vont tendre leurs lances d'airain contre la foule...

Mais les lynx invulnérables grondent ; leurs trente-trois têtes forment une hydre pareille à la queue d'un paon qui se déploie : on recule ; la frayeur distend toutes les prunelles.

Aveuglés par l'ivresse des consternations subites, les convives ne se sont pas aperçus de ce qui se passe autour d'eux. Pourtant sur eux pèse une influence souveraine.

Insensiblement les torches ont pâli ; les glaives ont perdu leurs reflets ; les parfums des encensoirs sont devenus amers ; l'eau du Temps mortel a cessé de couler des horloges ; les rumeurs ne trouvent plus dans l'air ni vibrations, ni échos. — Voici : des chuchotements, par milliers, et, cependant, très distincts, se répondent : la foule hurlante semble parler à voix basse.

Une intensité croissante d'obscurité a suffoqué les lampes, les torches, les lumières ; on se heurte dans des vagues de brouillard : le palais de Salomon, depuis la base jusqu'au faîte, semble enveloppé de cette brume qui, au pied du crayeux Nébo [1], couvre la mer Morte.

Et les formes humaines s'effacent sous les statues.

*

Tout à coup, sur la trame crépusculaire de l'espace, transparaît le Violateur de la Vie, le Visiteur-aux-

mains éteintes!... Il est debout sur l'esplanade devant
les Sept-Chandeliers; il tressaille et flamboie. Ses bras
fluides sont chargés de ruissellements d'orage. Ses
yeux d'aurores boréales s'abaissent sur la fête; sa
chevelure, que le vent n'ose effleurer, couvre ses
épaules surnaturelles, comme le feuillage des saules
sur les eaux d'argent, la nuit; — déjà les dalles se
fendent sous la glace des pieds nus du mélancolique
Azraël! — Et, à travers le crêpe de ses six ailes qui
tremblent encore sur l'horizon, les astres ne sont plus
que des points rouges, des charbons fumant çà et là
dans les abîmes.

Instantanément les lambris d'ivoire se ternissent
comme sous le poids des siècles.

Les ouvertures des draperies tendues entre les
colonnes par les torsades de bronze laissent passer
tristement, dans la Salle, un long triangle de clarté.

Le croissant glisse entre les nuées du ciel, illumi-
nant, parmi des groupes confus, la face pâle d'un
sophet, étendu dans ses vêtements sacerdotaux.

Par instants, une escarboucle jette sa lueur livide;
des chevelures, des cymbales d'or, des voiles, des
blancheurs éparses scintillent; ce sont les musiciennes
entrelacées, qui n'ont pas jeté de plaintes.

Aux pieds des lits de pourpre, contre le gland des
coussins, sur les tapis, des pierreries brûlent, isolées.

Et là-bas, perdu sous les profondeurs des colonnades, un lynx, ayant au cou le tronçon de sa chaîne,
hurle, vacillant, sur les épaules d'une statue. — Il
tombe; sa chute résonne un moment, puis s'étouffe...
C'est le dernier bruit.

Tout s'ensevelit dans la solennité des noirs silences, dans le sommeil sans rêves.

Sous l'ombre d'Azraël, la Salle est devenue immémoriale.

Seuls, aux trois angles, sous les lampes d'argile consacrées au Nom, les sphynx d'Égypte ont soulevé lentement leurs paupières et, faisant évoluer leurs prunelles de granit, glissent vers le Messager leur regard éternel.

*

Ainsi qu'un foudre radieux qui a traversé des torrents de vapeurs fumantes, ce soir, moulant sur l'épaisseur de nos airs mortels sa forme nébuleuse, le fatal Chëroub est Là, debout, sur cette terrasse du palais de Salomon.

Impénétrable à des yeux d'argile, la face du Messager ne peut être perçue que par l'esprit. Les créatures éprouvent seulement les influences qui sont inhérentes à l'entité archangélique.

Aucun espace ne pourrait contenir un seul de ces esprits que proféra l'IRRÉVÉLÉ en deçà des temps et des jours. Efflux éternisés de la Nécessité divine, les Anges ne *sont*, en substance, que dans la libre sublimité des Cieux-absolus, où la réalité s'unifie avec l'idéal. Ce sont des pensers de Dieu, discontinués en êtres distincts par l'effectualité de la Toute-Puissance. — Réflexes, ils ne s'extériorisent que dans l'extase qu'ils suscitent et *qui fait partie d'Eux-mêmes.*

Cependant, de même qu'en un miroir d'airain, posé à terre, se reproduisent, en leur illusion, les profondes solitudes de la nuit et ses mondes d'étoiles, ainsi les

Anges, à travers les voiles translucides de la vision, peuvent impressionner les prunelles des prédestinés, des saints, des mages! C'est la terre seule, brouillard oublié, que ne distinguent plus ces prunelles élues; elles ne répercutent que l'infinie-Clarté.

C'est pourquoi, dans son regard sacré, le roi Salomon a le pouvoir de réfléchir la face même d'Azraël.

*

Au sentiment des approches de l'Exterminateur, Helcias a tressailli d'espérance. Abîmé en soi-même, il songe que le dernier chaînon qui le rattache encore à la vie va se briser tout à l'heure.

Dans la hiérarchie suprême des intelligences purifiées, n'a-t-il pas conquis le rang précis et légitime où il pouvait parvenir? N'a-t-il pas atteint sa limite glorieuse et suffi à ses futurs destins?

Voici donc l'instant de sa vocation vers de plus hautes natures! Son cercle est enfin révolu. De nouveaux efforts, désormais stériles, ne le rendraient que pareil à ces grands oiseaux solitaires qui, jaloux d'élévations toujours plus radieuses, battent inutilement des ailes dans des hauteurs irrespirables, devenues trop éthérées pour supporter leur poids et que leur vol ne dépasse plus.

Il attend le souffle libérateur d'Azraël.

*

Il attend!
Tout lui prouve la visitation de Dieu.

Il a souffert, pieusement, les dernières minutes
d'angoisses bénies qui précèdent le salut.

Il va donc recevoir le prix de ses épreuves !... Il
goûte déjà, sans doute, les joies suprêmes de l'Élec-
tion !

L'espérance de l'évasion prochaine le transfigure à
tel point que le long éclair de ses prunelles, traversant
la profondeur des ombres, sous les voûtes, suspend, un
instant, le sommeil funèbre de la foule.

Çà et là, dans la brume, des yeux presque ressuscités
le contemplent avec une religieuse épouvante.

Une seconde encore et le terme sera franchi de toute
servitude !...

— Mais comment se fait-il que, la seconde étant
passée, il n'ait pu s'évanouir en la Vision divine ?

D'où vient que, à peine ranimée, la foule de ces êtres
muets défaille de nouveau, et s'assombrisse, et s'immo-
bilise, et se confonde avec la nuit ?

C'est que le vieil Initié a perdu, tout à coup, la
splendeur de sa sérénité. Il s'émeut, en effet, — et
l'étrange indécision de son regard dénonce le vertige
de ses sensations.

— Ah ! c'est qu'il se sent toujours palpiter dans les
entraves de la Vie !... C'est que le divin anéantissement
ne s'est pas accompli.

Déjà les doutes l'assaillent ; déjà, pareils à la fumée
d'une torche, les hordes inquiètes des samaëls, qui
importunent les accesseurs du Parvis-Occulte, s'émeuvent, tentateurs aux suggestions désolatrices, autour
de lui : son front s'enténèbre au frôler de leurs ailes
mortes. Il se ressouvient, en un désespoir jaloux, que
des éternités le séparent de cet état de pureté sublime

où, dès ce monde et à travers toutes les joies, est parvenu Salomon.

Le sentiment de cette différence entre sa consécration et celle du Royal-Inspiré suscite en lui des terreurs nouvelles dont l'intensité s'augmente à chaque battement de ses tempes glacées.

Comment l'horreur de ces instants lui est-elle infligée, s'il a mérité la Lumière !...

Il subit un intervalle inconnu.

Il est pareil à une pierre volcanique qui, animée d'une impulsion terrible, serait retenue au bord du cratère par la vertu d'une loi miraculeuse, et qui se consumerait de sa vitesse intérieure, sans se désagréger ni se dissoudre.

L'heure passe, vague, lourde, insaisissable...

Il s'interroge. Certes, un trouble se produit, à son sujet, au fond des lois divines ?...

Épouvantée de l'hésitation du Ciel, son intelligence retombe et tournoie dans un délire d'inquiétudes surnaturelles. Un vaste effroi neutralise la vertu de ses pensées.

Ainsi l'influence d'Azraël immobile se manifeste pour Helcias sous la forme de ces anxiétés effroyables.

Le vieillard, maintenant éperdu, ressemble à un prêtre qui survivrait à ses dieux morts. Il ne peut déserter l'habitacle charnel où il est surpris et rivé par le regard d'un Être dont la conception totale dépasse la hauteur de son esprit. Le voici haletant comme une victime. Ce qui le précipite du Seuil de Domination et le replonge dans la vieille poussière oubliée des sensations humaines, ce n'est pas la présence de l'Exterminateur même, c'est l'impénétrable inaction, en son attribut essentiel, d'un Être de cette origine.

Inconscient de ses actes, il agite autour de lui le faisceau redoutable des conjurations, oubliant leur vanité devant ce Messager ! Mais sa voix n'est déjà plus celle qui obtient toujours sans jamais prier.

Ses obsécrations, refoulées par les Sept-Flammes de l'esplanade, retombent autour de lui, peuplant l'air, tristement, de larves et de fantômes ! Son aspect actuel annonce qu'il est né en des âges plus anciens que l'heure de sa naissance terrestre. Il ramène sur son front un pan du manteau du Roi d'Israël et, abandonnant sa volonté au sombre Destin :

— Ellël ! invoque-t-il, — si la foudre, en frappant tes yeux, n'y devient qu'une lueur de plus, soulève, de tes doigts impérissables, les paupières du Roi !...

Tel, autrefois, sous les voûtes d'Endor, sa mère Holda, sur le trépied des évocations, aboya des formules qui firent surgir, devant la muraille, l'ombre de Schemouël.

*

Cependant Salomon, ayant enfin relevé ses longues paupières, considérait en silence le Génie des Vallées-futures.

Mais ce n'était pas sur le visage du Roi que les yeux fixes de l'Ange se tendaient, éblouissants comme les flèches qui volent dans le soleil.

L'Envoyé regardait Helcias avec l'anxieux frémissement d'une surprise mystérieuse : il semblait que le Misaël, hésitant à se rapprocher du vieillard, méditât, pour la première fois, depuis les temps, sur l'ordre qu'on lui avait donné.

C'est pourquoi le front du Roi-divin se couvrit de

nuages au-dessus du vieil Initié, ainsi que, mille années plus tard et à cette heure même, l'étoile d'Éphrata sur la Judée sanglante, le soir des Innocents.

Sans force, même pour se prosterner, éperdu sous le regard invisiblement torride qui brûlait sa vie sans délier son âme, le Grand-Médiateur s'écria :

— Postérité de David, cache-moi de ses deux yeux !

Et, comme le silence du Maître-des-Prodiges pouvait signifier :

— Où l'Homme peut-il fuir la présence d'Azraël ?

Helcias, rassemblant ses plus anciens souvenirs, tendit les mains vers le Roi et murmura suppliant :

— *Il est, dans les bois vastes et sombres, aux bords de l'Euphrate, une clairière dévastée où, pendant la première nuit du monde, se recueillit le Serpent.*

Le Roi, devinant l'obscure pensée du vieillard, lui toucha le front de son anneau constellé :

— Va !... dit-il.

Helcias disparut dans une fulguration.

*

Alors Salomon descendit de son trône et marcha vers Azraël.

Et sa tunique de pierreries traînait sur le pelage bigarré des lynx assoupis, sur les glaives sans rayons des guerriers étendus. A travers les groupes des blanches épouses d'autrefois et des négresses habiles dans la science des prestiges, écrasant les guirlandes flétries sous les flammes des torches, que soutenaient à peine les bras affaissés des statues, il s'avançait dans la

Salle démesurée où semblaient maintenant sommeiller des souvenirs de siècles passés.

Et la haute statue du Roi-prophète, de l'Époux du Cantique des Cantiques, apparaissait, éblouissante et bleuâtre, au milieu des senteurs amères qui fumaient autour des encensoirs.

Lorsque le Roi fut, enfin, arrivé aux limites de la Salle, il entra sur le parvis solitaire où rayonnait, ayant le sourire des enfants, le Chëroub taciturne.

Le Roi vint s'accouder, en sa tristesse, sur les ruines de la colonne brisée par la foudre ; il contempla longuement Azraël. Au-dessous des deux présences, le vent, accouru en toute hâte des mers et des montagnes, entre-heurtait convulsivement les rameaux fatidiques du Jardin des Oliviers.

Et Salomon :

— Ineffable Azraël ! Mes yeux sont fatigués des univers ! Mon âme a soif de l'ombre de tes ailes !

La voix de l'Archange morose, mille fois plus mélodieuse que celle des vierges du ciel, vibra dans l'esprit de Salomon :

— Au nom de Celui qui fut engendré avant la Lumière et sera les prémisses de ceux qui dorment, ressaisis ton âme ! L'Heure de Dieu n'est pas venue pour toi.

*

Alors le souci de ce prolongement d'exil, où, captif de la Raison, le Mage, avant de s'unir à la Loi des Êtres, avait encore à détruire l'ombre qu'il projetait sur la Vie, passa sur l'âme du Roi.

L'Étoile des bergers, à travers les cheveux de

l'Ecclésiaste scintillait dans l'infini. Silencieux, il abaissa ses regards vers les collines de la fille de Sion, endormie à ses pieds...

— Quel souffle amer t'a donc porté vers nous ?... dit le Prédestiné.

La forme de la Vision s'effaçait déjà sur l'espace ; une voix perdue parvint à Salomon ; il entendit ces paroles terribles où transparaissait la Prescience-Divine :

— Ô Roi ! chantait au fond des nuits le mélancolique Azraël, — à travers la durée et les sphères, j'ai senti le pieux abandon de ta pensée et, dans le mystérieux oubli d'un Ordre du Très-Haut, j'ai voulu te saluer, ô toi, le Bien-Aimé du Ciel... Mais, sous ta main pacifique, s'abritait encore l'ancien confident de ton œuvre de lumière, Helcias, l'Intercesseur. Je connus alors l'Inattendu. Ce n'était pas *ici* que j'avais reçu mission de le délivrer de l'Univers ! Et je compris que le Tout-Puissant m'avertissait de me ressouvenir, par la grâce de ce premier étonnement, d'aller, enfin, — selon l'Ordre déjà prescrit — selon l'Ordre dont ma visitation sainte avait différé l'accomplissement, — appeler cet homme par son nom véritable, *en ces bois vastes et sombres, au bord de l'Euphrate, en cette clairière dévastée où, pendant la première nuit du monde, se cacha le Serpent.*

DOSSIER

CHRONOLOGIE
1838-1889

1418 Jean de Villiers de l'Isle-Adam (1384-1437), prend Paris aux Armagnacs.

1436 Le même prend Paris aux Anglais.

1437 Il devient maréchal de France.

1521 Philippe-Auguste de Villiers de l'Isle-Adam (1464-1534), Grand Maître de l'Ordre des chevaliers de saint Jean, défend Rhodes contre Soliman. Il fonde ensuite l'Ordre des chevaliers de Malte.

Fin du XVIIᵉ siècle : Jean de Villiers, fils d'un homme de robe parisien, devient officier dans la marine royale, s'installe en Bretagne et ajoute à son nom : de l'Isle-Adam.

1838 7 novembre : naissance, à Saint-Brieuc, de Jean Marie Mathias Philippe Auguste de Villiers de l'Isle-Adam. Son père : le marquis Joseph Toussaint. Sa mère : Marie-Françoise Le Nepvou de Carfort, épouse du marquis.

1846 26 juin : mort de Jean Jérôme de Villiers de l'Isle-Adam, surnommé Lily, grand-père de l'écrivain, qui avait servi dans la marine royale en Orient, avait émigré, avait combattu parmi les Chouans et avait intéressé la justice à plusieurs reprises avant et après la Restauration.
22 août : séparation de biens prononcée sur la demande (formulée en 1843) de la marquise de Villiers de l'Isle-Adam.

1857 9 juin : le père de Villiers écrit à dom Guéranger pour lui demander d'accueillir à Solesmes le futur écrivain, dont la conduite l'inquiète.

1858 Juillet : publication de *Deux essais de poésie*.

1859 Long séjour près de Rennes, chez Amédée Le Menant des Chesnais.
Décembre : publication, à Lyon, des *Premières Poésies*.

1862 Août : publication d'*Isis*.
13 au 20 septembre : séjour à l'abbaye de Solesmes, pour l'arracher à l'empire de Louise Dyonnet.

1863 Août : second séjour à Solesmes (il rencontre Louis Veuillot).

1864 Première rencontre de Stéphane Mallarmé.

1865 14 janvier : publication d'*Elën*.

1866 Mars : publication de *Morgane*.

1867 5 janvier : Villiers, faute d'argent et d'un consentement familial, renonce à épouser Estelle Gautier.
15 octobre : il fonde la *Revue des Lettres et des Arts* (qui paraîtra jusqu'en mars 1868).

1869 17 juillet-17 septembre : il se rend chez Wagner à Triebschen, puis à Munich avec le ménage Mendès.

1870 10 janvier : assassinat de Victor Noir.
6 mai : première représentation de *La Révolte* (suivie de quatre autres).
10 juin : départ de Villiers et des Mendès pour Weimar et Triebschen (Wagner).
19 juillet : début de la guerre franco-prussienne.
Août : séjour chez Mallarmé, en Avignon.

1871 13 août : mort de Mlle de Kérinou.

1873 Décembre : départ pour l'Angleterre, en vue d'épouser Miss Anna Eyre Powell.

1875 21 avril : Théodore Michaëlis lance le projet d'un concours dramatique en vue de célébrer le centenaire de la déclaration de l'indépendance des États-Unis d'Amérique.
Avril et mai : séjour de Villiers à Nantes, chez une tante de Fernand de Gantès, en vue d'écrire *Le Nouveau-Monde* (entre autres).

14 juillet : il intente un procès aux directeurs du Châtelet, à l'occasion de la reprise de *Perrinet Leclerc* (d'Anicet-Bourgeois et Édouard Lockroy).

1876 Janvier : publication des résultats du concours Michaëlis : le premier prix n'est pas attribué ; Villiers obtient le second, *ex aequo*.

1877 1ᵉʳ août : le tribunal déboute Villiers dans l'affaire *Perrinet Leclerc*. Peu après, projet de duel avec Georges de Villiers de l'Isle-Adam.
Août et septembre : séjour, près de Bordeaux, chez Robert du Pontavice de Heussey. Projet, qui échoue, de faire représenter, là, *Le Nouveau-Monde*.

1879 Marie Dantine (veuve Brégéras) s'occupe du ménage de Villiers.

1880 Publication du *Nouveau-Monde* (l'éditeur fera d'ailleurs faillite peu après).

1881 9 janvier : Villiers se présente comme candidat légitimiste aux élections municipales, dans le XVIIᵉ arrondissement.
10 janvier : Marie Dantine donne le jour à Victor Philippe Auguste Dantine, que Villiers reconnaîtra sur son lit de mort.

1882 12 avril : mort de la marquise de Villiers de l'Isle-Adam.

1883 9 février : publication des *Contes cruels*.
19 février : première représentation du *Nouveau-Monde* (on annonce le 4 mars la fin des représentations).

1884 Publication d'*A Rebours,* où Huysmans fait rendre hommage à Villiers par des Esseintes.

1885 1ᵉʳ décembre : mort du marquis de Villiers de l'Isle-Adam.

1886 4 mai : publication de *L'Ève future.*
2 juillet : publication d'*Akëdysséril.*
24 juillet : publication de *L'Amour suprême.*

1887 Mai : publication de *Tribulat Bonhomet.*
12 octobre : représentation, au Théâtre Libre, de *L'Évasion* (dont *La Revue contemporaine* venait de publier le texte).

1888 14 février-10 mars : conférences en Belgique.
27 février : publication d'*Histoires insolites.*
13 novembre : publication des *Nouveaux Contes cruels.*

1889 14 avril : sur l'ordre de son médecin, Villiers s'installe à Nogent-sur-Marne.

12 août : souffrant d'un cancer, il est admis à l'Hospice des frères de Saint-Jean-de-Dieu, à Paris. Ce même jour, dans un document privé, il reconnaît Victor Dantine comme son fils.

14 août : mariage célébré civilement, puis religieusement. Nouvelle légitimation de Victor. On boit une bouteille de Veuve Cliquot, offerte par Méry Laurent.

18 août : mort de Villiers.

LES DÉDICATAIRES
DES *CONTES CRUELS*

À l'époque, on usait et abusait des dédicaces. Il se crée ainsi, en tête des œuvres, ce qu'Henri de Latouche eût appelé une « camaraderie littéraire ». Nous croyons bon de réunir ici, par ordre alphabétique, tous les dédicataires des *Contes cruels.* Sauf indication contraire, la dédicace intervient en 1883.

BANVILLE (Théodore de). *Les Demoiselles de Bienfilâtre.* Villiers connaissait Banville depuis longtemps : une première lettre figure dans la *Correspondance* à la date du 25 septembre 1867. Dans l'une des publications préoriginales (*Le Spectateur*), le conte avait été dédié à Godefroy d'Herpent. Banville avait collaboré à la *Revue des Lettres et des Arts.*

BORNIER (Henri de). *A s'y méprendre.* Le vicomte Henri de Bornier, qui fut conservateur de la bibliothèque de l'Arsenal, avait fait jouer, en 1875, *La Fille de Roland,* drame patriotique en vers. Une intention politique justifie probablement cette dédicace.

BRAYER (Jules de). *Le Traitement du Docteur Tristan.* Villiers avait pu connaître ce musicien chez les Holmès, à Versailles.

COQUELIN cadet. *Sombre récit, conteur plus sombre.* Villiers avait retiré à Coquelin la dédicace du *Secret de l'ancienne musique,* mais leurs rapports étaient demeurés bons : en 1880, c'était Coquelin qui était intervenu auprès de « Zizi » Charpentier pour faire publier les futurs *Contes cruels* (cf. notre préface, p. 35).

DIERX (Léon). *Fleurs de ténèbres.* Pourquoi une si petite chose pour cet ami de longue date, que Villiers aima jusqu'au dernier jour ?

FRANC LAMY (P.). *Souvenirs occultes.* Ce peintre, qui a dessiné Villiers sur son lit de mort, fréquentait chez Nina de Villard.

GHYS (Henry). *L'Affichage céleste.* Fréquentant dans le salon de Nina de Villard, ce musicien et professeur de piano était devenu un ami pour Villiers, qui lui avait demandé, en 1882, une ouverture pour *Le Nouveau-Monde.*

HOLMÈS (Augusta). *Virginie et Paul.* Dans un article qu'il lui a consacré, Villiers précise qu'il l'avait connue chez son père, à Versailles, quand elle avait quinze ou seize ans. Il admira profondément les talents de musicienne de cette belle et blonde Irlandaise et entretint avec elle des rapports d'amitié.

HUGO (Victor). *Impatience de la foule.* Sans le *Monsieur* qui figure ici, la dédicace se trouve dès la première publication préoriginale, en 1876. Villiers éprouvait pour Hugo une indiscutable admiration. Ce dernier présidait d'ailleurs le jury Michaëlis (1875).

LACLOS (comtesse de). *L'Inconnue.* Milieux légitimistes vraisemblablement.

LA LUBERNE (Henry). *Duke of Portland.* L'un des « vieux camarades » de Villiers.

LA SALLE (baronne de). *Maryelle.* Le baron de La Salle pratiquait la boxe anglaise avec Villiers.

LECONTE DE LISLE. *Vox populi.* Villiers a appartenu au Parnasse ; Leconte de Lisle, après avoir été fouiériste, manifestait un mépris profond à l'égard des masses (« Que le peuple est stupide ! »).

MALLARMÉ (Stéphane). *La Machine à gloire.* Cette dédicace, qui signale une longue amitié, explique, dans la lettre du 20 mars 1883, la phrase finale du scripteur : « *Monsieur* Stéphane Mallarmé te remercie spécialement » (cf. notre préface, p.8).

MARRAS (Jean). *Sentimentalisme.* Il fut, à travers toute la vie de Villiers — jusqu'à la tombe, où il prononça l'éloge du mort —, un ami dévoué.

MENDÈS (Catulle). *Le Désir d'être un homme.* En dépit de quelques brouilles, Mendès fut un ami fidèle de Villiers. Il favorisa ses publications.

OSMOY (comtesse d'). *Véra.* Cf. article suivant.

OSMOY (comte d'). *La Reine Ysabeau.* Le comte et la comtesse d'Osmoy appartenaient aux milieux légitimistes. Villiers avait été candidat royaliste aux élections de janvier 1881 au Conseil municipal de Paris. La dédicace de *La Reine Ysabeau* était-elle, politiquement, très heureuse ?

ROUJON (Henri). *Les Brigands.* Roujon (qui prit le pseudonyme d'Henry Laujol) était un beau-frère de Jean Marras et, comme celui-ci, un ami de Villiers. *La République des Lettres,* dont il assurait le secrétariat de la rédaction, publia six des futurs *Contes cruels*. Il fut nommé en 1891 directeur des Beaux-Arts.

SALISBURY (marquis de). *L'Annonciateur.* Villiers avait dédié la première version de ce conte, sous le titre : *Azraël,* à Wagner. Villiers connaissait Lord Salisbury depuis la rédaction du *Nouveau-Monde,* dont un personnage était un des ancêtres.

VILLARD (Nina de). *Le Convive des dernières fêtes.* L'amitié de Villiers, l'extrême gentillesse de Nina expliquent et justifient cette dédicace.

VILLIERS de L'ISLE-ADAM (abbé Victor de). *L'Intersigne.* Les lettres conservées de cet oncle de Villiers n'inspirent aucune sympathie particulière pour le scripteur. Il était recteur de Ploumilliau.

WAGNER (Richard). *Le Secret de l'ancienne musique.* Dans la troisième série des *Saynètes et monologues,* le conte se trouvait dédié à Coquelin cadet. Sur les raisons qui motivèrent la modification de cette dédicace, cf. notre préface, p. 33, et la notice relative au conte.

BIBLIOGRAPHIE SOMMAIRE

(Pour une bibliographie complète à la date — 1981,
on se reportera à l'ouvrage d'Alan W. Raitt :
The Life of Villiers de l'Isle-Adam, signalé plus bas.)

I. *Éditions originales des œuvres de Villiers*
publiées en volume.

Deux essais de poésie. Paris (Tinterlin), 1858.
Premières poésies. Lyon (Scheuring), 1859.
Isis. Paris (Dentu), 1862.
Elën. Paris (Poupart-Davyl), 1865.
Morgane. Saint-Brieuc (Guyon Francisque), 1866.
La Révolte. Paris (Lemerre), 1870.
Le Nouveau-Monde. Paris (Richard), 1880.
La Maison Gambade père et fils successeurs. Paris (Éditions de la Comédie humaine), 1882.
Contes cruels. Paris (Calmann Lévy), 1883.
L'Ève future. Paris (Brunhoff), 1886.
L'Amour suprême. Paris (Brunhoff), 1886.
Akëdysséril. Paris (Brunhoff), 1886.
Tribulat Bonhomet. Paris (Tresse et Stock), 1887.
Histoires insolites. Paris (Quantin), 1888.
Nouveaux Contes cruels. Paris (Librairie illustrée), 1888.
Chez les Passants. Paris (Comptoir d'édition), 1890.
Axël. Paris (Quantin), 1890.
L'Évasion. Paris (Tresse et Stock), 1891.
Nouveaux Contes cruels et Propos d'au-delà. Paris (Calmann Lévy), 1893.
Trois portraits de femmes. Paris (Bernard), 1929.
Reliques (éd. p. p. Pierre-Georges Castex). Paris (Corti), 1954.
Correspondance générale (éd. p. p. Joseph Bollery). Paris (Mercure de France), 2 vol., 1962.

Le Prétendant (éd. p. p. Pierre-Georges Castex et Alan W. Raitt).
  Paris (Corti), 1965.
Nouvelles Reliques (éd. p. p. Pierre-Georges Castex et Jean-Marie
  Bellefroid). Paris (Corti), 1968.

II. *Œuvres complètes.*

Les *Œuvres complètes* (éd. p. p. Marcel Longuet) ont paru en onze
volumes de 1914 à 1931 au Mercure de France. Les *Contes cruels*
occupent le deuxième volume (1914).

Des *Œuvres complètes,* considérablement complétées (éd. p. p.
Pierre-Georges Castex, Alan W. Raitt et Jean-Marie Bellefroid),
sont prévues dans la Bibliothèque de la Pléiade.

III. *Éditions séparées des* Contes cruels.

Les Trois Premiers Contes (éd. p. p. Émile Drougard), 2 vol. Paris (Les
  Belles Lettres), 1931. Cette édition comprend les trois premiers contes
  publiés par Villiers, dont *Claire Lenoir,* qu'on trouvera dans
  Tribulat Bonhomet. Les deux autres (*L'Intersigne* et *Azraël,* sous un
  autre titre) ont pris place dans les *Contes cruels.*
Contes cruels (éd. p. p. Pierre-Georges Castex et Jean Bollery), 2 vol.
  Paris (Corti), 1954 et 1956. Édition complète et décisive.
Contes cruels et *Nouveaux Contes cruels* (éd. p. p. André Lebois). Paris
  (Union générale d'éditions), 1963.
Contes cruels et *Nouveaux Contes cruels* (éd. p. p. Pierre-Georges
  Castex). Paris (Garnier), 1968.
Contes cruels (éd. p. p. Pierre Citron). Paris (Garnier-Flammarion),
  1980.

IV. *Liste chronologique de la publication*
des contes recueillis dans les Contes cruels,
en des livres, journaux et revues
avant 1883.

On indique, successivement, la date de la première publication ; le
titre définitif ; le titre initial ; le nom de la revue, du journal ou le titre

du livre ; entre parenthèses, éventuellement, le nom du ou des responsables de la publication ; enfin les dates et lieux de republication. On fait une exception pour le *Conte d'amour,* dont la première pièce apparaît en 1862. Les choses sont, là, si compliquées que nous nous bornons à indiquer, dans l'ordre de l'édition dans les *Contes cruels,* la première publication de chacune des pièces et à signaler quelques-unes des republications.

Ces indications sont insuffisantes : Villiers corrige son texte, inlassablement, chaque fois qu'il le fait paraître de nouveau. Proposée dans un ordre inhabituel, cette liste permet d'apprécier le rythme des publications de Villiers et l'importance du rôle de ses amis dans celles-ci.

1862

Paraît, dans *Isis,* sans titre, ce qui sera la première pièce du *Conte d'amour.* Comme annoncé, nous donnons ici, successivement, la première publication de toutes les pièces du *Conte :*

I. *Éblouissement.* Sans titre dans *Isis* (Paris, 1862).

II. *L'Aveu.* Sous le titre : *A une enfant taciturne,* dans *Le Parnasse contemporain* (1866).

III. *Les Présents,* dans la *Revue des Lettres et des Arts,* 19 janvier 1868.

IV. *Au bord de la mer.* Sous le titre : *Hélène* dans *Le Parnasse contemporain,* 1866 (cette pièce a paru, la même année, sous le titre : *Elën,* dans la deuxième édition de l'œuvre ainsi intitulée, à Saint-Brieuc).

V. *Réveil* et VI. *Adieu.* Sous le titre : *A Elën,* dans la *Revue des Lettres et des Arts,* 15 mars 1868.

VII. *Rencontre.* Sous le titre : *Sara,* dans *La Renaissance littéraire et artistique,* 13 juillet 1873.

Tous ces poèmes ont été republiés, séparément ou, comme dans *L'Artiste* du 1er avril 1868, groupés sous le titre *Les Derniers Soucis* (où *Rencontre* fait défaut, mais où figure un poème non recueilli ici). Dans *La Comédie française* du 30 octobre 1880, sous le titre *Conte d'amour,* on trouve nos poèmes (y compris *Rencontre*), mais *Au bord de la mer* manque.

18 août 1867

Souvenirs occultes. Sous le titre : Poèmes en prose. *El Desdichado* dans *La Lune.* Repris, le 6 mars 1875, sous le surtitre : Intermèdes IV, dans *La Comédie française;* puis, avec son titre définitif, le 15 juin 1878, dans *Le Parnasse;* enfin, le 9 février 1879, dans *Le Molière.*

29 décembre 1867

L'Intersigne. Sous le titre : Histoires moroses II. *L'Intersigne,* dans la *Revue des Lettres et des Arts* (Villiers de l'Isle-Adam). La première de ces *histoires moroses* était *Claire Lenoir.* La publication s'est poursuivie les 5 et 12 janvier 1868.

26 juin 1869

L'Annonciateur. Sous le titre : *Azraël,* poème en prose, *La Liberté* (Émile de Girardin). Repris, les 19 et 26 avril 1879, dans *La Croix et l'Épée* (Villiers de l'Isle-Adam ?).

30 novembre 1873

L'Affichage céleste. Sous le titre : *La Découverte de M. Grave,* dans *La Renaissance littéraire et artistique* (Émile Blémont et Jean Aicard). Repris, le 30 décembre 1876, dans *Le Spectateur;* puis, avec son titre définitif, le 5 janvier 1881, dans *L'Étoile française.*

1ᵉʳ mars 1874

Le Convive des dernières fêtes. Sous le titre : *Le Convive inconnu,* dans la *Revue du Monde nouveau* (Charles Cros).

12 mars 1874

Virginie et Paul. Dans *La Semaine parisienne* (Jules de Clerville — lisez : Godefroy d'Herpent — et Fernand de Gantès). Repris, le 13 février 1875, dans *La Comédie française,* sous le titre : Contes cruels II. *Virginie et Paul;* puis, le 20 avril 1876, dans *La République des Lettres* (Catulle Mendès) ; le 26 décembre 1880, dans *La Vie populaire* (Catulle Mendès) ; enfin, le 29 décembre 1880, sous le titre : Chronique. *Amour et Argent,* dans *L'Étoile française.*

26 mars 1874

Les Demoiselles de Bienfilâtre. Sous le surtitre : Contes cruels II, dans *La Semaine parisienne.* Repris, le 23 janvier 1875, sous le titre :

Contes cruels I. *Les Demoiselles de Bienfilâtre,* dans *La Comédie française.* Puis, le 27 janvier 1876, dans *Le Spectateur.* Enfin, le 26 septembre 1880, dans *La Vie populaire* (Catulle Mendès).

22 et 29 mars 1874

La Machine à gloire. Dans *La Renaissance littéraire et artistique* (Émile Blémont et Jean Aicard).

7 mai 1874

Véra. Sous le surtitre : Histoires mystérieuses, dans *La Semaine parisienne.* Repris, le 6 août 1876, dans *La République des Lettres* (Catulle Mendès). Puis, le 9 octobre 1880, dans *Beaumarchais.*

21 mai 1874

L'Appareil pour l'analyse chimique du dernier soupir. Sous le titre : *L'Appareil du D*^{r} *Abeille É.É. pour l'analyse chimique du dernier soupir,* dans *La Semaine parisienne.* Repris, le 2 juin 1878, sous le titre : *L'Appareil du Professeur Schneitzoëffer junior,* dans *La Lune rousse* (André Gill). Puis, le 5 janvier 1881, sous le titre : Chronique. *Appareil pour l'analyse chimique du dernier soupir,* dans *L'Étoile française.*

4 juin 1874

Le Plus Beau Dîner du monde. Sous le surtitre : Contes cruels III, dans *La Semaine parisienne.* Repris, le 7 août 1881, dans *La Vie populaire* (Catulle Mendès). Le conte, en cette dernière publication, est signé : Comte Mathias (la vérité fait un bon pseudonyme...).

18 juin 1874

Antonie. Sous le titre : Intermèdes I. *Le Médaillon,* dans *La Semaine parisienne.* Repris, le 13 mars 1875, sous le titre : Intermèdes V. *Le Médaillon,* dans *La Comédie française.*

20 janvier 1875

Sentimentalisme. Dans *La République des Lettres* (Catulle Mendès).

16 décembre 1875

A s'y méprendre! Dans *Le Spectateur* (Godefroy d'Herpent).

1ᵉʳ juin 1876

L'Inconnue. Sous le surtitre : Contes cruels, dans *Le Spectateur* (Godefroy d'Herpent). Repris, les 31 juillet et 14 août 1879, dans *L'École des femmes.*

20 juin 1876

Impatience de la foule. Dans *La République des Lettres* (Catulle Mendès). Repris, les 3 et 10 mai 1879, dans *La Croix de l'Épée* (Villiers de l'Isle-Adam?). Puis, les 19 et 20 décembre 1880, sous le surtitre : Variété littéraire, dans *L'Étoile française.*

18 février 1877

Le Traitement du Docteur Tristan. Sous le titre : *Le Traitement du Dʳ Tristan Chavassus,* dans *La République des Lettres* (Catulle Mendès).

3 juin 1877

Sombre récit, conteur plus sombre. Sous le titre : *Succès d'estime,* dans *La République des Lettres* (Catulle Mendès). Repris le 1ᵉʳ avril 1881, sous le titre : *Duel au pistolet.* Chronique parisienne, dans *L'Étoile française.*

1878

Le Secret de l'ancienne musique. Sous le titre : *Le Chapeau chinois,* dans *Saynètes et monologues* (Paris, Tresse).

21 octobre 1880

La Reine Ysabeau. Sous le titre : *Histoire d'amour du vieux temps,* dans *Beaumarchais.* Repris, le 5 décembre 1880, sous le titre : Pages d'histoire. *Une vengeance de reine,* dans *La Vie populaire* (Catulle Mendès).

14 décembre 1880

Vox populi. Dans *L'Étoile française.* Repris, le 24 décembre 1881, dans *La Comédie humaine* (Fernand de Gantès).

25 décembre 1880

Fleurs de ténèbres. Sous le titre : *Chronique,* dans *L'Étoile française.* (*Fleurs de ténèbres* constitue la seconde partie de cette chronique.)

3 et 4 juillet 1882

Le Désir d'être un homme. Dans *L'Étoile de France* et *L'Impartial* (même direction).

3 décembre 1882

Les Brigands. Dans *Panurge* (Félicien Champsaur).

V. *Ouvrages portant sur la famille,
la vie et l'œuvre (considérée dans son ensemble).*

Pontavice de Heussey (Robert du) : *Villiers de l'Isle-Adam.* Paris (Savine), 1893 (quoiqu'on ait écarté de cette bibliographie les témoignages des contemporains, on a maintenu celui-ci, critiquable, mais intéressant).

Baudry (J.) : *Étude généalogique et biographique sur les ascendants du poète Villiers de l'Isle-Adam,* Paris (Champion), 1905.

Le Noir de Tournemine (H.) : *Autour de Villiers de L'Isle-Adam.* Saint-Brieuc (Guyon), 1906.

Rougemont (Édouard de) : *Villiers de l'Isle-Adam.* Paris (Mercure de France), 1910 (étude fine, encore précieuse).

Van der Meulen (C.J.C.) : *L'Idéalisme de Villiers de L'Isle-Adam.* Amsterdam, 1925 (avec la thèse encore inédite d'Alain Néry, le seul ouvrage d'ensemble sur la pensée de Villiers. Si intéressant qu'il demeure, une autre étude paraît nécessaire).

Schmidt (M.) : *Formen der Angst bei Villiers de l'Isle-Adam.* Zürich (Leemann), 1934 (il manque encore d'autres études de ce type, aussi précieuses que celle-ci).

Daireaux (Max) : *Villiers de l'Isle-Adam, l'homme et l'œuvre.* Paris (Desclée de Brouwer), 1936 (ouvrage encore précieux).

Deenen (Maria) : *Le Merveilleux dans l'œuvre de Villiers de l'Isle-Adam.* Paris (Courville), 1939 (encore suggestif).

Bollery (Joseph) : *Biblio-iconographie de Villiers de l'Isle-Adam.* Paris (Mercure de France), 1939.

Jean-Aubry (G.) : *Une amitié exemplaire : Villiers de l'Isle-Adam et Stéphane Mallarmé.* Paris (Mercure de France), 1942 (remarquable et touchant).

Castex (Pierre-Georges) : *Le Conte fantastique en France de Nodier à Maupassant.* Paris (Corti), 1951. Le chapitre relatif à Villiers est le 7ᵉ de la 2ᵉ partie. Il a pour titre « La Cruauté de Villiers. »

Lebois (André) : *Villiers de L'Isle-Adam révélateur du Verbe.* Neuchâtel (Messeiller), 1952 (précieuse étude personnelle).

Bollery (Joseph) : *La Bretagne de Villiers de l'Isle-Adam.* Saint-Brieuc (Les Presses bretonnes), 1961 (érudition minutieuse).

Raitt (Alan W.) : *Villiers de l'Isle-Adam et le mouvement symboliste.* Paris (Corti), 1965 (recherche complète et suggestive, qui restitue, à la fois, l'environnement littéraire de Villiers, sa réputation et les principes de son travail).

Arnold (Ivor) : *Style and structure in the shorter fiction of Villiers de l'Isle-Adam* (thèse de Toronto, 1969). DAI, vol. XXXII.

Gourevitch (Jean-Paul) : *Villiers de l'Isle-Adam ou l'univers de la transgression.* Paris (Seghers), 1971.

Bornecque (Jacques-Henry) : *Villiers de l'Isle-Adam créateur et visionnaire.* Paris (Nizet), 1974 (ouvrage personnel et suggestif).

Raitt (Alan W.) : *The Life of Villiers de l'Isle-Adam.* Oxford (Clarendon Press), 1981 (une présentation complète, critique et considérablement enrichie de tout ce qui a été proposé).

A ces livres, on croit devoir ajouter la thèse d'Alain Néry : *Les Idées politiques et sociales de Villiers de l'Isle-Adam* (Paris IV, sous la direction de Pierre-Georges Castex, 1978), encore inédite, et l'ouvrage de Jean Decottignies : *Villiers, le taciturne* (à paraître aux Presses Universitaires de Lille).

VI. *Choix d'articles
portant sur Villiers de l'Isle-Adam,
sa famille, sa vie, ses idées, son art.*

Le Braz (A.) : « Villiers de l'Isle-Adam et l'Ordre de Malte. » *Le Fureteur breton,* juin-juillet 1912.

Prinet (Max) : « Les ancêtres parisiens de Villiers de l'Isle-Adam. » *Mercure de France,* 1ᵉʳ août 1928 (la première étude sérieuse sur les ascendants de Villiers ; on trouvera une mise au point dans la thèse d'Alain Néry).

Drougard (Émile) : « Villiers de l'Isle-Adam et Éliphas Lévi. » *Revue belge de philologie et d'histoire,* octobre-décembre 1931 (question importante qu'on a, ici, trop négligée).

Drougard (Émile) : « Villiers de l'Isle-Adam et Théophile Gautier. » *Revue d'histoire littéraire de la France,* octobre-décembre 1932.

Drougard (Émile) : « Villiers de l'Isle-Adam et Richard Wagner. » *Revue musicale,* février 1936.

Bollery (Joseph) : « Villiers de l'Isle-Adam. Documents biographiques inédits. » *Mercure de France,* 1er octobre 1938.

Drougard (Émile) : « Villiers de l'Isle-Adam à Solesmes. » *Revue de la Méditerranée,* mars-avril 1947.

Drougard (Émile) : « Les débuts de Villiers de l'Isle-Adam. » *Cahiers de la Lucarne,* mai 1947 (deux études à la date décisive).

Reboul (Pierre) : « Autour d'un conte de Villiers de l'Isle-Adam. » *Revue d'histoire littéraire de la France,* juillet-septembre 1949 (touche, à travers *Le Secret de l'échafaud,* au thème de la guillotine et, par conséquent, au *Convive des dernières fêtes*).

Castex (Pierre-Georges) : « Villiers de l'Isle-Adam historien de sa maison. » *Revue du Nord,* avril-juin 1954 (révèle tous les documents, utilement commentés, sur ce travail immense de Villiers.

Reboul (Pierre) : « Le grand-père de Villiers. » *Le Divan,* juillet-septembre 1954 (Joseph Bollery a discuté certains des documents produits).

Bollery (Joseph) : « Documents biographiques inédits sur Villiers de l'Isle-Adam. » *Revue d'histoire littéraire de la France,* janvier-mars 1956.

Raitt (Alan W.) : « État présent des études sur Villiers de l'Isle-Adam. » *L'information littéraire,* janvier-février 1956 (étude encore commode).

Drougard (Émile) : « Pour le nom : Villiers de l'Isle-Adam et ses homonymes. » *Revue des sciences humaines,* janvier-mars 1957.

Drougard (Emile) : « Les études de Villiers de l'Isle-Adam. » *Annales de Bretagne,* 1958.

Miyauchi (Y.) : « Déplacements stylistiques de l'épithète chez Villiers de l'Isle-Adam. » *Études de langue française,* mai 1959.

Picard (M.) : « Notes sur le fantastique de Villiers de l'Isle-Adam. » *Revue des sciences humaines,* juillet-septembre 1959.

Raitt (Alan W.) : « Villiers de l'Isle-Adam in 1870. » *French Studies,* octobre 1959 (M. Raitt, entre autres apports, récuse l'attribution à Villiers des articles signés : Marius).

Bollery (Joseph) : « Une descendance inconnue de Villiers de l'Isle-Adam au Congo ex-belge. » *La Fenêtre ouverte,* décembre 1961.

Raison du Cleuziou (J.) : « L'Agence Villiers de l'Isle-Adam. » *Mémoires de la Société d'émulation des Côtes-du-Nord,* 1962.

Bellefroid (Jean-Marie) : « Villiers de l'Isle-Adam en Bavière (1869). » *Revue d'histoire littéraire de la France,* octobre-décembre 1963.

Bellefroid (Jean-Marie) : « Une chronique de Villiers de l'Isle-Adam sur Victor Noir. » *Revue des sciences humaines,* juillet-septembre 1965.

Raison du Cleuziou (J.) : « L'entrevue à Solesmes de Louis Veuillot et d'A. Villiers de l'Isle-Adam », *Mémoires de la Société d'émulation des Côtes-du-Nord,* 1969.

Besnier (Patrick) : « De la révolte au désespoir : Villiers de l'Isle-Adam en 1870. » *Annales de Bretagne,* 1970.

Arnold (Ivor) : « Villiers de l'Isle-Adam and *écriture artiste.* » *French Review,* 1974.

VII. *Articles et ouvrages
portant, plus particulièrement,
sur les* Contes cruels.

Le Dantec (Yves-Gérard) : « Conte d'amour. » *La Muse française,* 15 novembre 1938.

Raison du Cleuziou (J.) : « Le chanoine Yves-Marie-Victor Villiers de l'Isle-Adam et le conte de *L'Intersigne.* » *Mémoires de la Société d'émulation des Côtes-du-Nord,* 1954.

Castex (Pierre-Georges) : « Villiers de l'Isle-Adam au travail. » *Revue des sciences humaines,* avril-juin 1954.

Besnier (Patrick) : « L'entre-deux mondes des *Contes cruels.* » *Annales de Bretagne,* 1969.

Besnier (Patrick) : « Le double dans les *Contes cruels.* » *Mémoires de la Société d'émulation des Côtes-du-Nord,* 1970.

Besnier (Patrick) : « A propos des *Contes Cruels.* » *Bulletin de l'association Guillaume Budé,* mars 1970.

Decottignies (Jean) : « Baphomet ou la fiction. » *Revue des sciences humaines,* juillet-septembre 1974.

Decottignies (Jean) : « L'histoire et le secret. Villiers de l'Isle-Adam et Richard Wagner. » *Revue des sciences humaines,* octobre-décembre 1978.

Merchant (St.) : *The Poetics of failure in the* Contes cruels *of Villiers de l'Isle-Adam* (thèse de l'université d'Arizona, 1979). DAI, vol. 40, n° 10.

NOTICES ET NOTES

Page 45.   LES DEMOISELLES DE BIENFILÂTRE

« Voici, certainement, une des pages les plus monstrueuses — en apparence du moins — qui aient été écrites en ce siècle ! » C'est en ces termes (assez justes) que Catulle Mendès présentait ce conte dans *La Vie populaire.* Jamais, ailleurs, le principe de l'ironie de Villiers n'est appliqué avec plus de férocité. Pierre-Georges Castex a identifié une source probable de l'histoire : *Madame Cardinal,* de Halévy (paru dans *La Vie parisienne* en mai 1870). *Les Petites Cardinal* peuvent, en revanche, devoir quelque chose aux *Demoiselles de Bienfilâtre.* Ce conte, dans sa version définitive, est merveilleusement construit : le « Il a éclairé ! », derniers mots de la mourante qui croit constater que son amant l'a payée, reprend l'épigraphe : « De la lumière !... *Dernières Paroles de Goethe* » (en réalité : *mehr Licht*). Après une introduction longuette (qui doit à Pascal, à Montaigne et, peut-être, à *La Philosophie dans le boudoir*), l'histoire se déroule : deux honnêtes prostituées (de haut vol) font vivre décemment leur concierge de père, jusqu'au jour où l'une des deux sœurs commet une faute : elle aime. L'ironie pratique une complète inversion des valeurs : le bien, c'est de soigner gentiment ses parents en vendant son corps ; le mal, c'est de suivre son cœur et de demeurer, gratuitement, fidèle à celui que l'on aime. Cette inversion n'est pas, dans le conte, celle du conteur seulement : c'est toute la société qui la pratique, avec la bénédiction d'une Église aveugle. Le récit colle à la réalité : on reconnaissait le café de Madrid.

Ce qui fait le charme incisif de ce conte, c'est son *oralité* souveraine : tout est *dit,* avec de séduisants changements de ton et des silences.

Page 47.

   1. *Sorties-de-bal :* le bâton des sergents de ville.

Page 48.

   2. *Vespetro :* boisson faisant vesser, péter, roter...

   3. *Deniers à Dieu :* ici, pourboire donné au concierge lors d'un déménagement ou d'un emménagement.

   4. *Caramel :* je suppose qu'il s'agit d'un mélange de gnole et de caramel.

Page 55.

   5. *Éclairé :* payé, en argot.

Page 56.   VÉRA

   Présenté d'abord comme une *histoire mystérieuse,* ce conte ne transmet pas le même message dans la première publication et dans son état définitif. Il s'arrêtait d'abord à cette phrase : « Et ils s'aperçurent, *alors,* qu'ils n'étaient, réellement, qu'*un seul être* » (p. 67). C'était donc la victoire de l'amour sur la mort. La phrase mise en épigraphe : « La forme du corps lui est plus *essentielle* que sa substance » (attribuée vaguement à *La Physiologie moderne*) prenait un sens plein ; la disparition de la substance n'empêche pas l'union des formes, *post mortem,* entre morte et vivant. C'est ainsi que l'amour peut être *plus fort* que la mort (transcription, par Gautier, de la phrase du *Cantique des Cantiques*). Émile Drougard a découvert que Villiers empruntait son épigraphe à l'*Introduction à la philosophie de Hegel* (où la phrase est attribuée à Cuvier) — introduction due à... Véra. Ajoutons que l'héroïne du conte est slave et que, en russe, Véra, qui est aussi un prénom, veut dire la Foi. Nous nous trouvons donc devant une triple signification : latine (sincère, vrai), historique (un philosophe), russe (la Foi). Assez curieusement, tout cela, si l'on veut, revient au même : la philosophie absolue, la Foi, la Vérité — trois énoncés du même objet. Hasardons une hypothèse : le point de départ est le philosophe ; le mot est retenu dans ses deux acceptions, latine et slave. L'acception latine gouverne le comportement de l'héroïne, qui avoue son amour, tout de suite, en dépit des convenances. La slave lui confère une nationalité, une couleur locale. Je n'exclus pas que Villiers ait joué sur ces trois références. A coup sûr, il connaît le sens russe du terme et le nom du traducteur de Hegel.

Le thème ici traité (résurrection temporaire d'une jeune morte) est banal. Villiers peut l'avoir emprunté à Poe *(Morella, Ligeia, Éléonora)*, à Gautier *(La Morte amoureuse* et, surtout, *Spirite* : Pierre-Georges Castex a démontré, avec une minutieuse élégance, que Villiers doit beaucoup, dans le détail, à *Spirite*). Le titre donné au conte, plusieurs phrases nettement philosophiques invitent à chercher Véra dans *Véra*. On songe à ces phrases de l'*Introduction* : « L'âme vraiment amoureuse n'est pas l'âme qui se mutile elle-même, et qui se coupe les ailes, en coupant les êtres en deux et en supprimant leur moitié, mais c'est l'âme qui se place et qui vit au sein de la lutte et de la contradiction, et qui fait des contraires sa nourriture, imitant ainsi, et réalisant sans cesse la vie de la raison et de l'amour éternels. Et en partant de ces principes, il faudra dire que là où la contradiction est plus intense, là habitent la raison et l'amour. D'où il suit que l'âme hégélienne, dont la vie est tout entière dans la pensée et dans l'amour des contraires et de leur unité, est l'âme amoureuse par excellence et la plus savante en amour. » Cela donnerait le sens de cette infusion de l'esprit dans la chair, qui confère aux amours du comte et de la comtesse des charmes « languides et pervers ». Le but de cette première rédaction étant de montrer que l'amour peut l'emporter sur la mort, parce que la forme idéale survit, il ne faut pas chercher ailleurs la raison des convictions peu chrétiennes, non spiritualistes des époux : s'ils avaient des convictions banales, mais exacerbées, le lecteur ne verrait, dans ces noces *post mortem,* qu'un accident d'une pensée déréglée, qu'une illusion, fruit du désir et du regret mêlés. Au contraire, puisqu'ils vivaient dans l'incroyance, dans un repliement délibéré sur la chair, ces retrouvailles ont quelque chose de miraculeux, de *probant.* L'Amour, cette unité des contraires, n'a besoin, pour survivre, que d'une volonté, d'une Espérance indéfectibles, d'une Foi qui se confond avec son objet — d'un culte serein et minutieux, qui rende la présence du mort *nécessaire.*

La version définitive conserve tout ce qui précède, mais le miracle n'a plus lieu ou, du moins, ne tient pas. Le comte d'Athol perd la foi : il ne se satisfait pas d'une effusion chaleureuse des « formes ». De même qu'Orphée, ayant commis la faute de se retourner vers Eurydice, s'efforçait en vain de la retenir (« *prensantem nequiquam* », Virgile, *Géorgiques,* IV, 499-501), de même notre héros perd la foi dans la Foi (Véra) et lâche : « Mais tu es morte ! » Ce bon sens gâche tout « et s'effaçant entre les bras désespérés qui voulaient en vain l'étreindre encore, l'ardente et blanche vision rentra dans l'air et s'y perdit. » Ce retour, *via* Orphée, aux *non possumus* de l'Église et du bon sens entraîne une exagération du fantastique : la clef que le comte avait jetée dans le monument funéraire, voici qu'il la retrouve, dans la chambre. Elle *atteste* l'impossible visite de Véra. Elle constitue aussi une promesse : après ta mort, tu me retrouveras. Ce n'est pas *hic et nunc* que peuvent s'aimer vraiment la morte et le vif, mais dans l'éternité.

Villiers savait mieux que nous la splendide impossibilité des armes de la famille d'Athol : *d'azur, à l'étoile abîmée d'argent* (une telle simplicité rend vulgaires les armes des plus royales familles). Ces armes, il les reprend, plus loin, dans une description de la nuit : « Vénus, seule, brillait, au-dessus des arbres, perdue au fond de l'azur. » Ces armes, non *parlantes* certes, mais symboliques, mettent le conte *en abyme.*

Page 58.

1. *Resté défait :* il est, à l'évidence, impossible que ce lit soit demeuré en l'état. Villiers fait passer le *sens* et l'effet qu'il veut produire avant la « réalité ». Il assure, aux dépens de la vraisemblance, la présence de Véra, en perpétuant l'empreinte de son corps.

Page 69.   VOX POPULI

La phrase mise en épigraphe, attribuée au sergent Hoff (héros de la guerre de 1870), semble faite pour donner de la tablature aux commentateurs. Je crois comprendre que, en face des feux de camp français, qui dénoncent la troupe, il y a la sage obscurité de la menace prussienne. Les victoires se préparent dans la nuit des lanternes sourdes. L'apparat, la gloriole, les splendeurs vaines vont vers leur évanouissement : *habent oculos et non vident, habent aures et non audiunt.* L'épigraphe correspond merveilleusement à ce poème oral à répétition qu'est *Vox populi :* Vive l'Empereur ! Vive la République ! Vive la Commune ! Vive le Maréchal ! Et, toujours, dans la lanterne sourde de l'histoire, l'inéluctable plainte de l'aveugle — celui qui voit : « Prenez pitié d'un pauvre aveugle, s'il vous plaît ! », ce lamentable alexandrin, que nul n'écoute. Il y a, dans *Vox populi,* à la fois, du Baudelaire et du Hugo et, plus que partout ailleurs chez Villiers, l'exquise et effrayante intelligence de la misère et de sa force, dans la vanité des vanités qui constitue l'histoire. Défilés, raz de marée humains, enthousiasmes fous des fausses unités et puis, dans une lanterne sourde, que nul ne voit ni n'entend, la plainte. A la fois un poème en prose, une légende des siècles et l'embryon d'une apocalypse.

Page 74. DEUX AUGURES

Pas de publication préoriginale connue de ce conte. La formule « Endurer pour durer » ne s'en trouve pas moins dans la *Dinah Samuel* de Félicien Champsaur (1882). *L'oralité* de l'écriture de Villiers éclate dans ce conte, fait pour être dit, clamé, chuchoté, mimé. Pierre-Georges Castex a identifié le modèle principal du directeur : Émile de Girardin. Villiers paraît avoir rédigé, à son propre usage, un monologue, dont le sens apparaît, en définitive, multiple. L'auteur, qui n'est pas absent de ce conte, refuse d'en faire, purement et simplement, un *fait divers* imaginaire : son « réalisme » n'a rien de « provincial » (comme il dit). Toute anecdote devient une parabole, évangélique et sarcastique à la fois : « Cette scène ayant l'air, en mon esprit, *de se passer toujours*, — et toutes autres, de ce genre, ne devant être, au fond, — tacites ou parlées, — que la monnaie de celle-là (l'éternelle !) — je me vois contraint, ô vous qui êtes prédestinés à la rénover vous-mêmes, de la placer au présent de l'indicatif. » Malgré l'écho de la conversation de Mallarmé (ici perceptible), c'est une *aura* de sens que déploie Villiers autour des tours et discours de ses marionnettes.

Page 91. L'AFFICHAGE CÉLESTE

Pierre-Georges Castex a établi que Villiers doit sa connaissance de l'astronomie à l'*Astronomie populaire* de Flammarion (1882) et, plus particulièrement, au supplément de cet ouvrage, *Les Étoiles et les curiosités du ciel* (sans doute sur la suggestion de Charles Cros). Il a, de même, décelé (dans la première publication) que MM. B. et A., candidats aux élections, étaient MM. Barodet et de Rémusat, candidats aux élections de 1872 (cette lutte entre le ministre Rémusat et l'opposant Barodet avait fait grand bruit et, d'ailleurs, entraîné la démission de Thiers). De même encore, Lucie de Kaulla, de naissance bavaroise, épouse du colonel Jung, avait été impliquée dans une affaire d'espionnage : la presse avait célébré en elle une *réduction* de Vénus.

Dans l'ordre de la publication, *L'Affichage céleste* est le premier des contes qui s'attaquent à la technique scientifique moderne. Ce « matérialisme » de la publicité ose empiéter sur le ciel. De là, l'épigraphe : *Eritis sicut dii* (il y a, dans ce progrès, quelque chose de sacrilège ; mieux : ce progrès réitère *la chute*). Le simple lecteur d'aujourd'hui peut éprouver quelque agacement devant ce pseudo-scientisme, cette exagération, d'ailleurs prophétique, de la réalité, voire devant cette ironie qui triomphe trop aisément, puisqu'elle prête à l'adversaire les mots qui lui conviennent. Mais il ne faut pas *lire* ce texte : il faut l'entendre et l'écouter. Pas de phrase qui ne soit *dite*. Partout, des changements de ton ; des accents dérisoires ; des accélérations de camelot ; des ampleurs de savant satisfait ; les menus grincements du *non-dit* dans ce qui paraît exprimé. Le comte de Villiers de l'Isle-Adam, dans ces *parades,* ne règle pas ses comptes avec la science, ni même avec la technique : il les règle avec une société de l'ùtile, où ni l'épée ni la plume n'ont plus leur juste place.

Félicien Champsaur, à la fin de *Dinah Samuel,* a, sans aucun scrupule, emprunté cette *idée* à Villiers, un an avant la publication des *Contes cruels.* Son héros participe à la fondation de « L'Affichage stellaire — Société anonyme. Capital : 50 000 000 de francs, etc. »

Page 91.

1. *Labarum :* Constantin avait remplacé l'aigle par une croix analogue à celle qu'il avait vue dans le ciel avant son combat contre Maxence. Toussenel avait cru bon d'*expliquer* cette vision par le vol d'un flamant rose...

Page 92.

2. *Les affaires sont les affaires :* l'expression, qui fournira le titre de la pièce de Mirbeau, était déjà proverbiale : Villiers, dans *Une profession nouvelle,* attribue cette phrase au « poète de *L'Honneur et l'Argent* », c'est-à-dire à Ponsard.

Page 94.

3. *Lampascope :* appareil de projection, de forme circulaire, susceptible de projeter plusieurs photographies successivement.

Page 96.

4. *Lesseps :* il s'agit du canal de Suez (non de celui de Panama...).

Page 97.   ANTONIE

Publié en « intermède » sous le titre *Le Médaillon,* ce court récit de
vie mondaine un peu lascive fait, dans sa brièveté, songer aux
poèmes en prose de Baudelaire. De même que, dans *Le Convive des
dernières fêtes,* Villiers évoque, avec une nostalgie légère, l'heureux
souvenir, sans doute exagéré, d'une aisance financière, d'une
coûteuse élégance de vie. La morale du conte va loin : cette femme,
qui prête à chacun ses lèvres (et le reste), conserve une exemplaire
fidélité — à elle-même. On a beaucoup parlé d'une misogynie de
Villiers. Excessivement, me semble-t-il. Il s'agit moins d'une
misogynie foncière que d'une misanthropie : le concierge Bienfilâtre
ne vaut à coup sûr pas plus qu'une femme qui se donne, se prête ou
se vend. A la limite, c'est la dignité de la femme — fût-elle légère,
voire vénale — que signifie ce médaillon. Le problème sera posé de
nouveau dans *Maryelle.*

Page 99.   LA MACHINE A GLOIRE

De même que dans *L'Affichage céleste,* une attaque ironiquement
corrosive contre le progrès — un progrès imaginaire. De même aussi
(voire plus encore), un conte *oral,* qui exige, du lecteur, l'imagination
des tons, de la mimique, de tout un *numéro* de salon ou de café. *La
Machine à gloire,* mécanisation industrielle de la claque, traduit,
férocement, l'indignation de Villiers à la suite de son échec au
théâtre, avec *La Révolte.* Quand il reprend ce texte dans Les *Contes
cruels,* il va éprouver les mêmes déboires avec *Le Nouveau-Monde.*
L'anecdote personnelle et la rancœur ne sont que l'occasion d'une
prodigieuse parade dont la moralité est générale et s'insère dans une
critique globale de la société industrielle. La réputation des écrivains, la reconnaissance du génie, le simple succès — rien ne tient à
la qualité de l'œuvre, à l'*impression* d'une âme ; tout est dû à une
organisation industrielle et commerciale. On *fait* les écrivains
comme on *fait* les apéritifs ou les chaussettes. Villiers, ici, ne se venge
pas seulement : il exprime le mépris professé par « toutes les
Noblesses » à l'égard des combinaisons de tous les commerces.

Mallarmé, l'ami dévoué à qui est dédié ce conte, devait, en février
1890, célébrer la mémoire de Villiers dans une conférence-lecture
répétée plusieurs fois en Belgique (cf. *Œuvres complètes,* Pléiade, 1945,
pp. 481-510).

Page 99.

1. *Bottom* : ce nom, qui figure chez Shakespeare pour désigner un personnage à tête d'âne, désigne l'arrière-train d'un individu. Le baron Cul, en quelque sorte.

2. *Bathybius* : heureusement substitué à Anastasius, ce « prénom » indique un regard dirigé vers le bas.

Page 111.

3. *Captal de Buch* : cette formule éclaire peu le lecteur. Elle désigne Gaston de Foix, duc de Nemours, né en 1489, placé en 1512 à la tête de l'armée d'Italie, mort au combat cette même année après avoir gagné la bataille de Ravenne. Le captalat de Buch, qui appartenait à la famille de Grailly, était passé aux Foix par suite de l'alliance des deux familles. On suppose que Villiers a voulu éviter toute confusion avec Gaston de Foix, dit Gaston Phoebus.

Page 119.   DUKE OF PORTLAND

On ne connaît pas de prépublication de ce conte. La deuxième épigraphe pose un problème, résolu par Alan W. Raitt : Villiers a cité l'épigraphe du *Rendez-vous,* conte de Poe, dont Hughes avait publié la traduction en 1862 (épigraphe empruntée à Henry King, évêque de Chichester) et l'a attribuée à l'évêque Hall, nommé dans l'épigraphe d'un autre conte de Poe. Le même Alan W. Raitt a résolu tous les problèmes que pose ce nom de Portland — celui d'une grande famille anglaise — et les rapports, à la fois étroits et, surtout, lâches, de l'histoire de la famille avec celle qui nous est, ici, contée. Disons que Villiers s'est emparé d'un bruit courant et qu'il a choisi de le *traiter,* comme l'histoire d'une irrémédiable solitude et d'un amour fidèle, mais impossible. Quel intérêt motivait, de sa part, cette attention ? Il y a bien, ici, cruauté, si l'on veut, mais c'est une cruauté du destin, de Dieu, provoquée, peut-être, par l'excès de grandeur chevaleresque du duc de Portland, qui, comme Napoléon à Jaffa, a touché un pestiféré, mais qui, au contraire de Napoléon, contaminé, s'est trouvé retranché de *sa* société, retranché de *son* amour, de *sa* vie, dans un château somptueux, jusqu'à sa mort, rapide, où il retrouve un amour dont il n'a, sans doute, jamais douté. La grandeur, l'amour, la mort : une splendide malédiction, avec, pour Villiers, la pire de toutes : un silence sépulcral.

Cela eût pu être une *histoire mystérieuse,* si le mot n'en était, à la fin,

donné. C'est, aussi, une histoire intime : le duc de Portland échappe
à la vie qui devait être la sienne, dans la lèpre, comme le comte de
Villiers de l'Isle-Adam échappe à celle que lui promettaient son nom
et le renom de ses aïeux, dans cette forme moderne de la lèpre : la
misère.

Page 128.   VIRGINIE ET PAUL

Il n'y a pas grand-chose à ajouter à la présentation que faisait
Catulle Mendès de ce *conte cruel* pour les lecteurs de *La Vie populaire* :
« Paul et Virginie ? Non ! Virginie et Paul. Avec la cruauté qui
distingue son humour, Villiers de l'Isle-Adam a précisément choisi
les noms du plus tendre et du plus idéal couple d'amoureux naïfs
pour désigner deux fiancés modernes, peut-être vrais, hélas ! que
hante et qu'obsède, au milieu du premier amour, l'abominable souci
de l'Argent. »

Toute la rouerie de Villiers est de faire précéder cette indiscrétion
du souvenir idyllique des premières amours, dans sa jeunesse, en
Bretagne, avec, dans une poésie discrète, feutrée d'idéal, humide de
désirs presque inconscients, la notation « réaliste » de l'émotion
complice des parents. Puis, riche de ces souvenirs, le passant assiste,
dans la nuit déjà tombée, à la conversation de Virginie et de Paul,
où, malgré l'innocence de la nuit favorable, le mot *argent* revient
comme un refrain. On a, d'abord, l'impression que le conte oppose,
naïvement, *autrefois* à *aujourd'hui*. Et c'est vrai. Mais il est vrai, aussi,
que la dernière phrase du conte demeure insidieusement ambiguë :
des « souvenirs *à peu près pareils* ». Nos *reliquaires,* si nous ouvrons de
vrais yeux, sont pleins, peut-être, de ce que nous condamnons. Je ne
connais *vraiment* que le mal que j'ai commis.

Page 134.   LE CONVIVE DES DERNIÈRES FÊTES

Parmi les *Contes cruels,* c'est le plus long. C'est, aussi, le plus
complexe, le mieux organisé, le plus divers — enfin, le seul, avec *La
Reine Ysabeau,* où il y ait de la *cruauté,* au sens banal du terme. *Le
Convive des dernières fêtes,* parmi un grand nombre d'invraisemblances
de détail, se présente comme la narration d'une soirée de fête (le
carnaval, l'Opéra, la Maison dorée) avec, d'abord, deux partici-
pants, qui s'ennuient, le narrateur et son ami C*** (lisez : Catulle
Mendès). A eux viennent s'ajouter trois jeunes femmes du demi-

monde, belles et spirituelles à la fois. Il y a, dans cette évocation de
la *grande vie,* une légèreté, une finesse de touche, une authenticité du
trait qui font de ce conte, avec les distances que prend le narrateur,
l'une des visions les plus justes (malgré les invraisemblances), les
plus nostalgiques et cruelles à la fois de cette *grande vie* que Villiers
n'a jamais pu mener (malgré les fonds de la banque Mendès) à
d'aussi grandes guides. Sans le moindre jugement énoncé, cette
profusion des richesses se dénonce comme une séduisante médiocrité. C'est le tour même des phrases, la surprise des clausules, la
pauvreté des mots longuement amenés qui se font, implicitement, les
délateurs d'une pauvreté dans cette richesse : « Tout à coup la porte
de la loge s'ouvrit : trois dames, avec un froufrou de soie, s'approchèrent entre les chaises lourdes et, après avoir ôté leurs masques,
nous dirent : — Bonsoir ! » Ce *réalisme* sobre (je pense aux chaises
lourdes, que ces *dames* ne déplacent pas) pour aboutir à cette
élégance creuse d'un : *Bonsoir !* Tout le conte est bâti sur cette
présentation d'une soirée triste d'amusement. C'est un fond de
chronique parisienne, avec l'exactitude du nom du maître d'hôtel de la
Maison dorée et une légère griserie des mots. Beauté, esprit, férocité
aussi, parmi les sourires, de ces demi-mondaines qui sont des
animaux de proie (C*** a même l'inélégance de faire savoir au
convive inconnu que ça coûte deux millions de francs Germinal,
cette bagatelle un peu prolongée). Sur ce fond gracieux, frêle, un peu
stupide, intervient le baron von H***, que le narrateur présente sous
le nom de baron Saturne, sans qu'on prête attention à tout ce que
l'évocation de cette planète implique de mauvais instincts et promet
comme vices cruels. La partie est donc complétée : trois femmes,
trois hommes. Toute la rouerie du narrateur consiste à produire les
inquiétudes suscitées par cet inconnu riche et pâle, puis à faire
passer ce fil en dessous de l'étoffe et à retrouver le ton de la
chronique. Mais, peu à peu, les paroles de l'inconnu miroitent de
doubles sens. Le narrateur découvre qu'il a déjà rencontré ce baron,
dans des conditions bizarres et sanglantes, sans réussir à *nettifier* (*sic*)
ses souvenirs. Il retarde l'explication, en manifestant les erreurs que
font systématiquement son ami et lui-même sur les objets qui les
entourent, jusqu'au moment où la mémoire lui revient et où, après le
départ du baron, un savant médecin survenu pour déguster un
buisson ardent d'écrevisses, dit tout : ce riche baron a l'innocente
manie de remplacer les bourreaux, en Orient ou, faute de mieux, en
Europe. Mario Praz renvoie à Dühren (*Das Geschlechtsleben in
England*), qui cite le cas d'un Anglais, Sir Claude de Crespigny, qui

aimait à remplacer le bourreau, surtout, d'ailleurs, s'il s'agissait d'exécuter une femme.

La *chronique* le cède au conte vraiment cruel. Villiers s'est beaucoup intéressé à la guillotine. Outre des articles (*Le Réalisme dans la peine de mort* et *L'Instant de Dieu*), il lui a consacré d'admirables contes : *Ce Mahoin, Les Phantasmes de M. Redoux, Le Secret de l'échafaud* et *L'Étrange Couple Moutonnet*. Je ne crois pas qu'il convienne, ici, d'esquisser une impossible *analyse* ni d'évoquer un quelconque sadomasochisme de Villiers. Il y a, d'abord et avant tout, l'intuition de certaines anomalies qui font de l'homme, en général, un animal déroutant (nous en aurons, plus loin, un autre exemple, dans *Le Désir d'être un homme*). C'est un témoignage « imaginaire » sur la fragilité des limites de l'humain — quand le divin ne l'accompagne pas de sa grâce. C'est, aussi, l'assertion, inquiétante, mais juste, qu'il n'y a pas de différence apparente entre le fou et l'homme dit normal, entre le cruel et l'anodin. Villiers nous invite à tirer de ce *conte* entretissé dans une *chronique* une leçon effroyablement triste : « Ne sommes-nous pas, en ce moment même, implicitement, d'une barbarie à peu près aussi morne que la sienne ? » Le baron Saturne ne doit pas obnubiler le lecteur : il n'est que l'incarnation morbide des pulsions et des principes de la vie sociale, le tranchant du couteau qui s'apprête à couper la luxueuse étoffe de notre histoire. La dernière phrase de ce conte merveilleusement agencé résume son impression en une image inoubliable.

Page 134.

1. L'épigraphe convenait mieux au premier titre du conte : *Le Convive inconnu*.

Page 136.

2. *Baron Saturne :* « Jette ce livre saturnien », disait l'auteur des *Fleurs du Mal*. Verlaine avait publié les *Poèmes saturniens* en 1866. De toute façon, l'adjectif se rencontre partout, en cette époque.

Page 140.

3. *Smynthien :* Catulle Mendès possédait une belle chevelure blonde bouclée qui le faisait comparer à Apollon Sminthée.

Page 142.

4. *Positivisme :* le polémiste ne sommeille pas. Le mot, inattendu,

désigne des faits, irréfutables, puisque, en eux-mêmes, dépourvus de sens : le positivisme, c'est l'insensé.

Page 144.

5. *Xisouthros :* comme nul ne l'ignore, le dernier des rois anté-rieurs au Déluge...

6. *Oppert :* cet orientaliste enseignait, alors, au Collège de France.

Page 147.

7. *Sélam :* bouquet de fleurs arrangées de façon à constituer un message.

Page 149.

8. *Gérôme : La Sortie du bal masqué ou le duel de Pierrot* (1857).

Page 150.

9. *Miraudant :* mirauder ou miroder signifie ajuster, faire la toilette. Le dictionnaire de Littré renvoie à l'exécution de la Brinvillers, racontée par Mme de Sévigné.

Page 151.

10. *Docteur de la* P*** : il s'agit du docteur Couty de la Pomme-rais, condamné et exécuté en 1864, pour avoir empoisonné sa belle-mère et sa maîtresse. Villiers en fit, de nouveau, le héros du *Secret de l'échafaud* (cf. notre article de 1949).

Page 152.

11. *Code pénal :* erreur pour *Code civil.*

Page 164.   A S'Y MÉPRENDRE !

Ce conte est, en somme, un petit poème en prose, merveilleuse-ment travaillé (ce que confirment les variantes), dont le sens est évident : il n'y a aucune différence sensible entre des « gens d'affaires » et les cadavres des suicidés de la Morgue. Avec une précision méticuleuse, Villiers identifie les deux spectacles : celui de la Morgue et celui d'un café de boursiers. Le rapprochement, pratiqué sans doute dans un éclair, devient l'armature d'une sorte de poème ou de fable que clôt la *morale :* Vous, qui voulez *vivre,* ne faites jamais d'affaires. La morale tient dans l'épigraphe du *Traitement du Docteur Tristan :* « Fili Domini, putasne *vivent* ossa ista ? »

Page 164.

1. *Obombrés :* c'est, sans doute, en partie, à cause du sens du conte que Villiers a usé de cet adjectif, qui appartient (à la date) au vocabulaire mystique, selon Littré. On doit ajouter que, selon Napoléon Landais, le mot, vieilli, appartient au vocabulaire burlesque ou à celui des petits-maîtres. Même préférant Littré, on avoue qu'il anticipe les innovations archaïsantes des décadents.

Page 168.   IMPATIENCE DE LA FOULE

Ce conte, qui paraît plutôt un poème parnassien qu'un conte proprement dit, il ne faut pas oublier la date de sa première publication (20 juin 1876). C'est peu de temps, en somme, après la guerre de 1870, après la Commune et la sanglante répression ; peu de temps après la stupide exécution du général Rossel ou après la condamnation de Bazaine (1873), moins encore après son évasion de l'île Sainte-Marguerite (1874). Ce conte pose le problème des réactions collectives dans les désastres de la patrie. La foule n'est pas seulement *impatiente :* elle est stupide, en sorte que l'héroïsme (qu'elle consacre) ou la lâcheté (qu'elle stigmatise) se trouvent confondus dans une ambiguïté essentielle. Flaubert aimait ce conte, à la fois pour l'idée qu'il illustre et pour l'éclat de ses phrases. Le mot *impatience* paraît traduit dans cette fin de phrase : ils « n'enduraient pas, sans fureur, leur inquiétude ».

Attentif au sens qu'il veut suggérer, Villiers prend toutes les libertés avec l'histoire, avec les documents dont il dispose. Le passant de la fameuse épigraphe devient le héros du conte, amalgame du coureur de Marathon, d'Aristodème ou de Pantitès. Il ne compte pas. Ce qui compte, c'est la gigantesque erreur des foules — françaises, communardes et versaillaises.

Page 169.

1. *Légions :* lisons : phalanges.

Page 178.   LE SECRET DE L'ANCIENNE MUSIQUE

On a vu, dans la préface, p. 33, la fureur de Villiers quand Coquelin cadet fit modifier par Mme Tresse le texte et le titre de ce conte d'ailleurs écrit pour lui. Dans les *Saynètes et monologues* où il parut d'abord, on l'intitula *Le Chapeau chinois*. On ne connaît plus cet instrument de musique militaire que par ce conte de Villiers et par la musique de la Légion étrangère (rappelons qu'il s'agit de clochettes disposées sous des barres que l'instrumentiste agite au moyen du bâton qui maintient l'ensemble). Jean Decottignies a vu, dans la mise en œuvre de cette fiction, « le refus de mettre en scène la compétition du passé et du présent et d'engager ainsi le débat historique ». Il est vrai que ce conte, dont Villiers affirme qu'il a un sens, demeure singulièrement incertain. Le culte de l'auteur pour Wagner ne fait aucun doute. C'est bien Wagner qui est désigné comme l'initiateur d'une « Musique-nouvelle », comme l'auteur de cette partition que l'Académie nationale de Musique (laquelle tient pour La Musique, ni ancienne ni nouvelle) a accepté de jouer. Or Wagner, puisqu'il faut l'appeler par son nom, a introduit dans cette partition *un chapeau chinois*, auquel il n'a, d'ailleurs, confié que des silences (faut-il évoquer le : « Ah ! si vous saviez quelle quantité de silence nous portons en nous », de *Sentimentalisme*). On retrouve un doux vieillard, joueur de chapeau chinois à la retraite, qui joue, merveilleusement, tous ces silences. Malgré l'admiration qui l'entoure, il s'indigne, reprend les attaques de Blaze de Bury contre Wagner (« il n'y a pas de mélodie là-dedans »), trébuche, disparaît dans une grosse caisse : « Hélas ! il emportait, en s'engouffrant ainsi dans les flancs profonds du monstre, le secret des charmes de l'ancienne-Musique. » Ici, comme presque toujours ailleurs, le discours faussement positif, mensongèrement vrai de Villiers, constitue l'essence d'une ironie dont l'objet n'est pas toujours clair. Il y a une tendresse de Villiers pour ce misérable, cet oublié, ce spécialiste ridicule du chapeau chinois. Il y a la contradiction interne de cet orchestre qui joue ce Wagner qu'il déteste. Il y a, surtout, en opposition à la musique nouvelle, non pas la Musique, mais l'ancienne-Musique — dont les charmes paraissent tenir dans les clochettes du chapeau chinois. Ne cherchons pas de leçon, à proprement parler, sinon celle-ci : l'ancienne-Musique est morte et le silence est d'or.

Je ne crois pas qu'il faille songer ici à Cabaner, « musicien impressionniste » (selon Félicien Champsaur). Quand au Pouyadou de Léon Bloy (*Le Musicien du silence*, dans *Sueur de sang*), il s'inspire du *Secret de l'ancienne musique*, sans l'éclairer, à mes yeux du moins.

On ne saurait trop insister sur la magnifique *oralité* de ce texte (destiné à un *diseur*), qui en rejette le secret toujours plus loin.

Quoique empli de longs dialogues, ce conte n'est pas empreint d'une *oralité* évidente. Surtout, parmi les *Contes cruels,* c'est celui où la personne même de Villiers se propose, non pas telle qu'elle fut anecdotiquement, mais telle qu'il la rêve, dans sa *situation* d'homme et de poète. L'épigraphe initialement choisie (« For the rare and radiant maiden whom the angels name Lenore / Nameless now for ever more »), empruntée au *Corbeau* d'Edgar Allan Poe, en fait une indéchiffrable lettre adressée à *quelqu'une.* L'épigraphe définitive manifeste un orgueil et une solitude irrémédiables dans la grandeur intime. Mais il va de soi que ce *lieu* d'une confidence, qui est plutôt une profession de foi qu'une confession, demeure secret et que Villiers le fortifie contre toute indiscrétion par des altérations et des métamorphoses. Ce long dialogue pose et expose le problème des « relations intersubjectives », comme on dit : la qualité intime d'une grande âme, appartenant à la « race » des poètes, ne se transmet pas dans sa conversation, dans son comportement. Ce n'est pas *l'albatros* de Baudelaire et les femmes d'équipage peuvent avoir, pour le héros, des faiblesses. Mais, dans ces *faiblesses,* l'originalité et la grandeur, le caractère sacré des devoirs qu'on se doit à soi-même, le *pli* infroissable de cette vocation d'être soi interdisent les roueries du vocabulaire, ces tendresses du geste, ces *flatus vocis* où l'amour trouve des satisfactions, presque des nourritures ou, mieux, un *alibi.* Celui-là, qui sait parler, n'a rien à dire. Le poète, joueur ici de chapeau chinois, pratique d'infinis « crescendo de silence ». Mais la femme (Louise Dyonnet ? un souvenir d'adolescence ? — peu importe...) n'entend pas les silences. Elle a, certes, l'intelligence des ardeurs (« Vous avez des instants exquis et inoubliables, je l'avoue »), mais elle n'a pas celle des âmes, celle des réserves : elle n'écoute pas la musique des silences. Cette allégorie (qui prend fin avec le suicide du comte Maximilien de W*** peut apparaître comme l'un des éléments d'une misogynie, celle qui conduit à demeurer fidèle à Marie Dantine. Je ne crois pas qu'il y ait, là, une condamnation générale de la femme. Il y a, avant tout, la description, l'analyse, la justification (scientifique !) de l'intimité du poète, d'une inaptitude sacrée au bavardage sentimental, de l'insondable profondeur de ses sentiments — qui ne lui laissent d'autre issue que Marie Dantine ou la mort. Nulle part, me semble-t-il, un écrivain n'a proclamé avec autant de sérieux, de mesure, de dignité le caractère irrémédiable du génie.

Page 184.

1. *Sentimentalisme :* le mot ne figure pas dans le dictionnaire de Littré. Comme *sentimental* (d'origine anglaise), il me paraît péjoratif. On y retrouve l'ironie de Villiers : la profondeur des sentiments, jusqu'à la mort, n'est, dans notre univers de bavardages et d'infidélités, que sentimentalisme. L'emploi du mot dans *L'Ève future* (« ces viscères flétris que, — par un reste de sentimentalisme dont vous êtes les premiers à sourire, — vous appelez encore vos *cœurs* »), signalé par Pierre-Georges Castex, ne me paraît pas faire obstacle à cette lecture.

Page 187.

2. *Gens « à caractère » :* à, non pas *de.* C'est le vocabulaire du théâtre. Une apparence camoufle une absence.

Page 188.

3. *Caprice irrésistible :* un esprit mal intentionné pourrait se demander pourquoi l'amour du comte Maximilien s'est posé sur ce délicieux objet.

Page 189.

4. *Nuages :* il n'est pas exclu que Villiers songe, en même temps qu'à lui-même, à quelqu'un comme Mallarmé : la poésie ne se fait pas de vapeur d'eau, mais de diamants.

Page 196.   LE PLUS BEAU DÎNER DU MONDE

On a cherché à *localiser* ce conte. Il ne semble pas, vu l'absence de pittoresque, que cela présente un grand intérêt. Pierre-Georges Castex a prouvé que Villiers, dans ses brouillons, avait désigné telle ou telle ville de Bretagne. Puisque l'initiale est D, il suggère Dinan. Ce conte caractérise l'une des manières de Villiers : une minutieuse exactitude dans la représentation des détails accompagne une invraisemblance délibérée dans l'histoire narrée. Alors que la description des personnages, le rendu des paroles ou le bon sens de quelques réflexions nous attardent au niveau d'une peinture réaliste, d'une photographie caricaturale, d'une farce pauvre, le grossissement burlesque et une invraisemblance significative font de l'anecdote une parabole ; de ce conte parlé et mimé, une apocalypse ; de ce dîner, le symbole de la vie moderne dans la société (provinciale) française. L'or est devenu le seul signe indubitable de la *qualité*. Férocité du coup d'œil et ampleur d'une pensée donnent à ce conte une allure singulière où il y a, réunis, du Scarron et du Baudelaire.

Page 196.

1. *L'épigraphe :* je ne sais ce que signifie « Un coup du Commandeur », qui nous fait songer au grand Commandeur de l'ordre de Malte que fut un Villiers de l'Isle-Adam. Quant à « coup de Jarnac », l'expression, qui est péjorative, ne devrait pas l'être, Jarnac ayant touché son adversaire au jarret, correctement : cette référence transforme la rivalité de Mᵉ Percenoix et de Mᵉ Lecastelier en un duel d'autrefois, en l'occurrence sous les yeux de toute la Cour.

2. *Traducteurs universitaires :* l'Université a bon dos. Mais l'auteur de cette traduction est Jean de La Fontaine.

Page 197.

3. *L'ange de l'Emphytéose :* Villiers songe-t-il à l'emploi d'*ange* dans *César Birotteau ?* Non, sans doute. Un bail emphytéotique est un bail de quatre-vingt-dix-neuf ans. Plus bas, *paraphernal* désigne les biens de la femme mariée non compris dans la dot.

4. *Comme une petite folle :* l'un des nombreux éléments qui attestent l'*oralité* de ce conte.

Page 198.

5. *Phénicoptères :* sorte de flamant rose dont Apicius appréciait le goût de la langue.

6. *L'Introducteur du phylloxéra :* au moment où ce conte paraît pour la première fois (1874), il y a, à peu près, une dizaine d'années que le phylloxéra s'est attaqué aux vignes françaises et peu de temps que le phénomène a pris des proportions catastrophiques. Pour tout lecteur, l'expression est liée à un malheur national. La gloire de son *introducteur* imaginaire correspond à la mise à mort du héros dans *Impatience de la foule*.

Page 199.

7. *Le dîner était simple :* nos habitudes ont, Dieu merci ! changé.

Page 206.   LE DÉSIR D'ÊTRE UN HOMME

Villiers a passé sa vie à chercher un succès dramatique. Il a fréquenté dans les coulisses des théâtres. Il a eu des rapports étroits avec telle actrice, des amitiés avec tels acteurs. Le théâtre, il connaît. Les indications qu'il donnait sur la façon de prononcer le texte d'une de ses pièces (cf. préface p. 18) prouvent qu'il a médité sur l'art de l'acteur. J'ajouterai — c'est, à la fois, pertinent et impertinent — qu'il fut, lui-même, un acteur manqué, un acteur merveilleusement réussi de café et de salon. *Le Désir d'être un homme* me paraît résulter d'une double réflexion : objective et subjective. Si Villiers s'intéresse à cette nullité intime de l'acteur, à cette absence de visage de l'homme masqué, c'est, *peut-être*, que, parfois, en des heures où faisait défaut la présence intérieure de la race et du génie, il se posait, lui aussi, la question : qui suis-je ? que suis-je ? Voire, suis-je ? consacré au théâtre, ce conte a, plus que beaucoup d'autres, ce caractère d'*oralité* qui me séduit et me retient. Le lire invite à le dire ou, du moins, à l'écouter et à le regarder. De façon à permettre le jeu de l'acteur devant la glace d'un café fermé, Villiers a daté son conte du temps où, après la Commune, le couvre-feu existait encore. Il situe cette histoire, avec une admirable précision, dans le Paris nocturne qu'il connaît si bien. Cette description, *mine de rien* (il eût osé cette vulgarité), donne à la réalité d'une nuit d'octobre, dans un quartier précis, un je ne sais quoi de fantastique. Peu à peu, sans le moindre discours psychologique, on voit s'insinuer dans l'esprit du ringard le besoin d'être autre qu'une succession de rôles, d'exister autrement que par procuration, que par singerie. D'une façon, à la date, surprenante, il comprend qu'on ne peut *être* que si l'on est habité par une pensée et une passion. A son âge, il ne lui reste que le remords. De là un crime, qui n'est pas *gratuit*, puisqu'il doit le *faire être*. « Esprit Chaudval, né Lepeinteur, dit Monanteuil » (cette pléthore de désignations désigne son *absence*) est l'un de ces innombrables fantômes qui font une nation. Spectre masqué dans sa vie professionnelle, il se retrouve spectre démasqué dans son phare.

Page 216.

1. *S'éperdre :* Littré ne donne pas ce verbe que Pierre Larousse signale comme inusité, sauf au participe passé.

Page 217.

2. *Il n'éprouvait rien :* l'interprétation du conte butte sur ce critère.

Il s'agit de se sentir exister. Ce n'est pas un problème moral ni intellectuel, mais un besoin *existentiel*. Notre nouveau Néron (modèle mentionné) ne songe même pas à : *Qualis artifex pereo !*

Page 219.   FLEURS DE TÉNÈBRES

Ce tout petit poème en prose, avec des habiletés orales, avec de précieuses banalités (« grâce à leurs doigts de fées »), proclame l'identité de la mort et de l'amour, quand « les reflets du gaz rendent les visages blafards ». Ce n'était, le 25 décembre 1880 (jour de la Nativité !), dans *L'Étoile française,* que la seconde partie d'une chronique. On passerait un peu trop vite si l'on ne songeait pas que Villiers a recueilli ces fleurs, pour nous. L'épigraphe nous invite à la prière : le reste, trafic et argent. Peut-être Villiers a-t-il pensé que ces fleurs récupérées orneraient dûment le conte qui suit.

Page 222.

L'APPAREIL POUR L'ANALYSE CHIMIQUE DU DERNIER SOUPIR

Le conte reprend le ton d'un discours de bateleur, de voyageur de commerce. Comme Stendhal jouait, oralement, à être César Bombet, Villiers joue, dans ses contes relatifs aux progrès de la technique, à être le contraire de lui-même, dans une succession de mots qui, comme en des réclames, oublient la syntaxe, avec, cependant, des lumières jetées en passant : « Bah ! le Néant saura bien reconnaître les siens. » L'agression contre la technique permet toutes les audaces, avouons-le : toutes les vulgarités (les jeux sur les noms étrangers, par exemple, qui donnent l'idée que ce mal nauséabond n'est pas français). Notons que, au moment où il publie ce texte pour la première fois, Villiers a perdu Mlle de Kérinou depuis trois ans déjà (ou seulement). Le conte pourrait avoir je ne sais quoi de grossier si l'auteur n'avait pris soin de ménager un arrière-plan moral et, presque, métaphysique. C'est tout un état de la civilisation qui est en cause, celui du confort, de l'utilité, de l'argent, celui d'une déshumanisation déterminée par l'absence de foi, par le « matérialisme » et, sans doute aussi, par la démocratie : « L'Humanité [...] ne s'appelle plus, aujourd'hui, que le public et l'Homme que l'individu. » La haine vouée au mot *Humanité* se retrouvera, plus loin, dans *Le Traitement du Docteur Tristan.*

Page 222.

1. *Flaccus :* « Joindre l'utile à l'agréable » sert d'épigraphe à ce conte étourdissant. Villiers s'amuse à ne donner, des trois noms de Quintus Horatius Flaccus, que le moins connu, sans doute parce que Flaccus veut dire : mou, flasque.

Page 223.

2. *Justine :* certaines des scènes les plus fameuses de ce roman de Sade (*Justine ou les Infortunes de la vertu*) se passent dans un couvent.

Page 224.

3. *Bertrand :* le compositeur français Schneitzoëffer avait fait graver des cartes de visite sur lesquelles on pouvait lire : « Schneitzoëffer, prononcez Bertrand » (Pierre-Georges Caxtex).

Page 227.

4. *La Fille du Tintoret :* tableau de Léon Cogniet.

Page 231. LES BRIGANDS

Ce conte a paru, le 3 décembre 1882, dans *Panurge,* de Félicien Champsaur, journal hebdomadaire situé assez nettement *à gauche.* En ce qui concerne les *bourgeois,* il n'y a pas de différence, à la date, entre la gauche et une droite comme celle de Villiers. Il éprouve une tendresse pour les pauvres gens, pour les pauvres, pour ceux qui vivent dans le même dénuement que lui ou dans un dénuement pire et qui, parfois (comme lui ?), se débrouillent pour survivre. Il déteste le *bourgeois,* c'est-à-dire celui qui pousse l'intégrité jusqu'à « faire pendre un enfant pour une pomme », celui qui ne croit qu'en sa propriété, en son revenu, en ses aises. Sans grand discours, le conte illustre le pathétique et la sottise de l'injustice sociale. Ce n'est pas que Villiers s'intéresse à l'égalité. Mais ces *bourgeois* de province, qui ne font rien, qui n'ont pas d'affaires (semble-t-il), ne sont que des rentiers et des *exploiteurs.* Ils ne sont pas, comme Villiers rêve ses ancêtres, des protecteurs, des défenseurs — des héros. Leur médiocrité — que stigmatisent presque tacitement des croquis qui sont des charges — s'accompagne de lâcheté ou, du moins, d'une peur viscérale. L'épigraphe a quelque chose d'ambigu : le Tiers État dont il s'agit, c'est la bourgeoisie — celle qui a profité des dernières révolutions et redoute les prochaines. Cette caricature, féroce et presque juste, correspond à la grande peur des possédants en 1871, à leur grande peur lors des développements des mouvements anarchistes. Le comte Philippe Auguste ne peut pas se commettre avec ces gens-là. Sans jamais s'engager sérieusement, plutôt monarchiste, certes, que communard, il chanterait volontiers, comme Ravachol sur les degrés de l'échafaud : « Nom de Dieu ! Pends ton propriétaire ! » Je retiens que Villiers tutoyait Félicien Champsaur — un journaliste, un romancier qui mérite une étude. La dernière phrase du conte implique un scepticisme critique à l'égard de la justice.

Page 240.   LA REINE YSABEAU

Voici un conte vraiment cruel. Informé sur la période grâce aux recherches entreprises à la suite de l'affaire *Perrinet Leclerc,* appuyé d'abord surtout sur l'*Isabel de Bavière* (de Dumas), puis sur une documentation étendue et sérieuse, Villiers a choisi de sortir de ses dossiers la reine Ysabeau de Bavière. Il entoure l'histoire qu'il raconte d'un appareil historique un peu lourd (mais il n'est pas sûr que, dès lors, tous les lecteurs aient connu la querelle des Armagnacs et des Bourguignons). L'important, c'est le motif de ce récit, qui, pour l'essentiel, paraît inventé. Il y a, dans le personnage, d'ailleurs peu estimable, d'Ysabeau, une sorte d'incarnation du mal et, cette fois, un véritable *sadisme.* L'épigraphe oriente notre lecture du côté de la vengeance. Mais cette référence ressemble fort à un camouflage. J'observe que le ton de la reine, la musique de ses phrases sont analogues à celui, à celle de Mme Émery dans *Sentimentalisme.* Il me paraît superflu d'insister sur une perversité de l'imagination. C'est le privilège de l'histoire que de susciter des *lieux* où les passions se débrident, où les amours courent des risques, où la puissance donne carrière aux caprices. La grandeur dans le mal est plus grande, certes, que les minuits qui sonnent à la Bourse (*Le Désir d'être un homme*).

Page 241.

1. *Jean de Nevers :* le paragraphe épique accompagnant ce nom nous fait obligation de rappeler que le maréchal Jean de Villiers avait servi Jean sans Peur.

Page 242.

2. *Champ-d'Hiver :* on écrit en général *Champdivers.*

Page 247.

3. *Citole :* cithare de forme triangulaire, utilisée au Moyen Age.

Page 249.   SOMBRE RÉCIT, CONTEUR PLUS SOMBRE

Dédié à Coquelin cadet, ce conte, dont le titre définitif ne paraît pas excellent, met en scène, une fois de plus, un homme de théâtre. On y retrouve ce besoin de *réalité* qu'exprimait l'acteur du *Désir d'être un homme*. Mais les choses sont ici plus complexes, parce que le vrai naturel apparaît comme un naturel de théâtre, parce que les effets de mélodrame, soulignés (parfois avec indiscrétion) par le récitant, sont empruntés à la pure et simple réalité anecdotique. Le conte pose donc un double problème : celui du théâtre (qui déshonore, en quelque sorte, la réalité en la mimant et en l'exploitant), celui du réel (qui a je ne sais quoi d'un mauvais mélodrame). Pour le récitant, le réel ne vaut que dans la mesure où il ressemble au théâtre. Il lui ajoute une densité en quelque sorte métaphysique — la densité du réel. Villiers se passionne, presque méchamment, pour ces problèmes. Il donne à son *récitant* l'initiale et l'allure supposée de Dennery, bon auteur des *Deux Orphelines* et de tant d'autres œuvres admirablement cuisinées, que j'estime et qu'il détestait. C'est que Dennery avait obtenu les succès que le théâtre lui refusait. C'est aussi que Villiers discernait toutes les *ficelles* de ce théâtre, toute l'altération du vrai qu'imposent des dialogues. Le scandale n'est pas seulement dans cette identité de la vie et de la scène : il est aussi dans l'identité de cette *nouvelle* et de cette vie, qui est scène et mort. C'est pourquoi Villiers termine sur une pirouette, sur un mot d'auteur par lequel un ami se trouve compléter cette histoire atroce. J'imagine que, tout en s'en prenant au riche artisan Dennery et au mensonge de la scène dans la vie, de la vie dans la scène, Villiers devine et comprend que la rédaction de ses propres contes pose le même problème. C'est pourquoi, au lieu de jouer le jeu des réalistes, ces « provinciaux de l'esprit » (*Reliques*), il prend, toujours, ses distances par rapport à la réalité proprement dite. L'ironie de Villiers n'est pas seulement « un poncif de la critique » : elle est, aussi, ce qui assure sa liberté d'un point de vue à la fois moral et esthétique. Sans l'ironie, on en arrive au maquerellage ignoble de Dennery, qui fait du théâtre avec un fils qui va mourir, pour l'honneur de sa mère. Tantôt *l'autre bord* (de Wagner), tantôt l'ironie — Villiers sauvegarde sa dignité dans les libertés de son écriture. La dignité consiste à ne pas confondre le visible et le dicible avec le fabriqué pour être vu et dit ; le joué et le pensé. *Faire penser* était la devise du journal dirigé par Villiers : on ne *fait penser* que si l'on pense, que si l'on pense ce que l'on dit, ce qu'on imagine. La sincérité, c'est une distance juste, sans motif, sans intérêt.

Page 249.

1. *Ut declamatio fias :* nous avons corrigé le texte imprimé (*ut declaratio fiat*) qui n'est qu'une faute d'impression. Ces trois mots sont tirés de Juvénal, *Satires X (Les Vœux)*. « Va, insensé, élance-toi dans les redoutables Alpes, pour plaire aux enfants et devenir un sujet de déclamation. » Ces trois mots désignent précisément le scandale ici raconté : qu'on fasse une histoire, une scène, avec du vécu (identification de Pierre-Georges Castex).

2. *Sablé :* d'après Pierre Larousse, le verbe sabler signifie boire d'un trait, est populaire et s'emploie pour le vin en général et le champagne en particulier.

Page 250.

3. *Peragallo :* agent général de la Société des auteurs et compositeurs dramatiques, qui était « la providence des hommes de théâtre » (Pierre-Georges Castex) et avait avancé de l'argent à Villiers.

Page 253.

4. *Closerie des Genêts :* on avait repris à la Porte Saint-Martin, en 1875, cette pièce de Frédéric Soulié.

Page 260.   L'INTERSIGNE

« L'un des chefs-d'œuvre de la littérature fantastique française » (Pierre-Georges Castex). Ce conte, le deuxième qu'ait publié Villiers, s'oppose au réalisme incisif de tant d'autres. Comme *Véra,* comme *L'Inconnue,* il s'établit dans les marges de la réalité positive. Il offre, dans une *expérience* vécue, une présence de l'*autre bord,* une intervention de l'au-delà. Un premier chapitre supprimé (retrouvé et publié par Pierre-Georges Castex) explicitait une intention polémique : en référence à la *Mystique* de Görres, le conte s'oppose au psittacisme positiviste de la science, de la « physiologie » en particulier. Il manifeste qu'il y a, dans la vie, de l'*indéfinissable* et de l'inexplicable. Le mot *intersigne* appartient au folklore breton. On comprend qu'il ait séduit Villiers ; il ajoute au *signe* l'idée d'une communication, d'un échange, d'une *entre-vue*. Il s'agit, en fait, de pressentiments, d'avertissements malaisément déchiffrables qui annoncent une mort. Villiers a situé son conte en Basse-Bretagne, dans les environs de R***, ville desservie par le chemin de fer. Ce dernier détail impose de lire Rennes, quoique cette ville ne se trouve pas en Basse-Bretagne. Émile Drougard a démontré que le village dont il s'agit ne pouvait pas être la cure de l'abbé Victor de Villiers de l'Isle-Adam, dédicataire, en définitive, du conte. Pierre-Georges Castex a démontré, lui, qu'il n'y avait aucun rapport entre l'abbé Maucombe et l'oncle de Villiers. Restent donc une histoire et un texte. Cette histoire est racontée par le baron Xavier de la V*** (dans *L'Inconnue,* qui suit, le héros est le baron de la Vierge — mais ce nom trouve, là, une justification). « Personnage taciturne et morose » qui, comme la plupart de ses aristocrates, ressemble à Villiers, jusque dans son habillement et dans le souvenir d'une joie *natale,* irrémédiablement perdue. Le ton initial du conte, poétique, descriptif, paisible, un peu lamartinien, ne prépare pas à ce qui suit. La peur commence à s'insinuer, comme font les lézardes dans le mur de la cure : selon le moment et le regard, la bâtisse change d'apparence, voire de nature. La conversation s'établit entre « gens de pensée » qui nient, sereinement, les illusions du positivisme : « nous devenons notre croyance », dit l'abbé, à quoi le baron répond qu' « il est déjà très mystérieux que deux et deux fassent quatre ». Ces mots, profonds, tombent parmi d'autres, sans qu'on y prête une attention excessive. Mais la causerie se fait de plus en plus *spirituelle,* religieuse : « Nous sommes ici pour témoigner [...] *si nous faisons le poids.* » Au moment où les deux amis se séparent, le baron retrouve la même impression que devant la cure : l'abbé lui apparaît comme un agonisant. Et, comme devant la mutation de la cure, le baron invoque une *hallucination.* Tous ces éléments préparent notre peur, cette angoisse que l'auteur veut métaphysique. Puis c'est, parmi nombre de détails *vrais,* le rêve, l'*intersigne.* Pendant tout ce long récit, le recours aux italiques (comme, d'ailleurs, très souvent dans tout ce qu'écrit Villiers) donne, aux mots les plus simples, un autre sens, qui n'est pas précisé. Tous les signes du malheur se succèdent discrètement et la peur s'installe dans le baron, dans le lecteur. Nous saurons, à la fin, la mort de l'abbé et le caractère « sacré » du manteau qu'il avait prêté au baron de la V***. Le *sens* du conte importe peu. Ce qui compte, c'est une expérience inexplicable, une peur irrépressible, le caractère incertain de ce que l'on voit (qui change d'aspect) et ce rêve prophétique. Le *sens*, c'est une direction : celle d'un *autre bord*.

Page 260.

1. *Épigraphe :* cette longue citation des *Méditations* de saint Bernard, le latin lui conserve un caractère sacré et lui évite de braver l'honnêteté. Ce beau texte n'a d'ailleurs pas de rapport *direct* avec le conte, sauf en ce qui concerne : « Scientia, sapientia, ratio, sine Deo sicut nubes transeunt. » Je donne une traduction, parce que l'ensemble pose le problème de l'intérêt que portait Villiers à ce texte : « Considère, homme, ce que tu fus avant de naître, ce que tu seras jusqu'à ta fin. A coup sûr, fut (le temps) que tu n'étais pas. Puis, fait d'une matière vile, nourri dans le ventre de ta mère du sang menstruel, tu eus pour tunique la membrane secondine. Ensuite, enveloppé d'une guenille immonde, tu es venu jusqu'à nous — avec ce vêtement, cette parure ! Et tu as oublié ce que fut ton origine. L'homme n'est rien que du sperme dégoûtant, qu'un sac d'excréments, que de la nourriture pour les vers. Science, sagesse, raison, sans Dieu, passent comme les nuages. Après l'homme, le ver ; après le ver, la pourriture et l'horreur. Ainsi, tout homme se change en ce qui n'est pas l'homme. Pourquoi pares-tu, pourquoi engraisses-tu ta chair que, dans peu de jours, les vers vont dévorer dans ton sépulcre ? Pourquoi ne pares-tu pas ton âme, qui devra se présenter dans les cieux à Dieu et aux Anges ? » Il surprend que Villiers ait repris tout ce développement médical de saint Bernard. Pureté obsessionnelle maladive ?

Page 261.

2. *Au solstice de l'automne :* il n'y a pas de solstice de l'automne.

Page 262.

3. *A l'instant même :* ici commence le jeu des italiques, qui donnent à penser que cette instantanéité n'est pas fortuite, qu'elle est voulue par quelqu'un...

Page 267.

4. *Nous devenons notre croyance :* premier énoncé de ce qu'Alan W. Raitt appelle l'illusionnisme de Villiers.

5. *Que deux et deux fassent quatre :* Villiers confond l'arbitraire des définitions avec le mystère des choses.

Page 270.

6. *Horloges-de-mort :* le nom de ces petits insectes prend part à l'élaboration du sens.

Page 275.

7. *Avant que j'eusse entamé cette phrase :* Dieu intervient dans le détail (si le baron l'avait prononcée, l'abbé Maucombe eût réfléchi avant de lui donner son manteau...)

Page 283.   L'INCONNUE

Ce conte merveilleux s'incrit à plusieurs niveaux. C'est, d'abord, sur un ton de confidence indirecte, l'expression délicate de ce qu'est, pour Villiers, l'amour, la reconnaissance immédiate, en un coup d'œil, en un coup de foudre, non pas de *dimidium animae meae,* mais de l'autre âme, de celle qui, de toute éternité, nous est unie. Une jeunesse un peu sauvage, une beauté éclatante de libre innocence, l'actualisation d'une union virtuelle. Ce conte donne un accent moins niais aux confidences d'amour faites à Mallarmé : ce que cherchait Villiers, c'était cette introuvable *Inconnue.* Une idée si profonde et si naïve exigeait un accompagnement musical : l'amour, c'est un accord, depuis toujours frappé, dont l'indiscutable écho, soudain, frappe nos sens. De là, l'évocation de la Malibran, chantant pour la dernière fois *Casta diva* (Villiers aimait la Malibran à travers Alfred de Musset) ; de là, aussi, la mention de Beethoven. Mais le musicien sourd nous amène au deuxième niveau. L'élégance, la simplicité et l'audace des deux héros ne peuvent connaître un banal succès. Unis de toute éternité, ils ne le seront que dans l'éternité. Villiers, avec une désinvolture éblouissante, a choisi de faire son héroïne sourde — ce qui ne l'a pas empêchée d'assister au concert d'adieu de la Malibran, ce qui, d'une façon ambiguë et terrible, ne l'empêche pas de répondre aux paroles du comte de la Vierge, qu'elle n'entend pas. Invraisemblance ambiguë : il n'est pas besoin d'entendre un homme pour savoir ce qu'il dit, puisqu'ils disent tous la même chose ; mais ce trait satirique tombe aussi sur le comte de la Vierge, qui, pourtant, *invente* tout ce qu'il dit. Surtout, comme l'aveugle Claire Lenoir, la sourde inconnue, déconnectée d'avec le monde social, d'avec la sottise urbaine, d'avec les bassesses de la vie, a acquis, par une sorte de compensation, l'intelligence des choses suprêmes. Elle se meut, avec aisance et grâce, parmi les sphères étoilées. Point, donc, d'union des corps. Pas même une nouvelle rencontre. Elle demeurera « vierge »; inaltérablement accordée au comte de la Vierge.

Page 283.

1. *Épigraphe :* de même que le cygne, l'inconnue n'aura chanté qu'une fois. Adrien Juvigny, mort jeune, avait collaboré à la *Revue du monde nouveau,* de Charles Cros.

Page 284.

2. *Lustre éteint :* notre héros pratique le dandysme de Brummel.

3. *Félicien de la Vierge :* le prénom fait hommage à Maria-Félicia Malibran. Quant au nom (préparé dans *L'Intersigne*), il peut trouver une justification dans la dernière page : « Bien que vierge, je suis veuve d'un rêve et veux rester inassouvie. »

Page 285.

4. *Où commence le Passé :* il ne s'agit évidemment pas d'un quelconque déterminisme, mais de cet *autre bord* qui échappe au temps.

Page 287.

5. *Feuilles d'ache :* céleri...

Page 289.

6. *Les convenances :* Villiers condamne la soumission aux usages ; la vraie politesse est créatrice.

Page 300.   MARYELLE

On ne connaît pas de publication préoriginale de ce conte, annoncé pourtant, dans l'édition du *Nouveau-Monde,* sous le titre : *Une Lucrèce nouvelle.* C'est, en un temps de pauvreté, l'évocation d'une aisance depuis longtemps oubliée, d'une vie légère et distinguée qui a séduit Villiers, puisqu'il la décrit si souvent et, sous ce masque, une confidence inachevée et travestie. C'est aussi, en même temps, un exercice indiscret de casuistique : est-il possible, à une femme, de louer ses charmes ici et là et de se considérer comme fidèle à celui qu'elle aime ? La question ne laisse pas de paraître naïve. Les hommes, en ce qui les concerne personnellement, y ont répondu depuis des millénaires. L'intérêt de cette charmante chronique tient tout dans la sagesse de notre demi-mondaine : son histoire dit-elle, est « *celle de toutes les femmes* ». Maryelle est le contrepoids de l'Inconnue. La misogynie de Villiers, malgré sa naïveté, malgré une sorte de naïve hypocrisie, ne manque pas, à la date, d'audace : ce qui demeure en question, c'est le plaisir — celui qu'on éprouve, celui qu'on n'éprouve pas, celui qu'on feint.

Page 312.   LE TRAITEMENT DU DOCTEUR TRISTAN

Voici donc le dernier des contes relatifs à la science et à la technique — au progrès. De même que dans *L'Affichage céleste,* dans *La Machine à gloire* et dans *L'Appareil pour l'analyse chimique du dernier soupir,* c'est un discours ironique vantant ce que l'écrivain condamne. Villiers me paraît aller plus loin encore que dans les contes précédents : il s'en prend à la technique en tant qu'elle détruit l'esprit et le cœur. Plus de Jeanne d'Arc ! plus de patrie ! plus de frontières ! L'énoncé presque direct des intentions rendrait la fiction un peu lourde peut-être, s'il n'y avait cette *oralité* de bateleur qui fait du texte entier un numéro de *clown* sérieux dans sa drôlerie — un clown qui n'hésite pas à s'en prendre à l'un des mots magiques du progressisme : le mot humanité. Il faut prendre au sérieux cette agression contre l'humanité : il ne fut qu'un seul homme parfait et il était fils de Dieu. Pour Villiers, ce mot humanité (*sine Deo*) implique une égalité mensongère entre ceux qui font le poids (*L'Intersigne*) et ceux qui ne sont que fétus de paille, entre les *vivants* (qui croient en l'amour, en l'honneur, en l'âme, en Dieu et en la patrie) et les *morts* (qui ne croient que dans les faits positifs). De là, me semble-t-il, le changement d'épigraphe. Le texte d'Isaïe : « Fili Domini, putasne *vivent* ossa ista ? » range ce qu'il est convenu d'appeler humanité parmi les ossements : il faudrait un miracle pour donner vie à ces nécrosés du progrès. L'épigraphe précédente, dans *La République des Lettres,* empruntée à *La Tentation de saint Antoine,* trouvait une justification dans un aveu : « C'est que je me nourris de choses amères. » Il est vrai que la raillerie de Villiers accompagne l'amertume des déceptions.

Page 312.

1. *Butyreuses :* qui a la nature du beurre ; ici : qui permet de faire son beurre.

Page 313.

2. *L'Ève nouvelle :* c'est sous ce titre que *L'Ève future* avait commencé à paraître dans *Le Gaulois* en septembre 1880, reprise peu après, d'une façon presque complète, dans *L'Étoile française.*

Page 314.

3. *Reconquérir des provinces :* allusion précise à l'Alsace et à la Lorraine.

Page 315.

4. *Avez-vous eu l'oreille basse ? :* êtes-vous humilié ?

Page 316.

5. *Queues-de-mots :* j'ignore le sens précis de cette expression (on songe à des énumérations). *Faire la queue à quelqu'un,* c'est le prendre comme jouet.

Page 318.   CONTE D'AMOUR

Ces poèmes (cf. notre bibliographie) ont été composés séparément. On peut songer à plusieurs inspiratrices (Estelle Gautier, Louise Dyonnet, des souvenirs d'adolescence). Villiers, pour les intégrer dans les *Contes cruels,* les a organisés en une histoire — un conte en vers. Yves-Gérard Le Dantec a signalé les influences baudelairiennes. On ne peut, ici, entrer dans l'examen des variantes, fort nombreuses. L'épigraphe, empruntée à l'*Intermezzo* de Heine, donne à ces sept poèmes l'allure d'un règlement de compte, que contredit, à mon oreille, la musique délicate de la plupart de ces vers.

Page 319.

1. *Lourd d'une tristesse royale :* Villiers, quand il présente l'un de ces aristocrates où il lui plaît de se chercher, ne manque pas de l'affecter d'un spleen, d'une taciturnité, d'une tristesse non vulgaire.

Page 322.

2. *Sans désir et sans haine :* une femme d'accueil facile, que l'absence de sentiment et de présence réelle dans les rapports amoureux fait semblable aux morts : *putasne vivent ossa ista ?* (épigraphe du conte précédent).

Page 323.

3. *Ces tombeaux abandonnés* : souvenir, peut-être, du *sépulcre blanchi*
de Musset...

4. *Réveil* : on peut songer ici, comme fit André Lebois, à Louise
Dyonnet.

Page 324.

5. *Rencontre* : c'est, j'imagine, un tel poème, si odieusement
désabusé, qui explique l'admiration de Jules Laforgue.

Page 326.   SOUVENIRS OCCULTES

Le ton particulier de ce conte s'explique par le fait qu'il trouve son
origine dans *El Desdichado,* un poème en prose publié, le 18 août
1867, dans *La Lune.* L'histoire était alors assumée par le narrateur,
au lieu que, ici, l'auteur interpose un récitant étranger. Villiers
donne l'impression qu'il s'agit d'une affaire de famille (plus encore
dans la version primitive). On ne peut qu'évoquer la mémoire de
Lily, l'impossible grand-père, qui avait servi dans l'Inde. Le titre
premier, si nervalien, donne l'un des mots de cette histoire étrange :
le comte Auguste de Villiers de l'Isle-Adam est un *dépossédé.* Un
trésor fabuleux lui fait défaut, qui aurait pu lui appartenir. Il est
d'une race de nobles aventuriers, dont l'héroïsme (criminel ?)
n'obtint pas sa récompense. Malgré son ton « parnassien », ce conte
constitue une confidence, plus profonde que naïve. Le titre définitif,
Souvenirs occultes, pose problème : l'adjectif nous tourne vers l'occul-
tisme, vers le thème du crime ancestral et du trésor perdu. Mais il
peut aussi désigner le secret mal gardé d'une nostalgie.

Page 326.

1. *Épigraphe :* empruntée (avec des inexactitudes) à la *Bérénice*
d'Edgar Allan Poe.

Page 327.

2. *Et Dieu ne prévaudra :* le Caïn de Hugo a gravé, sur la porte de sa
ville, « Défense à Dieu d'entrer ».

Page 330.

3. *Nageait :* en terme de batelier, *ramait.*

Page 331.

4. *Obituaire :* ce mot paraît bizarrement employé, puisqu'il désigne « celui qui est pourvu en cour de Rome d'un bénéfice vacant par mort, *per obitum* ».

Page 332.   L'ANNONCIATEUR

L'édition des *Trois Premiers Contes* de Villiers procurée par Émile Drougard donne, sur ce conte, tous les renseignements nécessaires (et Dieu sait s'il y en a !). On ne peut songer ici à reproduire le détail des explications. Une lourdeur parnassienne, l'influence de *Salammbô* rendent le texte presque hermétique. Il n'est pas mauvais de lui laisser ce caractère, puisque les premiers lecteurs demeuraient aussi incompréhensifs que nous devant ce poétique éclaboussement d'érudition. Même s'il s'agit de noms connus, comme ceux de Salomon ou de Jérusalem, Villiers choisit de les obscurcir sous une graphie originelle. Il choisit aussi d'obscurcir le « Vanité des vanités ! tout est vanité ! » en l'écrivant en hébreu. Ces obscurités correspondent à une esthétique, mais, peut-être aussi, à une *nécessité :* l'un des sens du texte n'est-il pas que les voies de Dieu sont impénétrables ? Il ne faut donc pas que ce discours soit limpide, mais qu'il soit une nuit traversée d'éclairs. Émile Drougard a identifié les sources de l'érudition de Villiers : *Dictionnaire des sciences occultes* et *Légendes de l'Ancien Testament* de Collin de Plancy, un vieil ouvrage de Munk sur *La Palestine* (1845), sans oublier le *Dictionnaire* de Moreri. Mais l'imagination de Villiers s'est exercée avec indiscrétion, puisque le point de départ du conte est cette tradition relevée dans le *Talmud*, transcrite par Collin de Plancy : « Comme (Salomon) allait lever la séance, Azraël, l'Ange de la mort, passa devant lui sous une forme visible. Il s'arrêta tout à coup et regarda fixement un prince qui était assis à côté du roi. Ce prince demanda quel était le personnage qui le regardait ainsi : Salomon lui répondit que c'était l'Ange de la mort. " Il semble m'en vouloir, dit le prince en pâlissant. Ordonnez, je vous prie, aux vents qui vous sont soumis de m'emporter dans l'Inde. " Salomon leva son anneau sur sa tête, et les vents firent aussitôt ce que demandait le prince effrayé. Alors l'Ange dit à Salomon : " Ne soyez pas étonné, prophète de Dieu, si j'ai considéré cet homme avec tant d'attention. J'ai ordre d'aller prendre son âme dans l'Inde et j'étais surpris de le voir près de vous en Palestine. " » Villiers attribuait à ce conte une très grande importance, puisqu'il a envisagé d'en faire le premier du recueil et a choisi, en 1883, d'en faire l'*Épilogue,* séparé du reste par une page de faux-titre. Tout se passe comme si, à ses yeux, l'ensemble des *Contes cruels,* si divers, trouvait son aboutissement et sa lumière dans ce long poème en prose. Effectivement il a inséré dans ce récit, parmi les lourdeurs d'une histoire souvent altérée, des phrases qui lui tiennent à cœur, qui situent les idées qui lui sont chères dans un contexte sacré : la Croix « symbole de l'Amour » ; « à l'exaltation du cœur se vérifie toute nature prédestinée » ; « Parvenu à ce degré suprême d'impersonnalité qui l'identifie à ce qu'il contemple, il vibre et s'irradie en la totalité des choses » ; « Son aspect actuel annonce qu'il est né en des âges plus anciens que l'heure de sa naissance terrestre. »

Dans ce conte sacré, alourdi de tant de bijoux érudits (faussement), souffle l'esprit — son esprit.

Page 350.

1. *Crayeux Nébo :* le texte imprimé en 1883 porte : *du granitique Nébo.* Sur son exemplaire personnel, Villiers a corrigé *granitique* en *crayeux,* plus conforme à la réalité (Pierre-Georges Castex).

DOSSIER

Impression Maury Imprimeur
45300 Malesherbes
le 2 décembre 2009.
Dépôt légal : décembre 2009.
1ᵉʳ dépôt légal dans la collection : mars 1983.
Numéro d'imprimeur : 151891.

ISBN 978-2-07-037456-4. Imprimé en France.

173021